# Histoire
# de
# Chambres

# 私人生活空间史

[法]米歇尔·佩罗（Michelle Perrot）著

应远马 吕一民 译

上海文化出版社

**图书在版编目（CIP）数据**

私人生活空间史／（法）米歇尔·佩罗著；应远马，
吕一民译. —上海：上海文化出版社，2025. 1.
ISBN 978 – 7 – 5535 – 3126 – 7

Ⅰ. I565. 65
中国国家版本馆 CIP 数据核字第 2025ZX2243 号

«Histoire de chambres» by Michelle Perrot
© Editions du Seuil, 2009
Simplified Chinese edition copyright © Shanghai Culture Publishing House, 2025

图字：09 – 2024 – 0462 号

出 版 人　姜逸青
策　　划　小猫启蒙
责任编辑　赵　静　张悦阳
封面设计　王　伟


书　　名　私人生活空间史
作　　者　〔法〕米歇尔·佩罗
译　　者　应远马　吕一民
出　　版　上海世纪出版集团　上海文化出版社
地　　址　上海市闵行区号景路 159 弄 A 座 3 楼　201101
发　　行　上海文艺出版社发行中心
　　　　　上海市闵行区号景路 159 弄 A 座 2 楼　201101　www.ewen.co
印　　刷　苏州市越洋印刷有限公司
开　　本　890×1240　1/32
印　　张　11. 5
版　　次　2025 年 5 月第一版　2025 年 5 月第一次印刷
书　　号　ISBN 978 – 7 – 5535 – 3126 – 7/K. 338
定　　价　78. 00 元
敬告读者　如发现本书有质量问题请与印刷厂质量科联系　T：0512 – 68180628

献给安娜、萨拉和樊尚

# 目 录

# 前　言

## 房间的乐章

　　为什么要写这本书呢？

　　为什么要写这本关于房间史的书呢？这是一个奇怪的主题，在我的对话者中，不止一个人对此感到惊讶，他们都隐隐担心我会在这些问题重重的场所里迷失方向。当莫里斯·厄伦德（Maurice Olender）问及我创作这本书的理由时，我十分自然地将其归于某些或许我尚不明了的个人缘由，但是毫无疑问，我确实为此而创作。我对内在生活抱有某种兴趣，喜欢探索修道院中年轻女孩体现的神秘性，后来，我发现这种神秘性充满了古典时期的色彩；这是童话中的想象世界，有美妙的帷幔大床；在契诃夫式的大房子里，人们忍受着战争时期那种焦虑与孤独的疾病；在法国西部的普瓦图，人们于酷暑中午睡纳凉；与心爱之人步入某个房间时的心跳；结束一天絮絮叨叨、徒费口舌的疲惫后，在外省或国外的某个宾馆终于关上房门的那种欣喜。上述深刻或微不足道的动机，都是我选择这个充满故事和回忆的场所的理由。本书的写作融入了我对房间的个人体验。每个人都有属于自己的房间，这本书也是请各位重新找回它们的请柬。

　　通往房间的途径很多：休息，困乏，出生，欲望，爱情，思考，阅读，写作，寻找自我，上帝，囚禁——自我囚禁或被判入狱，生病，死亡。从临盆到临终，房间是生命存在的舞台，至少是剧场的后台。在这里，面具被摘下，衣装被脱下，躯体完全沉溺于情绪、悲伤、感性。人们会在这里度过人生的近半时光，一段属于肉体、昏昏沉沉、沉浸于黑夜的时光，一段时而失眠、胡思乱想、梦魇缠绕的时光。这是一扇通往无意识，甚至通往彼世的窗户；半明半暗增添了房间的魅力。

这些对角线切分了我的关注点：不同时期隐藏于房间内的私生活；住宅的社会史，一些拼命争取"城内房间"的工人的历史，或追求"专属房间"的女性的历史；因为单人囚室而广受争论的监狱史；关于兴趣和色彩的美学史，通过物品和图像的堆积与装饰的变化而得到破译；还有与房间共存的那些消逝的时光，康德曾说消逝的并非时光，而是事物。房间让时空之间的关系得以凝固。

房间这个小宇宙也因其政治维度吸引了我，米歇尔·福柯曾经强调："有必要写一部完整的空间史——它同时也应当是一部权力史，从地缘政治的宏观战略直至人类住所、行政建筑、教室或医疗单位的微观策略。……空间定位是一种需要详细研究的政治经济学形式。"[1] 此外，承接菲利浦·阿利埃斯（Philippe Ariès），福柯将房间的专业化视为不断涌现的新问题的符号。在"住宅的微观策略"中，在城市的内部连接中（比如住宅区、平房、阁楼、大厦、公寓的布局），房间又代表了什么呢？在公众和私人、屋内和屋外、家庭和个体的漫长历史里，房间又意味着什么呢？房间的"政治经济学"意义是什么？房间是一个原子，一个细胞，与它作为基本微粒而属于的一切事物相关，如同让房间的思考者帕斯卡尔十分着迷的那种蛆，它（房间）小得不能再小，却是安宁（甚至幸福）所必需的藏身之所。"人类的一切不幸只源于一件事，那就是不善于在房间里休息。"[2] 关于房间及其合法性，存在一种哲学、一种神秘主义、一种伦理。人们为何有权利藏身于此？一个人独居时，有可能获得幸福吗？

房间是一个盒子，既真实又虚幻。四堵墙壁、天花板、地板、门、窗，共同构成了房间的物质性。房间的体积、形状、装饰，根据时代和社会阶层的不同而变化。关上房门的动作如同圣礼，保护着一个群体、一对夫妇或一类个体的隐私。因此，门与钥匙极其重要，它们如同护身符，而窗帘就像神庙的面纱。房间保护着身体、思想、文字、家具、物品。它如壁垒般阻挡僭越之人，却欢迎来此逃难的我们。房间狭小，却被堆满物件。任何房间或多或少都是一间"珍宝房"，不亚于 17 世纪那些爱好收藏的王公的珍宝库。只不过普通房间的藏品更加简朴：相册，照片，复制品，旅行纪念物，它们有时让房间略显庸俗，就像布满图像的 19 世纪博物馆。[3] 我们可以在这些微缩世界里大饱眼福。在《跟着我的房间旅行》[4] 这本著作中，格扎维埃·德麦斯特试图驾驭他身边的宇宙，只可惜不能穿越它。埃德蒙·德·龚古尔将他的房间形容为被挂毯包裹的盒子，其中有一个曾经属于祖母的盒子，里面塞着她的羊绒围巾与承载着龚古尔记忆的物品。[5] "想象一个住所的方式就是生活，不是房子之中的生活，而是盒子之中的生活。这个盒子带着所居者的印记。"[6]

房间是内在生活、大脑、记忆（人们称之为"记录室"）的隐喻，是浪漫主义与象征主义想象所青睐的对象，也是一种浪漫和诗意的叙述结构。我们有时很难从房间的特征中捕捉其承载的经历。然而，这些特征正是本书的关键，是本书各个章节的组织依据。避难者，异乡人，旅行者，寻求居所的工人，渴望拥有阁楼和心上人的大学生，好奇和贪玩的孩子，窝棚的爱好者，情投意合或同床异梦的夫妻，憧憬自由或孤独绝望的女子，渴求纯洁的男女修士，默默追求某个问题之解决方案的学者，对文字如饥似渴的读者，在夜晚的安宁中受到启发的作家：他们和国王一样，都是这部房间史诗的表演者。房间是见证者，是巢穴，是隐居之地，是身体的包装——熟睡的、恋爱的、避世的、瘫痪的、患病的、垂危的。季节留下它们的印记，有时明显，有时隐秘；每日的钟点也是如此，它们以各种方式装扮着房间。但是，夜晚无疑是最重要的时光。本书是献给夜晚的历史[7]，为房间之中乃至内心之中的夜晚而写。心上人沉闷的叹息声，枕边沙沙的翻页声，笔尖走字的摩擦声，电脑键盘的敲击声，梦中人的嘟囔声，夜猫的喵呜声，孩子的哭喊声，被打女人的尖叫声——她们是午夜罪行真实或假想的受害者，病人的呻吟和咳嗽声，临终者的哀号声。房间里的这些声音构成了一种奇特的音乐。

然而，如果你翻阅那些重要的辞典，从《大百科全书》到《法语宝典》(Trésor de la langue française)，它们对"房间"一词的演化众说纷纭，有些甚至令人吃惊，尤其关于其词源。希腊文中的 kamara 意指与"同伴"(camarades) 分享的休息空间，我们或许可以从中推测出军事语境：它更像是一个营房。然而，还有更复杂的演化事例。拉丁文里的 camera 属于建筑术语，"古人用它来指称某些拱形建筑的穹顶"。拱顶源自巴比伦。除了在墓地中，希腊人很少使用它；在马其顿，有"一些墓室，里面配有大理石床，死者被摆放在石床上，任其腐烂"[8]，也就是说，尸体被放入地窖。罗马人从伊特鲁里亚文明那里借用了拱穹；他们建造了圆顶亭子（cameraria），在里面愉快地喝酒；他们使用一些轻型材料（如芦苇）来遮盖这些建筑物的廊台。然而这些地方与"房间"相去甚远，甚至与婚姻无关。如果要指称蜷缩、休憩或做爱的场所，拉丁人会使用 cubiculum 一词：弗洛朗斯·杜邦[9]说，这是用作"床"的一个狭小角落，该词词根意为"非场所"，白昼或夜晚使用，偏僻、体积很小、四方形、铺了方砖，可以上锁、行房事；因为与性相关，它显得十分隐秘，将其公开会招致谴责。廉耻之心不只属于基督徒。罗马人把石块建造的 camera 用于一种两端封闭的房间，常常用于丧葬：它还是地下墓室。

根据希罗多德，camera 的引申义是有顶的车子，这些车子"带有某种顶棚或封闭的舱室，富有的巴比伦女子坐在这些神秘的车里前往宁利勒女神庙"。《古文物辞典》的编撰者莱昂·厄泽补充道，这应该是有遮布的伞盖，在 19 世纪末的乡下出现，"这种装置……在当今的运输车和越野车中也很常见"；同时，它也会让人想起美国西进运动时的马车。类似的车子载着斯巴达的姑娘们上路，奔赴在阿米克雷斯（Amyclées）举行的海辛瑟斯节。同样，拉丁文中的 camera 意指"拱顶筒形的小屋子，立于古代船只的尾部，尤常见于用来运载高贵人士的船只"[10]，就和人们在图拉真纪功柱上看到的一样。因此，在船舱和房间之间存在着极为古老的渊源，透过船长室、大副室和存放机械的海图室，这种联系显得更加紧密。19 世纪，乘船出游可谓奢侈之事，船舱追求的是舒适性和私密性。弗雷德里克·莫罗幻想着与阿尔努夫人"一起旅行，坐在单峰驼的驼背上，坐在象轿的篷盖下，待在游艇的小舱里穿梭于蔚蓝的群岛之间"。[11] 一个狭小、得到保护、有点摇晃的空间，适合两个身体紧贴。

人们可以看到围绕房间所发生的一切，不论它是由帆布还是石块构成，是带拱穹的还是筒形拱顶的，是圆顶亭子还是墓室：房间与休憩、睡眠（睡觉或永眠）、进出、死亡相关。无论在何种情况下，它都和界限、封闭、安全、隐秘相关；房间的功能，就是用来容纳姑娘和女人、高贵者和死亡者。

语义的探索在情况逐渐变得复杂的中世纪更加深入；而到了近代，因为政治闯入了家庭，这一复杂性尤为突出。"在一门语言中，像'房间'这样拥有如此多公认词义的词汇数量极少"。狄德罗和达朗贝尔在《大百科全书》中的评论非常到位。狄德罗和建筑师让-弗朗索瓦·布隆代尔共同编撰了此书，后者负责解释物质空间，前者负责象征意义。布隆代尔描述了各种类型的房间，御座的、拱顶的、议会的、社区的，并从中引出了"卧室"。"一般来说，'卧室'指套间中用于睡眠的空间。在当时，人们根据居住者的头衔以及他们佩戴的勋章来称呼其住所"。在家庭发展出崭新意义的时代，布隆代尔帮助我们定义了房间的概念，叙述了房间漫长的演化史；在本书中，他将是我们主要参考的作者之一。

狄德罗致力于勾勒房间的法律和政治形态，他对重叠的词义非常敏感[12]："一些人集合起来讨论各种事物的地方被称为'chambre'，后来这个词也被用来指代集合的议事者；如今，它普遍指代有一扇门和几扇窗户、由墙壁封闭起来的空间，在文学比喻中，这个词要么拥有房间的某种用途，要么拥有房间的形象。"随后是一长串的定义罗列，涉及法律、治安、财政（资助库与账目库①）、社团②和政治（议会），这些名字反映了其实际功能。此外，还有艺术和技术领域（视觉暗室、眼房、炮膛……）的例子。大量的房间以其位置或装饰为名：巴黎议会大厅非常宽敞，也被称为"大拱顶"，因为大厅的上下都有拱形装饰；它还被称为"黄金厅"，尽管大厅没有保留路易十二时期的镀金装饰。点缀着星星的天花板曾给大厅带来"星星厅"的名号。旧制度时期的火刑法庭（chambre ardente）挂着黑布、用火把照明，用来审判出身显赫的国家要犯。房间还有道德或等级层面的含义：比如由英国贵族组成的"上院"和由各区选举出来的"下院"。

词汇反映了家庭和政治之间的复杂关系，以及这两者重叠的空间。法官大人在他们的房间，甚至在床上主持公道；卧室演化为"公正之床"。然后，人们对"退隐"的房间和用于"装饰"或"展示"的房间进行了区分，前者用来休息，后者用来进行公开审判、举行重大仪式。查理五世重病时，仍然待在自己的"卧室"里；但在临终前被抬往"展示的房间"，让他带着王室最高的尊严咽气。[13] 然而，波旁家族则倾向于在自己的房间里躺着接待廷臣、主持会议，他们这样做，是为了宣告手中权力的绝对性和自身的优越性。直至 18 世纪末，国王还可以躺着参加巴黎最高法院的全体会议；他在

---

① 即所谓的"安茹库"，库中存放了贴有省份名称标签的大柜子，柜子里摆放着各省的登记簿：如安茹、诺曼底，等等。

② 社团议事厅（Chambre de communauté）是"每个职业的行会理事集合的大厅，用来接待有杰出作品的工匠大师"，后来的工会或雇主联合会（chambre syndicale）由此派生。

华盖下舒展身体。因此，房间扮演了某种公共角色，成为权力之地。或者至少像凡尔赛宫那样，成为权力的象征。

民主在下面的例子里得到呈现：英国的下议院设在议会大厦，对应法国的众议院——如今被称为"国民议会"。正如狄德罗所言，词义从外形（议院）延伸到了内容（议会）。议会代表在某个空间里被组织起来，其建筑布局不仅符合实用原则，也符合道德和思想原则。相较长久以来因平等主义意味而更受青睐的圆形，革命者更喜欢半圆形，并从 1795 年以来沿用至今；这一选择引发了诸多讨论，常常与政治生活的概念相关。[14] 半圆形将我们的注意力引向讲台，讲台与革命者集会时的雄辩口才相适宜；他们拒绝"caméral"这类带着旧制度烙印的词汇。国王召集手下的各院开会，公民则自己集合。毫无疑问，复辟王朝回归了"议会制"，并质疑讲台的合适位置。德姆索·德·纪弗莱（Desmousseaux de Givré）议员在 1828 年（以及 1839 年七月王朝时期）的会议发言中特别提及这一点："我要指出的第二个缺陷就在我的手掌之下，即这个大厅里的这个讲台。先生们，我请你们将这两个词汇，也就是讲台和大厅放在一起。米拉波对你们说过，这些词语号叫着，想要成为一体。"[15] 讲台将议会变成了剧场，为公众的政治参与创造空间并激化情绪。然而，"我们不应该像在人民面前那样在议会厅里讲话"。[16] 的确，很难想象在议会厅里咆哮的米拉波。代表制"准确地说是以公共辩论来取代民众辩论，制定议会规则意味着在议会厅里缓冲激烈的辩论，而不是走向公共场所"。德姆索·德·纪弗莱拒绝在讲台上表演。议员必须在各自的座位上发言，如同英国的下议院；使用纯粹"个人"的口才，追求对话的艺术。这种对话是交流、讨论，而非冲突，它在优秀的群体间进行，对话双方是专家而非对手。[17] 此类辩论意义重大；它阐明了议会的两种文化，并将英法两国区分开来。议会厅与集会广场彼此对立；它保留了旧制度和私人空间的双重含义，因此被共和派人士厌恶。"议院"并不包含"议会"的词义。

众议院和国民议会并不相同，虽然我们很容易将这两个术语混用——因为我们常常忘记这些冲突。

从家庭或私人语义滑向政治语义，普罗旺斯地区的"尚博莱"（chambrée）就是经典的例子。作为"男人之家"的"尚博莱"是地中海世界富有特色的男性社交空间，它一般位于某个"小房间"，并逐渐演化为密谋场所，即南方共和派筹划反抗、秘密讨论之地。① 在公共空间内，"尚博莱"被称为"圈子"（cercle），刚好保留了围成一圈对话的词源以及对此类谈话的尊敬之意。

《法语宝典》用注释解释了房间不同的意义。它区分了议会举办的场所和议会本身、为人建造的空间和封存物件的地方，还有森林中的鹿舍，以及颅腔。房间可以是高的、矮的、漂亮的（经常用作客房）、好的或糟糕的、冰冷的、坚固的、昏暗的、明亮的、漆黑的、有装饰的、带家具的、含遗赠的②。文学作品中有各种色彩的房间，蓝色、白色、红色、黄色。[18] 室内工作者在房间里干活，病人被安置在房间里，傻瓜在房间里被愚弄（chambrer），葡萄酒在房间里更加香醇。人们总是对"房中"的计谋心有疑虑，比如姑娘被风流之人"带入卧室"。打理房间的主要是女性：低薪女佣，女总管，房间女侍，这些词反映了公主身边侍女的等级。打理房间的男性更为讲究，在宫廷体系中，他们必须拥有贵族身份："内仆"和"内侍"有许多头衔和任务。这样的身份要求也适用于教皇，教皇房间的管理者是"修道院总管"或"教皇内侍"等人。

我们身处的房间属于私人领域，狭义而言，它是用来睡觉的。但是房间的意义并不仅限于此，还有公共的、夫妻共用的、特殊用途的房间；从形状

---

① 参阅后文章节"工人的房间"，提及吕西安娜·鲁宾（Lucienne Roubin）和莫里斯·阿居隆（Maurice Agulhon）的著作。

② Chambre étoffée：法律术语，指的是在丈夫过世之后，分配给其妻子的家具。

和功能上来说，还包括宗教的、神秘的、旅店的、医疗用的、修道院的、惩戒和刑事用的房间。不断扩展的房间之空间越来越专业化，并通过礼仪、亲密性、家庭与个人生活的发展逐渐被构建起来；在当代生活中，房间已经获得引人注目的地位，在文学与想象中也是如此。本书不会过多涉及人种学[19]，以及在其他著作中[20] 已经被大量论及的各种房间的历史，而是想重新探究各种谱系和旋律线，其中宗教和权力、健康和疾病、肉体和精神、性和爱彼此交织。出于兴致而非其他目的，作者希望勾勒出几幅肖像，并重点描绘房间的经典时代，即从文艺复兴直至今天的伟大时期。尽管进一步的讨论极具吸引力，但本书将主要聚焦于西方。我们将管窥东方的文化遗产，体味"长沙发"（divans）的魅力与山鲁佐德柔声细语中的一千零一夜。但是，对于非洲或远东地区房间所代表或对应的事物，作者知之甚少。

因此，本书主要探讨西方的房间，尤其是法国的房间，关于德国的篇幅较少，另外还有有关夫妻财产制的意大利房间、具有神秘主义色彩的西班牙房间，以及需要特别注意的英国房间。Room 这个英语单词具有双重含义（同时指房间和人们的身体所处的物理空间），用法语实在难以翻译。[21] 六角形国家（即法国）的房间属于研究居住的社会学家的考察对象，常在展览会和书籍中出现，遗憾的是，它没有受到更深入的关注，在档案中留下的相关资料也极为罕见。微不足道、过渡性、被隐藏的房间世界，在档案中留下的痕迹少之又少。一般来讲，行政部门和警察局不会踏入这个属于私人的圣地，即使在大革命时期，也禁止在日落和日出之间入户搜查。不过，还是有两种例外情况：负责死后财产清算的公证员是唯一有权详细描述动产，并提供财产清单的人；[22] 初审法官及专家们负责调查犯罪形迹，破解"卧室的秘密"，无论它是否被禁止入内。[23] 卧室是犯罪的温床，调查者绝对不会放过对它的关注；如今，这种观察已经不再依赖于眼球，因为现代技术大幅提升了观测的准确性，只需提取可用于实验室化验的体液（血液，精液，口水，汗渍）即可。[24]

出版物提供了丰富的文字资源。房间出现在各种书里。建筑或装饰艺术文献，家具杂志，生活指南，卫生指南，关于居住的医学和社会学调查，旅游报刊，个人文学（通信，私人日记，自传），这些媒介都与房间有着紧密的关联，并向我们介绍了房间的形状和用途。图书馆也可以提供大量与房间有关的文献，但是，它们像"小拇指"在森林小道上扔下的小石子那样零落四处。在浩如烟海、纷繁错杂的文本里寻找与房间相关的文字，倒成了本书研究的主要乐趣。房间是我的阿里阿德涅之线与阿里巴巴山洞，让我从一本书和一位作者跳到另一个，同时也不乏面对面的交谈。我的聊天对象曾经对这一选题感到吃惊（"哪个 chambre 呢？是众议院吗？"），他们为我提供了一些线索："您考虑过……吗？"并讲述了自身的经验，有时候还授权我引用。因此，本书打上了他们的标记，从某种意义上讲，这本书也属于他们。

波德莱尔打开了诗歌的"光亮之窗"。小说是取之不竭的资源。在 19 世纪，小说赋予私人空间——上流社会和家庭情景剧——巨大的重要性。巴尔扎克、福楼拜、左拉、莫泊桑、龚古尔兄弟等人洋洋洒洒地描述私人空间。[25] 他们的描述不仅仅是图像式的，描述的手法更是精细，体现了笔下人物的性格、品行和命运。《人间喜剧》和《悲惨世界》的不幸，包法利夫人的痛苦，卢贡-马卡尔家族的悲剧，都在室内空间里得到淋漓尽致的展现，这一空间充满隐喻，并涉及思想、社会和心理层面。它们展现了市民的地位、性格、生活变迁、雄心壮志，堪称"相由心生"。这是对室内生活（面庞）的观相术[26]，也是关于"家传圣物"（遗产）的考古学[27]。

一如恶习和美德，社会成功也会在房间里留下标记。在巴尔扎克那里，若要改变处境，就必须更换或改建住宅。在《赛查·皮罗多盛衰记》中，此类象征俯拾皆是。化妆品商人发明了"苏丹贵妇膏"，非常开心。他要在家里举办舞会，结果把房子弄得乱七八糟，但从未忘记改善女人的空间：他对妻子说"我要升级你的房间"，"给你弄一个小客厅，然后给塞沙丽娜〔女儿〕一间漂亮的卧室"。假冒银行家柯拉帕朗肮脏的房间里，窗帘被迫不及待地拉上，桌上是两副餐具和"沾着昨晚汤汁的餐巾"，这暗示了他的堕落。相反，"皮耶罗的生活简单而纯朴，可以从他公寓的布置中展现出来：一个前厅，一个客厅和一个卧室。体积跟查尔特勒修道院的房间差不多大，简陋程度堪比修士或老兵的房间。"[28]《于絮尔·弥罗埃》运用了场景符号，房间是其中的主轴：波唐杜埃先生的卧室"还保留着他去世那天的原貌"；在于絮尔的闺房，人们可以"闻到来自天上的芳香"。[29]

左拉围绕楼梯和楼层的等级创作了《家常事》。在《小酒店》里，绮尔维丝和古波的家庭兴衰从其住所变化中得到体现，他们放弃了舒适，回归了拥挤。勒内（《贪欲的角逐》）的房间透露出她堕落的性事，娜娜的落魄以在酒店自杀而告终。福楼拜巧妙地运用了卧室空间：费莉西泰或爱玛·包法利的卧室反映了她们的生活和梦想。他曾在本子上"绘制"了一张带有隐喻意义的房屋草图："一楼是客厅，简单而实用的家具；此为会客区，要有亲切感，方便交流。厨房，朝向院子：属于穷人。餐厅呢？要体现热情，属于公共生活。心灵将躲在卧室里；再往后是杂物间，是扔下仇恨、埋怨、愤怒和一切污秽的地方。"[30] 这类例子我们还可以列出很多，它们不仅阐明了卧室的定义，也从情节张力和意义建构的角度诠释了房间的表征。这个想象中的卧室生产并满盈图像，我们将其视为理解人际关系的矩阵。

房间的肖像学拥有双重含义，并在象征的基础上拓展了补充视角，使情况变得更为复杂。肖像应当拥有属于自己的专著，而不仅仅是一笔带过。梵高那震撼人心的卧室意味着什么？画家想要表达的又是什么？在隐含信息极其丰富的中世纪油画中，圣母与房间密切相关：出生、天使报喜、圣母升天等，这些发生在室内的场景中，总能见到床的身影。以利沙巴被助产婆围绕的宽敞产床；躺在摇篮里的小玛利亚；天使加百列探望卧于窄床的圣母，她双眼垂闭，身子斜靠（没有生病），在天使的陪伴下开心地安睡，天使们将她抬往天上，在使徒欢欣的目光中，她将与儿子相聚。尽管油画中满是取自现实生活的种种细节——孩子的摇篮、长枕、罐子、骡子——然而油画与现实主义毫无关联，它们意在证实玛利亚的纯洁，其隐秘的女性特质与房间融为一体。作为 19 世纪东方绘画作品的重大主题，后宫肖像也遵从类似的表现手法。[31] 堆叠的人体披着奢华的绸缎、横躺在地毯上，这些慵懒乏力、香汗淋漓的后宫佳丽让人不禁联想到宫殿里奢侈淫靡的生活。

荷兰的油画，17 世纪的版画（亚伯拉罕·博斯），18 和 19 世纪描绘室内生活的画家（如夏尔丹、格勒兹、佩特、布瓦伊），印象派和后印象派画家（波纳尔），都对室内场景关注有加。马里奥·普拉茨从中汲取了许多灵感，创作了《室内装饰史》[32]。他列举了几位专攻室内水彩画的艺术家，P. F. 彼得斯、威廉·邓克尔、费尔南德·佩雷斯都是个中高手；他强调水彩画的影响力。在一部详细剖析 19 世纪 80 年代卧室装饰的作品中，他如此评价："相较于曾经住过的其他房间，这些房间会在我们的记忆中留下更生动的印象。"[33] 马里奥·普拉茨收集这些水彩画，也收集精美复制了室内装饰细节的玩偶屋。他喜欢这种契合。

摄影不是本书的重点，尽管其现实意义重大，罗兰·巴特也曾着力强调它的触感。[34] 通过停顿和曝光，摄影首先向我们呈现了摄影师看待其对象的眼光。"室内"是尤金·阿杰特青睐的众多主题之一；[35] 1905 年，他希望编撰巴黎住宅的分类摄影图集：女帽商、小食利者、职员的住宅……在他这里，相对于他惯常记录和保存的主题，我们肯定看不到那么多工人和作家的房间，这些房间里的主人也不会出现在镜头里。然而，这些照片确实弥足珍贵。照片展现了摄影师自己都没有意识到的许多东西，尽管在阿杰特看来，摄影仅仅是暂时的记录。这些照片相当于勒普莱（Le Play）家族志直观的等价物，后者为工人的室内生活留下了丰富的材料。

有些作家将封闭的房间视为写作之地，视为思考和回忆的中心。马塞尔·普鲁斯特、弗兰兹·卡夫卡、乔治·佩雷克等，都属于这类“内侍大总管”式的作家。房间是《追忆似水年华》的主旋律。[36] 房间困扰着卡夫卡《地洞》里那个神秘的动物，它越是害怕孤独，就越是寻求孤独的保护。[37] 房间是《变形记》噩梦般的舞台，睡眠者变形为被人驱杀的昆虫。房间是《空间物种》[38] 中的“单子”（monade）。当佩雷克回忆起那些他曾经入睡的房间时，说“我还记得”，但是他知道自己再也找不到让母亲丧生的那间毒气室了。

让我们一起走进那些各式各样，并被历史穿越、切割和驱散的房间吧。

[ 1 ] 米歇尔·福柯，《言与文》（*Dits et écrits*），巴黎，Gallimard 出版社，1994 年，第 3 卷，第 195 期，第 192 页（在“权力之眼”中重述），与让-皮埃尔·巴鲁（Jean-Pierre Barou）和米歇尔·佩罗的谈话，见杰里米·边沁（Jeremy Bentham）的《环形监狱或权力之眼》（*Le Panoptique ou l'œil du pouvoir*），巴黎，Belfond 出版社，1977 年。

[ 2 ] 布莱士·帕斯卡尔（Blaise Pascal），《思想录》（*Pensées*），第 8 章：“消遣”（Divertissement），第 126 页，见《全集》，米歇尔·勒盖恩（Michel Le Guern）编，巴黎，Gallimard 出版社，七星文库，2000 年，第 2 卷，第 583 页。

[ 3 ] 菲利普·阿蒙（Philippe Hamon），《图像集：19 世纪的文学与图像》（*Imageries. Littérature et image au XIXᵉ siècle*，2001），巴黎，José Cort 出版社，2007 年。

[ 4 ] 格扎维埃·德麦斯特（Xavier de Maistre），《跟着我的房间旅行》（*Voyage autour de ma chambre*，1794），第二版，巴黎，Dufort 出版社，1797 年；再版，巴黎，José Cort 出版社，1984 年。

[ 5 ] 参阅埃德蒙·德·龚古尔，《艺术家的房子》（*La Maison de l'artiste*，1881），第戎，L'Échelle de Jacob 出版社，2003 年。

[ 6 ] 瓦尔特·本雅明（Walter Benjamin），《巴黎，19 世纪的首都：拱廊计划》（*Paris, capitale du XIXᵉ siècle. Le livre des passages*），巴黎，Le Cerf 出版社，1989 年，第 230 页。

[ 7 ] “夜晚”（更多是在城市空间里），《社会与表征》（*Sociétés et Représentations*），第 4 期，1997 年 5 月；西蒙娜·德拉特尔（Simone Delattre），《漆黑的 12 个小时，19 世纪的巴黎夜晚》（*Les Douze Heures noires. La nuit à Paris au XIXᵉ siècle*），阿兰·科

尔班（Alain Corbin）序言，巴黎，Albin Michel 出版社，2000 年；阿兰·卡邦杜（Alain Cabantous），《夜晚史，17—18 世纪》（*Histoire de la nuit, XVII<sup>e</sup> - XVIII<sup>e</sup> siècle*），巴黎，Fayard 出版社，2009 年。

［8］ 莱昂·厄泽（Léon Heuzey），见夏尔·达朗贝尔（Charles Daremberg）和埃德蒙·萨里奥（Edmond Saglio）的《希腊和罗马古文物辞典》（*Dictionnaire des antiquités grecques et romaines*），1887 年，第 1 卷，第二部分，关于 "camara 或更加通用的 camera"。

［9］ 弗洛朗斯·杜邦（Florence Dupont），"成为卧室之前的房间"，见《凹室之梦：世纪变迁中的房间》（*Rêves d'alcôves. La chambre au cours des siècles*），装饰艺术博物馆的展览目录（插图丰富），巴黎，国际博物馆会议，1995 年，第 13—25 页。

［10］ 莱昂·厄泽，见夏尔·达朗贝尔和埃德蒙·萨里奥的《希腊和罗马古文物辞典》，见前引。

［11］ 居斯塔夫·福楼拜，《情感教育》（1869），见《全集》，巴黎，Gallimard 出版社，七星文库，1948 年，第 2 卷，第 1 部分，V，第 100 页。

［12］ 同样的情况出现在行政和法律定义最为丰富的 19 世纪某些机构的辞典里：路易·夏尔·德泽布里（Louis Charles Dezobry）和泰奥多尔·巴舍莱（Théodore Bachelet）的《传记和历史通用辞典》（*Dictionnaire général de biographie et d'histoire*）主要讨论了议会；亨利·拉米洛（Henri Lamirault）等人编写的《大百科全书：科学、文学和艺术思考盘点》（*Grande Encyclopédie. Inventaire raisonné des sciences, des lettres et des arts*，31 卷，1886—1902，第 10 卷，第 320—394 页）更容易理解。

［13］ 参阅亨利·阿瓦尔（Henry Havard），《从 13 世纪到今天的室内家具和装饰辞典》（*Dictionnaire de l'ameublement et de la décoration, depuis le XIII<sup>e</sup> siècle jusqu'à nos jours*），巴黎，Quantin 出版社，日期不详，第 1 卷，第 666—714 页。

［14］ 其中有让-菲利普·厄尔坦（Jean-Philippe Heurtin）的《议会的公共空间：论立法者的理由》（*L'Espace public parlementaire. Essai sur les raisons du législateur*），巴黎，PUF 出版社，1999 年。他主要论述了国民议会的半圆形结构，希望能够出现其他设计。同时可参阅让·斯塔罗宾斯基（Jean Starobinski），"座椅，讲台，栏杆"（La chaire, la tribune, le barreau），见皮埃尔·诺拉（Pierre Nora）主编的《记忆之场》（*Les Lieux de mémoire*），第 2 卷，《民族》，第 3 部分 "话语"，巴黎，Gallimard 出版社，1986 年，第 425—487 页。这两位极少提到本书所关注的问题：房间。

［15］ 众议院会议，1839 年 1 月 22 日，让-菲利普·厄尔坦的《议会的公共空间：论立法者的理由》，见前引，第 129 页，后引同。

［16］ 迪蒙（Timon），1842 年，同上，第 125 页。

［17］ 参阅马克·弗马洛里（Marc Fumaroli）的《口才的世纪》（*L'Âge de l'éloquence*），日内瓦，Droz 出版社，1980 年；"对话"，见皮埃尔·诺拉主编的《记忆之场》，第 3 卷《复数的法国》（*Les France*），第 2 部分 "传统"，巴黎，Gallimard 出版社，1992 年，第 679—743 页。

［18］ 其中一些作品的标题为：普罗斯佩·梅里美（Prosper Mérimée）的《蓝色房间》（*La Chambre bleue*），1872 年；乔治·西默农（Georges Simenon）的《蓝色房间》，1964

年；奥古斯特·斯丁伯格（August Strindberg）的《红色房间》（*La Chambre rouge*），1879 年；加斯东·勒鲁的《黄色房间之谜》（*Le Mystère de la chambre jaune*），1907 年；尼古拉·布维埃（Nicolas Bouvier）的《红色房间》（*La Chambre rouge*），日内瓦，1998 年；克里斯蒂娜·若尔蒂（Christine Jordis）的《白色房间》（*La Chambre blanche*），巴黎，Seuil 出版社，2002 年；等等。

[19] 帕斯卡尔·迪比（Pascal Dibie），《卧室的人种学》（*Ethnologie de la chambre à coucher*），巴黎，Métailié 出版社，2000 年。

[20] 菲利浦·阿利埃斯（Philippe Ariès）和乔治·杜比（Georges Duby），《私人生活史，从古代到当今》（*Histoire de la vie privée. De l'Antiquité à nos jours*），巴黎，Seuil 出版社，5 卷，1985—1987 年。

[21] "英文词汇中的 room 同时指房间和人们的身体所处的物理空间，且从精神上来说，是指在他人的思想中所占据的空间。换句话说，英国人的称呼包含了法语无法翻译的双重含义。"皮埃尔·诺东（Pierre Nordon），为弗吉尼亚·伍尔夫《雅各的房间》所作的序言，见《中短篇小说集》，巴黎，LGF 出版社，La Pochothèque 丛书，1993 年，第 22 页。

[22] 达尼埃尔·罗什（Daniel Roche）和雅尼克·帕尔达耶-加拉布朗（Annick Pardailhé-Galabrun）的著作提供了依据，《私密的诞生：3000 个巴黎家庭，17—18 世纪》（*La Naissance de l'intime. 3000 foyers parisiens, XVII^e -XVIII^e siècles*），巴黎，PUF 出版社，1988 年。

[23] 维尔日妮·贝尔热（Virginie Berger），《社会与表征》（*Sociétés et Représentations*），第 18 期，2004 年 10 月；女作者研究了 19 世纪德塞夫勒省一系列犯罪事件中调查人员写的报告，草图显示屋内家具的布局，会标注合住房间内两张床的使用频率。

[24] "在孩子卧室里找到的血液经过鉴定或可重新调整调查方向"：通过紫外线检查，在小女孩马蒂·梅克卡纳的卧室的一堵墙壁上，发现了血红蛋白痕迹。（《世界报》，2007 年 8 月 13 日）。

[25] 米歇尔·佩罗（Michelle Perrot），"私人空间"（Espaces privés），见弗朗哥·莫雷蒂（Franco Moretti）主编的《小说》（*Il Romanzo*），米兰，Einaudi 出版社，第 4 卷，2003 年。

[26] "physiognomonie" 这个已经失去活力的词在 19 世纪意指面相学。参考让-雅克·库尔蒂纳（Jean-Jacques Courtine）和克罗迪娜·阿罗什（Claudine Haroche）的《脸史：从 16 世纪至 19 世纪初面部情绪的表达与平息》（*Histoire du visage. Exprimer et taire ses émotions du XVI^e siècle au début du XIX^e siècle*），巴黎，Payot-Rivages 出版社，1988 年。

[27] "大部分观察员能够根据公共古迹或对家庭遗物的考察，最真实地重构民族或个体的生活习惯。考古学探求的是社会性，比较解剖学探求的是结构性。"奥诺雷·德·巴尔扎克，《绝对之探求》（*La Recherche de l'absolu*，1834 年），见《全集》，巴黎，Gallimard 出版社，七星文库，第 10 卷，第 658 页。

[28] 《赛查·皮罗多盛衰记》（1833 年），见前引，第 6 卷，第 120 页。皮耶罗是一个慷慨的共和派和理想主义者，在各个困难时期一直支持这个化妆品商人。

［29］《于絮尔·弥罗埃》（1841 年），见前引，第 3 卷，第 836 页。这部小说运用了场景符号来构建剧情，玛德莱娜·安布里埃尔（Madeleine Ambrière）分析过其作用（见前引，第 766 页）。

［30］皮埃尔-马克·德比亚西（Pierre-Marc de Biasi）主编，《居斯塔夫·福楼拜的记事本》（*Les Carnets de travail de Gustave Flaubert*），巴黎，Balland 出版社，1988 年，第 238 页（写于《布瓦尔和佩库歇》这部小说的准备阶段）。

［31］阿尔坦·戈卡尔普（Altan Gokalp），《后宫：神话和现实》（*Harems. Mythe et réalité*），雷恩，法国西部出版社，2009 年。

［32］马里奥·普拉茨（Mario Praz），《室内装饰史：室内装饰哲学》（*Histoire de la décoration d'intérieur. La philosophie de l'ameublement*），巴黎，Tisné 出版社，1990 年。

［33］作者同上，《生活的房子》（*La Maison de la vie*，1979 年），皮埃特罗·西塔提（Pietro Citati）作序，Gallimard-L'Arpenteur 出版社，1993 年，第 379 页。"这些水彩画将其所处时代的味道保留得如此之好，让人觉得画中的门和窗似乎从来没有被打开过，我们还能够感受到停留其上的灵魂。"

［34］罗兰·巴特，《明室》，巴黎，Gallimard-Seuil 出版社，1980 年。作为解读尝试，参阅阿尔莱特·法尔热（Arlette Farge）的《双床房和特拉维夫的鞋匠》（*La Chambre à deux lits et le Cordonnier de Tel-Aviv*），巴黎，Seuil 出版社，2000 年，书中用的是苏菲·里斯泰浩博（Sophie Ristelhueber）的照片。

［35］尤金·阿杰特（Eugène Atget），《巴黎室内》（*Intérieurs parisiens*），卡纳瓦雷博物馆展览手册，贝尔纳·德·蒙高尔菲埃（Bernard de Montgolfier）作序，1982 年；《阿杰特作品回顾展》，法国国家图书馆黎塞留馆展览手册，巴黎，BNF-Hazan，2007 年。

［36］克洛德·多菲内（Claude Dauphiné），《〈追忆似水年华〉中叙述者的房间》，《马塞尔·普鲁斯特联谊会会刊》，1981 年，第 31 期，第 339—356 页。

［37］弗兰兹·卡夫卡，《变形记》（1915 年），《地洞》（1931 年），见《全集》，第 2 卷：《故事与叙述片段》，克洛德·戴维（Claude David）主编，巴黎，Gallimard 出版社，七星文库，1980 年。

［38］乔治·佩雷克，《空间物种》（*Espèces d'espaces*，1974 年），巴黎，Galilée 出版社，2000 年。

# 国王的房间

　　让我们庄严地从国王的房间步入我们的历史。在路易十四治下的 1701 年，国王的房间位于大理石庭院的中央，"面向朝阳，处在毋庸置疑的中心位置"[1]；后来为满足国王的需求而建的小教堂被推向北面，这一点不同于马德里的埃斯科里亚尔修道院，后者将教堂置于修道院的中心位置。这种空间布局显示了君主制的绝对权力及其神圣性：在密闭的中央空间，国王取代了上帝。

　　在堪称"世界之缩影"、如宇宙般宏大的凡尔赛宫，太阳的象征支配着整体布局与每一个细节。1671 年至 1681 年间，由勒布伦（Le Brun）布置和装饰的大套房中，七个依次相连的房间分别代表一颗星球，我们在意大利王公的府第中也能看到类似的设计，后来，这一布局被俄国女皇伊丽莎白移用至圣彼得堡。在同时代的评论者看来，王宫中满是寓意和象征，这种文化被广泛地分享和领会，安德烈·费里比安于 1674 年发表的《凡尔赛城堡概述》[2] 便是一例，这些同时代者就像阅读一本敞开之书一样去解读凡尔赛宫。

　　条条大道均以凡尔赛城堡为出发点，即从国王的床向外延伸。根据朱利安·格林的说法，从国王的房间出发，"从这一端走到另一端，或从这个房间走到另一个房间，国王要走的步数都对应从太阳到另一个星球的距离"，

17

其依据是人们从埃及吉萨金字塔中发现的星相学原理。[3] 这种宇宙中心论无疑被狂热的解读者过分夸大了，埃莱娜·伊梅尔法布曾提到这种过度的狂热。[4] 随着时间的推移，它让位于历史，让位于可从画作中得到反映的各种皇家盛事，尤其让位于不可或缺的日常事务，这些事务将国王的书房转变为以不同方式运作的权力中心。

在这个不断变化的城堡中，工作始终繁忙，王室成员和廷臣因生老病死、职务升降或受宠与否而走马灯似的搬进搬出，房间的变动令人眼花缭乱。[5] 然而国王的房间一直留在那里，它是一个固定的点，是凡尔赛宫跳动着的心脏。时至今日，它依旧是记忆神奇的锚点。[6]

## 国王的护栏

国王的房间既是空间也是装置[7]，它是由象征符号塑成的物质空间，其内部与入径均是如此。门、门廊、通道、楼梯（包括国王的私人楼梯），构成了众多关卡，它们由门卫和侍从把守，等级森严，甚为讲究，圣西蒙曾经极为出色地分析过精巧的"国王的机制"。

然而，此类房间的物质空间总是被忽略、被遗忘。人们对它知之甚少，在一个"古董"完全不被看重的时代，房间的装饰、家具时常被大量更换，不断被替代或消失。当一位廷臣去世后，他用过的家具往往会被赠予身边的人，包括仆人，就像曼特侬夫人离开凡尔赛宫、前往圣西尔时那样。那么，国王的家具究竟是什么？他的周遭由什么组成？如今，人们参观的一切乃是对历史的重构，甚至部分来自想象。我们只知道这个房间铺着深红色、纺入黄金的丝绒地毯，1785 年，人们从中抽取出来的黄金竟有 60 千克之多。[8]

国王的房间是一个剧场，一个被简单勾勒的舞台。房间内部有一处栏杆，圈起庙宇般的圣地。"神圣化就是围起界限。将某个范围置入紧张状态。用障碍、栅栏、护栏围绕。"[9] 能够进入这个范围的，只有那些头等侍从与被国王召见之人，比如外国使节。然而，他们依旧不能越过地毯所划出的界限。1699 年，国王在接见阿卜杜拉·本·阿伊查时，曾下令布勒特伊男爵嘱咐这位摩洛哥君主的密使"在地毯边止步，就待在护栏下面"。坐在扶手椅上的国王"仅露了一会儿脸，不久便隐身了"。[10] 进入国王房间觐见的规矩如此烦琐，这只是其中一例。

很少有人能越过护栏。这一特权曾被授予英国国王派往凡尔赛宫的使节波特兰公爵。刚服过药的国王接待了他："这是极其重大的礼遇，最难得的是，国王让他走到了自己的床栏边。此前，无论是来自何种阶层、哪个国家的觐见者，都没有享受过这种'破例'待遇，除了外国使团礼节性的仪式。"[11]

靠在护栏上有失体统，在路易十四统治时期，这种行为简直不可想象，守在边上的侍卫看到后会立刻制止。后来，规矩开始松懈，行为也变得散漫，但反对的声音依然存在。路易十六统治时期，当克雷基侯爵举止随意时，有侍卫指责他说："大人，您这是在亵渎国王的寝宫。"克雷基侯爵则回击道："先生，我尊重您的严谨。"路易十四当政时，此类场景不可能出现，如若出现，整个宫廷的人都会忍俊不禁。当礼仪变得滑稽可笑时，什么事都有可能发生。

护栏划定了圣地的范围，就像教堂里将祭坛与信徒区隔的栅栏。护栏将国王的床与外界隔开。这张床铺满绫罗绸缎，帷幔重重，无论白天还是黑夜，时刻都有仆从看管。首席侍从睡在床脚下：国王躺下后，他就不能再离开半步；他负责守卫国王，手握储藏国王外套和睡衣的衣柜钥匙。"国王与权力安睡于同处，每天，他的肉体在床上重生，为了完成其神圣身体的使命。"[12] 国王的房间是"这位全能者的静态映像"，这尊贵的礼仪之地建立在时间和空间的精细运作之上，因为"国王对一切小细节都非常敏感"。[13]

国王的床是圣坛，从肉体到神圣身体的转变在此进行；宫廷恒久不变的日常生活中的两项主要仪式，起床和就寝也在此进行。这两项活动的制度已经完善至极，甚至细致到时刻、动作与参与者。[14] 在起床时，首席侍从提着衣服的右袖，掌管衣柜的司服提着左袖。到了晚上，国王可以挑选他宠幸的对象。波特兰公爵显然受宠若惊："国王赐予他秉烛伴寝一晚的恩宠，只有国王亲自挑选的、最重要的人物才能担此重任。极少有使节能在这一时刻造访宫殿，即使他们被邀请，也很难获得此类殊荣。"[15] 在一部戏剧中，"开场"往往决定了后面每一幕的内容。

在这个精准的报时系统里，仆从和守卫扮演着重要角色，因为他们守着房门，控制着入口，负责向国王递交请求，允许他人来到君主跟前、与君主交谈。在国王的卧室之外，他们也扮演着同样的角色，在国王离开寝宫，走向小教堂或华丽的四轮马车的短短几步路中，一切都在间歇时见缝插针地完成，简短而神秘。

起床仪式完成后，国王房间之外的一天就开始了。"蓝服管家"在地毯工的协助下整理国王的寝床。在房间内侍中，会有某个人整天守着国王的床，"站立在床台上或护栏边"。彼时，这个房间会向公众开放，除非国王本人在房间里。就像信徒对祭台上的圣体行屈膝礼，参观者也会在国王的床前鞠躬。内侍则立在床边守卫。

## 国王房间的侍从

作为拥有多重意义的公共空间，房间（多义词）是宫廷和王国最重要的部门之一。威廉·R. 牛顿曾经在档案中细致考究房间的布局和功能，描述过它运行的种种复杂性,[16] 并启发了后世企图模仿凡尔赛宫之端庄威严的其他宫殿。凡尔赛宫无疑建立了一种难以企及和复制的模式。

侍从长的威信逐渐让渡于"国王房间的头等内侍"。每个区域有 4 位提供服务的头等内侍,负责国王生活的方方面面。他们管理侍从的贴身服务,后者包括"头等侍从"(每个区域 4 名)和普通侍从(每个区域 8 名,共 32 名)。头等侍从享有实权和丰厚的物质待遇(俸禄,赏赐,住房,蜡烛),掌握着一定的人脉资源,这些资源有助于他们实现社会跃升。作为成功的跳板或元帅的权杖,为国王的房间服务总是有利可图、受人追捧。此外,头等侍从还可以父传子承。普通侍从享有的好处要少得多。他们拥有在角落里、至少还有壁炉的小房间。他们的工作由 6 名"普通管家"协助,因为制服的颜色,有时也被称为"蓝服管家"。然后是"普通门丁",在套房的前哨筛选来访者,"国王房间的门丁"(共 16 名,每个区域 4 名)负责守卫护栏并控制房间的入口,他们必须熟知宫廷以及皇室的权利和特权。

在为国王房间服务的其他职员中,还有理发师、流动衣橱的持衣侍从,以及提供临时厕所的"解手服务队"。路易十五实在无法忍受这种方便形式,遂建了"英式厕所",此举在当时被视作文明进程的标志性变化。[17] 此外,还有一批专业化的服务团队:钟表匠,地毯工,骡子或狗的总管,等等。"衣橱侍从"会提供额外服务。"大总管"负责在前一天晚间准备国王起床后和就寝时的衣服,从睡衣的袖子到夜用的枕巾都要考虑妥当。这些人都与国王有着密切至极的接触。

国王熟悉并喜爱这些为他提供服务的人员。圣西蒙曾经写道:"他会善待这些侍从,尤其是内侍。跟他们在一起,他觉得非常自在。他会很随和地与他们聊天,尤其是总管们。他们之间的情谊和好恶经常会产生巨大的影响。"但圣西蒙并不认为国王身边的下属拥有隐藏的权力,然而在马蒂厄·达·芬哈看来,这种权力非常重要,[18] 尤其是 4 位"头等侍从"。在他们当中，有见证路易十三去世的玛丽·杜布瓦（Marie Dubois）；见证路易十四与曼特侬夫人新婚之夜的亚历山大·邦唐（Alexandre Bontemps）；路易十四临终的见证者路易·布鲁安（Louis Blouin）。这些人既是国王的心腹，也是回忆录作者和观察者，甚至是国王的间谍与"重要耳目"。他们的权力正是来自把守国王房间的地位。圣西蒙如此描述邦唐："他负责传递秘密命令和信息、筛选被递送给国王的信件、宣告私人召见与口谕。一切都是谜团。"侍从对权贵的等级与其在宫中的人际关系（如住所）了如指掌，这是凡尔赛宫的珍贵资源，同时体现了他们的权力。他们会向国王禀报一切可用的空间，让国王根据自己的喜好分配。居于宫殿中是一项重要的特权，直至 18 世纪初，住所的分配才被纳入行政管理。空间是一种反映恩宠和奖励的策略。作为房间的主管者，侍从参与了权力的创造与赋形。

侍从为国王的两个身体提供服务，模糊了公共与私人之间的界限。"内侍"拥有各种柜子的钥匙。"伴寝侍从"在国王的床脚下睡觉，他们是国王睡眠的见证人，也许目睹了国王的睡梦、起夜和夜疾。他们还是国王风流韵事的同谋，无论是合法的爱情还是奸情。区域侍从会陪同国王前往王后的住所，在王后去世之前，国王一直要陪她过夜；早晨，他会接国王回来完成梳洗仪式，这一点昭示了国王房间正式、公共的性质。做爱不会在国王的房间里进行，那张装饰性的大床不宜承受床笫之欢。基督教对肉体的诅咒依然发挥着效力，出于羞耻之心，圣奥古斯丁曾经渴望在可以上锁的专用房间里行夫妻床事。

## 全景房间

国王的房间位于权力制度的中心，它应该是全景式的，即便在现实中无法实现，国王也应当看见并知晓一切。通过视线和话语的双重渠道，这个中心得以运作。圣西蒙曾写道：国王有敏锐的目光，"他注视着所有人，没有谁能逃过他的目光，甚至是那些不希望被看见的人"。还有一句广为人知的玩笑话："我不认识他……我从来没有见过这家伙。"国王要求其大臣在指定的时刻列队出现。起床、用餐和就寝犹如芭蕾舞的序曲，之后是盛曲和首曲（因为紧跟在盛曲之后，也被叫作次曲），再然后是简曲。常曲响起时，国王躺在床上、解决身体之需；国王起床时演奏盛曲；待他穿上睡袍，伴随的是首曲；坐到化妆台前，简曲响起。国王就寝时的次序与之相反，各种序曲伴随着他宽衣解带、安然入眠。内侍职位的级别与距离国王身体的远近密切相关，离国王越近，荣誉也就越高。陪读这一职位并不常见，因为国王不喜欢阅读，但由于能近距离接触国王，陪读常拥有极高的地位。拉辛曾经接受过这项任务。

国王的视线毕竟有限，然而，他却想知晓一切，比如："那些私人住宅里正在发生什么？世界贸易现在是什么形势？那些家庭和人际来往有何秘密？"他曾经对王太子说，"我们必须得知所有他们极力隐瞒的事情"。[19] 为此，他动用了各种手段：拆开信函，命令下属部门拦截并复制，待日后需要时引用，通信秘密不复存在；利用大臣的奴性，鼓励他们"在书房里偷偷摸摸地跟国王说话"[20]，这是王室著名的"幕后报告"；指派御前侍卫暗中从事对公众的监视活动；最过分的是串通侍从，让他们佯装接收申诉书和求见申请，以便倾听各种潜伏的声音、谣言和闲话，国王对之颇为关注。此类勾当的杰出代表当推邦唐："他对任何秘密都无限好奇，甚至将日常琐事也变得神秘兮兮，引起人们的嘲笑。"[21]

如果人们自觉受到监视，势必会产生躲藏的想法。为了避开国王全能的视线，人们会借用遮挡视线的楼梯。为了不被窃听，人们压低声调、窃窃私语。为了将《回忆录》递交给特拉普修道院的院长德朗赛先生，并倾听他珍贵的建议，圣西蒙提议在凡尔赛城堡与他见面。但是，圣西蒙不得不表现得小心翼翼："我相信，请您保守这个秘密或许只是枉费心机，请为您复述信件的传话人注意声调，以防隔墙有耳。"他坚持认为有必要"凑着耳朵进行交谈"，并将见面地点选在无人居住的套房或宫殿中的某个偏远角落。为此，他曾提议把会面地点定在"王后住所旁某个长廊尽头的小客厅，此处无人光顾，自太子妃死后，那里就被关闭了"；或者是"廊台与新侧厅之间某个光线阴暗的过道，他就住在新侧厅的最里头"。[22] 专制主义催生了一些奇特的躲猫猫游戏。公爵被这些不能逾越的门槛、禁止进入的过道、拉上的窗帘、打开或关上的门所困扰，他总是怀疑其间存在某种暗谋。当他拜访德·博维利耶尔夫人时，门真的被关上了吗？他发现苏利公爵夫人溜进来时不无惊讶，"尽管门是关着的"，这让他嗅出了某种密谋的味道。他的《回忆录》闪烁其词。在充满眼色和私语、既公开又隐秘的宫廷中，他该如何构建自己的人际关系、完成自己的交易、策划自己的计谋呢？

## "小恩惠"

国王本人会至高无上地调节王宫中的种种差别。他相信或者装作相信自己能顾及每一个人，在某种意义上的确如此。帕拉蒂尼公主（La princesse Palatine）不喜欢只允许皇亲国戚进入、禁止生人入内的维也纳皇宫，而是更青睐向公众开放的凡尔赛宫。在凡尔赛宫，民众可以在国王离开时参观他的房间，并试图和他说上几句。路易十四垂危之际，"一个特别粗鲁的外省平民"得知消息后赶来进献一个药方。依照此人的说法，该药方可以治愈国王的坏疽。国王当时已经奄奄一息。"医生们轻易就让此人进宫了"，允其拜谒最尊贵的病人。[23] 但是，这是因病情而消除界线和等级差异的特例。

24

在平日里，普通人进宫可没那么容易！他需要在人群中闯出一条路，利用国王外出的机会，抓准他去做弥撒和返回的时机，或看住他的四轮马车。"最尊贵的人物或极个别的人会一直跟到国王的书房门口，却不敢进去。这里是觐见的终点。"清醒的圣西蒙写道："人们只能极不方便地与国王简单交流几句"；"如果他与你相熟，也只能悄悄说上几句而已。"[24]

进入国王的书房与进入他的卧室同样复杂，两者由卧室的前厅相连。书房是国王真正的办公室，是他的工作场所。国王在此接见大臣和秘书，听取他们的汇报。书房的职能色彩更为强烈，但进入它同样需要接受审查。圣西蒙说，卢瓦（Louvois）的一大特权是无须通报（甚至无须预约）就可直接进入书房。不过侍从仍会像被赶出来那样守在门口，让门保持敞开，以便偷听或通过镜子观察室内，防止发生"危急状态"。这象征着控制和拦截的权力。

"走后门"指从书房后门或国王的私人房间进入，属于至高恩宠。这种恩宠只留给与国王关系亲密之人，或是通常由侍从安排的秘密而又突然的特殊召见。对亲王而言，"走后门"算是常规操作，他们经常在隐秘的舞台幕后和人见面。圣西蒙经常提及这一点，他与王太子的私交便是如此。他称王太子为"令人敬佩的亲王"，经常跟王太子"面对面"交谈。"我是唯一可以频繁且自由地'走后门'的人，要么是我到他那里去，要么是他到我这里来。在这种交谈中，王太子会说出心里话。"圣西蒙十分怀念与勃艮第公爵"随时随地交谈"，公爵分享了他对贵族的看法，他不仅为贵族的衰落而哀叹，还为"乏味而致命的"[25]闲散而感到悲哀。一种更加自由、更加开放的话语在"私下"流传，并隐约反映出公共舆论的碎片。

管理空间是行使权力的一种基本模式。套房的分配需要遵循一些规则，法国王室的王公享有优先权。但是，国王打乱了王朝的秩序，让合法私生子和"正统王族成员"平起平坐，尤其偏爱和宠妃蒙特斯潘夫人所生的几个孩子。曼特侬夫人宠爱的曼恩公爵和图卢兹伯爵都住在二楼最漂亮的套间里。"法兰西之子"与他们的"女保姆"和家庭女教师占据了宽敞的区域，拥有朝向花园的儿童房，那里被装上栅栏，以阻挡对它感到好奇的公众。命运弄人的是：玛丽·安托瓦内特对王太子的安全格外上心。

威廉·R. 牛顿通过一些档案和极为确切的通信探寻到了这些变化和那些住所糟糕的廷臣提出的怨言和要求，对居住史和情感史做出了杰出贡献。人们可以从中窥探这些在奢侈中夹杂着肮脏的场所的奇特性。那些受到宠幸、亲近国王的廷臣不仅能得到极大的通融，对赏赐的需求也越来越明确，而需求随着时代的变化而变化。然而，牛顿收集的文献资料有失平衡，涉及18世纪的材料尤其冗长，涉及17世纪的材料则简短得多，导致这一时期王公乃至国王住所的情况仍然迷雾重重。国王的房间保留了种种神秘性。全景之眼的中心难道空无一物吗？

宠妃们拥有位于城堡中心的宽敞住所，紧挨国王的房间。国王无意识地犯下重婚罪（甚至一夫多妻）[26]，直到与曼特侬夫人结婚，国王的"后宫生活"方才终止。长期以来，曼特侬夫人与国王有着独一无二的关系，并趁此向国王传递信息、与他聊天。然而，他们的交流并非明目张胆："总是有一些属于公众的场合，但在国王的书房里……两个人坐在屋中，房门大敞，只有在与国王独处或廷臣聚集的时刻，夫人才会这样做。"[27] 总而言之："他们就站在书房外面的门廊，当着所有人的面。"国王想向所有人证明他的爱情吗？或者恰恰相反，他想预先堵住别人的批评，避免风言风语？将房门打开意味着什么呢？蒙特斯潘夫人被疏远后，从二楼搬到了一楼居住，不再与国王的房间相邻。等待她的是彻底退出。

相反，受宠的"曼特侬夫人搬进了凡尔赛宫主楼梯上最顶层的套房，与国王的套房面对面，且处于同一高度"。[28] 她拥有四个不太舒适的房间，在传统套房的最里面，配有一间狭窄的卧室。王后去世后（1683年7月30

日），国王搬到了新婚妻子的套房对面，曼特侬夫人也慢慢结束了在太子妃那里的职务。国王回收了王后的套房，但没有再次使用。蒙特斯潘夫人的套房也被收回，转为国王收藏品的储藏室。埃莱娜·伊梅尔法布从中看出国王的转变，"从收藏女人转向收藏画作和青铜器的潜意识转变"。[29] 为了迎接国王，曼特侬夫人的套房得到改造，她的卧室也被扩大。不过，她坚持拒绝过大的变动，尤其拒绝搬家。就这样，在凡尔赛宫和其他地方，她几乎获得了与国王一样的稳定性。

## 国王的"私密"①

作为权力的剧场、舞台、焦点和工具，国王的房间并非真正扮演着私密的角色。国王在这里起床就寝，却极少在此睡觉。几乎每天晚上，在他正式就寝后，头等内侍就会带着宝剑和便壶（它们会被放在走廊的椅子上），将国王送往王后的房间。国王对"夫妻义务"颇为重视，婚姻前期的路易十五与玛丽·莱什琴斯卡便生下了九个孩子。清晨，头等内侍会前来将国王接回自己的房间，然后举行起床仪式。

对于所有王室成员来说，个人隐私从不存在。帕拉蒂尼公主对这种文化差异深感惊讶，她发现凡尔赛城堡存在这种情况，马尔利城堡更是如此："我们没有套房，只有用来睡觉和穿衣的房间；除此之外，一切活动都是公开的。"她渴望找回熟悉的德国式住所："我会与您和姑父一起待在房间里，希望自己还是曾经的莉丝洛特"，公主在给她的姑姑、奥斯纳布吕克公爵夫人写信时如此说道。[30]

---

① "privance"意指"亲密，亲近"。根据阿兰·雷伊（Alain Rey），这个中世纪的词在 17 世纪之后就消亡了。在提到国王时，圣西蒙经常使用这个词。

拉布吕耶尔注意到："一个国王什么也不缺，只缺少甜蜜的私人生活。"路易十四向往私人生活。他把书房和后书房的套间面积扩大了一倍，用来与家人来往、与亲信聚会、收纳收藏品。他增建了许多城堡："我把凡尔赛当作我的宫廷，把马尔利当作和朋友的聚会之地，把特里亚农献给自己。"除此之外，他经常光顾女人的房间，她们离国王向来不会太远。在凡尔赛，改造之后的曼特侬夫人的房间可供夫妻二人同时工作，圣西蒙经常提及这样的场景：国王坐在一把扶手椅上，面对坐在凳子上的大臣；她坐在另一把扶手椅上，或者待在房间西面那个著名的"壁龛"里，一个放着床的凹室。曼特侬夫人有一把扇子，它已经没了踪迹，我们只能从拉波梅勒（La Baumelle）的描述中窥探一二，后者"真实地"展现了这个房间与这对夫妻经典的社交生活。"国王在书房里工作，曼特侬夫人陪在边上，勃艮第公爵夫人在玩耍，奥比涅小姐在准备点心。"曼特侬夫人喜欢稳定，也许稳定可以令她安心。她不追求装饰的奢侈和豪华，讨厌那些相连的套房，宁愿住在独立的房间里。她喜欢轻柔的布料、能够移动的家具和能够叠放的物品，比如19世纪在小资女性之间流行的填充物软垫。房间里只有一架四束羽枝装饰的床，显示出她的皇室地位。曼特侬夫人总是怕冷：她喜爱可以挡风的帘子，不让国王的阳刚之气受到"穿堂风"的侵扰。帘子拉下来后，可以在国王工作时遮隐床位。常常阴冷至极的国王卧室里，帘子可以提供保护、密闭空间和隐私。圣西蒙在提到蒙特斯潘夫人时曾说，她用"薄纱帘"暗示自己的地位，"它们看起来像帘子，除了人不能穿过去之外，根本起不了其他作用"。

1683年至1715年，在曼特侬夫人这位"难以置信的女神"治下，她的房间就是国王的房间。圣西蒙准确地描述了其"长年累月的运行机制"。他认为，夫人不动声色地给国王施加了巨大的影响。她善于倾听，从不插话，却在大臣和国王交谈之前提前与他会面。她对职位和恩宠的分配特别关注，对外交事务——最忌讳女人的领域——则不甚清楚。托尔西（Torcy）和卢瓦一样提防女人介入外交，处理外交事务时，他总是避开曼特侬夫人的房间。

国王平日常常探望曼特侬夫人，有时也会向她征求意见。见面时间的长短取决于地点，当她在枫丹白露城堡时，一个半小时或者更长；在马尔利或特里亚农城堡时则短得多。"国王探望时总是两人独处，且丝毫不影响晚饭后的时光"，后者要更频繁，往往将近9点半才结束。此后，曼特侬夫人会"在国王与廷臣的陪伴下"用夜宵和上床，直至10点"国王去用夜宵，与此同时，侍从会拉下曼特侬夫人的帘子"。在旅行途中，她会在移动的四轮马车里陪伴国王。然而，"她只在国王生病或需要服药的那些早晨前往他的房间"。[31] 她分担着这具亲密身体的不幸，这是夫妻关系的象征。

曼特侬夫人对国王极为顺从，这与她的影响力成正比。她必须时刻回应国王的欲望。"当她状态不佳时，国王会跟平时一样去她的房间，从不更改原先的计划；有时她甚至还躺在床上，好几次发着高烧，豆大的汗珠直冒。"国王"怕热"，会让人打开窗户。"国王总是自顾自行事，从来不会过问她的意见。"曼特侬夫人在对国王的顺从中进行统治。她不能总是让自己的帘子挂着。

作为持家有方的女子，曼特侬夫人待在自己的房间里，并施加自己的影响。她规定下属不能接待任何人。著名的娜侬·巴勒比安（Nanon Balbien）就是她的内侍，来自圣厄斯塔什教堂，从曼特侬夫人还是斯卡龙夫人时起就在宫中服务，"跟她一样虔诚，有些年纪……自然非常愚蠢"，而且在各个方面都模仿女主人，并以此提供服务。曼特侬夫人房间里的扶手椅是她的"宝座"，即便英国女王来访，这位"女苏丹"也不会把椅子让给她。然而这种隐居对她来说还不够。"尽管只有亲密至极的女人才能进入她的圣地，但她还是需要另一个可以完全自由出入的隐身之所。"[32]

日益衰老的路易十四与她分享着对隐身的爱好，他试图躲开由他自己修建、并逐渐令他感到厌烦的凡尔赛宫。国王对私密的需求并非起于路易十五的时代，而是始于其曾祖父对"私密之所"的渴望。"到了最后，已然厌倦辉煌和人群的国王，相信自己有时只是想要渺小和孤独。"[33]

## 国王的疾病和离世

国王的性事、睡眠、梦魇都被秘密围绕，当然还有他备受煎熬的身体，只有国王的侍从和医生才是真正的见证者和参与者。房间是各种照料发生的场所，包括卫生和医药。路易十四极爱干净，这与人们的传言恰恰相反。他喜欢洗澡，喜欢"室内浴"，根据某些医嘱，他会在浴缸里停留很长时间。他会漱口，自 1685 年起，他的牙齿已经全部掉光了。仆从会给他刮胡子和剪头发，在年轻时，他的头发相当漂亮。他自己挑选假发，一天会更换好几顶。凡尔赛宫里有许多可以照出他模样的镜子，那么，他又如何看待自己呢？

治疗由太医（或国王的医生）负责。他们非常重要，拥有特权，待遇优渥，住得极好。他们的影响力不断提升，尤其是达甘和法贡这两位。达甘来自蒙彼利埃医学院，有一天突然被解雇了，或许是因为这个"犹太人"太贪财了。这一指控反映了正在扩大的反犹主义声浪[34]。曼特侬夫人支持这股声浪，她对达甘没有好感，遂利用这一机会提拔了法贡。得到她宠幸的法贡来自巴黎医学院，但后来，他更多转向了以经验诊断为主的英国医学。

太医的使命是保护国王的健康，进而保证王国的稳定。他们可以不分昼夜、自由出入国王的套房，甚至有机会和他单独相处：这是一种至高的权利。法贡极为庄重地叙述了他与国王陛下的第一次面会。国王以偏头痛为由打发了达甘，然后坐在前厅的扶手椅里，请内侍通知法贡前去拜见：这是他好运的开端。太医密切关注着国王的身体，并记录下国王的健康状况。斯坦尼·佩雷从生物历史学角度研究了太阳王的病史，并出版了《路易十四的健康日志》[35]。书中用医学术语分析了国王身体的种种不适，将一位君主的肉体还原为普通人的肉身。饭量很大的国王出现了发热、头痛、头晕、消化不良、呕吐、大便恶臭、痛风反复发作等症状。他们用了灌肠、放血与全身紧裹、促进排汗的疗法：清晨，内侍不得不更换全套床上用品。为了消除国王讨厌的臭味，他们使用了"御香炉"和香垫，尤其是橘子花香，这是国王唯一能够忍受的味道。可以想象，这个房间摆满了盆盆罐罐的容器和床上用品，夜里窗户紧闭，缝隙堵上，屋子里臭气熏天，国王被丝毫不敢大意的内侍环绕。国王的睡眠很糟糕："梦魇不断，叫嚷，慌乱……经常说胡话，甚至直接从床上坐起来。"在生病期间，"他习惯了在睡梦中不停叫喊、说话，折磨人的症状比平日更加严重"。医生的观察、内侍的惊扰令国王无法安稳入睡，常常被噩梦和焦虑折磨，几乎成了神情抑郁的梦游者。夜里的房间隐藏着另一面，在主人散发的浊气之中，悄然打开了我们看不见的潜意识之门。

国王的病情属于国家机密，在我们不乏君主制遗风的共和制传统中，有时也是如此。国王的病情会导致其身体虚弱，也会令其权力衰弱。太医会过滤和改写病情，策略性地组织、调动情绪。[36] 因此，人们从来不会看见躺在床上的国王，因为这一形象过于缺乏男性气概，似乎仅适合女人，适合分娩后的王后。不过有一次例外：1658 年，国王一度在加来身患重病，却奇迹般地生还，为了庆祝这个奇迹，康复中的国王躺在带华盖的床上，床边是奥地利的安妮，这不啻为复活之后的法国的象征。[37] 他胃口不错，肠胃功能甚佳，身板结实，不知疲倦，善于忍耐痛苦（尤其是肛瘘手术期间），面对恶劣天气镇定自若，面对寒冷无动于衷，这一切都确保了王国的安全。然而，后来他的龙体经常出现状况，偏头痛时时发作，情绪起伏不定，这些情况必须对观察者和他的敌人保密，否则对手会趁机策划反对他的阴谋，尤其是在 1715 年夏天，即他生命中的最后一个夏天。

国王的病危让整个房间乱成一团，泾渭分明的界线被搅乱了。圣西蒙每天都在记录这个过程，我们在此参考他的叙述。这些记录告诉我们"自国王不再出门之后，他房间里的制度"怎样运转，还解释了这种制度是如何逐渐衰弱的，尽管国王竭力维持各种事务的日常运行。国王在生病时还操持着国家事务，他在房间里召集大臣们开会，房间变成了书房，即使有时国王会打一阵瞌睡。此外，国王还很注意保持"身穿睡袍时仍不失高大和威严的神态"。8 月 17 日，他躺在床上召开了财政委员会会议。8 月 20 日，他放弃前往曼特侬夫人的房间，而是派人去叫她。"他穿着睡袍在扶手椅上用膳。他不再走出套房，也不再穿衣。"他还能起床吃晚饭（23 日也是），继续接见来访者。进入房间依然存在级别限制。曼特侬夫人和王室女眷一直由前厅进入，获准共进晚餐和夜宵的大臣也是如此。曼恩公爵"仍像往常一样进出，即经由书房后面的小台阶，以免被别人看到"。奥尔良公爵与他相反，他自认不受欢迎，"估计每天最多进入房间一到两次"，而且只从正门进入。

来访者中既有蒙国王召见的人，也有他没有召见的人；有一心要来的人，也有避之不及的人。贝里公爵夫人属于后一类，"在国王生病期间，她几乎从未探望过"。8 月 24 日，国王穿着睡袍下床用餐，这也是他最后一次这样做，他没能坚持到餐毕，就被扶回到床上。不过，他仍试图保留一些仪式，比如早晨时用鼓和双簧管演奏音乐，还有用餐仪式。26 日，虽然睡得不好，他仍然在床上用了餐，"获准进入房间的人陪伴着他"。

医生住进了这个房间，长久以来，他们对这里非常熟悉。尤其是法贡，他自 17 日就一直睡在此地，还有马雷沙尔（Mareschal）和其他四名医生。颇讨曼特侬夫人欢心的法贡因为长期负责对国王身体的治疗而享有威望，但他受到了内侍们，尤其是头等内侍布鲁安（Blouin）的限制，后者通过努力，争取到了"巴黎医学院最高明医生们"给国王的会诊。内侍一直待在房间里，除非国王与宠臣曼恩公爵单独相处。在曼特侬夫人的催促之下，国王起草了一份追加遗嘱，授权曼恩公爵在维勒鲁瓦元帅协助下执掌王朝的民事和军事权力。"这样，这位摄政终于不用继续生活在声望低微的阴影下"[38]：这是被帕拉蒂尼公主讥笑为"老东西"①的曼特侬夫人最糟糕的决定。

没过多久，泰利埃神父开始为国王行忏悔礼和临终涂油礼。国王接见了奥尔良公爵，却丝毫没有提及追加遗嘱一事。随后，他又相继召见了曼恩公爵、图卢兹伯爵，最后是"站在书房门口"的亲王们。国王让他们进入房间，"只是一起讲了几句话，没有任何特别之处，声调也没有降低"。在包扎完被坏疽感染的腿之后，国王让人叫来了公主们，"大声跟她们说了几句话，以哭哭啼啼为由把她们打发走了，因为他想休息"。26日，他向许多人传达了特别信息。27日，他在曼特侬夫人和总管的协助下焚毁了一些文件：火焰吞噬了什么秘密吗？曼特侬夫人一整天都跟他待在一起。28日上午，国王"和蔼地跟她说了几句话，但夫人很不开心，因此她一句也没有回应"。国王说很遗憾自己要离开她了，希望很快与她重逢。这种愿望丝毫不会令"这位自以为会永生不死的老仙女"开心。28日晚上，她在侍女的陪伴下奔往圣西尔城堡，再也不打算回来。她的离开令国王痛苦万分，只能派人去找她。她在29日晚上返回。但是，30日那天，在将"她套房里的家具"分配好之后，"她又赶回了圣西尔，闭门不出"。圣西蒙谴责了她的叛逃，在他看来，这是一种抛弃。他也强调曼恩公爵在签完追加遗嘱后就离开了；还有泰利埃神父的冷漠，作为告解神父，他绝不该丢下国王，离开"床边"。"国王房间中的所有内侍，甚至是书房中的相关人员都感到异常气愤。"

身边亲人的远离和冷漠与下属对国王的真挚感情形成了对比，国王反倒

---

① vieille ripopée，帕拉蒂尼公主使用的嘲笑之词，意指"瓶底残余，混装老酒，混杂物"。

安慰起内侍们。"从壁炉的镜子里，国王看到两名管家正坐在床脚哭泣，他便对他们说：'你们为什么要哭呢？难道你们真以为我会长生不老吗？'"死亡的气氛笼罩着整个房间，同时也将国王变回了普通人。从另一个方面来说，曼特侬夫人和曼恩公爵的撤离倒是放松了进入国王房间的限制，即便是按照惯例被排除在外的高级军官，现在也可以来拜见国王。留给他们的时间不多了。8 月 31 日的昼夜可谓"不堪回首"，坏疽已经蔓延到国王的膝盖和大腿。及至晚上 11 点，人们开始为临终者祷告，国王也参与其中。然后，他便陷入了昏迷。"9 月 1 日，星期天，早上 8 点 15 分，国王驾崩，距其 77 周岁尚差三天，在位 72 年。"

接下来是"国王遗体的开放"。进入国王的房间，"人们看到完整的国王，他的身体看上去还很健康，外形依然完美，甚至会让人以为，如果没有据传令他染上坏疽的那些弱点，他应该还能再活一个世纪。"倘若没有吃喝与性事方面的放纵，这位老国王能够活过这个世纪吗？在圣西蒙看来，国王的内屋，即他隐秘无比的卧室，决定了他的命运。这种说法有些争议：医生逐渐给国王规定了一套生活制度，为了长寿，身体虚弱的国王最终还是认真地遵守了它。医疗措施将国王的卧室变得人性化，也令他的权力不再那么神圣。国王的房间就此化为现代性的剧场。

在去世几天前，路易十四召见过王太子，即他的曾孙。他让人将孩子抱上他的床，接着便命人将他送走，最好是送到文森城堡去。在王太子返回之前，一切都必须清洗干净：城堡的空气需要更新，房间的空气需要净化。这将有益于王储的健康，无论是从身体和心理的角度，还是从卫生和精神的层面。路易十五从未像他的曾祖父那样返回这个房间。他不喜欢这个曾经令他感到冰冷的卧室，他一直想要离开，最终借着疾病的由头将其空置。起初，他还会在这个房间完成起床仪式。后来，他不再这样做，便终止了这一仪式。曾经显赫的国王的房间，如今变成了空洞的摆设。有些大臣，比如弗勒里（Fleury），自己举行起床仪式，以为这样就能延续传统。

此举只换来了众人的嘲笑。

---

［1］ 若埃尔·科内特（Joël Cornette）主编，《凡尔赛宫：砖石的权力》（*Versailles. Le pouvoir de la pierre*），巴黎，Tallandier 出版社，2006 年，第 14 页。

［2］ 安德烈·费里比安（André Félibien），《凡尔赛城堡概述》（*Description sommaire du chasteau de Versailles*），巴黎，Desprez 出版社，1674 年。引自路易·马兰（Louis Marin），《国王肖像》（*Le Portrait du roi*），巴黎，Miniut 出版社，1981 年，尤其参见第 221—235 页，"国王宫殿"。

［3］ 朱利安·格林（Julien Green），1935 年 12 月 12 日，《日记》，见《全集》，第 5 卷，巴黎，Gallimard 出版社，七星文库，1977 年，第 394 页。他转述了支持这种说法的一位友人，即洛朗·德·勒内维尔（Rolland de Renneville）的话。

［4］ 埃莱娜·伊梅尔法布（Hélène Himelfarb），"凡尔赛，功能与传说"（Versailles, fonctions et légendes），见皮埃尔·诺拉主编的《记忆之场》，第 2 卷，《民族》，见前引，第 2 部分，第 235—292 页。

［5］ 威廉·R. 牛顿（William R. Newton），《国王的空间：凡尔赛城堡中的法国朝廷，1682—1789》（*L'Espace du roi. La cour de France au château de Versailles*），巴黎，Fayard 出版社，2000 年；同一作者，《小朝廷：18 世纪凡尔赛宫廷里的服务和仆人》（*La Petite Cour. Services et serviteurs à la cour de Versailles au XVIIIᵉ siècle*），巴黎，Fayard 出版社，2006 年；埃玛纽埃尔·勒洛伊·拉杜里（Emmanuel Le Roy Ladurie），《圣西蒙或朝廷制度》（*Saint-Simon ou le Système de la cour*），巴黎，Fayard 出版社，1997 年。

［6］ 爱德华·波米艾（Édouard Pommier），"凡尔赛，君主的形象"（Versailles, l'image du souverain），见皮埃尔·诺拉主编的《记忆之场》，第 2 卷，《民族》，见前引，第 2 部分，第 193—234 页。

［7］ 参阅吕西安·贝利（Lucien Bély），《国王的圈子，16 至 18 世纪》（*La Société des princes, XVIᵉ - XVIIIᵉ siècle*），巴黎，Fayard 出版社，2000 年；莫妮克·夏特内（Monique Chatenet），《16 世纪的法国朝廷：社会生活和建筑》（*La Cour de France au XVIᵉ siècle. Vie sociale et architecture*），巴黎，Picard 出版社，2002 年，尤其是"国王的房间"，第 147—150 页，以及 16 世纪国王房间的公共和私人用途。

［8］ 参阅威廉·R. 牛顿，《国王的空间：凡尔赛城堡中的法国朝廷，1682—1789 年》，见前引，第 124 页。

［9］ 雷吉斯·德布雷（Régis Debray），《友爱时刻》（*Le Moment fraternité*），巴黎，Gallimard 出版社，2009 年，第 42 页。

［10］ 若埃尔·科内特，"使节接见"，见其主编的《凡尔赛宫：砖石的权力》，见前引，第

199 页。

[11] 见达尼埃尔·德塞尔（Daniel Dessert）的《圣西蒙：路易十四和他的朝廷》（Saint-Simon: Louis XIV et sa cour），1994 年，巴黎，Complexe 出版社，2005 年，第 69 页（《回忆录》节选文集）。

[12] 爱德华·波米艾，《凡尔赛，君主的形象》，同前引，第 225 页。

[13] 圣西蒙，见达尼埃尔·德塞尔的《圣西蒙：路易十四和他的朝廷》，见前引，第 337 页。"细节"使用的例子，比如座位；参阅埃玛纽埃尔·勒洛伊·拉杜里，"圣西蒙：一个小公爵的回忆录"（Saint-Simon: Mémoires d'un Petit Duc），见若埃尔·科内特主编的《凡尔赛宫：砖石的权力》，见前引，第 185 页。

[14] 贝阿特里克斯·索勒（Béatrix Saule），《路易十六的一天：1700 年 11 月 16 日》（La Journée de Louis XIV. 16 novembre 1700），阿尔勒，Actes Sud 出版社，2003 年。

[15] 圣西蒙，见达尼埃尔·德塞尔的《圣西蒙：路易十四和他的朝廷》，见前引，第 69 页。

[16] 威廉·R. 牛顿，《小朝廷：18 世纪凡尔赛宫廷里的服务和仆人》，见前引，"国王的房间"，第 33 页，后引同。

[17] 诺贝特·埃利亚斯（Norbert Elias），《习俗之文明》（La Civilisation des moeurs，1939 年），巴黎，Calman-Lévy 出版社，1976 年。

[18] 马蒂厄·达·芬哈（Mathieu Da Vinha），《路易十四房间的侍从们》（Les Valets de chambre de Louis XIV），巴黎，Perrin 出版社，2004 年。

[19] 若埃尔·科内特转引，见其主编的《凡尔赛宫：砖石的权力》，见前引，第 22 页。

[20] 圣西蒙，见达尼埃尔·德塞尔的《圣西蒙：路易十四和他的朝廷》，见前引，第 346 页。

[21] 马蒂厄·达·芬哈转引，《路易十四房间的侍从们》，见前引，第 233 页。

[22] 《凡尔赛，1699 年 3 月 29 日》，该信由达尼埃尔·德塞尔转引，《圣西蒙：路易十四和他的朝廷》，见前引，第 33 页。

[23] 同上，第 262 页。

[24] 同上，第 300 页。

[25] 同上，第 201—205 页。

[26] 居伊·肖锡南-诺加雷（Guy Chaussinand-Nogaret），"国王的家族"，见若埃尔·科内特主编的《凡尔赛宫：砖石的权力》，见前引，第 107—115 页。作者谈论了"凡尔赛后宫"，至少，后宫在国王跟曼特侬夫人结婚时还是占据优势的。

[27] 圣西蒙，见达尼埃尔·德塞尔的《圣西蒙：路易十四和他的朝廷》，见前引，第 366—367 页。

[28] 同上，第 377 页。

[29] 埃莱娜·伊梅尔法布，"曼特侬夫人的凡尔赛住所：解读随笔"，《圣西蒙：凡尔赛，宫廷艺术》（Saint-Simon, Versailles, les arts de la cour），巴黎，Perrin 出版社，2006 年，第 208 页。

[30] 伊丽莎白-夏洛特·德·奥尔良（Élisabeth-Charlotte d'Orléans），《帕拉蒂尼公主信札》（Lettres de la princesse Palatine），巴黎，Mercure de France 出版社，1999 年，

第 111 和 52 页。参阅阿尔莱特·勒比戈尔（Arlette Lebigre）的"帕拉蒂尼，凡尔赛宫的一个德国人"，见若埃尔·科内特主编的《凡尔赛宫：砖石的权力》，见前引，第 223—232 页。

[31] 圣西蒙，见达尼埃尔·德塞尔的《圣西蒙：路易十四和他的朝廷》，见前引，第 399 页。

[32] 同上，第 122 页。

[33] 同上，第 359 页。

[34] 关于这方面，参阅皮埃尔·比恩鲍姆（Pierre Birnbaum）的《关于"伟大世纪"时代礼教式谋杀的一份报道：拉法埃尔·莱维事件，1669 年》（*Un récit de meurtre rituel au Grand Siècle. L'affaire Raphaël Lévy, 1669*），巴黎，Fayard 出版社，2008 年。作者强调了在当时情况下王权的保护作用。

[35] 安托万·瓦罗（Antoine Vallot），安托万·达甘（Antoine Daquin），居伊-克雷松·法贡（Guy-Crescent Fagon），《路易十四的健康日志》（*Journal de santé de Louis XIV*），斯坦尼·佩雷编，格勒诺布尔，Jérome Millon 出版社，2004 年；斯坦尼·佩雷，《路易十四的健康状况：太阳王的病史》（*La Santé de Louis XIV. Une biohistoire du Roi-Soleil*），塞瑟尔，Champ Vallon 出版社，2007 年。

[36] 同上，第 239 页，第 7 章，"作为战略信息的关于国王健康状况的消息"。

[37] 同上，第 308 页。

[38] 圣西蒙，见达尼埃尔·德塞尔的《圣西蒙：路易十四和他的朝廷》，见前引，第 245—270 页。接下来的引用也出自此书。

# 睡觉的房间

　　希腊人将一切用来休息的空间称为 kamara，但是，距离它特指用来睡觉、属于个人的空间，还需要经历很长的时间。词语和词义的交织复杂至极，要想分出它们的先后次序并非易事。根据博马舍的说法："当我提到床的时候，指的就是房间。"确实如此吗？"卧室"（Chambre à coucher）这个词直到 18 世纪中叶才在词典中出现，但它的历史肯定久远得多。[1] 在"属于自己的房间"中写作、做梦、相爱或仅仅是睡觉——这是弗吉尼亚·伍尔夫对女性的热切祝愿——只是一种相对晚近的概念。在本书中，我将考察卧室在西方思想中的渊源，研究这种欲望，或至少覆盖其实践。今天，我们将它视为个人化无可争议的标志，但或许，拥有卧室并没有看起来那么普遍。日本人对此就不太在意。在 19 世纪末的布达佩斯，每天晚上，人们甚至还睡在客厅里的软垫长椅上[2]，在卧室出现之前，他们就是这样做的。在欧洲东部的边缘地区，集体居住的虚拟魅力和真实噩梦长久存在。

## 共用房间

　　18 世纪末，为了考察"流行病的成因"，路易·雷佩克·德·拉克洛蒂尔医生参观了下诺曼底的乡村地区。[3] 当地人的居住条件令他目瞪口呆。粪便堆积的死水潭边，有一些茅草遮盖的棚子，睡在里面的人衣不蔽体地躺在少得可怜的稻草上。另一些人则与动物和家畜挤在共用的大厅里，在这里，他倒是发现了几张单独的床。卢维埃呢绒剪毛工的住所也没有好到哪里去，他们只是不用和牲畜共享"房间"，他们的屋子里有时还会放一台纺机。

在房间出现之前，厅先一步诞生。在厅出现之前，几乎什么都没有。随着乡村在 19 世纪逐渐振兴，简陋至极的厅才有所改善。根据当地的风格，厅里会摆放一些果木家具；一个世纪之后，它们变成了旧货商手里的财富、民间传统和艺术博物馆里的摆设与荒芜过后理想乡村生活的一种记忆。人种学家试图从中找出日常生活的轨迹。通过爬梳司法档案中的案卷，历史学家对诉讼中反映的家族冲突十分好奇。通奸，弑父害母，谋杀婴儿，纵火……诸多案件呈现了家庭关系和乡间农舍的真实影像。历史学家以一种或许夸张的方式提出，法律的变化与（无法忍受群体压力的）个人主义的兴起加剧了乡村家庭的紧张关系。

几代人同住、功能多样的厅是乡村人家的主要生活场所。在 1870 年的都兰，70％的乡村住宅仅拥有一个"可以生火的主室"，所有东西（以及所有人）都挤在这个 30 至 40 平方米的空间里。事实上，壁炉是这些平房里的重要元素，因为寒气不仅从地面直升上来，还被过堂风带入室内。梅里美曾写道："在法国，门都是关不紧的。"[4] 1875 年，地理学家埃利塞·勒克吕（Élisée Reclus）描述了阿尔卑斯山区的一座房子，住在里面的人会蜷缩成一团来度过结冰期："夜里，所有出口都会被堵上，防止外边的寒气渗入房内：老人、父亲、母亲、孩子，大家睡进分层的大壁橱里。白天，柜子被帘子遮住；夜里睡觉时，空气会越来越混浊，比屋外难闻多了。"[5] 此外，农民们从不脱衣服上床，每张床要容纳两个人以上，"他们一起分享草垫以及被褥上的跳蚤和虱子"[6]。空气里的恶臭让这位坚定的卫生工作者难以忍受，他把广为流传的柜式床视作有害的古董。儒勒·勒纳尔的《日志》是勃艮第地区乡村考察的一座宝矿，他提到了"冰冷潮湿的床单。人们夜里穿着毛衣、长裤、鞋子和睡袍睡觉，但还是会打哆嗦"，尽管用上了棉帽和鸭绒被。一个女农民说："我把这个屋子里所有能用的东西都铺在床上。"人们用暖床炉暖床，睡觉时盖好几条压脚被和鸭绒被。床看起来像是埋人的稻草堆，床单几乎从来不换。"农民会在一条从来不换的羽绒被下睡四十年，甚至都不晒一下。他们有两条床单，换着用。最贫困的人没有床单。"农场工人就"睡在稻草堆里"。[7]

衰老、疾病和死亡让农民的处境更加艰难。年轻的蒂埃农是波旁地区的佃农，也是埃米尔·纪尧曼的代言人[8]，1840 年左右，他曾痛苦地目睹因疾病发作而丧失说话能力的祖母逐渐遭人嫌弃。"几乎时刻需要有人待在她身边，才能满足她的部分需求，比如吃饭或喝水。"对此感到厌烦的女人希望这一切不要持续太久。面对卧床不起的老人，蒂埃农本人也吃不下饭了，他会把面包拿到屋外去吃。"我发现有钱人可以幸运地享有多个房间，吃饭的会跟睡觉的分开，每对夫妇都有属于自己的房间，从而保证一些隐私。至少，生病的时候可以安静地待着。而穷人的屋子里只有一个房间，干什么都混在一起，一个人的不幸不得不暴露在所有人的眼皮底下。就这样，在奄奄一息的祖母旁边，我的小侄子们开心地蹦蹦跳跳，吵闹地嬉戏，还时不时尖叫。这种生活已成为常态，瘫痪的老太太即将不久于人世，他们却无动于衷。"在冬季来临之际，她终于走了，家人举行了惯常的仪式——停下钟表，倒掉"脏"水，而日常生活并没有变化。大家只是在吃饭前拉下了帘子。在床头，一根点燃的蜡烛和一段圣枝守着尸体，僵硬的尸体会吓到孩子。在第二帝国时期成为租户和农场主人的蒂埃农拼命想要改善生活，让一家人可以在独立的房间里睡觉，配有柜子和新床。他在主厅中摆了两张床，一张供夫妇使用，"跟以前一样，摆在离壁炉最近的地方"；另一张则属于女仆和小女儿克莱蒙蒂娜。两张床之间的距离和摆放的位置，暗示着一种对隐私的追求。

弗朗索瓦丝·佐纳邦在勃艮第地区一个名叫米诺的乡村看到了房间的进步。这位专注在各种事物中探寻隐藏象征的女学者，曾在 1980 年前后用人种学家的精确描述了这些房间的演进。[9] 扶手椅道出了屋内男女主人各自的位置：男人的椅子是用柳条编织的，带有坐垫，靠近火炉；女人的尺寸要小一点，摆在朝向院子的窗户前，窗下是脚踏缝纫机，"女主人会一边缝纫或编织，一边透过几株多年生植物的细叶，悄悄观察外边发生的事"。这个房间也充当卧室。床有时候会摆在凹室里，或者简单地靠着墙。宽大的印花棉布帘子从直抵天花板的床顶上垂下来，提供了一定的私密性。年幼的孩子就睡在这个房间里。年纪稍大的男孩子则和伙计一起睡在谷仓，那里摆放了几张木头做的柜式床。女孩跟父母一起睡，如果楼上有房间就睡楼上；还有一个房间会留给新婚夫妇。年轻的女佣睡在楼梯底下，向来如此。木制柜式床由村里的木匠打造，用农场中可用的材料制成。床底是一层黑麦籽垫子，上面铺一两层塞满由面包炉烘干的鸡毛或鸭毛床垫；再上面是一层鸭绒被。"床越高，就越漂亮。"

共用房间里的公共生活："由印花棉布帘子隔开，几代人挨着睡在一起；在凹室里的大木床上，父母做爱、母亲分娩、老人离世。小孩会在亲人分娩或离世的时刻被赶开；其他家庭成员则留在屋里。"严格的约束保证了生者和死者、患病者和健康者之间的微妙距离："人们迟早会得到原本不属于自己的空间。"对外部侵犯的极端担忧造成了内部空间的拥挤。为了保持室温，这个房间几乎得不到通风和换气。一切私密的痕迹都会被消除。让人看见凌乱的床铺很不得体，女人会用一根叫"床杖"的大木棍来平整床铺，还会在夜间"执杖"关上柜式床的门。这种工具在布列塔尼地区也很常见。

皮埃尔·贾克兹·艾利亚斯（Pierre Jakez Hélias）曾经详细而热情地描

41

述过布列塔尼的柜式床。一个房间可以摆放数张柜式床，它的嵌板刻有地狱、人间、天堂等《圣经》中的场景，是房间的中心。他提到了某个农场主家三张并排的柜式床：第一张是男女主人的；第二张属于独女和女仆；第三张由三个儿子共享，等次子长大后，搬去马房与长兄和两个仆人同住。每张柜式床相当于小型的私人公寓："睡觉的人进入床内，关上两扇移门，就等于回到了自己的家。"艾利亚斯十分怀念与爷爷共用的那张柜式床。在这个"睡眠柜"里，孩子很有安全感。然而，想在里面整理睡前脱下来的衣服并不容易。柜式床不够宽大，无法完全伸展四肢，只能在麻布床单和包着秕子的被褥之间蜷缩入睡。而且我们可以想象，在这张床上分娩极为困难。但是，艾利亚斯却对之欣赏有加，将其称为"睡眠的保险箱……堡垒、暖房……共用房间里的专属区"。比起他睡过的其他床，如中学的铁床、旅店的客床，以及随处可见、批量生产的标准卧床，他宁愿选择柜式床。艾利亚斯是一位少数派。自 19 世纪末，法国的观察家和教育家将柜式床视为缺乏舒适感的典型，并将其视为应当消失的落后标志。他们欣慰地看到，柜式床已经成为旧货店里的商品。对此，皮埃尔·贾克兹·艾利亚斯只能无奈地认命。

共用同一个房间是穷人的厄运，甚至在城区民众当中，这种状况也持续了相当长的时间。根据达尼埃尔·罗什的数据，在 18 世纪，75% 的巴黎家庭只有一个房间。不过，根据一些对死后财产清单的分析，他得出了单人床正在增加的结论。[10] 让·盖埃诺在回顾家里的房间时写道："我们当时只有一个房间。"他的父亲是个工人，母亲是在家干活的女工，1914 年之前，他们住在郊区一间简陋的房子里。"房子里堆满了乱七八糟的东西。如此寒酸的生活，为何还需要那么多杂七杂八的东西呢？……我们在这里干活、吃饭、睡觉，有些晚上甚至要接待朋友。沿着墙壁，无可奈何地摆了两张床、一张桌子、一些柜子、一个碗橱、一个煤气炉支架，墙上还挂着几个平底锅、家人的照片，以及俄国沙皇和共和国总统的照片。壁炉前面还有一个铁炉，上面的黄陶咖啡壶总是冒着热气……从房间的这头到那头拉着几根绳子，上面晒着刚洗的衣服。窗户底下是母亲的'工场'和缝纫机（胜家牌）。母亲说这台机器是她的'独轮车'，她是制鞋女工，要从早晨5点踩到晚上11点。"在屋子的中央，有一张用来吃饭的圆桌。但是，"屋子里最棒的东西是壁炉的台板"。台板上堆满了各种杂物：熨斗，闹钟，咖啡过滤斗，糖罐，黑色十字架上的耶稣，圣母像，色彩缤纷的花瓶，花瓶里插着一束堂兄从夏令营带回来的、早就沾满灰尘且已经干瘪的花。"就这样，我们一起分享着这个世界的不幸、快乐和美好。所有这些东西都在壁炉上方闪烁着光芒。"[11] 让·盖埃诺在1934年写下这段文字，在作家的回忆中，这个可怜兮兮的房间被幻化为温暖的小屋。但是，事实并非总是如此。身体之间的紧密关系往往会催生暴力行为。工人的居住条件反映了社会问题中最悲惨的一面。①

## 集体公寓

集体公寓在整个欧洲广泛存在，包括沙皇和苏联时代。卡特琳娜·阿扎洛娃曾探究了"被隐藏的苏维埃住宅史"[12]，并在书中描述了"集体公寓"在莫斯科的演变过程。"共同家园"意在实现空间和服务的合理化，却难以抵挡来自社会和人口方面的压力，尤其是因战争破坏而加速的乡村人口外流。历史遗留问题是沉重的。19世纪末的居住条件糟糕至极。在莫斯科的住宅中，有10%是"地下公寓"（地下室的委婉叫法）和"单间卧室"，

---

① 请参阅"工人的房间"这一章。

1898 年，18 万人居住在这些公寓里。许多工人睡在车间和工厂中。十月革命后，贵族的府邸和资产阶级的住宅被没收并被改造成集体住宅。每个家庭必须拥有一个"独立房间"，并且可以进入"共用空间"——厨房里有各家的碗架、桌子和煤气灶，卫生间里有各家的搁板和"角落"。原则上，通告规定了公共区域的清洁安排和使用时间，然而，卫生间的清洁工作总会引发冲突。

最成问题的是"独立房间"，房间不通着走廊时更是如此。人和家具都挤在室内。新婚夫妻和长辈同住一个屋檐下，离婚的夫妻不会分居。如果前女佣的房间很小（不到 9 平方米），那么她可以继续住着，否则，她就得将住所让给另一个家庭，并与原来的主人同住。在"单间卧室"，人们会用帘子、屏风或竖直摆放的柜子来隔开空间，以便在白天将未经整理的床铺遮掩起来。"屏风或柜子会用来隔开夫妻合睡的床与孩子们的空间，这是日常集体生活中典型的景象。"妮娜说："在结婚之前，我都和妈妈一起睡，爸爸睡在桌子上：桌子装有加长的活动板，还会铺上垫被。我甚至不知道，在正常情况下父母应该睡在一起。"[13]

有些"资产阶级"家庭竭力保留旧时的某些生活习惯，在诸如客厅、餐厅、卧室的某些"角落"陈列昔日的破旧家具。在被流放者的家中，这些家具带有祖传家产的纪念意义，将他们与处于社会边缘的酒鬼、获释犯人以及其他"异端分子"区分开来。走廊里也堆放着家具；在房间入口处摆放东西是被允许的。后来，人们自然而然地将冰箱放在门口。走廊瞬间变得拥挤不堪，就连走路都颇为困难。走廊也是人们光顾最多的地方，因为唯一的"公用"电话就安装在走廊里。流言、闲谈与争吵在此发生，拥挤令隐私荡然无存。没有人能够躲开来自集体的目光和闲言碎语。一个受访者曾说："集体生活意味着每个居民要与家庭成员分享一个单间，没有属于个人的空间。"[14] 总之，这是一种灾难，其带来的心理后果很难被评估。在 1980 年

44

的莫斯科，这样的公寓还占据了住宅总数的 40％。1990 年和 1991 年，叶利钦通过法律将公寓私有化，截至 1998 年 4 月，其数量缩减至 3.5％。在圣彼得堡，集体公寓留存的数量要多一些，尚占 10％。这是弗朗索瓦丝·于吉耶提供的数据，他于近期发表了一篇令人震惊的图片报道。[15]

## 夫妻的房间

夫妻的房间与婚姻有关，并处于家庭史、私人生活史、性史的中心位置，是近年来热门的研究话题[16]，也是本书重点关注的空间。[17] 在西方，上溯至古希腊，共同生活的异性恋夫妻（就算并不相爱）便合法地拥有独属于自己的特定空间，这与东方的后宫大相径庭。我们可以将夫妻的房间视为文明的镜子吗？至少，它反映了性别与性关系的历史建构。[18]

### "完全隐蔽"

"私人生活应该拥有围墙，不允许他人窥探家中发生的事。"[19] 处于隐私中心的卧室更是如此。出于诸多原因，私人空间与外界隔离。首先是羞耻心，比如隐藏性行为的愿望，尽管罗马人对性爱没有负罪感，但他们还是会在"卧室的前厅"[20] 做爱。然而在基督教道德中，这种做法并不纯洁。"什么？根据婚姻法的规定，夫妻性行为是为了生育孩子，虽然此事合法且合理，但是就不能找一间完全封闭的卧室吗？这是夫妻之间的合法行为，但是被人看见不会觉得脸红吗……为什么呢？因为人性中带着某种来自原罪的羞耻感。"[21] 这是圣奥古斯丁的话，和基督教早期的大部分教父一样，他饱受肉体的困扰。[22] 对教父来说，原罪令人的本性堕落，羞耻感要求他们隐藏自己的性行为，尤其不能让孩子看见。13 个世纪后，费里纳神父撰写的

《已婚人士教理书》[23] 中的规定几乎没有什么不同："夫妻应该尽可能在单独的房间里睡觉，并用帘子遮挡床铺；如果不得不住在共用的套间，他们应该尽可能谨慎行事，避免让同住的男女发现。他们绝不能与他人分享卧榻，五六岁的孩子也不行：如果不这样做，他们就是犯了大错；他们常常辩解会选择在孩子睡觉的时间行房，但这种辩解没有意义。"基督教在道德和健康层面约束了性行为，这种约束进一步促进了卧室的分离。

但是，夫妻本身也渴望私密与爱情的发展，这将婚姻与欲望融为一体。现代婚姻建立在爱情、双方自愿、个体自由选择与追求快乐性生活的基础之上，因而要求夫妻共享私密卧室。[24] 在避开群体目光的新婚之夜后，已婚者不得不习惯夜复一夜的日常生活。人们越来越认为，夫妇既有权利也有义务在一间卧室而不是一张床上享受夜晚的时间和空间。的确，夜晚是唯一真正属于他们的片刻。只有在夜晚，他们可以彼此相拥。阿拉贡说，最和谐的婚姻便是在"缠绵之乡"心心相印地度过"一段静止的时光"。最糟糕的是夫妻性事不和，或对亲密的夜晚无动于衷。这里有肉体的快感，也有难以控制的避孕的烦恼：这一切都将夫妻的卧室置于隐私史的中心，它是共同生活无法分割的另一面，也是小说无法穷尽的灵感源泉。阿拉贡这样赞颂艾尔莎："我在此谈到的房间，艾尔莎，是指我们曾经那么愉快地入住的所有房间，好像没有你，我就没有任何房间，确实如此，因为在你出现之前，我只是自己睡眠的推销员，在那些歇脚处，与那些一晃而过的女人。"那时，他还没有体会过"这些被称为房间或动物窝巢的缠绵之乡"[25]。在对缪斯女神略带夸张的致敬中，诗人表达了一种理想而持续的夫妻关系，这将成为 20世纪的典范。婚姻中的卧室追求永恒。

在不同的国家和文化中，社会阶层在空间分隔的进程中扮演着不同的角色。在乡下的共用房间里，夫妻比其他人的待遇更好，至少拥有一张独立的床铺。意大利贵族会增加厅和房间的数量。但是，当曼特尼亚描绘曼托瓦总督府的婚房时，他呈现了在具有王府气派的庄严空间里进行的家族联姻。法国贵族对房间和夫妻生活的重视程度稍弱一些，他们会将不同性别的居住者分开，并且用夫人的房间来接待客人，这一传统持续了很长时间。

中产阶级，特别是英国的中产阶级更加注重隐私。坐在女士的床上很不礼貌；走进女士的房间是胆大妄为。"英国人将卧室视为圣地。陌生人从不被准许进入女士的房间；即使是家庭成员，也只能在紧急情况下进入。而在我们国家，进入女士的房间如进入其他房间一样随意。如果女主人身体稍有不适，她也会在卧室接待客人；这种做法还是好客的表现。"[26] 巴尔扎克曾写道，他很怀念正在消失的贵族风尚。

建筑师的图纸极为清晰，社会学家安娜·德巴尔与莫妮克·埃勒贝[27]对它们进行了解读。从这些图纸可以看出，真正的家居建筑诞生相当晚近，连廊的废除促进了房间的进一步功能化，这些房间往往被标上编号，其中就有"用来睡觉"的房间。尼古拉·勒加缪·德梅齐埃尔是家居建筑的先驱人物，他将卧室视为睡眠空间，主张使用有助于休息的绿色涂料。他摒弃了让人呼吸不畅的壁龛和凹室，而是在房间最里面放了一张床，如同"寺庙中的圣坛"。为了盥洗方便，他设计了一个"浴房"。为了追求"感官享受"，他设计了玻璃采光的小客厅，还带一个"休息"用床，可能是凹室的形式。这一切都是为了制造"美妙的隐匿之所"，显然，他将夫妻生活与性生活做了区分。"睡觉用"的房间只是他规划的豪华旅馆套房（无论大小）中的一部分，并且男女主人的房间彼此分开。[28] 这种做法维持了很长一段时间：维奥莱-勒-杜克（Viollet-le-Duc）在具有资产阶级格调的《一座房屋的历史》（Histoire d'une maison）中提及 1873 年还是如此。一般来说，夫人拥有更宽敞的空间，即"大房间"，她可以像以前一样接待客人，先生偶尔会来看望她，就像国王看望王后那样，因此，这个房间也被视作夫妻生活的场所，夫人拥有关上房门的权力。但是在有产阶级的狭小公寓里，这种情况就不存在了，因为卧室只有一个。在这里，妻子失去了空间和自由[29]，虽然原则上她享有卧室的支配权，但她已不再拥有属于自己的地方。

慢慢地，公共/私人区域的区分决定了房屋的布局，同时影响了住宅区。凯撒·达利（César Daly）是这个领域的权威人士，他定义了由家庭和社会生活催生的空间分布规则。最宽敞、最华丽的房间将被用于公共生活。"家庭生活需要靠里的套房，具有私密和舒适的特点。"朱利安·加代（1902年）将卧室视为房屋的中心，他认为："生活最重要的构件，是拥有私密的家庭。"各个房间必须相互连通，同时又有各自独立的功能，"房门锁上，插销插上，家庭私生活不可侵犯，尤指卧室及其从属区域"。[30] 数十年之后，日与夜的二元性将替代公共与私人区域的二分法，并将住宅分隔为前后两个部分。在这种情况下，卧室会重新回到二楼，也许位于北面或房屋的后部，朝向院子。它们不必占据最佳位置，而且随着时间的推移，卧室的面积在变小。20世纪，人们对这些卧室十分不满。1923年，P. 德布戈涅博士就"卧室的狭小"哀叹："出于奢侈和显摆，用作接待的房间更显气派，卧室反而被牺牲了。"[31] 今天，"痛苦的卧室"[32] 似乎有待重新定义。

### 夫妻房的黄金时代

在某种意义上，夫妻房的黄金时代归功于一对对君王夫妇。维多利亚女王和阿尔伯特亲王是室内装饰艺术的大师，他们对夫妻房尤为重视。他们的藏品可以在伦敦欣赏到。① 路易·菲利普和玛丽·阿梅利曾经决定打造一个共用的房间，在德尤城堡，他们共享一张一头靠墙的床，床宽1.85米，配有四个枕头和两个床头柜，还有一张休憩床和一把祷告椅。

1840年后，夫妻房开始在中产阶层中普及。它是一个家庭的有机组成

① 维多利亚和阿尔伯特博物馆位于伦敦南肯辛顿，是一个拥有大量家具和物品的装饰艺术博物馆。

部分，空间不大，往往与孩子的房间相连，以便与孩子交流。卧室的舒适性广受关注，其空气质量尤其令医生担忧。长久以来，卫生学旨在研究夜间呼吸产生的"浊气"排放，并根据空间占有率和睡眠时间计算其体积。[33] 直至 19 世纪末，人们还在使用立方米而非平方米来测算房间的大小。壁炉意味着房间里很暖和，但其温度必须保持适中，在夜间更应如此。灯光照明往往不佳：睡眠之地灯火通明又有何用呢？ 在 19 世纪，喜欢夜间读书的人越来越多，他们使用许多蜡烛，很容易引发火灾。"电力之神"将改变一切：开关使卧室更具个性，不过在精打细算的小资产阶级看来，在床上看书似乎过于奢侈。电力之后，水的供应也至关重要。[34] 以前，夜盆藏在床头柜底下，脸盆和水桶藏在活动的洗漱台下面，后来，它们被移至邻近的洗手间内，P. 德布戈涅博士认为，这是婚后生活不可或缺的。[35]

**颜色与装饰**

古典时期贵族的沙龙极尽奢华之能事，在织品方面更是如此，比如地毯、墙饰、床幔和窗帘等。近代，夫妻的房间绝对朴素得多，完全不见之前的豪华装饰，其个性化体现在墙壁上。人们会重新涂刷墙壁、悬挂织毯，以此展现对房间的所有权。墙纸是一种选择。墙纸起源于相对晚近的 18 世纪，首先在英国流行起来。根据萨瓦利·德·布鲁斯朗（Savary des Bruslons）的说法，法国乡下人和巴黎的底层民众最先使用墙纸，以装饰（或修补）其小屋、店铺或房间，或将它们贴在其他地方。在富裕之家，墙纸首先用于衣柜、走廊和前厅，然后才变得随处可见。除了印度纸、中国纸和英国蓝纸，也有法国纸，比如雷维永工厂制造的纸。1789 年 4 月，这家工厂因劳资冲突引发了一场大火，这预示了大革命的动荡。18 世纪 80 年代起，广告牌上经常提及"有墙纸装饰"的出租房，这说明墙纸的使用已经普及。

19 世纪，为了追赶繁荣昌盛的工业催生的时尚潮流，涂料和墙纸往往遵循某些搭配原则，风格和颜色由此得到统一。黄色从不流行，因为这是"小姐们"的颜色。绿色因代表悠闲而受到追捧；蓝色代表纯洁；石榴红代表理性；灰色代表高贵；乳白色则随处可见（尤其在19—20世纪）。为了保证睡眠，卧室还需要降噪。我们可以通过地毯的质地和图案来区分其用途。卧室的地毯从不会用全景图案，那是客厅专属的；但卧室里会出现下列主题：花饰，神话人物，童话，鸟类，兽类，花卉，几何图形。最终，单色与多少带些花岗岩纹路的日本墙纸会取代它们。这是一种很有格调的中性风格，适合爱情和睡眠。

卧室里的小物件和摆设越来越多，而其他房间也是如此，成了展厅、博物馆和家庭庙堂。据米歇尔·韦尔内（Michel Vernes）回忆，他小时候曾在位于阿萨斯街的爷爷家的客厅里看到过至少600件小玩意。不过，卧室自然更朴素、更私密。人们从不或极少在卧室里摆放艺术品或收藏品，而是只留生活物件，这"上千个不值钱的小玩意"留下了生活的印记。座钟周围或时钟下面会有婚礼时用的珍珠花束；壁炉上堆满了各种各样的纪念品，有盒子、外出时捡的小石子、夏日海滩上拾的贝壳、周边或远途旅行时买的小玩意，尤其是那些相片，能够唤起人们内心深处对所爱之人的回忆。壁炉犹如一座圣坛，其"灰烬"构成了一幅个人与集体、情感与社会的图景。

时代与传统不同，宗教元素的介入也不同。床的上方往往挂着带耶稣像的十字架或米勒的《晚钟》。在大部分天主教徒的家里，相框或十字架下面会放主日的圣枝。最虔诚的信徒还会在柜子或小圆桌上摆一个（来自卢尔德或其他地区的）圣母小雕像，并在墙上张贴表现虔诚的图片。19世纪，那不勒斯的有产阶层会添置一些宗教画作，有的甚至在同一个房间里挂了11幅画。[36] 女人往往对此更加热衷，男人经常将房间扔给她们打理，只关心自己的书房或藏书室。因此，每个房间（无论是不是夫妻房）都像是一种需要认真辨读、隐藏笔记的纸本。装饰的个性化体现在细节之中。

长久以来，房间里都会摆满家具。亨利·阿瓦尔的《辞典》[37] 描述了一些著名贵妇人堪称储藏室的房间。里弗卡·贝尔科维齐[38] 整理了 19 世纪巴黎人的财产清单，这些清单揭示了一种演变：在 1842 年，房间里有 10 张椅子，一把贡多拉扶手椅，一把软垫长椅，一把伏尔泰椅，一个软凳，一张小床；但是，到了 1871 年，房间里仅有一张床，一个床头柜，一个衣柜。房间开始私人化之后，里面的东西变少、变简单了。1880 年，在位于圣拉扎尔的五室公寓里，一对年轻夫妇使用的是路易十六风格的家具，配了一张摆在房间中央、有顶罩的小床，还有三把椅子、一个带镜子的衣柜、一张带抽屉的书桌，这已经算有许多家具了。

大型商场或特定商店的室内家具名录推出了典型的"卧室"模板。1880 年后，带镜子的衣柜随处可见（配有 1 至 3 组柜子），用来收纳衣服，并可作活动穿衣镜。卧室家具由夫妻共同选择；丈夫决定昂贵的家具，妻子负责帘子和墙饰。他们需要认真决定，因为家具要使用很长时间。列维坦售卖"经久耐用的家具"，基本上可以使用一辈子。家具的样式取自历史；源自亨利二世或路易十三时期；19 世纪末又流行起 18 世纪、即路易十六时期的风格，龚古尔兄弟与鲁昂有产者的房屋便是如此。[39] "美好时代"的"新艺术"是资产阶级美学尝试的唯一结晶，推动了这一时期巴黎圣安托万郊区家具产业的发展。马若雷勒（Majorelle）、塞吕里耶（Serrurier）、索瓦热（Sauvage）代表了房间装饰艺术的巅峰水平。巴黎装饰艺术博物馆（设于里沃利大街）里最漂亮的房间正是他们的手笔。

过于拥挤的装饰风格同时激发了美学和伦理层面的反应。19 世纪末，威廉·莫里斯及其弟子马普勒主张空旷的室内空间："一个房间仅仅在摆放有用之物时才显得美丽，一切有用的东西，哪怕一枚钉子都应当被看见，而不应被隐藏起来。在毫无遮挡的铜架床的上方，在洁净的房间的白墙上，挂几幅名作的复制品足矣。"[40] 比如波提切利的《春》。至于马塞尔·普鲁斯特，他更喜欢外省房间里堆叠的织品。

## 床之荣耀

床位于房间的中心位置，数个世纪以来，它都是夫妻生活的代名词。

尤利西斯曾经用一段橄榄树的树干制作自己的床。回到伊萨卡后，他得以与佩涅洛佩重聚。"在这张于我们而言无比珍贵的床上，我们二人终于重逢，以后，你要照看好我在家中的财产。"[41] "床是情色和婚姻关系的符号，是只有夫妻才了解的秘密记号之一。"[42] 婚床具有强烈的身份特征；为了确定这个面目全非的男人确实是回归的丈夫，女人要求他对这张床进行描述。倘若女人移动了这张床，便意味着对丈夫的背叛。

在墨洛温王朝时期，"裸体是神圣的，夫妻共用的床是生育和感情的圣地"。[43] 在拜占庭时期，帝王夫妇共享卧室和床，在微缩画中可以看出床非常狭窄；分娩在另一个房间进行。[44] 在中世纪城堡的大卧室里，被称为"家族子宫"的床是教会控制夫妻生活的宝座，是交媾和分娩之地，[45] 也孕育愉悦、暴力和诡计。乔治·杜比认为，教会对肉体的压迫阴险而奸诈。[46] 在花园、果园和森林里，恋爱更加自由。

16 世纪的诗歌颂扬婚床。1559 年的一段墓志铭写道："五十年间相互忠诚/同床共眠无吵无争。"[47] 这是儿孙献给幸福的祖父母的。诗人吉尔·科罗泽（Gilles Corrozet）写过《床之颂歌》（*Blason du lit*）："哦，令人害羞的床，哦，纯洁无瑕的床/在这里，女人和亲爱的男人/被上帝合为一体/神圣爱情之床，荣誉之床/沉沉入睡之床，可敬之床/请保持你们的廉耻之心/请克制你们的放荡之举/确保你们的名节/如璧无污。"[48]

到了近代，婚床已经在城市与乡间普及。婚姻协议会提到这张床。对年轻的夫妇来说，承受其开销并不容易；为此，他们会在床帘和床上用品上节约一些，只关注最重要的床架。[49] 新娘的母亲提前许多年就开始准备女儿的嫁妆，其中包括塞在保险箱、面包箱或柜子里的装饰品和床单。[50] 19 世纪，城市里的普通家庭在从同居走向婚姻时还得借钱买床。床是婚姻身份的象征，购床费用一般由双方共同承担。曾有一名女子用硫酸泼了她的对象，因为那家伙花光了用来做床架、买木料的钱：她无法忍受男友破坏婚床所代表的婚姻协议。[51]

巴尔扎克认为"床就是整个婚姻"，他还创造了关于床的"理论"。他列举了"床的三种安排方式"：两张床并排摆放；在两个房间分开摆放；只放一张。他嘲笑第一种方式"假装天真"，不适合年轻夫妻，只能供结婚二十年之后的夫妇采用，因为他们的激情已经消退。巴尔扎克谴责了分房设床，却没有做更多解释；他主张夫妻同床，这样更方便说话和亲热，可以促进交流。然而，这种做法也有很多缺点，甚至他本人也无法接受！同床共枕绝非易事。"二人同眠不一定合乎情理"；而且，在固定的时间做爱堪称折磨。毫不意外，女人会极力躲避性事，比如假装偏头疼，这种克制又会导致性冷淡。"婚后的女人是一个必须被供上宝座的奴隶。"[52] 这位资产阶级习俗的蔑视者这样写道。他对夫妻之床的颂扬是一个讽刺的悖论，这是巴尔扎克的老手段。

随着时间的消逝，床的位置、形状、材质、构架、体积等都发生了变化。人种学家和艺术史学家建立了床的系谱和清单，我们可以在博物馆里看到它。[53] 床的数量和种类剧增。在 15 世纪意大利城市的住房里，每个卧室有好几张床。在阿瓦尔看来，17 世纪是"床的盛世"。凡尔赛宫国王的家具清单里，床的种类多达 413 种，其形式繁多，按照木材、床帘位置和款式分类：土耳其式的，王冠状的，船形的，贡多拉形的，花篮形的，吊篮形的，贵妇式的，波兰式的，意大利式的，等等。不过根据佩雷克的说法，它们"仅存在于童话故事中"。

在阔气的卧室里，床宛如装饰豪华的宝座。隐藏在壁龛或凹室里的床要简陋许多。去掉装饰的床会靠墙摆在两个床头柜之间。后来，人们将床摆在护墙板之间，常常朝向窗户、挂着床帘。如果与人合住，床帘可以起到遮挡隐私的作用。波兰式的床有非常华丽、用羽毛装饰的床顶。直至今天，十分壮观的、带有顶盖的床还可以在外省见到，在一些装饰家的推动下，这样的床正在回归。[54] 当一对夫妇拥有了独立的卧室，遮挡物便消失了，房门关上后，二人各自拥有一个床头柜、一支蜡烛和一个花瓶。

床不仅在变窄，而且在变得低矮。为了睡下更多的人，古代的床非常宽，也非常高，睡觉之人得爬上去才行，必要时还要借用矮脚凳。矮床会让人觉得寒冷，而且床的高低也反映了主人的社会地位。1840 年前后，诞生于工业革命的弹簧床绷取代了堆积起来的床垫；在安徒生童话中，豌豆公主就是睡在层层堆积、高如金字塔的床上检验了自己的敏感度。羽绒被慢慢地取代了床单。"躺在漂亮的被单里"这一表述，如今几乎失去了意义。

## 床中央

夜晚、性事、欲望、生育，夫妻房与这些词紧密相关，它既有保护性，也有强迫性，既有逃避性，也有控制性。首先是来自教会的干预，教会将夫妻卧室转变为封建家族血脉的摇篮和基督教徒的熔炉。"你们要生养众多"：没有什么能阻止造物主的这条诫命，而俄南之罪在于违背了上帝对生命的期待。[55] 然而，"不完全性交"正是限制生育最有效的手段，人口统计学者已经证实了法国人在这方面表现出来的早熟。"甚至在乡下，人们也在欺骗本性"，让-巴蒂斯特·莫奥（Jean-Baptiste Moheau）如是说。妻子可能和丈夫一样，如果男人不懂得如何"小心"并及时抽身，她们会极力躲开。夫妻之床是一种躲避的艺术。告解神父对此心知肚明，他们会宽容地倾听当事人的抱怨。但是，"这种夫妻之间的义务"能够拒绝吗？神职人员不这么认为，他们会批评那些分房睡的贵族。"他们一起生活，还带着那么多心机、矜持和客套，不仅在完成这些合乎情理的事情上失去了自由，甚至还不能忍受睡在同一张床、同一个房间、同一座房子里。因为对本性以及一切有赖于此的东西怀有一种天然的厌恶，他们竭尽所能相互远离。"[56] 教士们为婚床祝福，称这是"最健康、最神圣、最奇妙的爱情之地"（圣方济各·沙雷氏），是性行为唯一的合法形式，他们赞美"床单上的享受"，而不是"偷偷摸摸的那种行为"。[57]

19 世纪，对夫妻之床的关注相对克制得多，这主要得益于对性需求持宽容态度的圣亚尔丰索·利古里；及至 20 世纪，对它的关注度重新回升，因为过度"欺骗"导致生育率骤降，国家为此拉响了警报。教皇也为此出面（《圣洁婚姻》通谕，1930 年），要求告解神父介入，并坚持主张"自然法"。两次世界大战之间，年轻夫妇发现自己竟得用奥吉诺避孕法并根据体温曲线来试运气，不过这导致了许多意外的生育；而且不得不采取"传教士"体位，这种体位源自"性别等级"，即男在上女在下。对大量信徒来说，夫妻之床宛如痛苦的欲望地狱。基督徒婚姻协会会员在致维奥莱神父的信中表达了无法做爱的痛苦。[58] 一位年轻女士写道："我常常得在夜里 11 点或 12 点爬起来，与得不到满足的性欲斗争到凌晨两三点钟。"她的丈夫坚决拒绝跟她做爱，"这种情况只持续了几年，至多两年吧，我也记不清确切的时间了。我不停地看书、干活、祈祷，快要累趴下的时候才回到丈夫身边。当我太想与他同眠、感受他的体温时，我常常把自己裹在被子里，睡在地板上"。[59] 围绕夫妻之床，甚至还展开过一场讨论：按照新教的方式分床而睡，保持夫妻关系的纯洁和独立，这样不是更好吗？一位来信者提出了这个意见，他坚决拥护两床并置。但是，他遭到另一位来信者的反驳，后者充满激情地为"传统的夫妻之床"辩护，认为它是"婚姻和港湾的象征"。"同枕共眠让时光静止，让外面的世界远离：两口子才算真正待在家中。"[60] 果真是这样吗？夫妻之床是将性欲视为马奇诺防线的教会的最后一道堡垒。可惜成效并不明显。

从 18 世纪起，一直对性行为漠不关心的医生也开始关注生育和健康。他们入侵了卧室，宣称此举"便于"观察与制定一套利于"性生活之和谐"（生育的条件）的生活制度。阿兰·科尔班研究了一些近乎色情的临床术语，出自布冯伯爵（Comte de Buffon）、卡巴尼斯（Cabanis）、鲁塞尔（Roussel）、德朗德（Deslandes）、鲁博（Roubaud）等人的弟子之手，这些人是"本性的指挥官"，是致力于女性快感的"和谐性交"专家。所有关于"技巧"的细节应有尽有，包括（器官）"痉挛"、正确体位、高潮和时间（性行为不必都在夜间进行）。性的活跃和满足有利于"夫妻平和相处"：这是医生和国家所期望的。这样的期望在法国大革命期间达到顶峰，政府褒奖关系和睦的夫妇，并号召民间英雄抵制放荡之人淫乱和可耻的行径。玛丽·安托瓦内特被视为近代的梅萨林娜，她的主要"罪行"之一就是所谓堕落的性行为。良好的性事制度对良好的生活不可或缺。手淫和同性性行为都必须被排斥，前者会让身体陷入亏损的幻觉，后者则违背了自然法则。医学道德将夫妻之床视为夫妻关系正常运转的核心。"夫妻性交不能在爱情和生育的圣地——卧室——以外进行。一张好床是唯一可以体面地发生肉体关系的地方。"[61] 蒙塔尔邦博士断然宣告。他主张在房事时关灯，不要有镜子，要集中精力。难道爱情应该又聋又瞎吗？

此后不久，看到左拉在《繁殖》（Fécondité，1899 年）中颂扬婚姻生活，人们就不会感到惊讶了。这是一部关于夫妻生育的史诗，马蒂厄和玛丽安娜·弗罗芒堪称家庭和整个共和国的典范。这部风格奇特的论文小说是《四福音书》中的一部，它反对马尔萨斯主义，鼓励提高出生率、延续民族血脉，里面有大量场景是在床上或床的附近展开的：怀孕、分娩、喂奶，这是性交的幸福结果。在玛丽安娜第五次怀孕时，马蒂厄把桃木大床让给她，自己在边上摆了一张小铁床；他温情地守护在她身边，想让她得到"王后"

般的侍候。每一次生产之后，重新回到夫妻之床都象征着崭新的开始。"啊！这个战斗和胜利的房间，马蒂厄回去的时候，就像重温某种辉煌的荣耀！"他的房间与堕胎者"恐怖骇人的房间"形成了对比，可怜的女婴瓦莱丽·莫朗热就死在里面。左拉本人十分喜欢夫妻房这个象征；在梅塘，他与让娜·罗思罗热恋，总是拒绝分房睡；甚至当妻子亚历桑德里娜这样要求他时，他也断然拒绝了。[62] 此外，他很持重，不许任何人跨进卧室的门槛——夫妻房陈设的经典组成部分，此外，房里还有朝向窗户的铜床、写字台、浅色的细木大衣柜、床头柜、座椅、小圆桌。"如果夫妻一生都规规矩矩地在这张夫妻之床上同眠，我们绝对无法说三道四。"[63] 艾芙琳·博洛克-达诺想象着左拉的通奸之梦如是写道。而左拉在梅塘自家的阳台上，也曾偷偷地盯着心上人的窗户。

　　夫妻之间的实践，他们的动作和低语、欲望和满足、热情和疲倦，我们不必了解太多。舒瓦瑟尔-普拉兰公爵夫人曾写信抱怨丈夫放弃了与她之间的性关系，信被公开后，引起了普罗斯佩·梅里美的愤慨，他说："这是需要隐瞒的事情，我不知道还有什么比夫妻之间的性事更令人生厌的了。"[64]

　　能够安静独处是美好的。托克维尔向古斯塔夫·德·博蒙吐露，冬天的时候，他起床会晚一点，在7点而不是5点（他会一直工作到中午）："我是一个极会讨心和体贴的丈夫，我不会在大冬天让夫人［玛丽·莫特莱］一个人躺在床上冻得手脚发麻。"[65] 床是夫妻分享体温的地方。他写信给玛丽说："我渴望我们的独处与亲热，最后，我渴望一切最终让我在这个世界上获得真正幸福的东西。"[66] 实际上，他对玛丽未必忠诚。夫妻是最少写信给彼此的人，他们对重要之事闭口不谈，同时使用约定俗成的书信体，比如"我亲爱的妻子，我想把你紧紧抱在心头"，战争期间除外，因为战争会增强人的欲望，甚至毁灭婚姻。安娜-克莱尔·勒布莱扬在APA（自传协会）的档案里找到了一些可作证明的书信，比如塞尔热和丹妮丝在1942年至1944

年间的通信。[67] 他们渴望在卧室重逢，为最终只能住在旅店而感到难过。那么，他们是如何做爱的呢？接下来，他们愉快而详细地回忆了此事。其实，这是一对在偷偷通奸的男女，他们渴望日后能拥有合法身份，一起过平淡普通的生活。面对以下一些情况时，夫妻默不作声是最佳的防御方式：窥探的目光，家人对不育或轻佻行为的暗示，常规的劝说，恳切的催促。身体的交融只属于他们自己，幽暗的房间里裹着奇特故事，凹陷的床榻间藏着人间传奇。

伴侣的死亡标志着夫妻房的终结。在富裕阶层，未亡人（这种情况最常见）或会给亡者设立祭坛，保留其家具。她会在大床上留下先夫的床铺。阿涅斯·瓦尔达拍摄过努瓦穆蒂埃岛上渔民的遗孀，她们维持着自己原来在床上的位置，甚至不会睡到中间，直到死亡夺去她们在婚姻、感情与生命中所在的位置。[68] 这究竟是失去幸福之后的悲伤，对婚姻与命运的屈从，还是身体的记忆？又有谁能解释她们的选择呢？夫妻之床藏着秘密。

寡妇不得不搬到更小的屋子里，保留最不占地方的家具，满足于一张单人床，如同（或者说又变回了）一个年轻女孩。她不能住到孩子家，除了守着一把椅子或几件物品，别无他法。服丧期间必须如此。

在乡下，如何处置年迈父母的住所在很长一段时间里都是棘手的事情，它不仅关乎空间，还关乎家中的威信、地位和经济问题。在阿尔萨斯，鳏夫或寡妇必须放弃原来的床室，搬到事先指定的场所居住。[69] 在热沃当，老妇人被安置到山上的小屋里，像是被幽禁一样。[70] 共用房间的拥挤是造成让人无法忍受的紧张关系的根源，容易导致虐待甚至弑父杀母的行为：曾有司法卷宗提到了这种令人悲叹的状况。一位 90 岁的母亲只能睡在门都关不上的面包房里的稻草堆上，用车篷布当被子；一位 68 岁的父亲被关在糟糕的阁楼里。还有更极端的例子：有个寡妇被关在谷仓里，睡在干草堆上。还有一些弑父杀母案。[71] 在城区，老年人，尤其是老年男性的命运也好不到哪里去，他们几乎一无所有：比如贝尔维尔街区的一个祖父，为了生活，只能到几个孩子家里住。为此，他得将自己的床搬来搬去，他甚至还曾到民事庭起诉几个孩子，要求他们归还这张想据为己有的床。[72] 孩子的住房很小，同住一段时间之后，等待这些老人的只有养老院的宿舍。他们成了家庭的累赘和往日时光的碎屑。

随着夫妻关系的解除，夫妻房也不复存在了。夫妻二人变成了不再以同居一室来确认其特殊关系的常人。死亡、离婚等事件引发的身体的分离必然会导致床的分离，夫妻房也随着"身体"的分离而被废除。这一切不仅发生在他或她一生的时光中，也发生在社会的变迁中。如今，夫妻房无法延续下去，与其说是因为住房危机和婚姻危机，毋宁说源自当代社会的去婚姻化。[73] 这种断裂顺应了另一种更加自由的婚姻观念，不再那么"因循守旧"，而是更注重舒适性，尤其是睡眠的质量。分房，至少是分床，越来越常见，[74] 但是，这并不意味着爱的减少。

夫妻卧室代表了家庭史中的一段重要时期。个体房间的历史不仅早于夫妻卧室，而且也将更持久地存在。

［1］　帕斯卡尔·迪比，《卧室的人种学》，见前引；《凹室之梦》，见前引。

［2］　奥雷利安·索瓦热（Aurélien Sauvageot），《探索匈牙利》（Découverte de la Hongrie），巴黎，Alcan 出版社，1937 年。

［3］　路易·雷佩克·德·拉克洛蒂尔（Louis Lépecq de La Clôture），《关于疾病及流行构成的观察汇编：1763—1770 年，1771—1773 年》（Collection d'observations sur les maladies et constitutions épidémiques. Années 1763 à 1770 et 1771 à 1773），鲁昂，特许印刷局，1778 年。

［4］　普罗斯佩·梅里美，《蓝色房间》，为欧仁妮皇后写的中篇小说，1872 年。

［5］　《科学画报》（La Science illustrée）的文章，1875 年 10 月 18 日，雅克·莱奥纳尔（Jacques Léonard）引用，《身体档案：19 世纪的健康》（Archives du corps. La santé au XIXe siècle），雷恩，Ouest-France 出版社，1986 年。作者还给出了其他例子。

［6］　同上。

［7］ 儒勒·勒纳尔（Jules Renard），《日志》，1905 年，雅克·莱奥纳尔引用，《19 世纪法国的医生、病人和社会》（*Médecins, malades et société dans la France du XIX^e siècle*），巴黎，Sciences en situation 出版社，1992 年。

［8］ 埃米尔·纪尧曼（Émile Guillaumin），《普通人的一生：一个佃农的回忆录》（*La Vie d'un simple. Mémoires d'un métayer*），巴黎，Stock 出版社，1979 年，第 98 页。

［9］ 弗朗索瓦丝·佐纳邦（Françoise Zonabend），《长久的记忆：村庄里的时光和故事》（*La Mémoire longue. Temps et histoire au village*），巴黎，PUF 出版社，1980 年，第 27 页，后引同，"居住方式"。

［10］ 达尼埃尔·罗什，《普通事物的历史：17—19 世纪，传统社会中消费的诞生》（*Histoire des choses banales. Naissance de la consommation dans les sociétés traditionnelles, XVII^e - XIX^e siècle*），巴黎，Fayard 出版社，1997 年，第 183—208 页，"家具和物品"。

［11］ 让·盖埃诺（Jean Guéhenno），《一个 40 岁男人的日记》（*Journal d'un homme de quarante ans*），巴黎，Grasset 出版社，1934 年，第 57—58 页。

［12］ 卡特琳娜·阿扎洛娃（Katerina Azarova），《集体公寓：被隐藏的苏维埃住宅史》（*L'Appartement communautaire. L'histoire cachée du logement soviétique*），巴黎，Sextant 出版社，2007 年。该书原是一部博士论文，材料非常丰富，针对 1996 年至 2003 年间的二十多个来自不同世代的家族进行了土地调查，含有大量的照片和平面图。

［13］ 同上，第 272 页。第 4 部分，"集体生活"，里面有各种描述。

［14］ 维克多·波里索维奇（Viktor Borisovitch），同上，第 270 页。

［15］ 弗朗索瓦丝·于吉耶（Françoise Huguier），《集体公寓》（*Kommunalki*），阿尔勒，Actes Sud 出版社，2008 年；参阅 2008 年 4 月 19 日《世界报》。

［16］ 相关文献非常多：安德烈·比尔吉埃尔（André Burguière），克里斯蒂亚娜·克拉比谢-祖贝尔（Christiane Klapisch-Zuber），玛蒂娜·塞加朗（Martine Segalen），弗朗索瓦丝·佐纳邦，《家庭史》（*Histoire de la famille*），巴黎，Armand Colin 出版社，2 卷，1986 年。最新的文献：阿涅斯·瓦尔西（Agnès Walch），《从文艺复兴至今的法国夫妻史》（*Histoire du couple en France de la Renaissance à nos jours*），雷恩，Ouest-France 出版社，2003 年。

［17］ 参阅奥迪勒·努维勒-卡梅雷（Odile Nouvel-Kammerer）的"夫妻房间的产生"，见《凹室之梦》，见前引，第 104—127 页。

［18］ 路易-乔治·丁（Louis-Georges Tin），《异性性爱文化的发明》（*L'Invention de la culture hétérosexuelle*），巴黎，Autrement 出版社，2008 年。

［19］ 埃尔米·利特雷（Émile Littré），《法语词典》（*Dictionnaire de la langue française*），1863—1872 年，第 3 卷，"私生活"。"私人生活之墙"这个表达法成形于 19 世纪 20 年代。

［20］ 弗洛朗斯·杜邦，"成为卧室之前的房间"，见前引，第 13—25 页。

［21］ 引自弗朗索瓦丝·科林（Françoise Collin）、埃弗利纳·比西埃（Évelyne Pisier）、埃勒尼·瓦里卡斯（Eleni Varikas）等主编的《从柏拉图到德里达的女人们》（*Les*

*Femmes de Platon à Derrida*），巴黎，Plon 出版社，2000 年，第 96 页。斜体强调为本书作者所加。

[22] 西尔维娅·阿加辛斯基（Sylviane Agacinski），《性别的形而上学：基督教起源中的男性/女性》（*Métaphysique des sexes. Masculin/féminin aux sources du christianisme*），巴黎，Seuil 出版社，2005 年。

[23] 费里纳神父（Père Féline），《已婚人士教理书》（*Catéchisme des gens mariés*），卡昂，Gille le Roy 出版社，1782 年，第 31 页。

[24] 安娜-克莱尔·勒布莱扬（Anne-Claire Rebreyend），《恋人间的私密：法国，1920—1975 年》（*Intimités amoureuses. France, 1920 - 1975*），图卢兹，勒米哈伊大学出版社，2008 年。

[25] 路易·阿拉贡，《房间，静止时光里的诗歌》（*Les Chambres. Poème du temps qui ne passe pas*），巴黎，法国联合出版社，1969 年，第 105 页。

[26] 奥诺雷·德·巴尔扎克，"婚姻法则"，《婚姻生理学》（*Physiologie du Mariage*，约 1830 年）中的注释，见《全集》，见前引，第 11 卷，第 1892 页，注释 1。

[27] 安娜·德巴尔-布朗夏尔（Anne Debarre-Blanchard）、莫妮克·埃勒贝-维达尔（Monique Eleb-Vidal），《私生活建筑：房屋与心态，17—19 世纪》（*Architectures de la vie privée. Maisons et mentalités, XVIIᵉ - XIXᵉ siècles*），布鲁塞尔，现代建筑档案馆，1989 年；同作者，《现代住宅的发明：巴黎，1880—1914 年》（*Invention de l'habitation moderne, Paris, 1880 - 1914*），巴黎，Hazan 出版社，1995 年；同作者，"民居建筑与心态：契约与实践，16—19 世纪"（Architecture domestique et mentalités. Les traités et les pratiques, XVIᵉ - XIXᵉ siècles），*In extenso*，第 5 期，1985 年 4 月（对建筑图纸的分析）。

[28] 尼古拉·勒加缪·德梅齐埃尔（Nicolas Le Camus de Mézières），《建筑工程学或这种艺术与我们的感觉之类比》（*Le Génie de l'architecture ou l'analogie de cet art avec nos sensations*），巴黎，自出版，1780 年。

[29] 莫妮克·埃勒贝-维达尔也注意到了这一点。《现代住宅的发明》，见前引，第 6 章，"房间"，第 139—160 页。参阅后文的"女人的房间"。

[30] 朱利安·加代（Julien Guadet），《居所的构成要素》（*Eléments de composition dans l'habitation*，1902 年），引用见安娜·德巴尔-布朗夏尔、莫妮克·埃勒贝-维达尔，《私生活建筑：房屋与心态，17—19 世纪》，见前引，第 145 页。

[31] P. 德布戈涅博士（Dr P. de Bourgogne），《婚姻：实用的卫生医学建议》（*Le Mariage. Conseils médicaux d'hygiène pratique*），巴黎，Vigot 出版社，第 5 版，第 7 章，第 88—110 页，"卧室和洗手间"。感谢菲利普·阿蒂埃尔（Philippe Artières）向我推荐了此文。

[32] 马利翁·塞古（Marion Segaud）、桑德里娜·彭瓦莱（Sandrine Bonvalet）和雅克·布朗（Jacques Brun）主编的《住宅和居所：知识状况》（*Logement et Habitat. L'état des savoirs*），巴黎，La découverte 出版社，1998 年，尤其是莫妮克·埃勒贝的"私人生活和公共生活之间的住所"，第 68—74 页；莫妮克·埃勒贝和安娜-玛丽·夏特莱（Anne-Marie Châtelet）的《城市性，社会性，私密性：今天的住宅》（*Urbanité*,

*sociabilité et intimité. Des logements d'aujourd'hui*），巴黎，L'Épure 出版社，1997 年，"痛苦的房间"，第 175—191 页。

[33] 米歇尔·莱维博士（Dr Michel Lévy），《公共和私人卫生契约》（*Traité d'hygiène publique et privée*），巴黎，Hachette 出版社，第 3 版，1862 年，第 1 卷，第 6 节，"私人居所和不流通空气"，第 549—628 页。同时可参阅雅克·莱奥纳尔的《身体档案》，见前引，第 2 章，"浊气"。

[34] 参阅让-皮埃尔·古贝尔（Jean-Pierre Goubert），《水的征途：工业时代迎来健康》（*La Conquête de l'eau. L'avènement de la santé à l'âge industriel*），导言由埃玛纽埃尔·勒洛伊·拉杜里撰写，巴黎，Laffont 出版社，1986 年。

[35] P. 德布戈涅博士，《婚姻：实用的卫生医学建议》，见前引。

[36] 米舍拉·德·乔治（Michela de Giorgio），"女天主教徒"，见乔治·杜比和米歇尔·佩罗主编的《西方女性史》（*Histoire des femmes en Occident*），巴黎，Plon 出版社，5 卷，1990—1991 年，第 4 卷，第 187 页。

[37] 亨利·阿瓦尔，《从 13 世纪到今天的室内家具和装饰辞典》，见前引，第 1 卷。

[38] 里弗卡·贝尔科维齐（Rivka Bercovici），"家庭空间的私人化：19 世纪的夫妻卧室"，见安娜·德巴尔-布朗夏尔、莫妮克·埃勒贝-维达尔的《房屋：空间与私密》（*La Maison. Espaces et intimités*），*In extenso*，第 9 期，1986 年，第 345—368 页；她分析了 1840 年至 1880 年间巴黎 24 个公证处的上千份公证文件。

[39] 让-皮埃尔·沙利纳（Jean-Pierre Chaline），《鲁昂的有产者：19 世纪的城市精英》（*Les Bourgeois de Rouen. Une élite urbaine du XIXᵉ siècle*），巴黎，法国政治科学基金会（FNSP），1982 年。

[40] 马塞尔·普鲁斯特，"阅读的日子"（1905 年），《仿作与杂记》（*Pastiches et Mélanges*），见《驳圣伯夫》（*Contre Sainte-Beuve*），巴黎，Gallimard 出版社，七星文库，1971 年，第 164 页。

[41] 克洛德·莫塞（Claude Mossé），《古希腊的女人》（*La Femme dans la Grèce antique*），巴黎，Albin Michel 出版社，1983 年，第 28 页。

[42] 弗朗索瓦丝·冯蒂希-迪库（Françoise Frontisi-Ducroux），《女士们的作品：阿丽亚娜，海伦，珀涅罗珀》（*Ouvrages de dames. Ariane, Hélène, Pénélope*），巴黎，Seuil 出版社，21 世纪文库，2009 年，第 103 页（关于珀涅罗珀和"床上考验的奇特片段"）。

[43] 米歇尔·鲁什，见菲利浦·阿利埃斯和乔治·杜比的《私人生活史，从古代到当今》，见前引，第 1 卷，第 465 页。

[44] 埃弗利纳·帕特拉让（Évelyne Patlagean），同上，第 2 卷，第 555 页。

[45] 乔治·杜比，《骑士、女人和神父》（*Le Chevalier, la Femme et le Prêtre*），Hachette 出版社，1981 年。

[46] 作者同上，"12 世纪法国的爱情"（1983 年），见《封建社会》（*Féodalité*），巴黎，Gallimard 出版社，1996 年，第 1405 页。

[47] 转引自菲利浦·阿利埃斯的《面对死亡的人》（*L'Homme devant la mort*），巴黎，瑟伊出版社，"历史观点"文丛，1977 年，第 1 卷，第 224 页。

[48] 转引自亨利·阿瓦尔的《从 13 世纪到今天的室内家具和装饰辞典》，见前引，第 3 卷，第 374 页。

[49] 参阅达尼埃尔·罗什，《普通事物的历史：17—19 世纪，传统社会中消费的诞生》，见前引。

[50] 安娜·菲永（Anne Fillon），《文具箱里的水果：17 世纪和 18 世纪的社会和心态》(*Fruits d'écritoire. Société et mentalités aux XVIIᵉ et XVIIIᵉ siècles*)，勒芒人类学历史研究所，2000 年，"铺好床就睡：300 年的乡村床史，人口与文化"，第 109—127 页；阿涅斯·菲娜（Agnès Fine），"嫁妆：一种女性文化？"，见米歇尔·佩罗主编《女性史可能吗？》(*Une histoire des femmes est-elle possible ?*)，马赛，Rivages 出版社，1984 年，第 155—189 页。

[51] 若埃尔·纪耶（Joëlle Guillais），《他者的肉体：19 世纪的情杀案》(*La Chair de l'autre. Le crime passionnel au XIXᵉ siècle*)，巴黎，Olivier Orban 出版社，1986 年。

[52] 奥诺雷·德·巴尔扎克，《沉思录之十七：婚姻生理学》，"床的理论"，见《全集》，见前引，第 11 卷，第 1060 页，后引同，《沉思录之十四》，"公寓"，第 1038 页，后引同。

[53] "床"是一篇详尽的百科全书式文章，见亨利·阿瓦尔的《从 13 世纪到今天的室内家具和装饰辞典》，见前引，第 3 卷。参阅尼科尔·德雷尼耶（Nicole de Reyniès）的《室内家具：专类词汇》(*Le Mobilier domestique. Vocabulaire typologique*)，巴黎，国家印刷局，2 卷，1987 年；阿莱西亚·贝尔德格林（Alecia Beldegreen）的《床》(*Le Lit*)，巴黎，Flammarion 出版社，1992 年。

[54] 黛安·冯芙丝汀宝（Diane de Furstenberg），《梦之床》(*Lits de rêve*)，布洛涅-比扬古，le May 出版社，1991 年。

[55] 克洛德·朗格鲁瓦（Claude Langlois），《俄南之罪：1816 年至 1930 年天主教关于限制生育的发言》(*Le Crime d'Onan. Le discours catholique sur la limitation des naissances, 1816 - 1930*)，巴黎，Les Belles Lettres 出版社，2005 年；阿涅斯·瓦尔西，《16 世纪至 20 世纪法国天主教的夫妻修行》(*La Spiritualité conjugale dans le catholicisme français, XVIᵉ - XXᵉ siècle*)，巴黎，Le Cerf 出版社，2002 年。

[56] 卡特琳娜·勒维斯克（Catherine Levesque, 17 世纪），同前引，第 279 页。

[57] 阿兰·科尔班，《性和谐：从启蒙运动至性学诞生期间体验快感的方式》(*L'Harmonie des plaisirs. Les manières de jouir du siècle des Lumières à l'avènement de la sexologie*)，巴黎，Perrin 出版社，2008 年，第 8 章，"夫妻之床：禁忌与快感"，第 255—290 页。

[58] 参阅玛蒂娜·塞韦格朗（Martine Sèvegrand）的《上帝的孩子：法国天主教徒与生育（1919—1969）》(*Les Enfants du Bon Dieu. Les catholiques français et la procréation (1919 - 1969)*)，巴黎，Albin Michel 出版社，1995 年；《完完整整的爱：向维奥莱神父提出的关于性行为的问题（1924—1943）》(*L'Amour en toutes lettres. Questions à l'abbé Viollet sur la sexualité(1924 - 1943)*)，巴黎，Albin Michel 出版社，1996 年。

[59] 同上，第 256 页。

[60] "围绕夫妻之床的讨论"，同上，第 201—205 页（基督徒婚姻协会会刊上刊登的来信，

1926 年）。

[61] 夏尔·蒙塔尔邦（Charles Montalban），《年轻夫妇的小圣经》（*La Petite Bible des jeunes époux*，1855 年），阿兰·科尔班推荐，格勒诺布尔，Jérôme Millon 出版社，2008 年。

[62] 艾芙琳·博洛克-达诺（Évelyne Bloch-Dano），《左拉夫人》（*Madame Zola*），巴黎，Grasset 出版社，1997 年，第 272 页；当时是 1899 年，正值《繁殖》出版之际。

[63] 作者同上，《在左拉家：一座房子的故事》（*Chez les Zola. Le roman d'une maison*），巴黎，Payot 出版社，2006 年，第 113 页。参阅埃米尔·左拉的《致让娜·罗思罗的信，1892—1902 年》，布里吉特·埃米尔-左拉（Brigitte Émile-Zola）和阿兰·帕热斯（Alain Pagès）版本，巴黎，Gallimard 出版社，2004 年。

[64] 转引自安娜·马丁-菲吉耶（Anne Martin-Fugier），《一个女性求偶狂患者：舒瓦瑟尔 - 普拉兰公爵夫人谋杀案》（*Une nymphomane vertueuse. L'assassinat de la duchesse de Choiseul-Praslin*），巴黎，Fayard 出版社，2009 年。

[65] 亚历克西·德·托克维尔，《全集》，巴黎，Gallimard 出版社，第 8 卷：《与古斯塔夫·德·博蒙的通信集》，1967 年，第 277 页，1838 年 1 月 18 日信。

[66] 致玛丽·莫特莱的信，1837 年 10 月 28 日，拜内克图书馆档案，耶鲁。

[67] 安娜-克莱尔·勒布莱扬，《恋人间的私密，法国，1920—1975 年》，见前引，第 122—135 页。APA 由菲利普·勒热纳（Philippe Lejeune）创建，用来接收个人文字作品，目前已拥有 2000 多种。总部位于昂贝略昂比热图书馆。

[68] 阿涅斯·瓦尔达（Agnès Varda），《努瓦穆蒂埃岛的寡妇们》（*Quelques Veuves de Noirmoutier*），2006 年 10 月 17 日在 Arte 播放。

[69] 参阅让-皮埃尔·布瓦（Jean-Pierre Bois）的《老人》（*Les Vieux*），巴黎，Fayard 出版社，1989 年。

[70] 伊丽莎白·克拉夫里（Élisabeth Claverie）和皮埃尔·拉迈松（Pierre Lamaison），《不可能的婚姻：热沃当地区的暴力和亲属（17 世纪—19 世纪）》（*L'Impossible Mariage. Violence et parenté en Gévaudan, XVII^e -XIX^e siècles*），巴黎，Hachette 出版社，1982 年。该书通过诉讼卷宗展现了地方共同管理制度的极端紧张状态，这一制度无法抵挡个人主义的压力。

[71] 西尔维·拉帕卢斯（Sylvie Lapallus），《老人之死：19 世纪的一桩杀父案》（*La Mort du vieux. Une histoire du parricide au XIX^e siècle*），巴黎，Tallandier 出版社，2004 年。

[72] 樊尚·古尔东（Vincent Gourdon），《祖父母的故事》（*Histoire des grands-parents*），巴黎，Perrin 出版社，2001 年，第 60 页。

[73] 伊莱娜·泰利（Irène Théry），《去婚姻化：司法和私生活》（*Le Démariage. Justice et vie privée*），巴黎，Odile Jacob 出版社，1996 年。

[74] 参阅《世界报》，2004 年 2 月 7 日，帕斯卡尔·迪比评论的一项调查。

# 个体的房间

　　渴望拥有自己的空间是人之常情，它跨越了文明和时代。睡眠，性事，爱情，疾病，身体及灵魂的需求（祈祷，沉思，阅读，写作），都要求退隐。这个空间会以各种各样的形式出现：山洞，棚屋，小屋，角落，船舱，火车车厢，篷盖马车，等等。为了隐藏自己，人类的创造性难以想象。集体居住的压力越大，这种创造性就越丰富：兵营、医院、寄宿学校和监狱，退隐之处不可或缺。儒勒·瓦莱斯成为卡昂中学的学监后，很高兴找到了"宿舍最里面的一个小房间，老师们空闲时可以在此学习和思考。这个小房间面朝一片长满树木、河流经过的田野"。在这里，他感受到了"大海的一种气息，它让我的舌尖尝到咸味，让我的视野焕然一新，让我的心情恬淡安宁"[1]。

　　人潮催人退隐。约阿希姆·海因里希·坎普被淹没在人群里。像众多来到巴黎的年轻人一样，他见证了这场大革命："我从如同河流般涌动的人潮中挣脱出来……现在，我坐到了岸边，也就是我的房间里。我试图抵抗那汹涌如潮的画面、表演和新奇感，并从中理出一点头绪。这不过是徒劳！人潮的声音还是穿了进来，透过窗户、门缝、墙壁，虽然我的房间离他们还有一定距离。"[2] 他的同胞乔治·福尔斯特和他一样，也是被革命中的巴黎所吸引，来后却深感失望。他在街道和阁楼间来回穿梭，反复思考着如何躲开人群："已经三四个小时了，我快要疯了，我在房间里不停地转圈子，不停地走动，然后又反复停下来回忆。徒劳而已。"[3] 人群在不断扩张，压力在不断增加，从而催生出对个人空间和个人自由无法平息的渴望与强烈无比的追求。这正是瓦尔特·本雅明勾勒出来的 20 世纪初巴黎的状态：虽然拱廊在夜间被关闭，流动的人潮和聚会却密集起来。

## 隐私权

特定人群对隐私的需求要强烈得多：年轻人，家庭破裂的工人，单身女性，逃亡者，外国人，孤独的老人，以及无法再忍受日常生活节奏的人。被迫或自愿的单身生活，离家出走，关系破裂，出差奔波，旅途中的摩擦，足不出户的研究，创作时的苦思冥想，社交时的矜持或奔放，这些都是将房间或卧室个人化的原因。夫妻之床的束缚会夺走钟爱之人的心。于斯曼痛斥："两个人同床而眠十分不幸……不得不完成的爱抚也让人疲惫。"[4]

"卧室里只有一个人的时候我才能睡着。我无法忍受跟别人一起过日子。"卡夫卡承认，"我急于奔向孤独，如同河流急于汇入大海。"这就是卡夫卡的现代性，他强烈地预感到了那种悄无声息、持续渗透的控制以及日益增加的监视，福柯曾称其为全景敞视，并描述了它在整个社会中的扩散。[5]隐身的欲望由此而来。米歇尔·德·塞尔托说："在我们国家，不透明是有必要的。它以集体权利为基础，可以平衡经济，因为经济打着个体权利的名号，将一切社会现实暴露在市场和管理环境之下。"[6]

卧室只是隐私权的形式之一，甚至那些围攻利己主义并推行集体决策的空想社会主义者也注意到了要保护隐私权。维克多·德萨米，著名的《公有法典》（1842 年）的作者，为每一个"平等者"构想了生活便利的个人卧室："方便，实用，舒适，整洁"；两个储物壁柜；两个凹室，一个摆床，另一个做盥洗室；一张弹簧床绷床，配有最新款的现代床上用品；一个洗脸槽，一个床头柜，一张小圆桌，几把小椅子，几把扶手椅，它们都装有轮子。[7] 欧仁·苏对民众的居住条件非常关注，他也为单身者设计了房间，里面有铁床，"漂亮的波斯壁纸"，帘子，一个柜子，一张胡桃木（人民之木）桌子，几把椅子，一个小书架。那时，享有卧室几乎是人权的必要内容。

享有卧室可以确保独立与自尊。在菲利普·罗斯的长篇小说《人性的污秽》中，女主角福妮雅因做爱后留在情人家里过夜而感到自责。"我留下来了。我像傻瓜一样留下来了。回到他的床上睡觉对我这样的女孩来说是致命的……我有一个属于自己的房间，也许里面的摆设并不优雅，但它是我的。我得回那里去。"[8] 她拒绝住在别人家，因为"永恒爱情"的圈套会束缚住她。卧室是自由的保证。


## 独睡


诗人厄斯塔什·德尚曾说"一个人睡比两个人同睡更自在"[9]；与他同时代的蒙田说"我喜欢独自睡硬床，就像国王那样，最好妻子也不在身边，把自己裹得严实一点；我也不需要用暖炉暖床"[10]；乔治·佩雷克也说："床是一种仅为一个或两个人的夜间休息而设计的工具，容纳不下更多的人。"[11]

罗马人将自己藏在"格子间"（cubiculum）里，像是山洞或棚屋里的隐士。中世纪的大床可以躺下五六个人；但是从那时起，"床作为私人领地，孤独的享受在这里渐增"[12]。作为痛苦之地，床会接纳受伤、生病或在长途骑行之后筋疲力尽的人；人们会爬到床上哭，在需要忍住眼泪的现代社会更是这样。"晚上 10 点钟，我回到房间，为我们的分离哭泣。"一位女性作者在日记里这样写道。"伤心欲绝，我冲到床上，试图让自己昏睡过去，可惜没有做到。"[13] 简·奥斯汀的女主人公们躲在各自的房间里，任凭不得不隐忍的情绪爆发。房间也是罪犯的藏身之所，他们会蜷缩在床上。床是避难之所、安全之岛，是中世纪油画里被颂扬、被遗赠、被表现的家具，往往与疾病、死亡等特殊情况相关。

越来越强的身体意识让人很难忍受他者的身体，在各个阶层，尤其在城区，拥有一张属于自己的床是基本需求。在西方文化奇特而富有诗意的记载中，床的数量和种类激增。在 15 世纪意大利文艺复兴运动的推动下，睡眠个人化流行起来；在 17 世纪末的巴黎，"甚至是普通百姓也有了真正的床"[14]。这种做法原先属于贵族和资产阶级，如今在平民中开始盛行。19 世纪，工人也无法忍受房间的拥挤。"我再也不能忍受跟另一个男人同住，"诺尔贝尔·特吕甘说，他是第二帝国时期的建筑工人。作为婚姻标志的床在离婚时必须进行分割。"她不同意我继续在这个屋子里睡觉。于是我要求她归还属于我的那张床，因为它原先是老板送给我的礼物。"[15] 一桩情杀案的被告如此为自己辩护。

卫生和道德要求催生了为防御各类传染病而设立的隔离区。国民公会要求各个医院履行这项义务（1793 年 11 月 15 日）。19 世纪初，根据儿童救济院的规定，在工厂里，超过 15 岁的孩子必须单独睡觉。教会和医生联合起来鼓励个体独睡，铁床的工业化生产提供了解决方案：它们轻巧，可移动，廉价，运输方便，因平整而便于安放，金属床绷，附件极少，这种床被视为睡眠民主化的标志。

佩雷克为床的崇高地位而欢欣鼓舞："床……无与伦比的个人空间，身体的基本空间（单人床），即使是负债累累的人也有权利拥有……我们只有一张属于'我们'的床。"他继续说道："我喜欢我的床。"[16] 他回忆起自己的阅读时光，幻想中的旅行，吃过的糖块，体验过的恐惧。我们每个人都有对床的记忆。在床上，人们会度过生命中超过三分之一的时光。床标出了夜晚和白天的界线，将个体与夜晚悄然相连。

## 睡觉

"睡眠中的人将时针、年轮和世界画成一个圆，让它们围着自己转。"

——普鲁斯特，《在斯万家那边》

首先，人们必须准备就寝。脱衣，褪去编织外表的织物，像《圣经》中说的那样脱去旧人。有名望的男人宽衣解带；女人为夜晚穿衣打扮。从前，这一程序可能是受到了宫廷礼仪的启发。乔治·桑这样描述就寝前的祖母："就寝过程非常漫长。我的祖母会吃一点食物，然后让人为她整理头上和肩上的十来样东西，如小帽子、小围巾，布、丝、棉、羊毛等各种材质的都有。这个时候，她会听茱莉汇报家中私事，听洛斯汇报家务细节。这个过程要持续到夜里两点。"[17] 这是总结家庭或个人生活的时刻，对基督徒来说，也是陷入未知黑夜之前的自省时刻。

并非所有就寝都如此隆重，但所有人都得脱下衣服。就寝者的衣服该如何摆放呢？有人会随便乱扔，也有人会精心折叠。这体现出个体对衣物的不同态度，通常也与性别有关，但不尽如此。单身男性的卧室名声不佳。这毫无道理，因为也有细心的单身汉，比如布鲁姆菲尔德，弗兰兹·卡夫卡笔下的主人公，他人到"中年"，不能忍受脏乱，就和作者本人一样喜欢整洁，喜欢将床铺打理得很整齐。[18]

然后，他们上床。有的人一头扎入"梦神的怀抱"，有的人悄悄钻进被窝；这是两种不同的文化。睡觉时身体的姿势也不尽相同，普遍带有文化意味；在比今天更短的床上，我们的祖先半躺着睡；如今，我们蜷缩、侧卧、俯卧或平卧，其中平卧是"传教士式"的姿势（教会规定的做爱体位），也是死者的姿势。这些姿势绝不会完全出于无意识，睡觉时也是如此。[19] 莱维博士推荐平卧，认为它比侧卧更健康。在公寓里，从站姿调整成卧姿也没有比在战场上更容易多少。[20] 失宠或失信的人平躺着会睡不好，因为总觉得自己受到了威胁。掌权者害怕身处黑暗时的那种无助，担心发生古罗马时期曾发生过的夜间阴谋和暗杀行动。若想消灭一个暴君，最简单的做法就是将其关在房间里。这在罗马极为常见，多米提乌斯就是这样殒命的。女人对卸下武器的男人也会构成威胁：达利拉割掉了熟睡中的参孙的头发，克利奥帕特拉让安东尼"堕落"。这些被销蚀的男性气概甚至引起了反感，维奥莱特·勒杜克就说过："我厌恶这些贪睡者。""这些死去的人甚至来不及说临终遗言。"[21]

入睡是一门需要花费心思的艺术。床不能太硬或太软，这在今天尤为重要。[22] 一些建筑师非常注重床的方位以及它与窗户的位置关系。在 18 世纪重获尊重的绿色成了卧室的颜色，根据歌德的建议，它被视为对身心休憩最有益的颜色。[23] 卫生学家建议睡硬床，房间适当通风，保持良好的睡眠习惯和规律，避免熬夜和过度兴奋，不读扰乱情绪的书籍，甚至避免脑力劳动。尤其要警惕日夜颠倒，因为这会破坏宇宙、神与人的秩序。

陷入黑夜会引起某种深层的焦虑情绪，进而导致失眠。这种情绪与死亡类似，死亡会惊扰睡着的人。即使是信徒，尤其是等待死亡的信徒，也会害怕死亡突然而至，因为这会剥夺他以虔诚之姿离开的权利，无法完成临终前的仪式。上帝曾告诫："我要像小偷一样突然来到。"晚祷告由此而来，信徒自省、忏悔、祈求赦罪、祈求守护天使的保护。一旦入睡，就等于踏上了不知归时的旅程。

孩子们抵触夜晚的分离。他们害怕上床的时刻，总是尽可能地拖延。因此，母亲的晚安吻很重要，这正是《追忆似水年华》的开篇描述的情景。叙述者写道："我一走进我的房间，就得把所有入口全给堵上，百叶窗也得关上，抖开被子，挖出坟墓般的被窝，套上裹尸布一样的睡衣……在把自己埋进他们给我添置的那张铁床之前。"1935年前后，布列塔尼的小女孩莫娜·索耶很害怕待在自己的房间里："魔鬼们正张牙舞爪地从地板下爬上来，我问祖母能不能到她的床上跟她同睡。"[24] 孩子喜欢在睡觉时亮着灯，半掩着门，这样有人来的时候就能看到影子。

然而，这种焦虑不是只出现在孩提时代。亨利·米肖深受其扰："睡觉相当困难……首先，被子总是那么重，就连床单也活像一块钢板。"用什么姿势睡？《羽毛》的作者苦思冥想，却找不到完美的选择。"对许多人而言，上床睡觉的那一刻无异于巨大的折磨。"[25]

失眠意味着什么？在这些让人焦虑的时刻，有没有感觉"夜在动"？阴影，天花板的裂缝，地板的嘎吱声，小耗子或大老鼠的啃食声，蝴蝶的抖翅声，令人讨厌的蚊子声，还有窃窃私语和沉闷的脚步，它们引人注意也引人忧心，它们让房间成为敌意和诡计的温床，其中的每个细节都会被无限放大。如果是在陌生或尚未熟悉的新房间里，焦虑的症状会加剧。失眠让人胡思乱想、沮丧低落、陷入自我反思（凌晨3点还在思考自己失败的人生）。床又硬又不舒适，任你辗转反侧也无法入眠。和叙述者一样，人们会重新审视这些已然熟悉的房间，大脑里涌现出清晰又模糊的如潮记忆。

入睡难、害怕失眠时，我们不得不求助于各种预防和治疗功能的药物。我们的祖先使用过椴树花、橙花、热牛奶。后来被替换成更加复杂的物质：劳丹酊、巴比妥、鸦片，由药剂师来配制。最后，安眠药出现了，法国人是安眠药最大的消费群体之一。神经生物学家研究睡眠失常，精神病学家进行治疗。[26] 健康的生活习惯可以带来身体平衡所必不可少的良好睡眠。睡得好意味着品行端正、心态稳定、脾气温和；它为白天的活动提供了保证。

我们需要睡觉，但是绝不能睡太多。在西方文化中，贪睡没有好名声，是懒惰的象征。在橄榄园里睡着了的使徒任凭基督独自度过最后的夜晚。"睡眠是一种漠不关心的状态"（柏格森）。"睡眠像是一种堕落"，安德烈·纪德这样说，他只喜欢清醒的时刻，还会留意床边的窗是否能看见外面的风景。直到 20 世纪下半叶，睡眠才被视为人体的一项积极机能。[27] 在卫生学家眼中，八小时的睡眠足够了，儿童和青少年可以稍多一些，因为他们容易受到晚间活动的诱惑。超过规定时间，床就有可能变成淫乱之地，让人产生一些不健康的思绪和寻求刺激的欲望。教育学家谴责"睡懒觉"引起的意志薄弱和惰性，普鲁斯特却很喜欢睡懒觉。早睡是良好的习惯，晚起则不然。人们只能在床上待适当的时间。

听一听杰里米·边沁的说法吧，《环形监狱》的作者这样写道："睡眠是生命的停止；赖在床上不睡会产生懈怠，并有损身体健康；这是懒惰的行为，因此也有损精神健康。"[28] 这位功利主义理论家发现，经济增长的关键在于工作，不应有的懒惰会带来贫困。财富青睐那些勇敢者和早起者。只有为了恢复体力而完成的睡眠才合乎道德。

床还隐藏着"个体快感"的陷阱。克鲁德纳夫人（Mme de Krüdener）在写给其女儿的一篇日记中，请女儿小心"昂贵之物和享乐之床"，因为人们总是在这些东西上浪费时间。甚至做梦都会让这个被不洁念头困扰的女人感到担忧，她说必须学会控制梦的发生："我的灵魂在替我放哨，每次都让我远离这种梦境，把我从梦中唤醒。"[29] 思想上的压抑与克制统治了梦境。

然而，我们要如何控制这种突然袭来、汹涌如潮，伴随各种念头、景象与陌生的感觉出现，总是令睡眠者无比好奇、害怕又为之吸引的梦境呢？梦的历史或许是梦的内容的历史，但首先是对梦的解析的历史[30]：它是来自命运、上帝、冥界的声音，是科学界发现的生物节律和各种身体反应，是潜意识的神秘迹象与深层本体的前庭（弗洛伊德颠覆了我们对梦的理解）。梦的描述催生了一个新的领域，丰富了文学创作，作家对其进行探索，而在他们之前，圣人也对此做过冗长的解释。[31] 毒品的使用改变了梦的维度。[32] 鸦片将波德莱尔的房间拆分成两个部分："家具似乎在做梦；它们被赋予一种梦游的生命，就像植物和矿物。织物诉说着一种无声的语言，就像花、天空和夕阳。"[33] 其他毒品（包括酒精）的效果更加强烈，更像噩梦。在它们的影响下，房间里挤满了奇形怪状的面孔，有昆虫、啮齿动物、爬行动物和凶猛怪兽。墙壁起了泡。壁纸开裂、渗水、起块。在帷幔的皱褶里，爬满了恶心的小虫子。

梦是"睡眠的守护者"（弗洛伊德），它住在房间里，然而在大部分时间里无处寻觅。它摆脱了物质和漂浮着的身体的重力，从日常生活的束缚中解放出来，也从空间中抽离出来，在这个空间里，它传递出膨胀、气闷、窒息的感觉，如同跌入万丈深渊，在没有尽头的皮拉内西式螺旋楼梯上攀爬。罗伯特·昂泰尔姆说："我醒过来的时候，大脑里还留有房间的体积。"[34] 没有边角，没有细节，因为非现实的梦境把它们忽略了。

房间为梦打开了通道，而梦会破坏、躲避这个房间。睡者醒过来的时候，梦会隐藏起来，再伺机重回这个房间。睡者苏醒，就像游泳的人回到岸边重新用脚走路。他终于醒过来了！有时候，这个时刻也被叫作黎明。

## 爱情

作为接纳身体的地方，床会留下秘密。脱掉衣服的人躺在被窝里，被窝却守不住秘密，因为它上面的斑迹会泄露太多事情，比如梦遗，比如初潮的血痕，焦急的母亲、好事的女佣、多嘴多舌的清洁工都留意着这些。床单是夜晚的隐迹纸本，会像欧仁·德拉克洛瓦画笔下让人窘迫的"凌乱之床"那样背叛你们。[35]

在床上，人们可以感受自己的身体，看着它发育、变化、颤动，体验某种令人惊慌的性兴奋。手淫会带来新的快感，但女生很难接受这种行为。[36]在1975年前后掀起的那股自由之风中，玛丽·谢或许是敢于在文章中吐露性探索的女性先驱之一："在阴唇下面，有一个洞穴在呼唤……女孩子刚刚发现自己身体的这个部位张开了……一种感觉之强烈让她害怕，她从来不知道自己能产生这种快感。"[37]手淫困扰着教育学家、教士和医生，他们害怕过度寻求或出乎意料的性高潮，以及不正当的身体亏耗。婚姻之外，其他的性高潮都不正当。某一天，单身之床会加宽成夫妻之床，当然，这里说的是异性婚姻。[38]但是，在那之前呢？

爱情就是去探索另一个人的身体，脱衣（"脱掉我的衣服"，朱丽特·格蕾科带着温情和幽默唱道）、抚摸、最终睡在一起。"爱情意味着你会去爱，也就是说你想跟一个女人睡觉，并度过快乐的时光。"[39]大彻大悟的儒勒·勒纳尔这样说。如何做爱？在哪里做爱？这是年轻人的烦恼，他们不得不经常在城市里找地方，比如偶然发现的隐蔽之处、公共长椅、公园里的小树林、汽车座椅。爱侣必须跨过重重障碍。"来我家吧"是至高无上的邀请，属于爱情中的"芝麻开门"。与心爱或渴望的人一起走进某个房间，意味着跨越了一个关键的、不确定的阶段。至少在过去的传统中，从性的角度看，这种行为并不平等：一边是男性征服者的表白，另一边是半推半就或热情奔放的接受。

年轻的女孩和得体的女人都不会走进一个男人的房间；她只能谨慎地打开自己的房门，因为一旦打开就意味着接受。欧仁妮·葛朗台打破禁忌，进了堂弟的房间，结果无意中发现了秘密，即钱的问题。我们知道她为此付出了多大的代价：被她的父亲关禁闭。玛蒂尔德①约于连在她的房间见面，午夜过去一个小时后，她却没有开门；于连不得不借园丁的梯子从窗户爬了进

---

① 玛蒂尔德、于连、雷纳尔夫人皆为《红与黑》中的人物。——编注

去，不久之前，他就是这样去找雷纳尔夫人的。第二次，于连采取了主动，他敲开百叶窗："惊慌失措地跳进了［玛蒂尔德的］房间。'是你吗？'她一边问，一边冲进他的怀里。"矜持的女孩瞧不起这个木匠之子，怎么能给他开门呢？在他们之间，走进房间简直是一种挑战，象征社会权力和恋爱权力的边界。于连明白进入房间的代价，所以，在这个陌生的房子里，他总是"被牢牢地关在她的屋里"，关在这个终于被他攻下的堡垒中。

乡间小屋与度假旅馆都是偷情的宝地，利于诱惑与夜间往来：先是信息交流，然后观察灯光，接着躲开闲杂人等的敲门，最后偷偷地从一个房间溜到另一个房间。钥匙要么被卡住，要么能轻松打开，它并不总是那么好用。风流的男人有时候会强行打开脆弱的门锁，关好身后的房门，然后去占有他们的女人，比如弗拉戈纳尔的《门闩》中那个冲动的年轻人，我们不知道他是作为征服者还是被邀请的情人而来，但床上的女孩肯定很惊慌。画中令人不安的模糊细节暗示着放荡。总之，爱情始终与门槛相关。詹姆斯·鲍德温笔下的主人公大卫，对是否进入他疯狂爱上的乔瓦尼的房间一事十分犹豫。跨过门槛不仅意味着接受这份爱情，也意味着接受自己的同性恋身份。[40]

里顿·斯特拉奇更开放。他的回忆让人着迷：他对兰开斯特门那个古怪的民居作了精彩的描述，在那里，他拥有顶层的一个房间，得从弯弯曲曲的楼梯爬上去。某个青春年少的夏夜，他从外面回来，"打开门走了进去，突然发现第二张床上——每个房间都有两张床——已经有人在了。我走近观察：这是邓肯。在凌晨美妙的温热空气里，我开始脱衣服，心中一阵狂喜。我上床时，发现邓肯身上的被单不知去了哪里，他近乎全身赤裸地躺在那里，身上只有一件松松垮垮的睡衣。这个 19 岁年轻人纤细的身体一览无余。我非常兴奋……我回到床上，睡得很沉，没有做什么预言式的梦。"[41]

在被关上的房间里，情人寻求安静、私密、谨慎、无名，墙壁要有足够的厚度，以防做爱时的喘气和呻吟被听见（在旅馆，隔壁房间的噪声让人难以忍受），百叶窗要合上，窗帘要能隔开外面恼人的视线。情人在这个世界中孑然一身。白天总会露出端倪，而真实或虚幻的夜晚会保护他们那独一无二的冒险，房间只不过是一个无足轻重的容器而已。

爱情与房间的装饰无关。我们是否还能回想起做爱的房间？床上的痕迹意味着身体的缠绵，那是"秘密而安静的托身之所"[42]。"我们将拥有弥漫着淡淡香味的床铺/像坟墓一样深凹的沙发"[43]，波德莱尔写道。还有一首法国香颂赞美了床的中央："美人啊，如果你愿意/我们就同枕共眠吧/在一张洁白的大床上/装饰着花边的大床上/因为在这床的中央/有一条深深的大河/国王的所有战马/可以一起在河里饮水/我们也将待在河里/直到地老天荒。"

## 祷告

隐修是一项古老的实践，植根于拉丁文明。在罗马，人们躲在"对话间"（exedra）——一个隐蔽的凹室里，其墙壁常有装饰，可以在此睡觉、阅读、研究、用尖刀写字。夜晚的宁静有助于发现灵感，也有助于完成"呕心沥血之作"（élucubration，源自拉丁语 lucubrum），这个词曾经是褒扬，后来转为贬义。

基督教的隐修主义移植了古人的智慧。隐修的山洞或棚屋必须简陋，罪者在面对上帝时要保持绝对的孤独。独处依旧与自然紧密相关，正如我们从"波尔-罗亚尔①的隐士"那里看到的一样，这些隐士打算在接待他们的修女院旁边建数个隐修之处。"至少在修道院周围建 12 个固定的隐修居所，那些

---

① Port-Royal，又译皇家港。——编注

自认被上帝召唤的人就在此修行。每个修士去世后，再由一个经受考验的继任者取而代之。所有人无须出门，就可以直接前往小教堂，领受神父的弥撒。这就是人间锡安的理想模样。"[44] 圣伯夫带着些许嘲讽的口吻写道。

"不管是在古典修辞，还是在修道院修辞中，回到自己的房间都是一种特殊精神状态的征兆，是个体准备进入所谓宗教发现所必需的静修之'场所'的信号。"[45] 匍匐在地、献出自己、袒露心事的虔诚有利于静修。许多先知都有过在因病卧床时产生幻觉的经历。圣伯纳德曾提到"secretum cubiculi"，即内心生活的神秘；在关于《雅歌》的讲道中，他把花园（时间）、储物室（功德）和象征奖赏的卧室联系在一起。安瑟尔谟说："进入你灵魂的小房间。"隐居其中就是寻找上帝、发现自我，也许还会发现上帝。

"Cella"一词最早指隐修士或隐士的独居之所。根据圣杰罗姆的说法，修士的生活必须与世隔绝。这一场所也是苦修的一种工具，其狭小空间会束缚和伤害身体。在叙利亚，一个修士给自己造了一间斗室，人在里面根本无法站立或躺直。在这样的情况下，一些修士可能会心生厌恶（倦怠），尤其在一天的第六个小时。但是，隐居并非共通的完德之路。人们质疑这些（尤其是女性的）过激行为。① 修道其实更倾向于在隐修院和隐修室进行。那些大修会建立起集体生活的准则，用来平衡劳作和祷告、集体修行和个人独修，将单人修室放在整个修会之中。查尔特勒修道院明文规定了隐修室的轮换顺序，把单人修室设计成一个独特的空间，并为其配置了花园、家具和摆设。"必须在单人小室里坚持不懈、毫不动摇，以此得到自我提升。"查尔特勒的修士将独修生活推向极致，本笃会倒是没有这种坚持。然而，圣本笃要求僧侣穿着衣服睡单人床。总之，从6世纪到15、16世纪，集体宿舍的数量超过了单间。从文艺复兴时期开始，人们又回归单间，根据社会地位与虔

---

① 参阅后文"禁闭或密室"。

诚程度（或许后者更重要？），居室的墙壁和隔板有所增加。修道院院长和神父从此有了更舒适的单间，而且可以上锁，这是他们权力的象征。

隐修不一定要进入隐修室，但首先应与自然结合。17 世纪笃信宗教的思想家认为，在森林隐修胜于在室内。"我寻找一个人迹罕至的僻静之地/待在古老岩石的凹洞里/挖出一个幽暗的圣殿作为居所。"[46] "僻静之地"其实就是"荒芜的乡下"，周边有一条河流或水渠、一片小树林、一个"可怕的小山谷"，正如波尔-罗亚尔的塞维涅夫人所述。17 世纪将风景神圣化，灵魂与花园关联在一起。静修有各种方式，比如在晨曦透过云层之际散步，观察鸟儿飞翔、蛞蝓爬行。灵魂被视为一座孤独的花园。[47] 做点园艺、种些植物、摆弄矿石都是不错的选择，都有利于静修，比把自己关在屋里要好得多。有时候，独处静修甚至会遭到怀疑。"孤独的散步者"卢梭，可谓这些宗教静修士的世俗继承者。

独处时可以静思、冥想、反省。罪人赤裸地面对上帝。"如果罪人也有一个安详的时刻，那么就是现在，我的身边一片寂静，为了崇敬您，我独自一人。"[48] 独处适合祷告，"你祷告的时候，要进你的内屋，关上门，向在暗中的父祷告"。在教会里，礼拜仪式上的祷告与个人私下的祷告一直是并存的。后者更个人化，但并非没有仪式和流程。这种内心祷告被一些忠实信徒视为艰难甚至可怕的历练，因为很难完成。为了帮助他们，神职人员增加了默念、高举圣体、灵性对话等仪式，甚至还有情感抒发——布雷蒙神父曾对这一方面丰富的文学作品做过研究。17 世纪的神秘主义者对内心祷告甚为推崇，耶稣会士却不屑一顾，后者担心封闭自我会削弱对外部世界的关注。重视事功的冉森派教徒也重视活动的作用，同时也关注祷告和劳作之间的平衡。

因此，卧室与隐修室之间存在复杂的关系。隐修室不是卧室，也不应该变成卧室，对修女来说也一样。隐修室非常简陋，简陋至极。对最虔诚的信徒来说，睡觉时有一块木板便已足够；通常只有一块草垫。"床是没有床垫的，只有一些草袋……经验已经证明，体弱多病的人也能承受。"[49] 阿维拉的特蕾莎（又译：圣女大德兰）在《规约》（Constitutions）中写道。修会有具体规章："修女将不会拥有任何特别之物，无论是食物还是衣服，都不被允许；她们没有箱子，没有首饰盒，没有壁柜、衣柜，除了那些在修道院内有职务的修女；最后，她们没有任何私有物，所有东西都是共用的……院长必须注意，一旦发现有修女喜欢上某样东西，比如某本书、某个隐修室或其他什么东西，那么，她必须将其剥夺。"[50]

针对侵占私有财产的企图，改革派的修女从未停止反抗。有些修女抵触回到修会，因为回去意味着共用桌子、放弃她们积攒下来的"财富"。"拥有最美的念珠、最多的珠宝的修女会招来嫉妒，因为这些东西会让人觉得她们很特别，优于其他修女。"修道院院长劝告她们上交首饰、钱财、衣物等"一切多余的东西"。在很多经过改革的修道院，总会看到一些自发形成的修女队列，她们或赞同或妥协，排着队交出各自的小金库。[51] 但是，其他修女对此嗤之以鼻或置之不理。隐修室成为抵制改革的堡垒。

为了抵制流行开来的给隐修室上锁的趋势，堂克洛德·马丁①，"化身玛利亚"之子，马尔穆提耶修道院院长，故意让自己的房门敞开，以便修士们随时与他交流。此外，这位模范院长也很重视卫生。每个星期六，他都会视察隐修室并打扫卫生，"亲手擦洗最角落的器皿"，从不麻烦修士兄弟。感觉死亡将至，他捐献了他收到的所有礼物，其中有一件毛皮大衣，可能是魁北克的母亲寄给他的。他还打扫了自己的房间，装饰上鲜花，将其作为灵堂，然后全身穿着白衣，等待与上帝相会。[52]

"特殊的友谊"也需要抵制，无论多么纯洁。阿维拉的特蕾莎对此要求

---

① 堂克洛德·马丁（Dom Claude Martin）是玛丽·马丁-居亚尔（Marie Martin-Guyard）之子，后来成为"化身玛利亚"（Marie de l'incarnation），即同名修会的创始人和魁北克的传教者。

严苛："没有院长许可，任何修女都不得进入另一个修女的房间，否则按重大过错论处。"从不设学习大厅，因为它会成为危险的接触场所。除了日课和修院集合，"每个修女都待在各自的小屋或院长指定的隐修室里"，在隐修室中，她们也只能单独学习。修女的身体之间还要保持距离："任何修女都不得拥抱其他修女，也不能触碰别人的脸或手。"心与心之间也不能交流："我们对那种被爱的渴望，依然十分懵懂。"[53] 渴求圣爱的特蕾莎这样说。

待在隐修室里会大量阅读；这些虔诚的灵魂都是爱书之人；对教士来说，博学的作品将他们的房间升华成堪比教父的书房；对修女来说，则要膜拜这些作品，告解神父更鼓励她们进行写作。索瓦耶神父（1669 年）劝告修女"通过写作来释放记忆"，每天用 8 到 10 行字记下"令她们最有感触的思考"和"解决办法"。[54] 玛丽·马丁-居亚尔（后来成为"化身玛利亚"）在感受到极为强烈的兴奋时，"会把自己藏起来，用笔吐露心思，记下情绪的波动，并在激情消退后将记录的文字烧掉"。[55] 撰写传记的儿子堂克洛德对此颇感遗憾。写作和隐修可以舒缓情绪。当光照派在西班牙引发危机时，人们斥责一些静修士"整天把自己关在房间里，阅读或沉迷于祷告"，还自诩"静修者"。[56] 这些问题都与脑力劳动相关。


## 阅读


阅读和卧室之间的联系是古老而多样的。孤独的阅读者透过眼睛从阅读中找到庇护。在丰泰夫罗（Fontevraud），阿基坦的埃莉诺（Aliénor d'Aquitaine）的墓碑刻画的是她阅读的场景。阿尔贝托·曼古埃尔曾花数页笔墨去研究床上阅读，这一阅读方式在古希腊和古罗马时代还不常见，但在中世纪的修道院已十分流行。[57] 13 世纪的一张小彩画上，一个僧侣坐在小床上，一边看书，一边用尖头笔在书板上写字。他的身旁放着一只堆满书的搁凳，他的腿上盖着一条用来御寒的被子，可以想象天气的寒冷，这是虔诚而博学的小小角落。孤独的阅读者经常提到寒冷。拉尔夫·沃尔多·爱默生曾回忆起他阅读柏拉图对话录的那个"冰冷的房间"。"他毕生都将柏拉图和羊毛的气味联系在一起。"[58] "床上阅读是一项以自我为中心的活动，待在床上，不被日常的社会规约束缚，避开外部世界。因为这项活动是在被窝里进行的，属于应受谴责的放荡和闲散行为，所以还有一丝禁事的诱惑。"[59]

儿童和青少年经常被要求保证较长的睡眠时间或不得不早早上床，他们对阅读留有美好的回忆。"作业一完成，就开始文学时间，我会在宿舍里聚精会神地读小说。"曾于 1832 年在鲁昂中学做过寄宿生的福楼拜这样写道。萨特将阅读视为反抗的象征："到了晚上，偷偷阅读那些被封禁或对现实不满的作者，就是不断地违反禁令……作业就是一切：白天，要晒太阳，要保持清醒，要没完没了地满足各种生理需求，要接受传统的教育……竞赛，资产阶级的庸俗和无聊。文学是夜间的事，是孤独和催眠，是天马行空的幻想。"[60] 与需要循规蹈矩的白天相反，夜晚代表自由。夜晚属于爱书之人和梦想者，在宿舍里（更多是在房间里），青少年和女性经常沉浸在阅读中，错过了合理的入睡时间。在 19 世纪，女性对阅读更是如饥似渴，这让教士和伦理学家感到担忧，他们害怕小说会影响女性的时间安排、精力和想象。躺在长沙发或床上，嘴角带笑，神情贪婪，这是色情油画中呈现的女性读者的普遍形象。看书的女性是危险的。[61]

照明方式对阅读而言十分重要：德拉克洛瓦素描中摇曳的烛火象征着"床上阅读"，[62] 油灯或煤油灯的光线更稳定，鸽子灯（Pigeon）和卡索灯（Carcel）的灯光更明亮。福楼拜宿舍里"冒着烟的油灯散发出来的黄色光芒"被电灯更稳定、更明亮的灯光取代了，不过在早期，灯泡只能提供微弱的照明。在很长时间里，"电力女神"只被用于住宅或公寓的公共区域；在卧室使用还过于奢侈，在床上阅读是一种花费颇多的不当行为，人们甚至为此设置了熄灯时间。因此，在与奥黛特交谈时，科塔尔夫人激动地说："说到视力，您听说了吗？维尔杜林夫人要在新买的那个宅子里装电灯了！……甚至卧室里也装，还有可以让光线变得柔和的灯罩。真是太美妙，也太奢侈了。"[63] 床头灯的时代就此来临，它们会延长夜晚的阅读时间，并使之个性化：这是技术影响个体消费方式的案例之一。伴随着床头灯，"床头书"的时代也来了，人们喜欢这些书，拿来反复阅读和思考，或者只是就着文字的韵律入睡。新教徒的床头肯定少不了一本《圣经》；不信教的人会选择"单手就能拿着阅读的书"[64]。儿时的科莱特讨厌《悲惨世界》；曼古埃尔表达过他对神怪故事和侦探小说的喜爱。床头书稳固了床与（融入夜晚及卧室的）阅读之间的关系。

"也许在我们的童年时光里，没有什么日子比那些不经意就流逝的、曾经与心爱之书共同度过的日子更加充实。"普鲁斯特在追忆他在贡布雷幸福万分的午睡片刻时写下了这些文字。"卧室里高高的白色床幔掩着仿佛摆在圣殿最深处的床"，"床上堆叠着马瑟林绸压脚被、绣花被、绣花床罩、细亚麻布枕套"，看起来像是圣坛。每天他都不得不走出卧室，去外边散步，但会尽可能缩短散步的时间，晚上再回去的时候他是多么开心！"在晚饭之后、上床之前的那几个小时，我就偷偷地沉浸于阅读"，他会一直看下去，希望看到故事的结局。"当一本书看完的时候，我可能躺在床上整夜都睡不着，等父母上床后，再重新点亮房内的蜡烛。要是被发现的话，我也许会被惩罚。"[65] 书看完的时候，总有失望和沮丧；它结束得如此仓促，摧毁了读者融入其中的世界，带走了读者喜欢的人物。如同惹人生厌的闯入者，读者被赶回自己的生活中去，夜间阅读的魔力也随之消散。

## 写作

　　房间尤其是思考之地。夜晚有利于数学领域的想象。阿兰·孔涅（Alain Connes）曾说："数学家们很难让他们的另一半明白，他们最紧张的工作时刻，竟是在熄灯后躺在床上之时。"[66] 房间也适合个人书写，这样的写作无须求助图书馆和文献材料：写自己，自己写，写给知己；要用的设备看似简易，实际上十分依赖技术，先是桌子、椅子、纸张、笔、笔杆，后来出现了打字机，再后来是电脑；独处和安静尤其重要，这两样需要关闭的房门和夜晚来确保，而没有书房、需要自己寻找角落的写作者更需要它们。俄罗斯的日记作者埃卡特莉娜·瓦德科夫斯卡娅梦想拥有属于自己的书房。她设想了这个书房的样子，将它画了出来，并估算了需要多少钱才能买下它："我多么希望老天能掉钱下来！我设计了一个漂亮至极的书房……图纸都画了一大堆。"[67]

　　人们可以在书房完成所有类型的写作，而且某些题材几乎与房间不可分离，比如分阶段撰写的旅行日记或私人日记（随想、自传、通信等）：这种"个人"文学需要安静，需要与白纸面对面。私人日记的起源尚不能确定，它不一定来自宗教，虽然从 17 世纪开始，隐修的规定鼓励文字总结。[68] 在 19 世纪，告解神父鼓励女性忏悔者写下自检和自律的日记，新教文化也在培养这样的习惯。青少年日记，尤其是大量的女性日记发端于此，不过这些日记经常会脱离狭窄的框架，在表达上更自由，在用途上更私人，阿米埃尔（Amiel）的日记就是其中独一无二的范本。表达虔敬的日记逐渐变得私密，每天晚上在房间独处时，在灯光下撰写，不许他人翻阅。人们将之藏于抽屉，偷看是一种冒犯。夫妻共用的房间不利于这种日记的书写，因此大部分女性在婚后终止了写日记的习惯。

室内写作的形式还包括通信。这是一种需要集中精力的对话，尤其当写信对象是亲属、家人、朋友或情人时。没有什么地方比在自己的卧室或床上更适合读写情书。直至蜡炬成灰、油灯冒烟，万千思绪方才搁笔。乔治·桑在夜间写信，就像福楼拜和玛尔维达·冯·梅森葆一样。梅森葆曾这样写道："我拿起一直摆在床前的写字板，开始给您写信。"[69] 写信特别适合女性，因为它具有边际性，处在私人和公开的边界。拉赫尔·莱文-法恩哈根（Rahel Levin-Varnhagen）就是一例。家庭破裂之后，这位女性不想再拥有传统的客厅，而想要一个"阁楼"。她否定了一切向社交接待敞开的房子，她不想被打扰，希望从中脱离。通过阁楼，她与宽广的欧洲通信圈保持着联系[70]，后来在柏林的沙龙里，她继续着这种联结。"书信连接起了两个房间中的两个人。"狄德罗这样说（写给索菲·沃朗的信，1762 年 7 月 28 日）。[71] 书信展现了写作的渗透力，普鲁斯特很享受这一过程，当他的第一篇文章在《费加罗报》发表的时候："我想象着会有这样一个女读者，她正在房间里，我十分愿意走入她的房间，这份报纸也会将我的思想带给她……至少是我的名字……"[72]

大部分作家将隐身之所视为写作的条件。对卡夫卡来说，这是绝对且必要的条件。"写作意味着无限地敞开自己……这就是为什么我们在写作时从不孤单……在您周围，从来就没有足够的清静，夜晚也不是真正的夜晚。"在 1913 年 1 月 15 日致菲丽丝·鲍尔的信中，他这样写道。[73] 在 1915 年 2 月 11 日的信中，他还说："我只想要一份安宁，那些人从未提到过安宁的概念。这很容易理解，因为没有一个人在他平凡的内心深处需要我所需要的安宁；看书、学习、睡觉，他们要的安宁无非是为了这些，而我要的安宁是为了写作。"他的梦想是："有一盏灯，有写作需要的一切，待在某个与外界隔绝的大地窖里"；成为"地窖中的住民"。[74]

当然，人们可以用各种方式将自己隐藏起来：在棚架下；在花园小屋里，比如待在养父母家围场的让·热内；躲在某个被废弃的谷仓。索洛涅地区的牧羊女玛格丽特·奥杜对文字产生了兴趣，就像她的邻居阿兰-傅尼埃一样。恩斯特·荣格尔则想逃离无趣的房间："因为我的工作室就在房子的正中央，我在谷仓里给自己准备了一个隐居的单间……在住了很久的房间里，奇特的力量已经消耗殆尽：这些房间就像一块被耕耘了太久的土地。"[75]

萨特与卡夫卡完全相反，他拒绝房间，将其视为资产阶级享受的象征，他反而更喜欢"公开的生活"，喜欢在咖啡馆写作。西蒙娜·德·波伏瓦对此不置可否，至少在战后如此。她是不是厌倦了在嘈杂热闹的花神咖啡馆里写作？"在这里，我感觉不太舒服。我觉得自己再也不能像往年一样在这里写作了。"（1945年5月18日）她待在路易斯安那旅馆。1945年的春天，她的生活迎来了崭新的阶段，"事物的力量"与"年龄的力量"刚好匹敌，她感受到了创造性孤独带来的愉悦。"我极少体会到如此多的写作乐趣，尤其在下午，我在4点半回到房间，空气中仍然弥漫着早上未散去的浓烟，桌子上摊着已经用绿色墨水书写的稿纸，我的指间惬意地夹着香烟和水笔……待在里面，我好像觉得自己放松了下来。"[76] 在房间、写作和自我之间，一种自由的沟通得以建立；波伏瓦在缭绕的烟雾中呼吸。在当时，香烟不仅是男作家必不可少的伴侣，也是女作家的嗜好。

20世纪80年代，一项关于"作家卧室"[77] 的调查显示，大部分受访者对环境相对不在意，甚至对简陋抱有好感，向教士的习惯看齐。他们更强调写作这种行为。多米尼克·费尔南德斯说："一个无须装饰的单间即可，我更喜欢四面都是白墙。"弗朗索瓦·古普里害怕拥挤："如果我的地盘上东西太多，我就得离开。"皮埃尔·布尔夏德想要的是一种不乏温情的苦行主义生活模式："我梦想的房间是僧侣的隐修室、监狱或收容所。四面墙壁粉刷成白色，有一张长长的写字台。能够透过墙壁上的洞看看天空。吃得很少，桌上有个碗就行。有个别朋友，没有也行……有一个时不时前来探望我的女人。还要一个孩子，他会像一只猫那样蜷缩在我的肩膀上。"

"像个士兵，还是像个僧侣？"多米尼克·费尔南德斯自问。事实上，在这些男性的话语中时常会出现对修行者或士兵过的那种坚韧生活的向往。女性作家则完全不同，她们更关心室内环境，甚至床榻的位置。① 作家、思想家和教师的房间遵循一种美学传统。在马扎林街 36 号，蒲鲁东拥有"一个带床的学生房间；架子上有不少书刊，桌子上有好几期《国民报》和政治经济学类期刊"[78]。大家都知道龚古尔兄弟厌恶女人，根据他们的日记，这个世界上有两个圣伯夫："'高处'的圣伯夫，在议院和办公室研究、思考，是有头脑的圣伯夫；还有一个'低处'的圣伯夫，是餐厅和家人面前的圣伯夫……'低处'的圣伯夫沦为小资产阶级，怎么看都与智慧格格不入……像是被女人的流言蜚语搞得愚钝麻木。"[79] 高处和低处、议院/办公室和家庭空间形成了对比，就如同男性和女性、创作欲和日常琐事。

路易·肖文在《教师手册》（1889 年）中描述了刚从师范学校毕业的学生在成为共和国教师之后拥有的房间的样子：一张法国圣西尔军校的铁床，一个备有白色毛巾和洗漱用品的盥洗室（表明房客受到尊重，无须自己购买），一个矮柜或衣柜，几把"干净得没有任何斑迹的"草编椅子，一张席子，一个"漂亮的书架"，一个私人授课时可用的黑板架，一个摆放植物标本和科学收藏的玻璃橱柜，一面镜子，一只闹钟，一个鸟笼。房间里唯一的奢侈品是"从母亲的衣柜里拿来的一条旧披肩"。后来，房间里多出了一架钢琴或风琴，几件石膏或凹版印制的艺术复制品。"在这个有格调而整齐的工作圣地"，教师可以"不寒酸地"接待领导、同事或学生家长。"这与邋遢凌乱、无人光顾的单身汉陋室多么不同！"[80] 这是文明和道德的房间之

---

① 参阅后文"女人的房间"。

典范。

夜晚可以让人摆脱平日的职责，让那些不受欢迎的人不敢越过门槛。夜晚为自己打开了一段看似自由的时光，可以用来思考、祈祷或创作。这段时光利于灵感降临，它来自上帝、缪斯或智慧女神密涅瓦的猫头鹰。"异乡人把自己关在房间里，点亮那盏灵感之灯，将自己交给可怕的工作魔鬼，向寂静寻求词句，向夜晚祈求思想。"巴尔扎克写道。"纸上已经写满文字，因为整整一夜都在挥毫泼墨、文思泉涌。"[81]

对写作的浪漫化不能一概而论。然而，大部分作家对夜间写作的经历并不陌生。在诺昂小镇，乔治·桑会在度过极为热闹的夜晚后，回到自己蓝色的房间，她的房间里设置了类似壁龛的"壁柜"，就是在这个"壁柜"里，她从晚上 10 点开始，写到早上 6 点结束，写下了几部长篇小说和数千封信，乔治·鲁宾将信结集成 25 卷出版。行文简洁许多的福楼拜也曾在夜晚写作，并强烈要求与外界隔绝。

1872 年 5 月，阿蒂尔·兰波在巴黎的王子先生大街（rue Monsieur-le-Prince）租下了一个"阁楼"；阁楼面朝圣路易中学的花园，"窄窄的窗户下有几棵大树"。"现在，我在夜里工作。从午夜至凌晨 5 点……到了凌晨 3 点，烛光渐暗；树上的鸟儿开始叫唤：天亮了，该收工了。在难以言说的清晨时刻，我想看一看这些树与天空。"5 点，他下楼买面包，去酒商那里喝个痛快。7 点，他上床睡觉："此时，在阳光的照耀下，路面铺石下的鼠妇虫纷纷爬了出来。"6 月，他搬到了位于维克多·库辛街（rue Victor-Cousin）的克鲁尼旅馆，住进一个"漂亮的、朝向一个没有围墙的院子的房间，但是只有 3 平方米……在这里，我整夜喝水，没有早晨，难以入睡，烦闷不已。"兰波讨厌夏天（"我厌恶夏天，只要夏天出现，我就会被它杀死"），他怀念的并不是外省生活，而是阿登省的河流。[82]

普鲁斯特热衷于追逐"夜之缪斯"。因为担心噪声侵扰，他在房间的墙壁上贴了一层软木。工人本来在给楼上的公寓干活,却被他"插队"收买了。他的生活全在床上。但是,塞莱斯特跟他说:"您从来都不躺着睡。谁见过这样睡觉的人呢?您只是待在床上,睡衣白白净净,再加上您动来动去的脖子,简直像一只白鸽子。"[83] 马塞尔在自己的床上工作,塞莱斯特在旁边帮他整理那些需要补充到手稿里的"衍纸"。她见证了作家的痛苦与快乐。一天早晨,她发现他难得面带微笑,就问他"昨夜在这个房间里"发生了什么。"我写下了'完'这个字。"普鲁斯特回答。这是作家房间里的一件大事:作品的完稿是作家不久后突然去世的预兆;他给作品画上句号,这是他生命的意义,甚至是生命的实体所在。对普鲁斯特来说,夜间的退隐不仅是写作的必要条件,也是回归自我不可或缺的序曲,即退回到"这个内里漆黑一片、看不到人的房间"。[84] 这是他要找寻的灵魂密室,一如帕斯卡尔、福楼拜、卡夫卡或艾米莉·狄金森,一如所有那些将内在生活当作精神或存在之中心的人。

在作诺贝尔文学奖(2006年)获奖演说时,奥尔罕·帕慕克颂扬了作为创作圣殿的房间:"当我想到写作时,第一个想到的……是一个人把自己关在房间里,封闭自我,只与文字相处。"首先,需要"坐在一张桌子前,沉浸于自己的世界。写作,就是用文字表达这种发自内心的凝视"。他想起了在巴黎旅馆的房间里写作的父亲。"他陪伴家人时,跟我一样,只想着能独自躲进某个房间,与想象中的人群交往。"奥尔罕付诸行动。23岁时,他把自己关了起来,然后写出了第一部小说。"我写作,是因为喜欢整天被关在房间里。我写作,是为了独处……我写作,是因为读者带来的喜悦……我写作,是因为我像一个孩子那样,相信图书馆会永远存在。"[85] 无数的房间里摆着书架。大部分书籍来自一个隐秘的房间,诞生于夜晚,或是与夜晚相似的室内的白天。

## 作家的房间

从 18 世纪起，作家们被视为"光辉"的大人物，他们的房间也开始引人注目。"拜访伟大作家"成为欧洲的一种仪式，崇拜者们希望通过这一仪式亲身触及一部作品的奥秘。[86] 事实上，人们参观的是工作室，参观卧室极为罕见，除非两者的功能重合——一种令人尊敬的贫困的标志，或者主人正在病中——给了崇拜者窥见凡人之躯的机会。保罗·莫朗在被带进普鲁斯特的小屋时可谓激动万分。

不参观作家曾经生活的场所，又怎能找回他们的记忆？"我们喜欢造访故居，"狄德罗写道，"在他们休息过的某棵大树的阴影下，我们的心灵会受到触动。"在费尔内，伏尔泰的秘书瓦涅埃尔与维莱特侯爵之间的争论富有教育意义，论题是如何理解这种开始兴起的崇拜。我们应该保留、崇敬什么呢？侯爵主张"放在心里的房间"，把家具卖了，只剩一个衣柜用来寄放自己的心；而瓦涅埃尔惋惜地认为"这颗心空空如也"，他希望留下家具与原物——烛台，尤其是文具箱，但他的心愿最终未能实现，因为遗物被伏尔泰的侄女变卖一空。① 从物质和宗教角度来看，这些东西是圣物；从遗产价值来看，这些东西属于创作的证物和工具，作者使用、接触过它们，是一种能够引起他人共情的物质存在。[87] 在为"年轻旅行者"组织的环法教育游中，弗莱塞勒夫人把参观拉布雷德城堡纳入行程。"旨在纪念伟大人物的所有物品都会令人产生兴趣。当走进孟德斯鸠的故居时，我们不会无动于衷。他曾在这里写作，他的房间依然保持着他去世时的原貌，甚至还有一块被他反复踩过的地砖。"[88] 真实可靠，亲密接触，浓缩时光：在保留事物"原貌"的

---

① 费尔内-伏尔泰城堡里没有纪念物。

虚幻渴望中，我们又在寻找什么呢？

## 审美家和收藏家

19世纪末的丹迪主义将远离人群的隐居推向最高潮，不过，这种隐居还是没有跳出城市的范围。波德莱尔离不开城市，他像喜欢他的猫那样喜欢城市。[89] 在装饰艺术兴盛的20世纪初，"审美家和魔术师"十分注重室内环境。[90] "现代风格"将建筑上的革新和对细节的极致把控结合起来，直抵卧室内部，进而改变了卧室的样子。龚古尔兄弟的"艺术家之家"收藏广泛，堪称室内家具风格的教科书。[91] 罗贝尔·德·孟德斯鸠，马拉美的好友，是于斯曼笔下德塞森特和普鲁斯特笔下夏尔·斯万的原型之一，他用数卷回忆录叙述了他先后住过的房子，包括各个住所的布局和淘来的物品，还有很多珍本——这让他的书架成为19世纪最高雅的典范之一。他的父亲在奥赛码头有个旅馆，于是他在顶楼找了个房间住了下来："我想挂一块绸缎帷幔，淡紫单色调的那种……地毯用深紫色，上面放一张矮床，我会找人在上面刻一些中国木雕，做成吐火怪物的形状；我觉得，在这个想象的怪物身上入睡和苏醒会带来兴奋感和安全感，可以让我安然入睡，心旷神怡地醒来。"[92] 失眠的时候，他会点亮一盏日本的陶瓷猫小灯。然而，随着套房里的房间越来越多，这个单间随之失去了它的独特性。贵族在其城堡中拥有许多房间；他可以随意更换，在几个房间里轮流住，无须固定一个卧室。皮埃尔·洛蒂在系统分析罗什福尔的房子时，指明室内也有某种世界性存在，房间就像时空中的站点。

德塞森特是于斯曼小说《逆流》中的主人公，深受百无聊赖的烦闷折磨，厌恶盛行的愚蠢之事和大众的庸俗之事。他讨论邻居、郊区的有产者、在周末散步的人。"他梦想拥有一个雅致的隐居地，一个舒适的偏僻之所，一个气温不冷不热且静止不动的诺亚方舟，他躲在里面避难，逃离不断泛滥的人类蠢事之洪水。"他向一个建筑师求助，想造一个合理、舒适的家（像巴纳布斯那样，他重视卫生间，孟德斯鸠称之为"浴室"），屋内的所有细节都由他精心设计。他挑选了颜色：剔除了蓝色、灰色、橙红色和粉红色，这些颜色过于女性化；保留了红色、黄色和橘黄色。[93] 他挑选了材料（木材，皮革）、帘幔。没有东方的地毯，因为它已然流俗，不过有"褐色兽皮"和"蓝色狐皮"。家具很少，不过都是古式的；摆设很少，不过都是收藏品；奥蒂诺·雷东和居斯塔夫·莫罗的画作；几种珍稀植物；看上去像假花的鲜花；装帧精美的珍本藏书。一盏"装饰"灯保护着夜晚的黑暗本质；外面的光线透进"门窗紧闭的房间"。在夜晚的屋子里，用人既看不见也不出声，而他做的一切都是为了消除用人的脚步声。

每个房间都是深思熟虑之后的选择。至于卧室，有两种范本：情色的或禁欲的。德塞森特拒绝了前者，一个"令人兴奋的凹室"，"一张假装单纯的淫荡之床"。他放弃了落入俗套的白漆大床，那是路易十五时期的风格，是他害怕和鄙视的女性情色的产物。作为坚决的独身主义者，德塞森特选择了隐修士的单间，"一个思考用的隐修室，类似某种祷告室"，里面有一张狭窄的小铁床，它"仿造修士床"，用旅馆楼梯栏杆上的旧铁件制成；此外，他还选了一个床头柜、一把祷告椅。

与自然的东西相比，人工的东西更受喜爱，因为前者是"永恒的重复"，而后者体现了某种生活哲学，是"用现实的梦想来替换现实本身"。在这种操作下，房屋和房间处在中心地位。收藏家会在家里积攒通过最秘密的手段觅得的珍宝，甚至有盗来的画作，它被永远藏起来，再也不可转让。珍本收藏家会在家里不时地抚摸那些书皮；旅行家会在家里完成最富传奇色彩的海上漂流，航海工具、摊开的航海地图、详细的"热阿纳"求生指南是工具，浴缸里像海水一样晃动的水会让他兴奋不已。德塞森特"不用移动半步即可快速、即时地获取一场长途旅行的快感……此外，移动在他看来毫无用处，想象就足以轻松获取事件的普遍真相"。对时间的回忆、对多重空间的展现占据了他的思想，这个过于讲究的男人在虚幻中找到了文化的实现和创作的形式。

于是，房间变成了"珍宝房"，由德文"Wunderkammern"一词翻译而来，是 16 世纪末德国的王子们开创的传统。表面上看，他们收集各种各样的物品，并将之视为对知识的记录和摘要，实际上，它是国王权力的秘密装置。路易十四在凡尔赛宫"后方"设立的陈列室可能就是从中受到了启发。[94] 不过，至少在宫廷中，这些藏品是用来展示的，具有一定的公开性。19 世纪的藏品要私人得多，其中科学仪器较少，更多的是书籍、家具、画作，主要是当时备受追捧的物品。这一世纪，收藏小玩意成为一种激情，而收藏旧货变成了生活艺术。孟德斯鸠颂扬"这种由几乎鲜活的物品打造出来的昂贵的疯狂"，他用数页笔墨描述了他心中"对装饰布局、公寓装修、漂亮设施的迷恋"[95]。

到了 20 世纪，收藏家和作家马里奥·普拉茨（1896—1982）——卢奇诺·维斯康蒂执导的影片《家族的肖像》（1974 年）中"老教授"的原型，试图分析装饰心理和家具哲学。[96] 他为室内物品的见证价值和存在价值辩护："人走了，家具会留下来：家具摆在那里，可以提醒、展现、回想那个已经不在的人，有时会揭开他脸上、眼里、口中执意隐藏或难以察觉的某些秘密。"[97] 物品具有揭示力。在《生活的房子》这部杰出的住宅和家具"自传"中，他描述了他在罗马朱利亚大道里奇宫的公寓。公寓里摆得满满当当（女儿房间的墙上有 30 幅画）却十分整齐，他盘点了每一个房间、每一件物品，所有物品并不是随意摆放的，而是为了展示。他追溯了寻觅、获取这些物品的过程，包括事件、地点、相关人物。它们被记录在物质和感情的存在中，如同布料上的结扣。它们凝聚着愿望和回忆。它们都有故事，也诉说着故事。"我在对这些物件的敬拜中注入了灵魂，比如家具，大多数人认为它们没有生命……我在喜欢雕像这件事上犯了罪。"[98]这个公寓有两个房间①：朝向里奇广场的卧室，以及卢西亚的房间②。卢西亚是他的女儿，其变化体现了生活的变故以及父女关系的紧张：房间既像陈列室，也像记忆库。

每个人都有自己的珍宝房和收藏，比如喜欢的书籍、心爱的物品、欣赏的照片、珍贵的纪念。随着时间流逝，我们不再清楚生活中的这些留存之物到底隐含着什么。聪明的做法或许是将它们消除，就如皮埃尔·贝尔热在伊夫·圣罗兰离世之后做的那样。③

## 房间，世界之眼

作为"房间里的旅行者"[99]，德塞森特是启蒙运动时期失望和疲倦的旅行者（如狄德罗、卢梭）的继承人，他们将奔波视为精力的损耗，并将阅读视为其替代品。书本开启了真正的人类历险。"旅行就是阅读；阅读就是旅行……有阅读之旅足矣。客观上的旅行有令您丧失身份之虞。"[100] 这是贝阿·德·缪拉的话，同样也是从来没有离开过柯尼斯堡的康德的观点。图书馆，古玩屋的藏品，壁炉旁夜复一夜的阅读：这些都是智慧和知识的源泉。房间的哲学家帕斯卡尔也表达过相同的看法。

最出名的对房间的称颂，是格扎维埃·德麦斯特于 1794 年出版的《跟

---

① 这个公寓有入口、餐厅、过道、客厅、卧室配间。作者在客厅工作，他的一些朋友对此非常惊讶：在这么气派的地方，如何能够工作呢？"要知道歌德也只能在空荡荡的屋子里工作。"（第410 页）人们又找回了如修士一样写作的理想。
② 参阅后文"孩子的房间"。
③ 这场非同寻常的拍卖（2009 年 2 月）出售了来自两个截然不同的生命的独特藏品。

着我的房间旅行》。该书像是对那个动荡年代发起的挑战。作者似乎出于某种不明原因故步自封，他以半自愿的隐士身份自居，希望摆脱欧洲的纷乱局面；在以《围着我房间的夜间远征》（1825年）[101]为题的第二部论著中，他重申了这种决心。事实上，他没有闭门不出。德麦斯特于1763年在萨瓦出生，对大革命持敌视态度，他加入了沙皇的军队，后者曾在1799年企图出征意大利。他在莫斯科流亡，之后又去了圣彼得堡，参加了1815年反拿破仑的最后一场战役。他为房间中的旅行辩护，这既是一种政治上的疏离，也是一种笛卡尔和帕斯卡尔式的哲学姿态。在灵魂和代表身体、物质、"兽性"并让人类臣服的"他者"之间，他选择了灵魂，并为想象的权利辩护。他围着自己的房间展开了一场42天的旅行，"这是拥有世上一切美好和财富的芬芳之地"。他为所有被困住的人写作：一无所有的人，生病的人，"厌世的人"。他的仆人热阿内蒂是他与外界的唯一联系。但是，窗帘垂下的窗户外有榆树，燕子在树上唱着歌。壁炉和炉火会提供基本的舒适。作者详细描述了家具和物品：扶手椅，餐桌和写字台，保存了十年的信件——标志着书信的神圣化，还有摆满小说和诗集的书架；他敬重的父亲的半身塑像；尤其是"那张粉白相间的床"，"摇篮，爱情宝座，坟墓"，人类一切悲剧的舞台。他在赞扬这张床时使用的词汇符合传统，但在1794年却相当反常。在欧洲战争如火如荼之际，颂扬卧床意味着什么呢？清晨，他喜欢和罗西娜一起待在床上，这条母狗陪伴了他六年。他穿着睡袍[102]，即他的"旅行装"，翻阅版画和油画。他也许会给旧爱德乌卡斯戴勒夫人的画像掸去灰尘，让夫人金黄的头发重新显露。他睡觉，遐想，想象古代的文化，他拨了拨火苗，回忆游荡在都灵大街上的穷人。在他的第二本论著（1825年）中，他坐在窗台上凝视星空，当他正沉浸在帕斯卡尔式的沉思中时，隔壁女邻居的一只拖鞋增加了一丝暧昧。窗户与阳台将这个世界变成一场戏剧。窗户连接着一个外部世界，一种风景。但是，从卧室中看到的又是怎样的世界呢？

从印刷、镌版等技术手段，到后来的摄影、电影（直至电脑），都可以直观地呈现这个世界的风景和艺术品，让个体接触到它们。杂志（如 19 世纪的《环游世界》）和著名的藏品、影片，将房间变成了博物馆和剧场。神奇的灯笼给贡布雷的房间增添了神秘感，戈洛就是在这个房间里追求可怜的热纳维耶芙·德·布拉邦的。[103] 房间里的想象可以无边无际。这是一场革命的开端，一场格扎维埃·德麦斯特或叙述者都无法预测其范围和影响的革命。

临终时，普鲁斯特感觉自己浮于水上。"于是我明白，如果不是在方舟上，诺亚永远不能如此清楚地看见这个世界，虽然方舟是封闭的，虽然地球上漆黑一片。"[104] 互联网无限增加了旅行的可能性。在弗朗索瓦·邦看来，写作不再意味着背对世界，而是在屏幕前迎接世界。"通过电脑桌，我们就能进入想象的空间。"他只剩下一个欲望："待在我的车库里，有书和电脑就行。"[105]

## 奥勃洛莫夫或躺着的人

房间就像圣龛，是作品的丹炉与生命的源泉，但也可能成为坟墓，即冷漠、麻木、近乎无能的逃避的同义词。"房间里"的理论家、战略家、革命者会招致怀疑甚至嘲讽。他们"原地打转"，就像是圆形马戏场里受训的马儿，没有目标，没有终点。他们对发生的事件与德塞森特将之缩减为想象的现实无动于衷。躁动的年轻人渴望直接接触并投入生活。①

---

① 拒绝"房间里的革命"是主要动机之一，大学生和知识分子于 1968 年前后选择在工厂劳动。他们认为，只有亲身接触并投入工人劳动，才能理解并改变工人劳动。

奥勃洛莫夫，伊万·冈察洛夫笔下的反英雄角色，是彻底隐居室内的代表人物。他放弃无谓的挣扎，宁愿窝在卧室里睡觉，任凭自己睡到天荒地老。[106] 他出身圣彼得堡的一个小贵族家庭，是庄园的继承人，总是怀念消逝的童年生活。他也是一个温和的梦想家，有教养、敏感、聪明、善良，没有偏见，但是多疑、懒散、萎靡，喜欢休息，无力实现那些模糊而庞大的计划——将自己的土地变成托尔斯泰式的社区、废除农奴制，这也是这部小说的政治背景。

不过，奥勃洛莫夫不时受到他的朋友希托尔兹的支持和鼓励。希托尔兹是一个有德国血统的工程师，也是一个很有想法的企业主，理性、充满活力、勤劳，与奥勃洛莫夫全然相反。奥勃洛莫夫意志不坚定，没有任何野心，厌恶跟人起冲突，他用一种完全的惰性来对抗朋友的活力。他心甘情愿地被别人骗取钱财，导致自己破产；他宁愿保持诚实的平庸，也不愿为获取利益付出必要的努力。他在家庭的平静和单调的日子中寻求属于自己的幸福，这样的单调让他安心，给他一种时间不再流逝的幻觉。他梦想平静的夫妻生活，一个他可以信任的女人，一种"可以照亮房间的灯光"。"在骄傲、温柔且安静的女伴身边，一个男人能睡得踏实。入睡时，他会相信醒来之后，身边仍然存在那种温顺、亲切的目光。到了二三十年后，面对他炽热的目光，妻子的眼里依然会甜蜜地流露数十年不变的温顺和亲切。然后，就这样直至老死。"[107] 一种慢悠悠、缓缓流淌的生活：这就是奥勃洛莫夫的理想。

主人公对房间的偏爱正源于此。在这部俄罗斯文学的经典之作中，在这部长而奇特、充满诗意的小说里，时间和地点在房间中近乎完美地叠合。主人公不光顾公寓里的其他房间，里面的座位都被罩布罩了起来，这种做法在乡下很常见。他只窝在一个房间里，这个房间既充当卧室，也充当书房和客厅。初看上去，这个房间非常整齐，类似维多利亚女王时代的风格："房间里有一张桃木书桌，两张铺了丝垫的长沙发，几个绣着鲜花和珍稀鸟类的屏

96

风。还有丝绸帷幔、地毯、几幅画作、几件青铜器、瓷器和许多漂亮的小摆设。但是，在移开目光之前，一个情趣高雅的人或许只会流露礼仪式的客套和尊敬。"[108] 灰尘，蛛网，留下的东西——剩下的饭菜，打开的书本，往年的报纸，干涸的墨水瓶：这一切都说明主人对装饰的冷淡，甚至是完全的忽视。奥勃洛莫夫只有一个用人，忠实却懒散的扎卡尔和主人一样，从来不对事物做出改变。他每天穿着拖鞋和睡袍，那是"一件让人完全看不出欧洲影子的真正的东方睡袍"，他躺在床上，与军人或行走的人完全不同。"躺着才是他正常的状态。"奥勃洛莫夫没有行动的愿望，偶尔活动时，他会将睡袍放到衣柜里；不想动时，他就再穿上睡袍，然后再也不脱下来。他睡觉，打盹，冥想，接待朋友和有关系的人，但这些人越来越少，除了想利用他的大意来牟利的家伙。"你就像一个面团，把自己卷起来，然后摊开、躺在那里。"[109] 希托尔兹企图说服他出门走动走动，到乡下看看庄园或跟他去国外，还劝他和奥尔加结婚。奥尔加接受了唤醒奥勃洛莫夫的任务，后来被他的魅力所迷。希托尔兹的这些建议引起了当事人的恐慌，他像蜗牛一样缩回壳里。希托尔兹直言不讳："你好像连活着都觉得累，你就像躲在洞里的鼹鼠，整天睡觉。"[110] 奥勃洛莫夫甚至放弃了奥尔加的爱情，任她等到绝望，最后嫁给了希托尔兹。他"只有在某个被人遗忘的角落才会感觉安宁，他对运动、斗争、生活浑然不知……他是平静的战斗旁观者，如同沙漠里的智者，他们在放弃这个世界时，会给自己挖一个坟墓"。[111] 他把自己埋在被窝里，悄无声息地死去。

冈察洛夫带着批判的态度提出了奥勃洛莫夫主义（序言作者雅克·卡多），这是一种生活哲学，特点是俄罗斯人的软弱（即东方人的顺从）与东正教的宿命论、拒绝改变的欲望以及建立在劳动、运动和旅行基础上的西方行动主义之间的冲突。卡尔·马克思的女婿保尔·拉法格曾因颂扬懒惰而引起公愤，在他看来，懒惰不是颓废，而是休闲。[112] 我们可以从奥勃洛莫夫主义中看到帕斯卡尔主义的一些回响，对智慧和弃世的颂扬，对某种休息和俭朴之幸福的怀念，而房间正是其舞台。

作为家庭生活的史诗，这部关于奥勃洛莫夫之永眠的小说体现了在房间/陷阱里幽居的诱惑和风险，这个陷阱就像卡夫卡的地洞一样，最后以居住者被消灭而终结。变成禁闭室的房间令安德烈·纪德感到害怕："世界上存在美妙的住所；而我从来不想在其中任何一处居住太久。我害怕紧闭的房门，害怕陷阱。单人囚房会禁闭思想。流浪是属于牧羊人的生活……对我们来说，房间意味着什么呢？是神赐之物吗？或许是风景中的栖身之所。"[113]

一个不囿于墙壁的房间。

[ 1 ]　儒勒·瓦莱斯（Jules Vallès），《起义者》（*L'Insurgé*，1871），见《全集》，第 2 卷：1871—1885 年，罗杰·贝莱（Roger Bellet）主编，巴黎，Gallimard 出版社，七星文库，1990 年，第 879 页。

[ 2 ]　转引自玛丽-克莱尔·胡克-德玛尔勒（Marie-Claire Hoock-Demarle）的《文学共和国：书信网络和欧洲空间的构建》（*La République des lettres. Réseaux épistolaires et construction de l'espace européen*），巴黎，Albin Michel 出版社，2008 年，第 78 页（1789 年 8 月 4 日信）。

[ 3 ]　同上，第 83 页（1793 年 11 月 9 日）。

[ 4 ]　若利斯·卡尔·于斯曼（Joris-Karl Huysmans），《同居生活》（*En ménage*），转引自维克多·布隆贝尔（Victor Brombert），《浪漫的囚牢：论幻想》（*La Prison romantique. Essai sur l'imaginaire*），巴黎，José Corti 出版社，1975 年，第 160 页。

[ 5 ]　米歇尔·福柯，《规训与惩罚：监狱的诞生》，巴黎，Gallimard 出版社，1975 年。

[ 6 ]　米歇尔·德·塞尔托（Michel de Certeau），《话语权的夺取》（*La Prise de parole*），巴黎，Seuil 出版社，1994 年，第 247 页。

[ 7 ]　《凹室之梦》，见前引，第 115 页。

[ 8 ]　菲利普·罗斯，《人性的污秽》，巴黎，Gallimard 出版社，2002 年，第 292 页。

[ 9 ]　转引自亨利·阿瓦尔的《从 13 世纪到今天的室内家具和装饰辞典》，见前引，第 1 卷，第 678 页。

[10]　转引自帕斯卡尔·迪比，见《凹室之梦》，见前引，第 31 页。

[11]　乔治·佩雷克，《空间物种》，见前引，第 25 页。

[12]　达尼埃勒·雷尼耶-博莱（Danièle Régnier-Bohler），见菲利浦·阿利埃斯和乔治·杜

比的《私人生活史，从古代到当今》，见前引，第 2 卷，第 325—328 页。

[13] 玛丽亚·巴克梅特瓦（Maria Bakhmeteva），《日记，1805 年》，见埃莱娜·格莱夏娜娅（Elena Gretchanaia）和卡特琳娜·维奥莱（Catherine Viollet）的《〈如果你从没读过这本日记〉，懂法语的俄国人的日记，1780—1854 年》（*Si tu lis jamais ce journal. Diaristes russes francophones, 1780 – 1854*），巴黎，CNRS，2008 年，第 170 页。

[14] 达尼埃尔·罗什，《普通事物的历史：17—19 世纪，传统社会中消费的诞生》，见前引，第 199 页。"甚至是普通百姓也有了真正的床，这始于 17 世纪末期"，至少在巴黎如此。主流款式是带柱架和床帘的床。

[15] 若埃尔·纪耶，《他者的肉体：19 世纪的情杀案》，见前引，第 124 页。

[16] 乔治·佩雷克，《空间物种》，见前引，"床"，第 33—39 页。

[17] 乔治·桑，《我的生活故事》（1847 年），巴黎，Gallimard 出版社，"Quarto"文库，2004 年，第 770 页。

[18] 弗兰兹·卡夫卡，"一个上了年纪的单身汉"，见《全集》，见前引，第 2 卷，第 355 页，关联注释见第 993 页，1915 年 2 月 11 日致菲丽丝·鲍尔的信。

[19] 马塞尔·莫斯（Marcel Mauss），《人种志教程》（*Manuel d'ethnographie*），巴黎，Payot 出版社，1967 年。

[20] 参阅斯特凡娜·奥杜安-卢佐（Stéphane Audouin-Rouzeau）的《战斗：现代战争的历史人类学（19—21 世纪）》（*Combattre. Une anthropologie historique de la guerre moderne [XIX^e - XXI^e siècle]*），巴黎，Seuil 出版社，2008 年，第 89 页。

[21] 维奥莱特·勒杜克（Violette Leduc），《我厌恶贪睡者》（*Je hais les dormeurs*，1948），里尼，chemin de fer 出版社，2006 年。

[22] 保尔·弗吕谢尔（Paul Fluchaire），《床的革命：为了理想睡眠》（*La Révolution du lit. Pour un sommeil de rêve*），巴黎，Artylen 出版社，1991 年。

[23] 米歇尔·帕斯图罗（Michel Pastoureau），《黑色：一种颜色的历史》（*Noir. Histoire d'une couleur*），巴黎，Seuil 出版社，2008 年，第 160 页。

[24] 莫娜·奥祖夫（Mona Ozouf），《法兰西的构成：重返布列塔尼童年》（*Composition française. Retour sur une enfance bretonne*），巴黎，Gallimard 出版社，2009 年，第 46 页。

[25] 亨利·米肖，"睡觉"，《夜动》（*La nuit remue*，1967），见《全集》，巴黎，Gallimard 出版社，七星文库，1998 年，第 1 卷，第 472 页；《羽毛》（*Plume*），同上。

[26] 参阅威廉·C. 迪蒙（William C. Dement）和克里斯托弗·沃冈（Christopher Vaughan）的《拥有好睡眠》（*Avoir un bon sommeil*），巴黎，Odile Jacob 出版社，2000 年；保尔·弗吕谢尔，《睡眠指南》（*Guide du sommeil*），巴黎，Ramsay 出版社，1987 年。

[27] 米歇尔·科文（Michel Covin），《睡眠美学》（*Une esthétique du sommeil*），巴黎，Beauchesne 出版社，1990 年。文学比艺术更明朗一些，在这方面，艺术领域仍然是一片空白。

[28] 杰里米·边沁，《一部偏向穷困者的作品的梗概》（*Esquisse d'un ouvrage en faveur des pauvres*，1797 年）见阿德里安·杜克斯诺（Adrien Duquesnoy）的《关于人道主义机

构的汇编》(*Recueil sur les établissements d'humanité*)，巴黎，1802 年，第 112 页。著名的环形监狱方案，意在以最小成本解决监视问题。参阅米歇尔·佩罗的"监察员边沁"，见《历史的影子》(*Les Ombres de l'histoire*)，巴黎，Flammarion 出版社，"田野"文丛，2001 年，第 65—108 页。

[29]  转引自埃莱娜·格莱夏娜娅和卡特琳娜·维奥莱的《如果你从没读过这本日记》，见前引，第 163 页。

[30]  参阅雅尼克·里帕（Yannick Ripa）的《梦的历史：19 世纪法国人的幻觉之关注》(*Histoire du rêve. Regards sur l'imaginaire des Français au XIX<sup>e</sup> siècle*)，巴黎，Hachette 出版社，"复数"文丛，1988 年。

[31]  参阅范妮·戴夏内-普拉兹（Fanny Déchanet-Platz）的《作家、睡眠与睡梦，1800—1945 年》(*L'écrivain, le sommeil et les rêves, 1800 - 1945*)，巴黎，Gallimard 出版社，2008 年。

[32]  参阅马克斯·米勒内（Max Milner）的《毒品的幻觉：从托马斯·德·昆西到亨利·米肖》(*L'Imaginaire des drogues. De Thomas de Quincey à Henri Michaux*)，巴黎，Gallimard 出版社，2000 年。

[33]  转引同上，第 148 页。

[34]  转引自范妮·戴夏内-普拉兹的《作家、睡眠与睡梦，1800—1945 年》，见前引，第 170 页。

[35]  《一张凌乱的床》（近 1827 年），欧仁·德拉克洛瓦博物馆，弗斯滕博格博物馆，巴黎。

[36]  关于这个主题，请参阅波莉娜·雷阿日（Pauline Réage）在《O 的故事》(*Histoire d'O*)和关于性行为调查的结果中提到的奇特秘密。

[37]  玛丽·谢（Marie Chaix），《情窦初开的年纪》(*L'âge du tendre*)，巴黎，Seuil 出版社，1979 年，"女孩的卧室"，第 89 页。

[38]  路易-乔治·丁，《异性性爱文化的发明》，见前引。

[39]  儒勒·勒纳尔，《日记》，巴黎，Gallimard 出版社，七星文库，1960 年，第 27 页，1889 年 7 月 25 日。

[40]  詹姆斯·鲍德温，《乔瓦尼的房间》，巴黎，Rivages 出版社，1997 年（同性恋文学的经典之作）。

[41]  里顿·斯特拉奇，《兰开斯特门》(*Lancaster Gate*，1922 年），由菲利普·布朗夏尔（Philippe Blanchard）翻译，《乌尔比》(*Urbi*)，IX，1984 年。里顿·斯特拉奇（1880—1932），评论家、政论家，弗吉尼亚·伍尔夫的朋友，布鲁姆斯伯里团体中的杰出人物之一，尤以传记闻名，写过《维多利亚女王时代名人传》《维多利亚女王》。对兰开斯特门的描写是关于民居的美好回忆。后来，他成为团体的中心人物邓肯·格兰特的情人。

[42]  转引自达尼埃勒·阿斯-迪博斯克（Danièle Haase-Dubosc）的《阿斯特蕾》(*L'Astrée*)，见塞西尔·多芬（Cécile Dauphin）和阿尔莱特·法尔热主编的《诱惑与修会》(*Séduction et Sociétés*)，巴黎，Seuil 出版社，2001 年，第 61 页。

[43]  夏尔·波德莱尔，"情人之死"，《恶之花》。

[44] 圣伯夫（Sainte-Beuve），《波尔-罗亚尔修道院》（*Port-Royal*），巴黎，Robert Laffont 出版社，"Bouquin" 丛书，2004 年，第 1 卷，第 443 页。

[45] 玛丽·卡拉瑟斯（Mary Carruthers），《记忆的机器：中世纪的沉思、修辞与圣像制造》（*Machina memorialis. Méditation, rhétorique et fabrication des images au Moyen Âge*），巴黎，Gallimard 出版社，2002 年。

[46] 埃莱吉·德·莫丹（Élégie de Motin），转引自亨利·布雷蒙（Henri Bremond），《宗教战争结束至今的法国宗教情感史，1916—1933 年》（*Histoire du sentiment religieux en France depuis la fin des guerres de Religion jusqu'à nos jours, 1916—1933*），格勒诺布尔，Jérôme Millon 出版社，2006 年，第 1 卷，第 392 页。

[47] 安托万·德·内尔维兹（Antoine de Nervèze），《孤独灵魂的神圣花园》（*Le Jardin sacré de l'âme solitaire*，16 世纪末），转引同上，第 295 页。

[48] 雅克-约瑟夫·迪盖（Jacques-Joseph Duguet），1731 年，转引同上，第 4 卷，第 487 页。

[49] 转引自茱莉亚·克里斯蒂娃（Julia Kristeva）的《特蕾莎，我的爱》（*Thérèse mon amour*），巴黎，Fayard 出版社，2008 年，第 375 页。

[50] 同上，第 384 页。斜体部分为作者所强调。

[51] 亨利·布雷蒙，《宗教战争结束至今的法国宗教情感史，1916—1933 年》，见前引，第 1 卷，第 718 页。

[52] 同上，第 6 卷，830 页。

[53] 茱莉亚·克里斯蒂娃，《特蕾莎，我的爱》，见前引，第 377 页。

[54] 亨利·布雷蒙，《宗教战争结束至今的法国宗教情感史，1916—1933 年》，见前引，第 1 卷，第 513 页。

[55] 同上，第 6 卷，第 735 页。

[56] 同上，第 8 卷，第 459 页。静修是一种精神隐修，静修者（récollets）是那些进行静修和冥想的人。

[57] 阿尔贝托·曼古埃尔（Alberto Manguel），《阅读史》（*Une histoire de la lecture*），阿尔勒，Acted Sud 出版社，1998 年；重版，袖珍版，巴黎，J'ai lu 出版社，2001 年。

[58] 同上，第 81 页。

[59] 同上，第 211 页。

[60] 让-保罗·萨特，《家庭白痴：1821 年至 1857 年的居斯塔夫·福楼拜》（*L'Idiot de la famille. Gustave Flaubert de 1821 à 1857*），巴黎，Gallimard 出版社，1971 年，第 2 卷，第 1363 页。

[61] 罗尔·阿德莱（Laure Adler）和斯戴凡·伯尔曼（Stefan Bollmann），《看书的女性是危险的》（*Les femmes qui lisent sont dangereuses*），巴黎，Flammarion 出版社，2006 年。

[62] 《德拉克洛瓦和他青年时期的朋友》（*Delacroix et ses amis de jeunesse*），德拉克洛瓦博物馆展览，巴黎，2008 年 1 月。

[63] 马塞尔·普鲁斯特，《在少女花影下》，见《追忆似水年华》，巴黎，Gallimard 出版社，七星文库，第 1 卷，1973 年，第 607 页。

[64] 让-玛丽·古勒莫（Jean-Marie Goulemot），《一只手就能阅读的那些书：18世纪色情书刊的阅读和读者》（*Ces livres qu'on ne lit que d'une main. Lecture et lecteurs de livres pornographiques au XVIII$^e$ siècle*），巴黎，Minerve 出版社，1994 年。

[65] 马塞尔·普鲁斯特，"阅读的日子"，《仿作与杂记》，见前引，第 161—194 页。

[66] "解码人：数学之旅"（Les déchiffreurs. Voyages en mathématiques），《世界报》，2009 年 1 月 24 日，第 29 页。

[67] 转引自埃莱娜·格莱夏娜娅和卡特琳娜·维奥莱的《如果你从没读过这部日记》，见前引，第 204 页（1821 年 9 月 17 日）。

[68] 参阅菲利普·勒热纳（Philippe Lejeune）的《私人日记：历史与文选》（*Le Journal intime. Histoire et anthologie*），巴黎，Textuel 出版社，2006 年。作者对日记起源于宗教之说提出异议。

[69] 转引自玛丽-克莱尔·胡克-德玛尔勒的《文学共和国：书信网络和欧洲空间的构建》，见前引，第 420 页（1879 年 12 月 30 日）。

[70] 同上，第 271 页。

[71] 同上，第 14 页。

[72] 马塞尔·普鲁斯特，《女逃亡者》，见《追忆似水年华》，巴黎，Gallimard 出版社，七星文库，第 3 卷，1977 年，第 571 页。

[73] 致菲丽丝·鲍尔的信，1913 年 1 月 14—15 日，见弗兰兹·卡夫卡的《全集》，巴黎，Gallimard 出版社，七星文库，第 4 卷，1989 年，第 232 页。

[74] 致菲丽丝·鲍尔的信，1915 年 2 月 11 日，同上。

[75] 恩斯特·荣格尔，《战争日记》（*Journaux de guerre*），巴黎，Gallimard 出版社，七星文库，2008 年，第 2 卷，第 34 页（1939 年 5 月 4 日）。

[76] 西蒙娜·德·波伏瓦，《事物的力量》（*La Force des choses*，1963），巴黎，Gallimard 出版社，"Folio" 文库，1977 年，第 1 卷，第 123 页（1945 年 5 月 16 日）。

[77] 弗朗西斯·戴维（Francis David），《作家们的卧室》（*Intérieurs d'écrivains*），巴黎，Le Terrain vague 出版社，1982 年。

[78] "这就是他身边的东西"，曾于 1844 年 12 月拜访他的卡尔·格律恩（Karl Grün）这么说。转引自米歇尔·维诺克（Michel Winock）的《自由之声》（*Les Voix de la liberté*），巴黎，Seuil 出版社，2001 年，第 270 页。

[79] 龚古尔兄弟，《日记》，里卡特（Ricatte）编辑，摩纳哥，摩纳哥国家印刷局，1956 年，第 8 卷，第 44 页（1867 年 8 月 4 日）。该文不仅批评女性，也指责秘书特鲁巴，龚古尔兄弟认为他喋喋不休且愚蠢。

[80] 路易·肖文（Louis Chauvin），《教师手册》（*Manuel de l'instituteur*），1889 年，转引自弗朗辛·米埃尔-德雷富斯（Francine Muel-Dreyfus）的《教师职业：1900 年的教师，1968 年的职业化教师》（*Le Métier d'éducateur. Les instituteurs de 1900, les éducateurs spécialisés de 1968*），巴黎，Minuit 出版社，1983 年。

[81] 奥诺雷·德·巴尔扎克，《流亡者》（*Les Proscrits*），见《人间喜剧》，巴黎，Gallimard 出版社，七星文库，第 1 卷，1976 年，LXXII（关于但丁）。

[82] 致欧内斯特·德拉艾（Ernest Delahaye）的信，见阿蒂尔·兰波《全集》，巴黎，

Gallimard 出版社，七星文库，1946 年，第 269—271 页。兰波故居（维克多-库辛街 8 号）贴着一块牌子，上面写着："'此刻，我有一个漂亮的房间'，阿蒂尔·兰波，克鲁尼旅馆，1872 年 6 月。"

[83]　马塞尔·普鲁斯特，《女囚》，见《追忆似水年华》，第 3 卷，见前引，第 18 页。这是《追忆似水年华》中极为罕见的段落之一，叙述者使用了真实身份：塞莱斯特就是弗朗索瓦丝，马塞尔就是他本人。

[84]　同上，《在少女花影下》，见前引，第 872 页。

[85]　奥尔罕·帕慕克，《父亲的手提箱》，获奖演说，斯德哥尔摩皇家学院，2006 年，转引自《世界报》，2006 年 12 月 15 日。

[86]　奥利维埃·诺拉（Olivier Nora），"拜访伟大作家"（La visite au grand écrivain），见皮埃尔·诺拉主编的《记忆之场》，第 2 卷：《民族》，第 3 部分："话语"，见前引，第 563—587 页。

[87]　让-克洛德·博内（Jean-Claude Bonnet），《先贤祠的诞生：论对伟大人物的崇拜》（*Naissance du Panthéon. Essai sur le culte des grands hommes*），巴黎，Fayard 出版社，1998 年，第 243—251 页。

[88]　弗莱塞勒夫人（Mme de Flesselles），《法国的年轻旅行者》（*Les Jeunes Voyageurs en France*），1822 年，转引自帕特里克·卡巴内尔的《孩子们的国家之旅》（*Le Tour de la nation par des enfants*），巴黎，Belin 出版社，2008 年，第 123 页。

[89]　维克多·布隆贝尔的《浪漫的囚牢：论幻想》，见前引，"波德莱尔：幽居与无限"，第 139—152 页；关于"于斯曼和高雅的隐居地"，第 153—174 页。

[90]　塞维利娜·朱芙（Séverine Jouve），《19 世纪末文学和居所中的痴迷与堕落》（*Obsessions et perversions dans la littérature et les demeures à la fin du XIXe siècle*），巴黎，Hermann 出版社，1996 年。

[91]　埃德蒙·德·龚古尔，《艺术家之家》（*La Maison de l'artiste*，1881 年），第戎，l'Échelle de Jacob 出版社，2003 年。

[92]　罗贝尔·德·孟德斯鸠（Robert de Montesquiou），《抹掉的足迹：回忆和纪念》（*Les Pas effacés. Mémoires et souvenirs*），巴黎，Émile-Paul Frères 出版社，1923 年，第 3 卷，第 246 页。

[93]　关于选择橘黄色的理由，参阅于斯曼的作品，见前引，第 92—93 页。关于这些颜色，参阅米歇尔·帕斯图罗的作品。

[94]　帕特里西亚·法尔吉埃尔（Patricia Falguières），《珍宝房》（*Les Chambres des merveilles*），巴黎，Bayard 出版社，2003 年。作者强调了这些珍宝房的历史意义，它们与博物馆的关系非常遥远，相反，与"国家的秘密"倒是有一种微妙的关系。

[95]　罗贝尔·德·孟德斯鸠，《抹掉的足迹：回忆和纪念》，见前引，第 126 页。

[96]　马里奥·普拉茨（Mario Praz），《室内家具：室内装饰的心理和演变》（*L'Ameublement. Psychologie et évolution de la décoration intérieure*），巴黎，Tisné 出版社，1964 年；第二版书名改为《室内装饰史：室内装饰哲学》，见前引，插图极为精美。

[97]　同上，《生活的房子》（1979 年），见前引，第 483 页。

［98］　同上，第 157 页。

［99］　达尼埃尔·罗什，《流浪的情绪》（*Humeurs vagabondes*），巴黎，Fayard 出版社，2003 年，第 3 章，"房间里的旅行者"，第 95—136 页，关于格扎维埃·德麦斯特及其大量的模仿者。

［100］《关于旅行的信》，转引同上。

［101］格扎维埃·德麦斯特，《跟着我的房间旅行》，见前引；《围着我房间的夜间远征》（1825 年），米歇尔·科文介绍，巴黎，Le Castor astral 出版社，1990 年。

［102］关于居家生活不可缺少的睡袍，参阅达尼埃尔·罗什的《外表崇拜：17—18 世纪的服装史》（*Le Culte des apparences. Une histoire du vêtement, XVII<sup>e</sup> – XVIII<sup>e</sup> siècles*），巴黎，Fayard 出版社，1989 年，第 486 页。根据财产清单显示，拿破仑有十来件睡袍；参阅弗雷德里克·马松（Frédéric Masson）的《家中的拿破仑：皇帝在杜伊勒里宫的一天》（*Napoléon chez lui. La journée de l'empereur aux Tuileries*），巴黎，Ollendorf 出版社，1906 年。

［103］马塞尔·普鲁斯特，《在斯万家那边》，见《追忆似水年华》，第 1 卷，见前引，"贡布雷"，第 9 页。

［104］"致我的朋友维利·希思"，1894 年 7 月，《欢乐与时日》（*Les Plaisirs et les Jours*），巴黎，Gallimard 出版社，七星文库，1971 年，第 6 页。

［105］《解放报》，2001 年 9 月 9 日。

［106］伊万·冈察洛夫，《奥勃洛莫夫》（1859 年），吕巴·尤根森（Luba Jurgenson）翻译，雅克·卡多（Jacques Catteau）作序，洛桑，L'Âge d'homme 出版社，1988 年。

［107］同上，第 199 页。

［108］同上，第 14 页。

［109］同上，第 166 页。

［110］同上，第 167 页。

［111］同上，第 456—457 页。

［112］保尔·拉法格（Paul Lafargue），《懒惰的权利》（*Le Droit à la paresse*），1880 年。

［113］安德烈·纪德，《人间食粮》，转引自米歇尔·科文的《睡眠美学》，见前引，第 108 页。

# 孩子的房间

今天，在关注儿童生活舒适性的家装手册、关注儿童睡眠问题的心理教育领域和关注家庭环保的保护方案中，孩子的房间都是重要话题。

插图精美的劳伦斯·埃吉尔的书[1] 在该领域具有前瞻性。孩子的房间完全为孩子而设计，并且最好只有孩子一个人住，如果家里有好几个孩子的话，空间很小也没关系。每个孩子都要有自己的房间：这是重中之重，因为孩子迟早会成为大人。除了考虑人身安全和心理舒适，这个房间不用遵从任何规则。出于以上要求，儿童房倾向于选择柔和的光线和材料、圆角家具、欢快的色调。应当避免强迫性或规定性的装饰；相反，为了房间用途的多样化，要保持布置的流动性。"因为爱好会随着年龄的增长而改变。最好使用可变的家具，它们会跟孩子一起长大"，并适应孩子的身体变化和选择。"的确，住在没有任何表达权的房间，是最让孩子伤心的事。最好能够让孩子感觉到，这是他*自己的*房间。"不要阻止孩子将床改成小棚子或游戏场；不要关灯。"如果孩子想开着灯和毛绒玩具一起睡觉，不要去劝阻。"要增加各种各样的小空间，即那些"角落"。要容忍孩子的杂物，甚至可以随处乱放。"孩子像游牧民那样整理自己的东西……他们需要一个开心的杂乱之地，让自己获得安全与在家的感觉。"孩子的房间是"通向宽阔世界的好奇小屋"。要尊重孩子的隐私，尊重孩子对独处的渴望。"让孩子一个人在房间里待着吧。没有谁能够没有秘密地活着。"如果对方是青少年，则更需要这样。最好"让孩子自由选择，任其独自待在自己的房间。即使孩子的爱好让您担心"。自由，私密，个性：这些是支配儿童房的新秩序，它们远离传统的纪律标准，远离严格的家庭礼节，否则凌乱的床铺、乱扔的衣服、摊开的玩具、没关的灯都会让家长难以忍受。

装修设计师维贝尔推荐了数款房间设计模型：鲁滨孙风格、维他命风格、朋克摇滚风格，以及专为小女孩准备的玛丽·安托瓦内特风格等，让她们"可以在真正的公主装饰房中入睡".[2] 推崇"绿色"的父母希望为宝宝安排一个"健康、环保的房间"，尤其是可以让"孩子舔弄、品尝"的地板，房间里必须没有污染物质。[3]


## 摇篮和床


情况并非一直如此。孩子得先拥有自己的床，可在达尼埃尔·罗什整理的遗产清单中并没有发现这类家具，巴黎也不例外。[4] 出现更多的是摇篮。但是，孩子的睡眠很不安稳。突然陷入黑暗和孤独对孩子来说非常难捱，梦里蜂拥而至的鬼怪会让他们产生恐惧，爱丽丝就看到了从镜子里爬出来的妖怪。为了让孩子入睡，父母会一边轻轻摇晃他，一边唱摇篮曲，摇篮曲的节奏舒缓、单调、重复：这是早期民间文学的类型之一。摇篮极为古老，在中世纪的油画中便已出现，尤其是"圣母诞生"题材。费康博物馆里有许多精致的摇篮藏品，大多是木头做的，可以移动，有时候会装一个脚踏，方便妈妈一边干活一边摇动。卢梭不赞同这种做法："我相信，从来都不必将孩子放在摇篮里摇晃，这样的做法对他们有害。"[5] 儒勒·西蒙的观点则与之相反："孩子的摇篮旁边，必须有一个女人。"他应该很欣赏贝尔特·摩里索的油画，这位女画家常常在孩子身边沉思。拉鲁斯词典建议将"摇篮"一词放在"母亲"或"奶娘"这类词汇旁，因为在某种意义上说，她们都是将自己奉献给摇篮的人。但是，出于对卫生和纪律的考虑，19世纪末的卫生学家却对摇篮持质疑态度。他们嗅到了摇篮的味道，要求定期更换里面的垫子，最好用柳条或铁材来替换木头，因为木头容易腐烂，而且和卢梭一样，他们不建议摇晃的习惯。[6] 总之，要优先考虑床上的纪律，而不是摇篮里的甜蜜。摇篮在民间广受欢迎，从其五花八门的形式和昵称就可见一斑，比如"吊笼"。

摇篮让孩子成为个人，也保护了孩子。不少婴儿在父母的床上因为窒息而亡，教会起初禁止不到一岁的婴儿与父母同睡，但是后来也允许了这种做法。孩子稍大一些后就与兄弟姐妹同住，"稍有区别"地混居，至少最小的孩子如此。随着年龄的增长，孩子被按性别分开。17世纪，教会命令校长负责监管严峻得多的性道德问题，以应对孩子性意识的产生。[7]《教区小学》（*Escole paroissiale*）是巴黎一位神父在17世纪中期完成的性教育指南，根据该指南，校长须要求孩子"绝对不能当着其他人的面小便，绝对不能跟姐妹同睡，甚至不能跟父母同睡，除非迫不得已；如果出现这种情况，校长会嘱咐父母让孩子睡在他们的床脚，这样的话，孩子就看不见也想不到夫妻之间的那些事；如果父母不愿意让孩子跟女佣、姐妹或他们分开睡，一旦被校长发现，在告知父母这种做法的严重性之后，可立即将孩子开除。"[8] 必须竭尽全力解开交错在一起的身体之线，因为它们是肉欲、暴力与乱伦隐秘的催生器。在夏尔·佩罗的童话故事中[9]，人们可以感觉到这种焦虑。我们已无法重现以前这种性别大混杂的情形，尽管弗洛伊德努力将"原始情境"化为精神分析的理据。

离开某张床的被窝，离开某个身体的温暖，离开某个成年保护者的慈爱，这些可能都是痛苦的经历。奥罗尔·杜邦（后来的乔治·桑）在接到祖母要求她离开母亲的床自己睡的命令时非常难过："一个 9 岁的女孩还跟母亲同睡，既不健康也不合妇道。"她觉得这些话是在侮辱自己，气得大叫起来。在走廊里，她守着进进出出的母亲。四十年后，她还在怀念那张床，并写道："这是一张黄色的大床，我父亲出生的床，同时也是我母亲在诺昂的床（我曾经睡在上面）。"[10] 对大多数孩子来说，在父母床上睡觉、躲在他们的被窝里就像躲在蚕茧里，等同于找回失去的天堂。埃利亚斯·卡内蒂也曾讲述，开心的星期天早晨，他会和兄弟姐妹一起缠着还躺在双人床上的父母，而在平时，他们不允许触碰这张床。安妮·勒克莱克回忆了床上的甜蜜，她离开自己的被窝，坐在父母中间，仿佛三个人合为了一体："身体越变越小，直至完全融化、消散于父母'之间'的那种幸福感，仿佛我们之间不再存在其他东西。"[11] 我也记得类似的幸福，在儿时居住的克利希的公寓里，父母有时要和我开个玩笑，就相互换个边睡。为什么要离开这种让人安心的温存呢？为什么要离开短暂的童年，离开那首古老的法国歌谣所赞颂的卧床中央呢？

父母和孩子分开睡是一种道德和风俗标准，调查者走进贫困家庭的住所时，尤其在意贫困所导致的拥挤中是否藏有某种淫秽的气味。伦敦教会的英国慈善家们[12]，还有满腹怀疑的热朗多男爵（baron de Gérando）[13]，以及在社会经济学会的支持下撰写家庭论著的勒普莱的弟子，都会不禁自问："他们要怎么睡觉呢？"对此，这些无产者家庭没有太高的要求；他们只渴望拥有舒适和尊严，拥有让他们和孩子分开睡的空间。有一个小房间给孩子，有一个厨房，这是 19 世纪末的最低要求。在生活如意的时期，左拉《小酒店》的女主人公绮尔维丝想方设法拉起帘子或屏风，而落魄时，她就没有这种心思了。相比资产阶级社区，职工宿舍和廉价住宅区在设计图纸时对孩子的房间更加上心，因为风化警察对此忧心忡忡。

在乡下或中产阶级的房屋里，孩子会离开父母，跟用人住在一起。他们拥有一个多少带有过渡性质的角落：一堆稻草，一个床架，一张简陋的床，一张床垫；随便在某个隐蔽的地方搭起一张"小床"，在小屋子、楼梯平台、走廊、通道、屋顶和楼梯下面。长大后，有些幸运者会拥有一个只能睡觉的"小房间"。孩子可以到处跑，但是没有属于自己的地方。孩子可以在屋子、田野、城市里晃悠，没有人比他们更熟悉这些地方，孤儿尤其如此。他们不需要某个属于自己的空间，直到最近，房屋设计师和开发商才考虑并开始关注这一点。《今日建筑》杂志在 1979 年《孩子及其空间》专刊中讨论了集体空间的问题，比如学校、活动中心、教育博物馆，但是几乎没有讨论室内空间。除了一篇以《找家的孩子》为题的文章，该文论及幼童的空间心理学。[14]

## "法兰西之子"的房间

威廉·R. 牛顿考察过凡尔赛宫中儿童房间的草图和布局。作为家长的路易十四想把带有王室血统、婚生和非婚生的"法兰西之子"放在身边抚养。他们先是住在老旧的配殿里，拉莫特-乌当库尔元帅夫人于 1680 年至 1690 年间负责在此照看王太子的三个儿子。路易十五时期，王子在二楼配殿的住所相当于某个儿童中心。这些孩子在"特殊保姆"的陪伴下，在摇篮里一直长到 3 岁，然后根据王室惯例被转移到一张带床栏的床上；每个房间有三张床，其中一张给奶妈，另一张给家庭女教师。王子的小世界由女人统治。到了 7 岁，男孩子"被送到男人手里"，挑选家庭男教师属于国家大事。1741 年，"法兰西之子"的公寓设有 8 个房间，其中 6 个带有壁炉。1764 年，房间里又装了一个火炉，以防阿图瓦伯爵受凉感冒；不久后，墙壁上还挂了软垫，确保他与兄弟普罗旺斯伯爵和贝里伯爵玩耍时的安全："柱子和四周的墙壁上都铺有与人齐高的防护垫，防止他们在玩耍时受伤。这些公寓配有非常厚的萨伏纳里地毯和戈布兰挂毯，以免出现任何闪失。管护人几乎时刻陪伴左右，如果要暂时离开，也会让助理管护替岗。"还有人建议给房间装上铁栅门，"阻止外人闯入"。[15] 玛丽·安托瓦内特是体贴的现代型母亲，她不希望孩子被包围得那么严实，希望他们养成户外活动的习惯。"我的孩子会睡在底楼，有一个小栅栏将他和露台隔开，以便让他更早地学会在室外而非地板上走动。"[16] 她在寄给母亲玛丽·特蕾莎的信中这样说。1787年，"法兰西之子"的公寓里设有 14 个房间，其中 13 个带有壁炉，另有 17 个阁楼，其中带壁炉的 9 个供随从和用人居住。王子的空间受到时代之风的影响，温度、安全、活动等因素都在考虑之内。

## 儿童房间的演变

由上可知，孩子的房间不完全是维多利亚女王时期的发明。它起源于意图将性别和年龄不同的居住者分开的贵族阶层的城堡。然而，直至 18 世纪末，虽然设计图纸越来越详细，但建筑师在民居中几乎没有考虑到孩子。[17] 1768 年，德拉鲁（Delarue）明确了给"两个孩子及家庭教师"的房间和"女孩房间"的位置，后者带有小配间，与父母在同一楼层，绝对属于当时的新鲜事物。1780 年，勒加缪·德梅齐埃尔在其出色的论著（共 280 页）中[18] 花了 3 页来讲述"家中孩子的住所"，他将孩子安排在阁楼，住在用人旁边，5 岁前都与"家庭女教师或保姆"同住；5 岁后才彼此分开，男孩住到家庭男教师那里去。这是一个五居室的公寓，拥有一个"写作业用的厅"和一个卧室。火炉有详细的使用建议，必须避免安全风险；房间要朝向东面，这对健康十分重要。还有关于色调的内容："孩子的房间不能过于跳脱；其色调必须让人感觉舒适，这关乎他们性情的养成，色彩的作用比我们想象的要大。"[19] 这些话无疑呼应了他所推崇的感觉主义理论。

孩子的活动需要专门的空间。在室内，孩子会随处玩闹，乱扔玩具，他们打破大人的安宁，弄乱父亲的书桌。遏制孩子"活动"的渴望首先在英国和德国出现，当时，这两个国家的家庭数量庞大，教育也更成熟。19 世纪初，英国工业资产阶级在乡下兴建的工房里开始出现儿童中心（nursery），毕德麦雅时期舒适的居所里也有了儿童房（kinderstube）。在词典里，"在儿童房里长大"意味着"教养优秀"。这两个词意义重大。儿童中心通常包含两个房间，分别用于活动和睡眠；儿童房则是将两者结合，更加注重性别的区分。[20]

在法国，情况完全不是这样。理想化的农村生活？卢梭主义？"抚养一个半步不离房间的孩子，简直是最荒谬的事。"[21] 卢梭这样写道。他反对铃铛、拨浪鼓和玩具。"与其让孩子闷在房间陈腐的空气中，还不如每天带他到草坪上玩耍。"[22] 他想把爱弥儿放到乡下抚养："……他的房间与农民的没有任何区别。花那么多心思装饰又有何用？他很少待在自己的房间。"[23] 马尔萨斯主义呢？"孩子的问题会带来房间的问题"，柯莱特指出，姐姐结婚之后，她才有了自己的房间。"逼仄的住所会造成狭隘的肚量。"[24]

维奥莱-勒-杜克在《一座房屋的历史》（1873 年）中刻画了一个孩子的房间，几乎是潜意识的流露："一切都需要预先关注"，甚至要预见事故。他没有详细介绍接待空间和套间，男女主人的卧室彼此分开，但距离很近。直到 19 世纪末出现转折，这一切才逐渐变得系统化。然而此时，"漂亮的房间"依旧属于父母或客房。孩子的房间还是从属性的，离父母的房间不远，甚至需要从中穿过。母亲替代了用人的监管职责；在城市的楼房里，用人搬到了七楼。用人的房间经常被安排在某个楼道的最里面，朝向不佳。罗杰·佩林亚盖是研究儿童房间的重要历史学家，他指出了极为普遍的某种"漠视"。"然而，并非所有建筑师都认可这种对儿童房间的漠视与家庭公寓对孩子的忽视，但面对反对意见，他们总是重复传统的做法。"他谈到现代建筑中持续的"拒绝"，包括包豪斯和勒·柯布西耶，就像玛丽-雅乌尔在自传中证实的那样：她的父母雇"柯布"在诺伊建造一座房子。[25] 建筑师问，你想要一个跟兄弟不一样的房间吗？玛丽给出了肯定的回答。但是她对结果非常失望：一个狭小、光线昏暗、不独立的楼道房间。柯布西耶主张的集体生活准则完全不适用于孩子的空间。小玛丽回忆起那个弯曲且光线昏暗的公寓时说："我讨厌集体生活，虽然我有一个房间，但是我失去了属于自己的地盘……我把自己锁在房间里，整夜静悄悄地看书，不让我的父母发现。在以前那座房子里，没有人会来管我。现在，在这座房子里，做什么都会被发现。"甚至连角落也是"开放的"。她拒斥这种透明，这种"知道谁什么时候在做什么"的透明。"是房子制定了规则"[26]，全然没有顾及个人的秘密。

20 世纪后半叶，特别是最后的三十年，转变逐渐发生了。城市规划专家开始对民居进行思考，分隔了"白天空间"和"夜晚空间"，这意味着重新认识卧室的价值。将孩子独立开来还是留在身边，偏重睡眠还是活动，优先个体生活还是集体生活，这些关于孩子的问题始终存在。20 世纪 60 年代，保罗·谢梅道夫在大楼中设计了活动室，他采用了斯堪的纳维亚模式。关心甚至是焦虑替代了过往的漠视。为了给儿童，尤其是青少年的房间增加空间，父母的房间越来越小，这是西方社会隐约出现的"内疚感"。

## 需要投入的房间

孩子脆弱、敏感、温顺，会在空间中培养感知力，也会受到周围环境的影响。卫生学家对床、桌等家具的边角极为敏感，也很担忧空气流通和照明条件、湿度和温度，婴儿尤其无法忍受极端的环境。塞居尔伯爵夫人建议："不要把孩子留在太热的房间里；过高的温度容易让孩子着凉……要注意空气流通，每天至少开窗两次"[27]，哪怕天气寒冷。这是大部分医生的意见，他们对孩子在长时间睡眠时呼出的一氧化碳十分忧心。必须满足孩子对空气的需求。

房间是让孩子养成习惯与性格的途径之一。埃米尔·卡尔东写道："最好尽早让孩子拥有自己的小房间，他可以在里面养成整理的习惯，学会收拾和保管自己的物品，比如玩具、书本、图画。"[28] 玩偶之家可以反复布局，玩具箱则有助于培养整理的能力。然而，为了保护时常被侵犯的私人领地，法兰西共和国（侵犯私人领域的嫌疑犯）只制定了关于学校的规章，而将卧室留给了家庭，这违背了基督教道德。塞居尔伯爵夫人不是房间的狂热崇拜者。在其粉红色的古堡书屋里，孩子们可以自由走动，尤其喜欢去花园里玩耍。他们极少独自睡觉，常常两个一起睡，由一个保姆照看。卧室位于二楼，孩子们需要"爬到"楼上休息、学习、祈祷，偶尔也有惩戒。为了迎接表兄弟，卡米耶和玛德莱娜用鲜花装饰了卧室，这是"永恒幸福"的象征，是假期的魅力所在。[29]

贝尔特·贝尔纳热的《布里吉特》系列（覆盖了女孩、婚后、母亲时期）是20世纪30年代的畅销书，它指导年轻女性如何布置婴儿的房间。布里吉特有三个房间，都是一个老姑妈租给她的，洛斯丽娜是她的第一个孩子，于是她决定"给这个小女孩"再租一间，因为女孩牙牙学语、不时哭闹，令爸爸无法工作。一个"漂亮的房间，光线很好，十分宽敞，甚至可以在里面跳舞"。布里吉特要打造一间"英国风格"的"漂亮、愉悦、好玩的窝"。"墙壁是乳白色的，我自己来刷，檐壁用玫瑰花束装饰。"丝滑的乳白色布帘配上粉红色的条纹：这是女孩子喜欢的颜色。所有家庭成员都为这个房间做了贡献，大家还举行了小小的庆祝仪式：奶奶送了"一张象牙色的迷人小床"，外婆送了一个色调很搭的衣柜；教母送了一个玩具箱。房间没有铺地毯；但铺了"可以保护贵重地板"的大格子地漆布。根据孩子身高定制的桌椅配有乳白色和粉红色的印花布，印着"拉封丹童话里的各种动物"。"顶灯也是粉色，非常温馨和欢快。"墙壁上挂了几幅儿童主题的版画。"别以为它们来自集市。绝对不是！它们可是小艺术品，由优秀的老师设计、签名：我的女儿只能接触完美的东西。"作为忠实的基督教徒，布里吉特拒绝将这个房间世俗化：她在小床上方挂了"象牙做的基督受难像"，对面是"圣母玛利亚"，圣母旁边是一幅圣女小德兰的画像，她将教会女儿什么是"玫瑰的象征"。这就是 20 世纪 30 年代一对年轻天主教夫妇的家，比起维奥莱神父，他们更信奉《圣洁婚姻》。[30] 布里吉特"在梦里"看到"两三张儿童床，甚至是四张！想要多少张都行！我的心中和家里总有足够的位置"。她会将这个安置了许多孩子的房间称为"儿童中心"吗？她的心里充满渴望，对英国人的育儿方式无比推崇。不过，她仍然希望保留一些"法国妈妈"的色彩，她很庆幸在凡尔赛找到了儿童主题的水彩画。"那个'伟大的世纪'会让我的女儿更加高贵。"这个"时髦"的年轻母亲拒绝了姑妈玛尔特的建议，没有采用文艺复兴风格的家具和石榴红窗帘，也没有采用表姐于盖特所建议的流行的"深褐色"，她懂得如何在装饰的选择上结合传统和现代，在她看来，装饰可以左右人的感官和思想。[31]

洛斯丽娜的房间是约翰·拉斯金和威廉·莫里斯的基督教版本。他们都相信环境的影响力。在 1880 年至 1914 年间，艺术家开始关注孩子的房间，至少在北欧如此。首先是墙壁，每天午睡时，孩子会长久地盯着它看，那是孩子眼中的第一道风景。根据亨利·詹姆斯的说法，人们长大之后，甚至会在天空中找回它的踪迹；它承载了大量的童年回忆。

## 墙纸：墙壁的语言

乔治·桑对墙纸十分敏感。她回想起"在我的小床上彻夜无眠时度过的那些漫长时光，不是盯着窗帘的褶皱看，就是盯着房间里的纸花看"。[32] 在诺昂，深绿色的地毯激发了她的想象。西勒努斯和酒神女祭司围着地毯相互追逐；花神和一群仙女在画像上跳舞。其中一个可怕的女祭司让她惶恐不安。她害怕床的某个位置，因为这会让她离女祭司更近。"我把头缩到被子底下，避免在睡觉时看到她。"这些面孔萦绕在她的脑海，每天晚上都从各自的地盘上爬出来。"我再也不敢独自待在房间里。快到 8 岁时，我还是无法在睡前冷静地直视她。"[33] 她也记得给祖母房间制备地毯的那个波斯女人，并时时看见她的影子："我用她的图案来装饰房间和床，我找回了童年的快乐，图案中的每一根枝条和每一朵花，都会让我想起那个充满幻想和回忆的世界。"[34]

这些图像丰富了童年时代的幻想。阿纳托尔·法朗士说："我还能看见贴着花枝图案绿色墙纸、挂着漂亮彩色版画的房间，我那时就已知道，维吉尼亚正躺在保罗的怀里穿越黑色的河流。我在这个房间经历了非同寻常的奇遇。"[35] 幼年的马塞尔·普鲁斯特时常想起身穿骑兵短上衣的欧仁王子，那是一幅逼真的版画，或许是镇上杂货店主的礼物。祖父将它挂在普鲁斯特的房间里，祖母对此极为不悦，她宁愿挂一幅波提切利《春》的复制品。在威廉·莫里斯的分析报告中，这是唯一称得上"艺术"的东西，莫里斯更喜欢留白的墙壁。马里奥·普拉茨则会想起父母隔壁那位老太太家里的墙纸：重复的几何图案中有一头狮鹫："我想象自己在这个房间入睡，透过夜间微弱的光线，我看见了这可怕的墙纸，如同做了一场噩梦，仿佛我在床上病倒了。这是我童年回忆里最神秘的事情之一。"[36]

115

为了培养孩子的审美意识，大人会在他们的身边摆放一些代表作的复制品，最好是古代的。1900 年前后，艺术摄影令复制品的数量大增，教室几乎被复制品填满，房间里则相对少一些。人们常常将为孩子带来消遣和教育的童话、传说和神话等内容融入墙纸。"儿童教育中心的氛围越是欢快和热烈，培养的孩子就越是出色和幸福。"这是威廉·艾迪斯（William Edis）的看法，对他来说，"墙壁上的文字"是美学启蒙的关键。以凯特·格林纳威和沃尔特·克兰为主导、由杰弗里斯公司进行商业化运作的英国墙纸行业做得非常出色，他们更新了墙纸的风格和内容。除了那些古代和现代经典故事中的主人公，比如拉封丹、夏尔·佩罗、格林、安徒生等人书中的角色，他们还增加了来自文学作品和英美设计师创作的绘本人物，比如彼得兔、维尼熊、菲利克斯猫，还有即将诞生的米奇老鼠。它们占据了墙壁，并演化为各种物品的形状，在儿童世界掀起了一场关于视觉和感官的伟大革命，对它们产生的效果至今还没有足够的分析。[37]

在法国，这场运动得到了尚弗勒里、埃米尔·卡尔东、马塞尔·布朗斯奇维格（Marcel Braunschvig）等人的支持，他们是"儿童艺术"运动的旗手。与英国不同，法国的运动由学校而非家庭主导，而且主要服务于小学生，而不是懵懂的幼儿。然而，在 19 世纪 80 年代，埃米尔·卡尔东谨慎地承认："用艺术形象装饰孩子的房间并非小事，因为这些形象会吸引孩子的目光，并为他们带去欢快的场景。"[38] 民间的例子也不容忽视：第三共和国喜欢那些具有积极形象的人物，在拯救兄弟的小拇指和不听话而被狼吃掉的小红帽之间，他们宁愿选择前者。

一系列活动暗示了转折的到来。1900 年的世界博览会是至关重要的推动力，1901 年在巴黎小皇宫举办的"各个时代的儿童"展览则更进了一步。莱奥·克拉勒蒂和亨利·达勒马涅是玩具收藏家，他们效仿英国的例子，创立了一个社团和《艺术与儿童》（L'Art pour l'enfance）杂志，该杂志得到了教育学家马塞尔·布朗斯奇维格的支持。"首先，我们需要装扮房子。"他这样写道。要把精力重点花在物品上，比如本杰明·哈比耶的动物玩具，然后才是室内装饰。在公共部门的支持下，大量的装饰展览会得以举办。1913年，巴黎市政委员会在加列拉博物馆举办了"献给儿童的艺术"展览，该展涵盖了各个方面：家具，墙板，挂画，玩具，布料，墙纸。安德烈·赫勒（1870—1945）设计了一艘倾斜的诺亚方舟，上面有木头小人的雕像；他完成了儿童房间的整体设计，由巴黎春天百货的"春天工作室"发行。简练的风格，白漆的家具，明亮的色彩，磨圆的角落，这一切结合了美学和实用功能。孩子的房间也进入了展览目录。这个高光时刻虽然被世界大战打断了，却决定性地树立了孩子的空间意识，在两次世界大战期间的黑暗时代，这种意识仍在发展。

## 女孩的房间

人们很少关注青少年，直到 19 世纪 60 年代都是如此。[①] 这是一个跨越性、开端性的年代。平民阶层的男孩和女孩很小就被"安排好"了。英国和法国的平民会将儿子送到寄宿学校，就读初中或高中；女儿上学的机会要少一些[39]，她们更多待在家里。在社会化之前，青少年首先要区分性别。[40]因此在 18 世纪末，"闺房"开始出现。雷蒂夫·德·拉布勒托纳以窥探的目光证明了这一点："我看见一个非常漂亮的女孩来到我们家……人们在她的房间里摆了一张床；而我却住在阁楼下面的小侧厅。"[41]

"年轻女孩"出现了，医生仔细观察她的身体变化，小说家则关注她内

---

① 人们或许不会注意到，让-雅克·卢梭被忽略了，他用一整本《爱弥儿》来描述"青少年时期"。只是本书所涉及的是空间，而非教育。

心的冲动和顺从的性格。某个专用空间为她诞生，既像修道院，又具有保护的性质，而且不能远离母亲的视线。女孩的房间介于单间和小客厅之间，以圣母的房间为模板，像油画《天使报喜》中那样有一张窄床，女孩待在床边，当天使来访的时候，她正在阅读或纺纱。女孩开始学习家庭规矩。在这个隐蔽的地方，她做点针线活、看书、写作：与熟悉的人通信，写私人日记，天主教的教育家建议她们这样做，以此反省内心；新教的教育家则将之视为控制自我的练习。这个场所充满道德熏陶与宗教虔诚，像圣龛那样被围起来。女孩渴望拥有属于自己的房间，可以摆放家具，有些装饰，摆些花草，整理自己的小玩具；在寄宿学校，她也向往这样。人们根据女孩房间的状况来评判她。在杂志问世之前，生活手册会教她照顾好这个实验室、这个映射内心的地方。她会自己选择纸花，选择严实或飘逸、但绝不透明的帘幔；房间里的鲜花肯定会越来越多，最好是散发着暗香的干净的野花。她会远离喧闹、昂贵的奢侈品、令人头晕的胭脂味。虔诚的她会摆放敬献之物；喜欢音乐的话，可以摆放一架钢琴；喜欢阅读，会放一个书架，上面的书必须"经过认真挑选"[42]。有些照片会让她想起家人，尤其是模范的祖辈女性。她经常偷偷地照镜子。她会在房间里接待女伴，但是绝不允许男性进入。她的房门必须紧闭，如同她的贞洁。那些谨慎小心的建议不可避免地带有情色的一面。

女孩的房间令文学想象如痴如醉。维克多·雨果沉迷于柯赛特的房间。巴尔扎克描述过赛查·皮罗多、欧也妮·葛朗台、于絮尔·弥罗埃的房间。随着社会地位的提升，香料商彻底改变了自己的寓所。他给太太分了一个漂亮的卧室，赛查的房间就在旁边："漂亮极了，有一架钢琴，一个带镜子的漂亮衣柜，一张带简单帘子的纯洁小床，还有年轻女孩都会喜欢的小家具。"[43] 对喜爱通信的巴尔扎克来说，室内布置道出了人物的内心。于絮尔·弥罗埃的灵魂也通过卧室表现了出来："在这个房间里，她呼吸着有如天赐的芳香。室内物品的摆放有致证明了她遵规守矩，让所有人都能感觉到一种和谐。"小说家的目光停留在衣柜门上，"这个大衣柜里肯定放着她的衣服和裙子"[44]，以及一些不会公开的物品。于絮尔总是穿着圣母玛利亚那种蓝白颜色的衣服，这是一个完美的房间，是理想女孩的化身。

德国的女孩们渴望拥有玛格丽特那样的房间，"一个整洁有序的小卧室"。梅菲斯特却发出冷笑："可不是所有女孩都这样整齐和干净。"浮士德迷上了玛格丽特，甚至生发了欲望："哦，姑娘！我感觉到你整洁的精神在我身边低语，像温柔的母亲那样指导每一天的生活，教你完美地摆好桌布，轻轻拂去地板上的一颗细沙……这个小屋就是你的天堂。"[45]

面对这样理想的房间，女孩会在两种态度之间摇摆：退缩其中而避开外部世界，推迟她们害怕的成熟，享受蜗居等待的时光，像艾玛·包法利或简·奥斯汀笔下的女主人公那样充满梦想，甚至进行创作：这是玛丽·巴什基尔采夫的心愿，她想在画布上抵达真实。或者相反，她们逃离这种监狱，甚至通过爱情（至少是婚姻）的方式。"她们被关在玩具小屋里，只能在里面晃荡，接受让人愚钝的致命教育。"[46] 埃莱娜·西克苏写道。如何走出来？又如何到别处去？女孩喜欢旅行随笔，比如传教士在遥远国度的历险故事，没完没了的连载爱情小说将她们牢牢套住；她们在房间里借着摇曳的灯光阅读，总是超过规定的就寝时间。有些女孩甚至探索起自己的身体，但是极少承认。玛丽·谢回顾了"这种不知名的陌生的快感"。"关上门后，我终于知道了女孩房间的一切恐惧……在这样一个不漂亮、不难看、只是有点呆板的房间里，在灰色、粉红色以及各种碎花图案间，我耐心而无聊地学会了适应青春期。"[47] 这是寄宿公寓和夫妻卧室之间的过渡与学习之地，是一切都有可能发生的、停滞的时光。

还有一种规范会继续影响年轻女教师的行为，她们毕业于塞夫勒女子高等师范学校或通过了教师资格考试，第一份工作往往会被派往外省的某个城市。她们希望找到一个房间，女房东对此求之不得，相比不可靠的年轻男孩，女房东更喜欢这些有十来年寄宿经历的女孩。玛格丽特·阿隆说，她以一双溜冰鞋为交换，在一位老太太那里租了一个房间，并极力想让这个房间体现自己的个性。她回忆："蓝色的小花瓶……干树枝，床上的印花布帘，胡桃木柜子，褪了色的小小的薄地毯。我在壁炉上摆放自己的相片，在墙壁上挂自己的版画……于是，这就是*我的家*了。"[48] 这些外省的小房间里也有忧伤，年轻的女教师要在这里度过漫长而孤独的时光，准备课程，批改作业，只有喝茶的时候才能喘口气，这是离开塞夫勒之后她们唯一的奢侈。珍妮·加尔齐、科莱特·奥德里、西蒙娜·德·波伏瓦都讲述过这种考验，但她们都以各自的方式得以解脱。

"没有谁比一个年轻女孩更孤独。"卡夫卡说过这句话。


## 卢西亚的房间


在《生活的房子》里，大收藏家和美学家马里奥·普拉茨描写了他在罗马里奇宫的公寓，其中一百多页的笔墨献给了"卢西亚的房间"。[49] 卢西亚是他的女儿。在所有房间中，女儿房间的变化最大，无论是在家具方面，还是在装饰方面。需要为孩子腾出空间，他的妻子显然更期待她的到来：她早早嘱咐丈夫购买了"吊笼"似的摇篮，一直放在那里，其灵感来自罗马帝王（普拉茨喜欢帝国时期的风格）。妻子希望普拉茨能培养一点父爱，这个愿望在 1936 年前后得以实现。十年之后，这对夫妻分开了，但卢西亚在里奇宫的房间仍被保留下来，她时不时在此暂住。她的房间根据年龄而变化。为了迎接孩子，他们为房间铺上了圆花图案的地毯，配上专门定制的枫木家具，其中就有一张镶边装饰的床，属于督政府时期的款式。这些"现代家具"都已不见了，取而代之的是适合女孩的旧家具：帝国时期朴素的船形床，1925年购入，带有桃木床头柜，上面放着从来不曾点亮的蜡烛，供"万一断电时使用"；还有隔层很多的圆形工作台，与波利娜·博尔盖塞（Pauline Borghèse）公主用的类似的"轻便"浴盆，写字台，椅子，等等。作者对自己的床大加描述，他想把这张床传给女儿，尽管这样做颇有忌讳："大部分人对买一张旧床有所顾虑，这不仅关乎卫生，比如害怕床上有寄生虫或细菌，更多是关乎迷信，因为这张床上肯定睡过死人。"[50] 这张帝国风格的单人床有"皇冠状"的帷盖，床罩与帘幔相配，这是在旧货市场苦苦搜寻来的宝物，陪伴了他整整一生。墙壁上挂满了画作，有三十来幅：女人和孩子的肖像，各种场景，带有女性色彩的 18 世纪的英国"风俗画"。卢西亚的房间里曾经也有很多玩具；现在只剩下几个，还有维多利亚女王时代的微型玩偶屋，属于齐本德尔风格，作者感叹这种房子在意大利很不受欢迎。[51] 但是，孩子是一个破坏者；她打破了一个"可爱的碧眼玩具娃娃"，这是她父亲儿时的玩具，后来"在一个不可饶恕的心软时刻"被送出，失去这个玩具如同在他身上划了一刀。这个房间的故事反映了一个审美家父亲失败的爱，他不懂得表达自己的柔情，只会像收藏家那样将收藏品作为礼物，却不明白女儿和妻子（那个英国女人离开了他，因为他只专注于那些"死物"）从未真正喜欢过它们，甚至觉得他的做法带有某种专制的意味。[52] 数年后，卢西亚回到自己的房间，她依然觉得非常难过，因为父亲拿走了她曾经喜爱的灯光闪闪的水晶花饰吊灯："她指责我用如此无趣的玻璃球灯替换了那个好玩的东西，而我只想用这个天青色玻璃球灯上的星星来增强她的想象力。"[53] 关于物品的误会道出了心的误会。

## 男孩的房间

关于男孩的房间的讨论要少很多。我们认为男孩应该待在外面，比如房子外面，甚至更远的地方，就像他们外出求学的时候那样；如果男孩待在房间里，会被怀疑女性化或者病态。但是，许多男孩还是吐露过他们的渴望。阿纳托尔·法朗士描写过走入"我的房间"时那种坚定的满足感，虽然这个房间既不宽敞也不漂亮，乳白色的墙纸上点缀着蓝色花束，属于第二帝国时期的潮流，但是，这是他自己的房间："一有了房间，我就不再认识自己。前一天我还是个孩子，此刻就变成了小伙子……一有了自己的房间，我就有了内心生活。它将我与外部世界隔开，我在里面重新获得了这个世界。在那里，我的思想形成；在那里，关于爱和美的可怕想象都在脑海里浮现，虽然最初它们模糊而遥远。"[54] 弗朗索瓦·莫里亚克讨厌中学宿舍的拥挤："拥有一个可以独处的房间，这是我童年和少年时期狂热却从未被满足的渴望。只有在这个独处的地方，我才能最终找回自我。"[55] 他渴望独处，渴望阅读，渴望不曾享受的温暖：祖母一直拒绝生火。"必须给孩子培养一种好体质"，她常常这样说。"她自己就是在没有火炉的地方长大的，她的鼻炎也从来没有变严重。"[56]

当然，我们在谈论未来的作家，他们首先是大读者、孤独的男孩、某种意义上的修士。当代青少年的房间不一定非得与外界隔离。他们的房间里堆满招贴画、音乐海报、乐器、音响设备和电脑、各种各样的新奇小玩意；他们的橱柜内外塞满心爱牌子的衣服和运动鞋。自20世纪60年代以来，他们就是店家青睐的一大消费群体。拥有房间是"黄金三十年"时期青少年的标志。[57] 这是他们自己的窝，可以按照自己的意愿关上房门；可以让"哥们儿"进入房间，在里面聊个不停，或者一起尽兴地玩玩音乐。

父母要求孩子保持房间整洁，但也要尊重孩子的隐私。在《儿子的房间》（南尼·莫莱蒂导演的电影）中，一个因孩子突然死去而崩溃的父亲，通过房间了解了孩子未知的一面：他的个性、兴趣、感情和梦想。孩子的房间在他死亡后成为坟墓。第一次世界大战影响巨大，正如卡特琳娜·罗莱在《一个父亲在"一战"期间的日记》中展示的那样。儿子上了前线。家人在他的房间里建立了某种表达私人情感的仪式，"认认真真地维持着士兵的房间，期待有一天他能够回来"，用照片和物品设立"战争博物馆式"的橱柜。[58] 当不幸发生时，橱柜就化为回忆消逝者的收藏之地，房间则是对青春永驻的未归者的哀悼祭坛。

对于孩子长大后离开家的普通分别，人们也有寄托哀伤的类似做法。[59] 许多父母对空寂感到害怕，他们不敢走进那个空荡荡的房间，他们怀念那里先前的杂乱，比如到处乱扔的拖鞋。他们会长久地保留房间的原貌，好像孩子只是外出旅行，有一天还会回来；他们很难改变这个房间的样子。这种分离无法避免，必须面对，但非常艰难。[60] 哪怕孩子是快乐地、为了自己的未来而离开，分别也是痛苦的，他们会因此感到时光的流逝，害怕自己被忘却，人生的这一页将不可避免地被翻过。"这曾经是我的房间"，男孩会这样说（女孩更会如此），对那些曾经属于他的东西产生新的感情，心里多少有点紧张：书桌，电视柜，书架，几乎不敢多看一眼。他的一部分人生就在这个房间里度过，而这部分生活的痕迹现在完全消失了。他甚至都没有留下毛绒玩具，那只毛绒狗和毛绒熊曾是他最早的伙伴，是他最早诉说心里话的对象，是他的好奇心最早的见证者。"如果这只小狗能走动，我就会相信奇迹。"我的一个知己曾经对自己说，结果小狗一动不动，于是他就不再相信奇迹了（或许也不再相信上帝）。从房间或与之相关的记忆里被赶出来，等于被驱逐出天堂或他的生活。我的一个朋友曾经倾诉，她决定结婚是因为父母在没有事先征求她同意的情况下，就将她的房间转给祖母居住。从自己的地盘被赶出来之后，她急急忙忙地投入一桩糟糕的婚姻。朱塞佩·托马西·迪·兰佩杜萨（Giuseppe Tomasi di Lampedusa）更是无法忍受离开童年之地，他的一生都在想象圣玛格丽塔迪贝利切那个巨大的宅子及其三百个房间。朱塞佩"总是在哀悼自己出生于其中、却不能继续在里面睡觉的那个房间"。[61] 在孩子，尤其青少年的房间里，基本的情感纽带一旦形成，便一生难以割舍。

## 孩子的经历

越来越城市化的居住条件改变了人与人在空间上的关系，同样也改变了孩子之间的关系。从此以后，西方的孩子有了大量文化方面的需求，以及以前定然不存在的室内体验。他们经常被关在作为游戏、手工、阅读、学习、交往空间的房间里，独处空间不可或缺。4岁的樊尚说："别人让我觉得烦躁，我想一个人在自己的房间里开火车。"虽然在房间里玩游戏也不错，但孩子需要更多的空间和同伴，房间更适合一些需要稍微动动手的活动，玩具和玩偶屋构成了一个微缩世界。自由地根据各种各样的故事来布置房间是多么快乐啊！小女孩常常会将自己设想成母亲。儿童报纸会介绍各种玩法。1945年，《自由小伙伴》花了好几期版面引导孩子用"重构"思维来建造房子。男孩负责搭建，女孩负责装扮。"女孩和男孩画得一样好；因此，她们也要一起设计厨房和洗手间。但是，她们最关心的还是孩子房间的设计。"[62]

房间适合无边无际的阅读，普鲁斯特回忆过其中的乐趣。大人不断打扰他的兴趣，以漫长的午餐、外出散步、晚餐、关灯等形式；他常常躲在花园的亭子里看书，尤其是在外省，那里是睡午觉的宝地，关上窗户，拉上窗帘，微微漏入外边的光线。倘若一本书没有看完，"有时我会在晚饭之后躺在家里的床上，直到睡觉之前，就一直看".[63] 这些偷偷得来的、难以守护的阅读时光，因此变得更加美妙。在床上阅读是童年的一大幸福，甚至会持续到梦中；在梦里，各种情节还会继续，熟悉的物件会突然动起来，奇怪的动物、突然从黑暗中冒出的魔鬼、四处飘荡的幽灵。有时在半梦半醒之间，孩子会感知到悄悄凑过来的某张脸、从隔壁房间传来的低语声。隔壁也许就是总让孩子好奇的父母的房间。那个房间里正在发生什么？如果房门半掩，孩子或许会让正在说话或行为奇怪的父母吓一跳，或许这就是弗洛伊德口中未来性生活的初景。孩子的房间就这样成为性的前厅，既是他者的性，也是自己的性。

许多孩子会在晚上感到不安，他们将夜间的睡眠视为某种死亡。"每天上床睡觉简直就是悲剧的一刻，那种莫名其妙的恐惧尤其残酷。"对他来说，说一声晚安，"离开所有人整整一夜"，是一种无法忍受的考验。[64] 孩子害怕黑夜，上床时会哭闹。他们害怕突然变得充满敌意的、黑暗的房间，害怕埋伏在黑暗中窥视他们的陌生人。莫里亚克记得保姆给他讲过一个小偷的故事："'他上来了，上来了，上来了。'我仿佛听见了脚步声，于是把头埋进被窝。"[65] 孩子会拖延上床的时间，霸占妈妈的亲热不放，普鲁斯特的叙述者在贡布雷时，就将母亲的亲热当作必不可少的精神支柱。"在很长一段时间里，我早早就上床了。"《追忆似水年华》在充满渴望、忧伤、哀悼和深情的大舞台上铺展开来，房间是它的剧场。童年生活是十分短暂的启幕，它在房间里上演，在清晨降临之前，在黄昏的门之后。"克莱尔，克莱尔！孩子害怕时，就在夜里念这个名字。"[66] 孩子还会求人陪他们说说话。弗洛伊德曾说一个3岁的小男孩让他明白了那种焦虑："姑妈，跟我说说话啊；我害怕，因为天太黑了。"姑妈对孩子说："说话又能帮什么忙呢？你又看不见我。"孩子的回答是："这不要紧，有人说话的时候，天就亮了。"[67] 声音可以驱散夜里的阴影。

对孩子来说，房间是可以与同伴冒险的空间。在《可怕的孩子们》（Enfants terribles）中，房间是让·科克托策划手足悲剧的囚房：伊丽莎白和保罗自愿将自己关在屋内，前者照顾受伤的后者，这对姐弟之间产生了一种纯洁而可怕、排他、不可能实现的感情。"这个房间变成一种甲壳，他们在里面生活、洗澡、穿衣，如同一具身体的两个部分。"他们在房间里修补着自己摧毁的"陷入混乱的结构"。他们梦想离开此地，却又无能为力。"这个磁性强大、难以割舍的房间在被他们厌恶的同时，又被他们用梦想填满。他们计划拥有各自的房间，但是又不想动用空置的那一个"（是他们的母亲去世后空出来的）。甚至在应舅舅古怪的假期邀请而暂住的宾馆里，他们也没有分开。他们一直住在一起，并渴望如此。他们在房间里接待的朋友也被纳入戏剧，成为夜间剧场的演员，在里面将激情燃尽。"伊丽莎白和保罗像童年时那样，继续待在两个连体摇篮里生活。"喜欢对方，但是也相互撕咬着挣脱。"迫于某种无法变通的规则，他们将一切归咎于为他们带来甜蜜的房间。"走出这个房间就意味着离开对方，走向外面的世界，走向迈克尔，即伊丽莎白的美国未婚夫。她从来没有将迈克尔带进这个友爱的房间，她希望他能打破这个让人着迷的圈子。"两个房间的未来开始成形。一种惊人的速度将他们推向荒诞，推动了类似未来计划的房间设想。"读者都知道，这种未来永远不可能实现。迈克尔中途自杀了，姐弟俩的室内生活得以重构，死亡是消除它的唯一方法。[68]

再回到这个房间，保罗"像塞居尔夫人在《苏菲的假期》里写的那样给自己造了一个小窝"，用屏风隔开长沙发。这个小窝搭在桌子底下，有床单和被子，上面撑了一个篷：比起房间本身，这个小窝更像是所有孩子的梦想。这是他们标记属于自己的地盘的唯一方式，是他们与自己相处的最后场所，是他们徒手创建的世界，如同荒岛上的鲁滨孙·克鲁索和大树上的瑞士人罗宾逊。

这也许是一种性幻想，罗伯特·穆齐尔揭示过其中的意义："满怀激情地闯入他者的身体，只不过是孩子对神秘和罪恶的隐秘之地好奇的结果。"[69]

孩子将房间占为己有，将它变成自己的领地，变成自己的秘密之所。他们在用餐结束后急于回到自己的房间。餐桌上大人沉闷的规矩和交谈让他们沉默不语。拉姆齐夫人的孩子"一等到用餐结束，就像狍子般敏捷无声地从餐桌边消失了，返回自己的房间，这是他们的堡垒，是这个房子里唯一能够安静地、天南地北地聊天的地方。"[70]

他们会聊些什么呢？路易-勒内·德福雷笔下的成年主人公乔治不禁自问。"孩子的声音突然吸引了他。"某种"神秘的好奇心"令他转身回到那里，驻足于"半掩的房门背后"。很有威信的小组领袖保罗带着孩子们反抗乔治的奇怪行为，他的偷听失败了，还被迫暴露了自己。他静悄悄地站在那里，孩子们也默不作声。那种令人气恼的沉默最终迫使乔治开了口，他有些慌张。"你们在吗，孩子们？"他大吼着冲进屋内，动作夸张，"你们还在不在啊？"然而孩子们残忍地没有回应。乔治只能自说自话，除了自己的声音，他还能听到什么呢？[71]

毫无疑问，孩子一直通过占据某个地盘构建自己的身份。在我们的文化中，小窝棚已经变成了卧室。如果父母在分居后共同照看孩子的话，孩子就得在双方的公寓里轮流居住，孩子的痛苦也随之而来：真正属于他的房间到底是哪一个呢？

对世界上的大部分孩子来说，房间至今是他们尚未拥有的、新出现的领地。难道这一点还需要提醒吗？

［１］ 劳伦斯·埃吉尔 (Laurence Egill)，《孩子的房间：历史，故事，装饰，家具，实用建议》(*Chambre d'enfant. Histoire, anecdotes, décoration, mobilier, conseils pratiques*)，巴黎，Le Cherche-Midi 出版社，2002 年。引文中的斜体强调记号为本书作者所加。

［２］ 达尼埃尔·费奥 (Daniel Féau)，《杂志》(*Le Magazine*)，2008 年，"梦想的房间"(Des chambres de rêve)，第 68—69 页。一些非常个性化的设计考虑到了父母和孩子之间必不可少的沟通。

［３］ 科琳娜·布拉 (Corinne Bullat)，《健康和环保的儿童房》(*Une chambre d'enfant saine et écologique*)，巴黎，Ulmer 出版社，2009 年；"绿色儿童房：样板间" (Maison bio. La chambre d'enfant: la pièce prototype)，《新观察家报》(*Le Nouvel Observateur*)，2009 年 3 月。

［４］ 达尼埃尔·罗什，《普通事物的历史：17—19 世纪，传统社会中消费的诞生》，见前引，"家具和物品"一章。关于儿童床的记录出现时间非常晚，而且并不普遍；摇篮也是同样情况，"实际上，法国韦克桑地区的公证员不知道这种家具"，不过，在更富裕、更发达的阿尔萨斯地区，有一半的记录提到了它。

［５］ 让-雅克·卢梭，《爱弥儿》，见《全集》，巴黎，Gallimard 出版社，七星文库，1964 年，第 4 卷，第 278 页。他建议"把孩子放在一个底部有厚垫的大摇篮里，可以让孩子没有危险地随意活动"，不过他补充道："我说 'berceau' 这个词，是因为找不到其他词。"

［６］ 《新拉鲁斯（插图版）》(*Nouveau Larousse illustré*)，关于"摇篮"的文章："让孩子养成在摇晃中入睡的习惯是不好的：要尽可能将摇篮视为一张床，而不是一个用以摇晃的设备。"

［７］ 参阅米歇尔·福柯的《认知的意志》(*La Volonté de savoir*)，巴黎，Gallimard 出版社，1976 年。

［８］ 转引自弗朗索瓦·菲雷 (François Furet) 和雅克·奥祖夫 (Jacques Ozouf)，见《阅读与写作》(*Lire et écrire*)，巴黎，Minuit 出版社，1977 年，第 1 卷，第 87 页。

［９］ 马克·索里亚诺 (Marc Soriano) 校阅的《佩罗童话：学者文化和民众传统》(*Les Contes de Perrault. Culture savante et traditions populaires*)，巴黎，Gallimard 出版社，1989 年。《年鉴》期刊上发表了作为该书序言的一场访谈。

［10］ 乔治·桑，《我的生活故事》，乔治·鲁宾主编，巴黎，Gallimard 出版社，七星文库，1971 年，第 1 卷，第 743 页。

［11］ 转引自南希·休斯顿 (Nancy Huston)，《安妮·勒克莱克的激情》(*Passions d'Annie Leclerc*)，阿尔勒，Actes Sud 出版社，2007 年，第 285 页。安妮·勒克莱克打算写一部关于床中央的书。

［12］ 参阅弗朗索瓦丝·巴莱-杜克勒克 (Françoise Barret-Ducrocq) 的《维多利亚时代的情爱：19 世纪伦敦的性生活和平民阶层》(*L'Amour sous Victoria. Sexualité et classes populaires à Londres au XIXᵉ siècle*)，巴黎，Plon 出版社，1989 年。

[13] 让-玛丽·德·热朗多（Jean-Marie de Gérando，1772—1842），《贫困家庭的考察者》（*Le Visiteur du pauvre*），巴黎，Colas 出版社，1820 年。参阅米歇尔·佩罗的《男爵的目光或贫困家庭的考察者》（*L'oeil du baron ou le visiteur du pauvre*），斯特凡娜·米修（Stéphane Michaud）主编的《从看得见到看不见：致马克斯·米尔内》（*Du visible à l'invisible. Pour Max Milner*），巴黎，José Corti 出版社，1988 年，第 1 卷，第 63—70 页。

[14] 《今日建筑》（*L'Architecture d'aujourd'hui*），专刊，第 204—206 号，1979 年。

[15] 威廉·R. 牛顿，《国王的空间：凡尔赛城堡中的法国朝廷，1682—1789 年》，见前引，第 246 页。

[16] 1778 年 6 月 12 日信，同上，第 220 页。

[17] 参阅安娜·德巴尔-布朗夏尔和莫妮克·埃勒贝-维达尔的"民居建筑与心态：契约与实践，16—19 世纪"，引文同前。

[18] 尼古拉·勒加缪·德梅齐埃尔，《建筑工程学或这种艺术与我们的感觉之类比》，见前引。

[19] 同上，第 220 页。

[20] 卡尔·拉森（Cars Larsson），见《阳光下的房子》（*Das Haus in der Sonne*），1908 年。作者从小女孩的房间出发，刻画了一种令人愉悦甚至是令人动情的意象。

[21] 让-雅克·卢梭，《爱弥儿》，见前引，第 1 卷，第 252 页。

[22] 同上，第 301 页。

[23] 同上，第 323 页。"没有镜子，没有瓷器，没有奢侈之物。"只有一些他自己做出来的物品。

[24] 转引自莫妮克·埃勒贝-维达尔的《现代住宅的发明》，见前引，第 7 章，"孩子的位置"，第 161—187 页。

[25] 罗杰·佩林亚盖（Roger Perrinjaquet），"儿童房间在建筑思想中的诞生"（La genèse de la chambre d'enfant dans la pensée architecturale），《今日建筑》，第 204—206 号，1979 年，第 89—93 页（他的博士论文摘要，导师是玛丽-约瑟·雄巴尔·德·洛威）。

[26] "雅乌尔的房子"，同上。

[27] 塞居尔伯爵夫人，《孩子的健康》（*La Santé des enfants*），巴黎，Hachette 出版社，1857 年，重新收入柯莱特·米斯拉伊（Colette Misrahi）的《塞居尔伯爵夫人或医生母亲》（*La Comtesse de Ségur ou la mère médecin*），巴黎，Denoël 出版社，1991 年。

[28] 埃米尔·卡尔东（Émile Cardon），《家庭的艺术》（*L'Art au foyer domestique*），巴黎，1884 年。

[29] 弗朗西斯·马观（Francis Marcoin），《塞居尔伯爵夫人或静止的幸福》（*La Comtesse de Ségur ou le bonheur immobile*），阿拉斯，阿尔多瓦大学出版社，1999 年。

[30] 关于这个主题，参阅玛蒂娜·塞韦格朗的《上帝的孩子：法国天主教徒与生育（1919—1969）》，见前引；《完完整整的爱：向维奥莱神父提出的关于性行为的问题（1924—1943）》，见前引；《人世通谕事件：天主教会和节育》（*L'Affaire Humanae Vitae. L'Église catholique et la contraception*），巴黎，Karthala 出版社，2008 年。

[31] 贝尔特·贝尔纳热（Berthe Bernage），《布里吉特妈妈》（*Brigitte maman*），巴黎，

Gautier-Languereau 出版社，1931 年（1951 年之前多次重版）。

[32] 乔治·桑，《我的生活故事》，见前引，第 1 卷，第 530 页。她回忆了苍蝇的飞舞和嗡鸣、蜡烛的火焰、眼花缭乱的物品。"被困在摇篮时无聊的消遣，让我觉得生活尤其漫长和百无聊赖。"

[33] 同上，第 618—619 页。

[34] 1847 年 10 月 7 日信，《通信集》，同上，乔治·鲁宾主编，第 8 卷：1847 年 7 月—1848 年 12 月，巴黎，Garnier 出版社，Garnier 名著丛书，1985 年，第 8 卷，第 98 页。

[35] 阿纳托尔·法朗士，《小友记》（Le Livre de mon ami），巴黎，Calmann-Lévy 出版社，1885 年；收入《全集》，巴黎，Gallimard 出版社，七星文库，1984 年，第 1 卷，第 437—438 页。

[36] 马里奥·普拉茨，《生活的房子》（1979 年），见前引，第 378 页。

[37] 安妮·勒依西亚（Annie Renonciat），鲁昂教育博物馆现任馆长，对这方面的主题有新的思考，正在撰写关于儿童房间装饰的书籍。她将自己的研究与笔者进行了交流，在此谨致谢意。

[38] 埃米尔·卡尔东，《家庭的艺术》，见前引。参阅安妮·勒依西亚，"时髦的四面墙壁：孩子的书籍和房间"，见《儿童书籍，图像书籍，1848—1914 年》（Livres d'enfants, livres d'images, 1848 - 1914），巴黎，奥赛博物馆资料，第 35 号，1989 年。

[39] 现在的情况还是如此。关于这个主题，参阅丽贝卡·罗杰斯（Rebecca Rogers）的《寄宿学校里的平民女性：19 世纪的女性教育》（Les Bourgeoises au pensionnat. L'éducation féminine au XIX$^e$ siècle），雷恩，PUR 出版社，2007 年。

[40] 参阅阿涅斯·蒂埃塞（Agnès Thiercé）的《青少年史（1850—1914）》[Histoire de l'adolescence（1850 - 1914）]，巴黎，Belin 出版社，1999 年。

[41] 转引自达尼埃尔·罗什（Daniel Roche）的《巴黎人民》（Le Peuple de Paris），巴黎，Aubier 出版社，1981 年，第 120 页。

[42] 《克洛蒂尔德的日记：S. W. 小姐寄宿回来后提出的严肃建议》（Journal de Clotilde. Pages sérieuses commandées à son retour de pension par Mlle S. W.），第 7 版，里尔-巴黎，1864 年，转引自阿涅斯·蒂埃塞的《青少年史（1850—1914）》，见前引。

[43] 奥诺雷·德·巴尔扎克，《赛查·皮罗多盛衰记》，见《全集》，见前引，第 6 卷，第 169 页。

[44] 《于絮尔·弥罗埃》，同上，第 3 卷，第 836 页。

[45] 约翰·沃尔夫冈·冯·歌德，《浮士德》，热拉尔·德·奈瓦尔（Gérard de Nerval）翻译，见《戏剧全集》，巴黎，Gallimard 出版社，七星文库，1951 年，第 1020 页。

[46] 埃莱娜·西克苏，"美杜莎之笑"（Le rire de la Méduse），L'Arc 杂志，第 61 期，1975 年。

[47] 玛丽·谢，《情窦初开的年纪》，见前引，"女孩的卧室"，第 83—91 页。属于"这种令人不快的景象"描述最美的文本之一。

[48] 《日记》，1912 年，转引自卢奇亚·埃夫迪米乌（Loukia Efthimiou）的《法国公立中学中的女教师》（Les Femmes professeurs dans l'enseignement secondaire public en

*France*），博士论文，巴黎七大，2002 年，第 1 卷，第 160 页。字体强调为作者所加。

[49] 马里奥·普拉茨，《生活的房子》（1979 年），见前引，"卢西亚的房子"，第 231—242 页。

[50] 同上，第 236 页。论及床的时候，他对帝国时期的各种床大加描述，参考了拉梅桑热尔（La Mésengère）的《高品质的家具和藏品》（*Meubles et objets de goût*），里面大量提及维也纳装饰艺术博物馆中的藏品。

[51] 马里奥·普拉茨遗憾地说意大利没有玩具博物馆，同时，他列举了英美在玩具房及微型化技术方面的主要成就。

[52] 马里奥·普拉茨在回忆妻子薇薇安时不无夸耀："在美妙的时光里，薇薇安是一个沉迷于南方生活魅力的北方女子，这种屈从让她显得有点轻佻，她那种认真的夸张只是屈从的表象。"当他开始夸耀自己的时候，完全失去了作为男人的威严："就好像我在自己身上发现了某种不可告人的倾向。"（《生活的房子》，见前引，第 363 页。）

[53] 同上，第 295 页。

[54] 阿纳托尔·法朗士，《小皮埃尔》（*Le Petit Pierre*），巴黎，Calmann-Lévy 出版社，1919 年；收入《全集》，见前引，第 4 卷，第 1000 页（后引同），"我的房间"。这个场景发生在 1855—1860 年。

[55] 弗朗索瓦·莫里亚克，《一种生活的开始》（*Commencement d'une vie*），巴黎，Grasset 出版社，1932 年，收入《自传全集》，巴黎，Gallimard 出版社，七星文库，1990 年，第 78 页和第 91 页。

[56] 同上，《白长袍》（*La Robe prétexte*），见《小说和戏剧全集》，巴黎，Gallimard 出版社，七星文库，第 1 卷，1978 年，第 99 页。

[57] 参阅安娜-玛丽·索恩（Anne-Marie Sohn）的《幼年与执拗：1960 年代青少年的故事》（*Âge tendre et tête de bois. Histoire des jeunes des années 1960*），巴黎，Hachette 出版社，2001 年。

[58] 卡特琳娜·罗莱（Catherine Rollet），《一个父亲在"一战"期间的日记》（*Le journal d'un père pendant la Première Guerre mondiale*），见让-皮埃尔·布苏（Jean-Pierre Poussou）和伊莎贝尔·罗宾-罗梅洛（Isabelle Robin-Romero）主编的《家庭、人口和行为史：致敬让-皮埃尔·巴尔戴》（*Histoire des familles, de la démographie et des comportements. En hommage à Jean-Pierre Bardet*），巴黎，PUPS 出版社，2007 年，第 687 页。

[59] 参阅埃玛纽埃尔·莫纳耶（Emmanuelle Maunaye）的"离开父母"，Terrain 杂志，第 36 期，2001 年 3 月，转引自《解放报》，2007 年 2 月 2 日："孩子离开时，房间被重新整理了一遍，并像旧时的圣物一样被保存。"

[60] 参阅丽迪娅·弗莱姆（Lydia Flem）的《我是如何跟女儿和准儿子分开的》（*Comment je me suis séparée de ma fille et de mon quasi-fils*），巴黎，Seuil 出版社，2009 年。

[61] 皮埃特罗·西塔提，《世界报》，2007 年 5 月 11 日。

[62] 《自由小伙伴》（*Francs Camarades*），第 36 期，1945 年 11 月 15 日。制作床罩、靠垫、地毯、窗帘、灯罩、花瓶、壁画等都有具体的要求。这些信息由雅克琳娜·拉卢埃特（Jacqueline Lalouette）提供。

[63] 马塞尔·普鲁斯特，"阅读的日子"，《仿作与杂记》，见前引，第 172 页。关于阅读的乐趣，参阅弗朗索瓦·莫里亚克的《白长袍》，见前引。他把自己关在房间里，沉迷于"无法形容的阅读欲望"中。当时，"世界正在毁灭"。

[64] 马塞尔·普鲁斯特，《让·桑德伊》，巴黎，Gallimard 出版社，七星文库，1971 年，"夜间之吻"，第 205 页。《追忆似水年华》中的这种错觉还要更明显。

[65] 弗朗索瓦·莫里亚克，《匆匆而过的房子》（Les Maisons fugitives），巴黎，Grasset 出版社，1939 年，重版见《小说和戏剧全集》，巴黎，Gallimard 出版社，七星文库，第 3 卷，1981 年，第 909 页。

[66] 让-雅克·卢梭，《新爱洛伊丝》，见《全集》，见前引，第 2 卷，"第 11 幅插图的文字"，第 770 页。此处虽然意思不是很明确，但可能是朱丽对表妹克莱尔发出的感慨。

[67] 西格蒙德·弗洛伊德，《性学三论》，巴黎，Gallimard 出版社，1987 年，第 168 页，注释 1。感谢丽迪娅·弗莱姆跟我强调了此文。

[68] 彼埃蕾特·弗勒蒂奥（Pierrette Fleutiaux），《我们都是永恒的》（Nous sommes tous éternels），巴黎，Gallimard 出版社，1990 年。她用自己的风格创作了以埃斯戴勒及其兄弟丹为主角的同类主题的剧本。

[69] 罗伯特·穆齐尔（Robert Musil），《没有个性的人》（L'Homme sans qualités），巴黎，Gallimard 出版社，"Quarto"文库，2007 年，第 1 卷，第 90 页。

[70] 弗吉尼亚·伍尔夫，《到灯塔去》，巴黎，LGF 出版社，"袖珍书"文集，1983 年，第 21—22 页。

[71] 路易-勒内·德福雷（Louis-René des Forêts），《孩子们的房间》（La Chambre des enfants），巴黎，Gallimard 出版社，"Folio"文库，1983 年。让-贝尔特朗·庞塔利（Jean-Bertrand Pontalis）对此有过清晰的评论，《精神分析新刊》（Nouvelle Revue de psychanalyse），第 19 期，"儿童"，1979 年春季："首先，监视孩子的房间这一做法——无论是躲在门后还是闯入屋内——都极有可能只听到自说自话的声音。"

# 女人的房间

　　正是在厨房里，我的祖母克莱芒斯才真正觉得她是在自己的家中，是这座房子和各种家事的主人。一般情况下，她不允许男人待在厨房，在她看来，他们在这里无事可做。她极少在卧室说话。因为守寡了半个世纪，她其实在卧室里度过了很长时间，做些编织活，记记账，读读白色书架上的小说，甚至看《茅草屋的夜晚》（*La Veillée des chaumières*），偶尔还漫不经心地数着念珠祷告。我还记得她房间里的摆设：一把深陷的圈椅，堆满东西的小桌子，还有混杂着古龙水、羊毛、椴花和樟脑的气味。拉斯帕伊说，祖母把樟脑用作擦身的灵丹妙药。

　　卧室是女人的理想之地，是她们的圣所。她们被诸多规则束缚在里面：宗教，家庭秩序，道德，礼仪，羞耻心，还有对爱情的幻想——她们心事重重地坐在窗前，或躺在长椅上、沙发上、床上，衣衫不整，如同一个忧郁又慵懒的读者。

　　但也是在卧室里，她们生活、学习、读自己的情书、如饥似渴地阅读、做梦。关上卧室之门代表着属于她们的自由。她们透过窗户凝视外边的世界，通过想象完成外出的旅行。弗吉尼亚·伍尔夫说："数千年来，女人都待在自己的房间里，直至今天。房间的墙壁甚至被她们的创造力填满。"[1]

　　因此，女人对房间的回忆或许比男人更多，这种记忆往往悄无声息：因为房间承载了她们生命的各个阶段，承载了各种时光的碎片。

## 房间和女性特征

许多文化都规定女人待在屋内。"任何一个抛头露面的女人都有辱名节。""面对公众的女人总是惹人非议。"毕达哥拉斯和让-雅克·卢梭都有类似的表述。占有公共空间是男人的特权，比如贸易、政治、演说、高水平的运动、权力活动等方面。女人只能有限地追求这些特权，这不仅与职能相关，也与性别相关，最终指向保护甚至隐藏她们的身体。

房子是女人负责的事务，对于游牧民族也是如此。在图阿雷格人或柏柏尔人那里，那些在艰苦、危险的沙漠里不甚稳固的帐篷以女性为中心，并依据规定的空间原则来安排：男人和客人在右边，女人在左边。[2] 帐篷归女人所有，属于她的嫁妆，由她负责照料。在不断迁徙的生活中，她代表了稳定和热情。

康德将房子视为"唯一能抵御虚无、黑夜、卑微出身的防护墙"，是人类与家庭身份的根源。他为女人指派了既核心又从属的位置。"她是孩子和用人围绕的中心，因此，她属于重要人物。但是，只要她从中脱离，马上就有可能成为造反者或革命者。"出于某种抽象的原因，有必要将她约束在家里："女人必须被制服、驯化、留在家里，留在油光发亮的家具投射出的柔和的暗影里。"[3]

在弗洛伊德看来，房间是一种封闭的形式，被视为女性气质的代表，日耳曼文化中的"Frauenzimmer"（意思是闺房、女人的房间）一词相当直白，而拉丁文化中的"房间"则更具象征性。[4] 伊曼纽尔·列维纳斯将房间定义为"本质上可侵犯又不可侵犯"的住所。"女性的存在方式是自我隐蔽，这种隐蔽确切地说就是节操……女人需要集中心思，待在室内和住所中"，不在任何特殊的场合露面。[5] 这是一种存在之外的本质。

封闭的概念来自宗教修行。圣安东尼劝诫女人"像修女那样待在房间里，因为尊敬且光荣的圣母就是在她的房间里孕育了上帝之子"[6]。天使报喜是中世纪和文艺复兴时期油画的重要主题，画中的镶边床杜绝了人们对圣母身体的任何遐想，那个房间是年轻女孩卧室的典范。该房间是历史上最重大事件的舞台：上帝的孩子与化身在一个女人的身体里诞生。从出生到去世，圣母玛利亚的一生都与房间联系在一起，虽然她在跟随儿子前往加利利的路上同样经历了不少波折。

关于房间的形象和告诫数不胜数。奥尔良杜潘鲁主教是第二帝国期间负责女子教育的基督教教育专家，他建议虔诚的女人避开社交活动和家庭烦扰："学习会让女人喜欢上自己的住所，会让她们想起与他人共同工作的快乐。女人几乎不需要外来的访客和外面的世界！回到自己的房间，重新拿起书本或画笔，这是多么大的快乐！她们回到住所的步伐是那么轻快！"这位可敬的主教告诫女人要拥有"一些浪费时光的技能"[7]，要懂得关上自己的房门。

世俗机构也赞同对女性的保护。19世纪末，在布尔讷维尔医生的推动下，巴黎的医院用女护士替代了修女，并为她们安排了类似于修道院的住宿。比起摆设丰富的房间可能带来的风险，这种选择似乎更加可取。[8]

19世纪的盎格鲁-撒克逊女性小说家，尤其是伊迪丝·华顿、爱丽丝·詹姆斯和夏洛特·珀金斯·吉尔曼，都描述（有时是暴露）过封闭的公寓和门窗紧闭的房间里那种隔离的氛围。① 但是，这些排斥从未阻挡她们对"拥有属于自己的房间"的热切渴望，弗吉尼亚·伍尔夫在一个著名的作品中讲

---

① 参阅后文"禁闭或密室"一章。

到自己以最低的生活支出创造了创作所必需的条件。大量女性渴望拥有房间，不论她们的年龄或条件、是居家女工还是女作家、在现实中有多少选择的余地。美国女诗人艾米莉·狄金森将自己关在阿默斯特镇的房间里，一生未再离开，这是她父母的房子。女性旅行者或许比其他人更偏爱房间里的亲切和安静，比如 1968 年后那些解放了思想的女性，其中有许多女同性恋者，弗朗索瓦丝·弗拉蒙就写下了自传式的见闻。[9] 她们总是四处为家，在这种流动的生活中，她们在房间里投入了大量精力。

因此，思考女人的房间是一件复杂的事，一如其多样的功能和实用性。它们在限制和自由、义务和渴望、真实和想象之间摇摆，忽明忽暗的模糊边界很难辨认。

## 指定的房间

后院（gynécée），禁宫（sérail），后宫（harem），中世纪的女性房间……它们都属于封闭的主要形式，我们对此知之甚少。比起女人的陪伴，这种聚集女性的场所更容易激发男人的幻想（她们聚在一起干什么呢？）。历史学家试图从男性留下的图像与文学形象中，破解关于女性生活的秘密。

保罗·韦纳根据庞贝古城的壁画探析过"后院的秘密"。在他看来："对希腊女人来说，后院并没有那么神秘；然而，对将她们关闭其中并为之担忧的丈夫，以及将她们想象成后宫女子的历史学家来说，后院则神秘得多。"[10] 这种观念主要始于 19 世纪，源于用来指代"女人的住所"的希腊语"gynaikeion"，但其真实词义并不清晰。考古学家无法找到隔离的迹象，女人顶多是被禁闭在楼上。她们的物品在屋子里随处可见，证明她们可以随意走动。雅典的女人没有被囚禁，罗马也是如此。希腊的性别差异比罗马更为巨大，但是这种差异并没有通过空间的分割和严格的房间布局表现出来。在希腊的花瓶上，尤其是小盒子（香水盒）上，女人往往在梳妆打扮或忙于家务，空间用圆柱分隔，镜子等与化妆相关的物品"暗示着关于女人的视角"。[11] 这并非一幅关于劳动和日常生活的写实主义壁画，而是对女性的描绘。珀涅罗珀在后院里证明了她作为妻子的忠贞，在古希腊时期，18世纪广受推崇的苦修美德已然诞生。它为雷蒂夫·德·拉布勒托纳的空想（《后院女子》）提供了范例。为了改良风化并"令女人归位"，他主张恢复后院的秩序，女人在里面自在生活，只有丈夫和父亲才能进入。[12] 在他眼里，后院对立于东方的肉欲和暴力，体现了两性的和谐。

在后宫（字面指神圣、专属之物）和禁宫（君士坦丁堡苏丹的宫殿），出于宗教（伊斯兰教）和政治考虑，情况要复杂很多。巴雅泽说："我在宫殿里长大，熟知里面的弯弯绕绕。"我们却无从知晓，只能了解一些蛛丝马迹，西方人需要凭借它们走入魂牵梦绕又暗影重重的世界。[13] 从16世纪，特别是17世纪开始，旅行者（米歇尔·博迪耶，让-巴普蒂斯特·塔维尼耶，夏尔丹）的叙述大量涌现。他们滋养了哲学家（孟德斯鸠，伏尔泰）的政治思想，他们从"土耳其大帝"身上看到了独一无二的专制象征。这种残暴的专制主义以家庭秩序为基石，而宫殿就是其心脏。阿兰·格罗里夏尔将禁宫视为"对外封闭的神秘中心，没有窗户，几乎连门都没有，如同折射出专制全貌的小宇宙"，他从层层设限的宫殿和性权力中破解了"禁宫的结构"。在一系列互通的庭院、花园、禁厅里，每一道墙壁都代表着一个屏障，每一个场所都只有唯一而固定的功能。"每越过一道门槛，就是邂逅一种不确定的、崭新的命运，但不过是从一座监狱通向另一座监狱。"他从最卑微的门走向最"高贵"的门，这些门由钥匙和禁卫守护。[14]

在禁宫（准确而言是后宫）中心，聚集了只有君主才能见到和拥有的女人，她们为王朝传宗接代，这是主要目标，甚至医生也不能见她们；看病时，他们将手从帘子的缝隙穿过去。最初被选出来的年轻的处女们，以两人为一组住在类似修女室的屋子里，两张卧床分开，黑人太监守在中间。她们每天阅读、写作、刺绣，等待苏丹扔出白手帕的那个时刻，这意味着被选中过夜。在无限的权力下，女人的身体毫不抵抗、任人摆布。她们数量众多，随叫随到，专供苏丹享用。权力将禁宫化为"幻想之地，若要理解它的诱惑，就必须理解其形而上的根源"。[15] 男人对女人的权力几乎是神圣的，女人就是被献祭、被占有、被囚禁的待破之门或待垦之地。欧洲的色情行业对禁宫迷恋有加，用它来命名 18 世纪巴黎的放荡场所，还将《一千零一夜》视为不知满足的无尽之爱的代名词。安格尔、德拉克洛瓦以及他们的追随者争先恐后地创作关于宫中佳丽的油画，有时，画中堆叠的肉体甚至到了令人作呕的地步。

太监以及他们与女人的关系是人们好奇的两大主题。太监在 7 至 16 岁之间被部分或全部阉割，有白人，也有黑人；白人担任禁宫的官员和孩子的教师，黑人担任女人的护卫，必要时将她们放在眼皮底下。长相不好的黑人很受欢迎，因为他们不仅没有性能力，还可以衬托君主的英俊。一些年迈的妇人会协助他们工作。太监的主管是佩戴短刀的"odabachi"，他负责监视并惩罚年轻人，有时还会欺凌他们。

宫女的性生活总是受到怀疑，她们被认为对歇斯底里的性冲动充满渴望。出于谨慎，她们不允许饲养宠物，比如公猴或犬类等可能交配的动物，形状与阳具相似的物品（如黄瓜）也不能出现。她们的"淫欲"助长了女同性恋行为，这在禁宫与后宫中都有体现。她们想方设法进行交流：互递纸条，交换带有暗语的物件，彼此表白示爱；本就性别模糊的太监、只关注自身享乐的老宫女，都方便了她们偷偷摸摸的行为。这些女性并不被动，她们频繁的性事滋养了西方兴盛的东方主义色情创作。[16]

根据法蒂玛·梅尔尼希所述，许多资料（作者不明的故事和细密画）展现了这些女人的特点：超级活跃，穿着胸甲，带着武器，到处走动，骑着快马，神态急切。[17] 法蒂玛的祖母喜欢《羽群夫人》（*La Dame à la robe de plumes*）的故事。"一个女人应该像游牧民那样生活。她必须时刻保持警惕、准备离开，即使别人爱她。因为根据《一千零一夜》里山鲁佐德的说法，爱情会把你吞没，将你变成囚徒。"法蒂玛讲述了自己在现代摩洛哥的后宫里度过的童年时光，它与当年的奥斯曼宫殿没有可比性。这是女性学习和社交的场所，气氛热烈，时而争吵，但它仍然是封闭的，女人的外出受到严格控制。门和窗面朝院子，从来不会朝向街道。她的祖母雅斯米娜对她说："我的孙女，如果你不想像傻瓜那样活着，绝对不能轻信别人的话。一扇不朝向外面的窗户，我不知道它还是不是窗户。一扇朝向院子或被卫兵守卫、围墙高耸的花园大门，当然也不是一扇门。你必须知道，它们是其他东西。"[18] 她的孙女明白，这些经历代表了限制。

在中世纪的城堡里，男女分居的情况有所不同，某种意义上更有对立性质。女人的房间与男人的厅堂截然不同，后者是封建社会骑士文化的同性社交场所。[19] 女人的房间引发了迥然不同的解读。小说作者让娜·布兰将女人的房间作为布鲁内尔一家的家事中心，其中玛蒂尔德和女儿弗洛丽是主要人物。内心的热情，身体的欲望，壁炉里的火焰，美好真挚的感情，亲密无间的对话：这一切都勾勒出 13 世纪充满爱意、欲望和幸福的生活，根据这本畅销书的巨大成功来看（销量高达一百多万册），读者被深深打动了。小说用很长的篇幅展现了家庭生活的和谐与甜蜜："在这个暖和的房间，炉火与香烛燃烧散发的味道营造出亲密的感觉，唤醒了她们对各自童年和母爱的回忆。过去的回忆仍然触手可及。两个女人跪下来祷告，希望以此消除心中的不安，并期待将要到来的时光。安静下来后，她们坐在一起绣花，一边为即将出生的孩子安排计划。"[20] 雷吉娜·佩尔努以著名历史学家的身份为该小说的最新重版作序，为这一令人欣慰、关于基督教和女性的中世纪视角背书。

乔治·杜比对此不以为然。[21] 在他眼里，中世纪时期女人的房间是一个"让人不安的空间"，"一个封闭、阴暗的小世界，内部显然被恐怖统领"，受男性支配，特别是领主，其特权与君主相差不大，但是不受骑士的骚扰，他们的权力原则上止于门口，却总是对门内虎视眈眈。白天，女人缝补衣服、聊天、照顾孩子和病人（这些人可以接近她们）。她们常常唱着专门为干活谱写的"织布歌"。但是，到了晚上，她们在床上又能干什么呢？文学让我们看见这些女人频繁的夜间活动，她们被认为"欲壑难填"、来者不拒、激发男人的欲望，而男人总是溜进房内，溜进"这片向纵欲敞开大门的领地"。通奸、乱伦、强奸、私生子都是强烈的性欲导致的后果，欲火中的骑士爱情不过是一种战略武器、面具和错觉。"以男性为主导的中世纪"实际上粗暴而阴暗，情感放荡而行为不羁。虽然后来乔治·杜比的看法有了些许改观，但是这位写出《13 世纪的女性》的历史学家始终反对过度美化中世纪的叙述。

浪漫与黑暗吞噬了空间逼仄的女人的房间，并将这一空间与后院和禁宫区分开来。在中世纪女人的房间里，空气流通更好，男人出入更频繁。女人似乎也更自由了，她们开始读书，甚至写字。诚然，果园更适合"骑士爱情"的发生。带围墙的花园比封闭的房间有更多的自由。尽管如此，女人的房间标志着朝更平等的婚姻生活迈进了一步。

## 修道院和隐修室

修道院和禁宫常被混为一谈，它们在形式上的确有许多相似的地方：献给至高无上的主人的女孩得保持童贞，严格的封闭，由太监或教士监管，女人与女人相处，女人常被怀疑患有癔症，要用苦修和鞭笞的方式来压制生理欲望和感情冲动，告解神父或自己的同伴可能成为发泄欲望的对象。这是色情文学的另一个温床[22]，修女的隐修室预示着手淫和女同性恋，最年轻的修女被最年长的引向快感，比如狄德罗笔下的修道院院长，即修女苏珊的导师。在嬷嬷和修女之间，"学习"进行得十分顺利。年龄各异的修女毫无节制地陷入快感。修道院甚至承担着将女同性恋边缘化的功能，通过将其隔离来保护外部社会。那么，这些关于修道院的想象中有多少是真实的呢？

人们对修道院规矩的了解多于其实际运作，对过度行为（宗教狂热或肉欲）的想象多于淹没在祷告声中的日常生活。出于罪疚感，特伦托大公会议后的改革（17 世纪）加强了对修道院的封闭措施，并将之视为重大问题，[23]波尔-罗亚尔修道院著名的"开放日"就是一个象征：此后，修女的家人不再被允许进入修道院。甚至是旅行途中，修女也必须保持相对封闭，避免下榻旅馆，而是跟自己人待在马车里，并且要始终得体地佩戴面纱。[24]

修女隐修室的配置和限制有明确规定：约 9 平方米的小空间；里面只有一些必需品，如床、祷告椅、摆书的台板、草编椅子、桌子；没有任何私人物品；征得院长同意后，顶多再在墙壁上挂几幅圣人或圣物的画。木板床上有一个缝花草垫，两条压衬布床单（平纹薄织物），然后是被子（夏用一条，冬用两条）。跟普通人相比，这种配置已属奢侈，相当于简陋的单间公寓，许多女孩后来愉快地回忆起了在修道院寄宿时的房间（比如在英国修道院住过的乔治·桑）。除此之外，一些很难接受集体生活的修女拒绝离开自己的单间隐修室，将自己关在里面直至发疯。

根据圣本笃的规矩，修女必须坐着睡觉，"而且不能像世俗之人那样身体放松"。她们被允许使用靠垫和枕头，但有很多修女满足于碎料填充的长枕。脱衣有限制；偷看自己的身体和照镜子是羞耻的行为；可以脱掉鞋子和套裙，但是必须穿着裙子里面的衣服，留下面纱和披肩。睡觉时要仰卧，双手交叠，像坟墓里的死者那样。她们需要拥有高尚的思想。睡眠是一场类似死亡的旅行，可能会让她们受到惊吓，这是梦中不洁的东西窥伺她们的危险时刻。魔鬼会带着诱惑入侵，在黑暗中游荡，根据教士们的说法，这种诱惑会围攻被视为淫乱之炉的女人的身体。[25]修女的夜就是一场战斗。

诚然，隐修室不是卧室。但是，在纯净的苦修中，隐修室体现了卧室的某些设计：孤独，隔离，纪律，最简单的陈设，保护，自律，退隐，属于生活和自己的夜晚。在约束和救赎之间，隐修室也体现了女性隐修的模糊之处。

## 房间里的日常

从出生到死亡，房间是女人日常生活的舞台。在共同居住的房间里，相比自己，她们更多是在为别人操心。她们不停地忙于家务，围着床榻转，整理床铺以维持家庭的体面，照顾病人和生活不能自理的家人，照看临终者并料理后事。这是她们祖传的任务，在乡村地区一代代延续，却在城市被打乱，女人总算可以解脱了。在共同生活的房间里，女人能拥有属于自己的一块地方吗？她们是否想过这一点？她们对隐私的需求如何实现？她们的秘密又可以藏在哪里？秘密或许就藏匿于某些物品中：一个盒子，一堆衣服，一块手帕，一条头巾，一本祈祷手册，一幅画，一面镜子；一件喜欢的家具，壁炉旁的凳子或椅子；一堵墙面，一个拐角，或方便思考和吃饭的某个角落。关于祖母的渴望、痛苦和心思，我们知道的可能微乎其微，她们需要面对家中众人的目光，甚至是他们冷漠的孤立！

在共同居住的屋子里，女人没有专属的地方。除非在一些性别差异强烈无比、与身体息息相关的场合，主要是：结婚和分娩。

婚房应该用于两个身体、两种性别的融合。但是，人们习惯将女人（处女）与床联系在一起，这是浸透血液的地方，是女孩成为女人的标记。婚房不是夫妻生活的地方，而是用来完成某种过渡性仪式的圣坛，在过去，这种仪式还需要引导者和观众的见证，常常是公开或半公开的。教会唯一可以接受的离婚理由，就是无法进行房事的性无能而产生的羞耻。婚姻的隐私化是西方爱情史上的重大事件，它逐渐撤开了见证者，避开了别人的目光，关上房门，拉下窗帘。圣奥古斯丁非常害怕肉体行为，曾要求房事必须完全隐蔽。促使他这样做的更多是羞耻心，而非克制那些被视为不洁的欲望。几个世纪后，13 岁的科莱特在乡下目睹了一场农民的婚礼，她被婚房吓坏了："年轻夫妇的新房……在红棉布床帘下，是一张又高又窄的婚床，床上垫着羽毛，堆满鹅绒枕头，混杂着白天的汗熏、焚香、家畜和汤料的味道。不久之后，新郎新娘就会睡到这张床上。我之前从未想过这种事。他们将深陷在这堆羽毛中，他们会在黑灯瞎火里展开战斗。我母亲大胆的行为和动物们的生活为我提供了许多这方面的知识，但还远远不够。然后呢？我对这个房间和这张床感到害怕，因为我过去从来没想过这些。"[26] 新婚夫妇很快就会前往乡下或旅馆，为了保护隐私，他们跑去很远的地方度蜜月。婚房不复存在，只留下婚礼时刻，即"新婚之夜"，或是想离开某些地方，或与前往一些神秘的地方有关，比如意大利，特别是威尼斯。婚礼并非平等的分享，主导婚礼的男人相对不太在意，但女性却十分重视，这是她"成为女人"的开始，该身份会一直持续到她月经停止的那天。随着风俗变迁，结婚不再是夫妇开启共同生活的象征，这倒是消除了婚房引发的不安感——这在两次世界大战之间关于"私生活"的叙述中仍时有出现。[27] 近期的社会新闻残酷地提醒我们，对一些人来说，贞洁依然意味着男性对女性身体之完整性的占有和支配，贞操依然是某种封印和门槛。①

在所有的生活行为中，分娩与女人的关系最为密切。直至17至18世纪医生介入剖腹产以及后来的妇产科之前，生产都是女人的事，体现了女人的社交关系。从产妇的第一波阵痛起，接生婆、接产员、教母等人就在她身边。她们协助孩子出生，剪断脐带，清洗新生儿并将其裹入襁褓，她们围着母亲的床忙碌，备好水盆和水桶等基本工具。男人禁止进入产房，只能在外面等待。男人表现出冷漠才合乎当时的礼仪，一次普通的分娩甚至不会让他停下田里的劳动。

中世纪的油画赋予分娩高尚的形象，满是愉悦与亲切。在明亮的房间里，一些优雅的女人围着一张分娩结束的产床忙碌，床上坐着神态安详的产妇（通常是抱着小玛利亚的圣安妮）。画中不见流血和痛苦，但现实完全是另一回事，以前极高的生产死亡率就是例证。长久以来，分娩都是女人一生中最危险的时刻。很多女人死在产床上，这大大降低了女性的平均寿命。原因是多方面的：胎位不正，缺氧，羊水污染，产前和产后得不到休息和照顾。产褥热十分可怕，这让启蒙运动时期的医生非常不安。乡村地区的状况最糟糕。分娩随处发生：在牲畜棚，在公共大厅。到了20世纪，人们还在用厨房用具和餐桌，甚至还有布列塔尼柜式床，全然不顾这些地方有多么狭窄。直到第二次世界大战，状况才得到些许改善。随着医疗安全意识的不断提高，越来越多的城市女人选择在诊所或妇产科医院生产，而不是在家里。女性生命中的这个重要场景将永远消失，因为科学的进步将淘汰以前的做法和角色。生产不再是"私人的事、女人的事"，而是在医生指导下的公共议

---

① 2008年春天，对贞洁的执念仍然让人们感到惊讶，它困扰着这个社会：在福尔尼雷案件中，这个疯狂的"魔鬼"要求妻子为他寻找处女；在里尔的婚姻案中，男方在法庭上要求解除婚姻，因为女方不是处女，在他看来，婚约没有得到遵守，但法庭没有采纳他的意见，坚持保护婚姻隐私，认为这是法庭无权以合理名义介入的私生活。

题。关于这个领域发生的巨大历史变革，学界已经有了成熟的研究。[28] 在本书中，我们感兴趣的只是分娩发生的空间。

人们会注意到，妇产科是医院最早采用个人病房的科室（巴黎，1863年至 1870 年），这要归功于医生斯特凡·塔尼耶（Stéphane Tarnier），为了避免传染，他推动了这一进程，而不只是出于私密考虑。在他看来，产褥热与拥挤有关。塔尼耶首先主张减少每个病房的床位，不超过 10 张；然后，他提议将单床小间（小蜂巢）集中设置在护士站周围，尽可能地减少内部进出和接触。然而，这一措施遭到了病人的抗议。她们认为，这是"某种形式上对健康产妇的囚禁"，是把她们看作鼠疫患者和轻罪犯人。她们并非完全没有道理：德国卫生学家曾经控告助产师的手没有清洗干净。最终，塔尼耶不得不调整自己的方案。

我们可以从建筑师的设计图中追溯女性房间的变迁。在 18 世纪的法国，让-弗朗索瓦·布隆代尔是最早想到"闺房"的建筑师之一，这个房间要挨着母亲的房间。到了 19 世纪，女孩的房间普及开来，青春期的问题也慢慢得到关注。一种色情的怀疑潜伏在年轻女孩的床边。这引起了一些教育家的不信任，他们建议女孩在起床后到睡觉前的时段里不要回卧室：避免与床发生接触。1968 年发生的那场社会运动具有象征意义：3 月 22 日，以楠泰尔为起点，大学男生提出进入大学城女生宿舍的要求。女生可以进入男生宿舍，但反之不行，因为踏入女生的房间，意味着闯入可能孕育爱的私密空间。在恋爱方面，轮到女生采取主动了。

婚姻结束了暂时的孤独。但是，在变成夫妻亲密生活的空间之前，女人的房间一直是交际和接待的空间。这就是床隙完整的历史。

## 女才子的蓝色房间与床隙[29]

床隙是床与墙之间的空间,卡特琳娜·德·维沃那以及追随她的女才子把它变成了接待场所。亚伯拉罕·博斯的著名版画展现了这个空间的布局:一位女士端坐在床上,手里拿着扇子,打扮得像仪式队伍中的塑像;面对她,床的三面站着聊天的夫人和男士。朗布耶侯爵夫人卡特琳娜·德·维沃那因为讨厌嘈杂而选择搬出宫廷。她命人在卢浮宫旁的圣托马斯大街建了一座漂亮的公馆,"宅子里舒适的设施一应俱全",其中包括两个浴缸。公馆装饰奢华,有雕塑作品和寓意油画。由于怀孕频繁(她有七个孩子,其中就有后来的朱莉·昂热娜,即协助其组织社交活动的蒙托西埃夫人),侯爵夫人体质虚弱,她在接待客人的时候常常靠在或者躺在床上,她的卧床装有顶盖,床上摆满靠垫,配有饰带。"我想我会在阳光完全照不到的床窝里看到她",蒙庞西埃小姐回忆说,放床的凹室宛如山洞,只不过里面摆满了书籍和画作。此地只能允许两三个人同时进入。这就是著名的"蓝色房间"。根据1652年详列出来的家具清单(一张休息床,十把椅子,两个板凳,几块窗玻璃,几张桌子,一些画,一个连橱),这个房间已经不是当时的样子了。

后来,侯爵夫人扩大了她的"圈子",希望构建一个"精选的群体",即"宫中小院",一个由忠实追随者组成的核心小团体,遵守同一种礼仪规范和高雅准则。通过聊天这种交流方式,她们探讨文学和语言。对书籍和写作的共同兴趣将这些女人团结在一起,其中有许多痴迷于小说的单身女性,她们养成了一种优雅的忧郁。在梦想的隐居之所,"没有谁不拥有自己的书架"。侯爵夫人的一些追随者扩大了最初的圈子,她们在自己的寓所里展开活动;侯爵夫人则更青睐蓝色房间这个圣地,因为这是她挑选出来的小团体,处于她的权威之下。她必须像女王那样做事，像阿耳忒弥斯那样纯洁，懂得克制自己、引导聊天、优雅地微笑而非粗俗地大笑。德与美激发了那些女才子加入的热忱，她们希望把爱变成文明的准则。索梅兹（Sommaize）曾说："她们的管理十分温和，试图研究出避免一切分裂和战争的策略"，并吸引所有杰出人士参与，"最终拥有超越床榻的影响力"。总之，她们希望影响整个帝国。不过，女才子在政治和文化方面的影响并非本书的主题。有趣的是，在这种情况下，女性的权力（意图不在于取代国王）通过一个房间（后发展为沙龙）得以施展，并通过对话和文学来管理社会。城市中正在兴起一种公民社交，虽然很快就被凡尔赛宫扼杀了，但是，它注定会不断重生。女才子们宣告了启蒙运动时期女性评论家和女性文学家的出现。

她们开创的房间—沙龙模式持续了很长时间。乔治·桑的祖母曾在自家宅邸接待了"年迈的伯爵夫人们"，这些夫人试图教会小奥罗尔什么是优雅，小奥罗尔却更想待在妈妈位于巴黎的简陋公寓里。雷卡米埃夫人常常躺在休息床上迎接访客。1848 年，囊中羞涩的小资产阶级女人时不时聚在"椅子最多的几个朋友家里"。直至 19 世纪 60 年代，一些遗产清单仍把房间里的不少座椅列了上去，这些座椅兼具躺卧和接待功能。巴桑维尔伯爵夫人建议，房间里得有一个沙发和几把椅子，白天的时候把床头柜移到一边，到了晚上再把这件私人家具移回去。床头柜以前的用途已经被摒弃，但伯爵夫人并不赞同。[30] 1930 年，出于一种怀旧心理，保罗·热布建议移除玻璃柜，并整饬床的外观，以便腾出地方做成"一个小会客室，直接与大会客厅连通，形成更私密的起居空间，女人们可以躲在里面聊天或抽烟"。[31]

然而，在 19 世纪的法国，夫妻房已然只剩一张床，专为睡眠和做爱而设。它并非女人独享的空间，虽然女人在里面待的时间更久，也有梳妆台或写字台。如果是寡居，那么这个房间就会变成弗朗索瓦·莫里亚克笔下的"儿童房"，作者在回忆中将其视为自己童年和青少年时期重要的人生驿站。

147

## 服务房：用人和保姆

近现代以来，城市里多了许多单身女人或女户主，她们住在昏暗的一楼或顶楼——小屋、阁楼、陋室或门房。女性独居构成了一个广泛存在的人口和社会现象，其根源十分复杂：女人和男人一样会有工作流动，虽然方式不同，女性主要从事家庭服务；被引诱的女孩在被抛弃后往往怀有身孕；长寿的寡居女人不能独立生活，且没有收入来源。在住宅区的各个角落，贫穷的女人随处可见。

工作流动不只是男性要面对的问题。从古至今，女性的工作流动都需要重新审视，尤其是 18 世纪以后，一些年轻女性会去城市里寻找机遇，比如玛丽安娜·德·马里沃的生活变迁。大部分时间里，她担任的都是用人的工作，可以得到简单的"食宿"。从前，用人能拿着一块草垫，在某个角落、楼梯脚下或过道里过夜就不错了。"用人房间"是后来的产物。18 世纪，男女开始分开居住，避免擦出火花。雷蒂夫·德·拉布勒托纳在父亲家里看见一个年轻女佣时兴奋不已。给女佣或保姆提供房间是相对新近的做法，但这种做法在 19 世纪的俄国就已十分普遍。然而在乡村，女佣的条件并没有那么优越，拥挤、混杂的环境导致了大量意外怀孕和杀婴案例。对布列塔尼农场的女佣来说，拥有一个房间仅仅意味着拥有一张床。[32] 相对而言，城堡里的环境要舒适很多，其阁楼里至今还保留着一些女仆的生活痕迹，家具设施比家丁和马夫的更好。

大部分女佣不会在一个地方停留很长时间。家仆就像有翅膀的飞禽，频繁更换户主。然而一户好人家总会极力挽留稳定的仆人，回忆录（乔治·桑的《我的生活史》）或文学作品（福楼拜、普鲁斯特）都留下了对家仆的回忆。女佣拥有房间，她们被按照年龄分开，并远离自己的家庭。弗朗索瓦丝（《追忆似水年华》）经常去看望女儿；叙述者对她的话语大费笔墨，却极少关注她的房间；叙述者也没有进入房间，他尊重性别差异。福楼拜描写了费莉西泰的房间——位于欧班夫人家的顶楼，她为这户人家服务了半个世纪。一扇天窗提供采光，还有一个大衣柜、一张帆布床、一张梳妆桌，但它们都没有房间里堆积的其他物品重要，因为那些物品收藏了太多的回忆。"她极少让人进入这个地方，这里既像小教堂，又像杂货店，里面收纳了很多宗教物品和杂物……在靠墙的地方，可以看到：念珠，奖章，好几件漂亮的圣母像，可可木的圣水缸；在铺着桌布、肖似祭台的柜子上，摆着维克多（她已去世的侄儿）赠送的贝壳状盒子；还有喷水壶和一个气球，写字本，铜版地图，一双低筒靴；在挂镜子的地方，有一顶系着绶带的绒毛小帽！"[33] 这些纪念物都与费莉西泰生活中的某个事件或插曲有关，她舍不得放弃这些生活痕迹。它们也证明了她的热忱和好奇。她留着女主人扔掉的各种旧物：一件礼服，人造花，阿图瓦伯爵的肖像。还有一只叫璐璐的鹦鹉，这是某个熟人送给欧班夫人的，可惜冻死在了 1837 年那个可怕的冬天，费莉西泰用稻草塞满鹦鹉的躯壳，将它保留下来。鹦鹉端坐在壁炉的一块木板上。这一堆杂货，这个如同博物馆的房间，就是她全部的生活。因此，当她受到必须离开的威胁时，悲剧发生了。她的房间只是虚幻的家，是一只没有港口可以停泊的小船。在夜深人静的时候，许多上了年纪的女佣或许都会体会到寄人篱下和一贫如洗的感觉。①

　　19 世纪的城市中产阶级希望以最少的费用来获得服务，他们往往会雇用来自农村的女孩，这些女孩被熟人或专业机构以"全能保姆"的形象推荐给雇主。安娜·马丁-菲吉耶[34] 描述过这些用人的生活状况，她们每天都

---

① 在福楼拜的短篇小说中，房子没有被卖掉。费莉西泰最后死在了自己的房间里。总之，房子代表一个消亡的家庭的延续性。

忙碌不堪，被决定她们生计、有时脾气暴躁的女主人差使，经常受到被触手可及的新鲜肉体所诱惑的男性的骚扰。作为巴黎某座大楼的辉煌史诗，《家常事》（埃米尔·左拉）讲述了七楼的黑色故事——奥斯曼式公寓的建筑师在这里设计了"保姆房"。不动产领域的投机行为和对阶级隔离的追求在此体现得淋漓尽致。人们通过公共楼梯进入狭窄的走廊，每个房间都有编号。楼层里设有一两个供水点和一个卫生间，这显然不够，而且维护得很差。这些房间面积极小，阁楼只能通过朝向小天井的老虎窗采光，天井肮脏不堪，厨房的臭味和洗衣的霉味不断飘出。各个房间由很薄的隔板隔开，隔音很差；房门独立，每个人都有各自的钥匙；声音嘈杂；夏天热得令人窒息，冬天则冷如冰窖。这里没有任何取暖设施（壁炉），被子太薄，年轻女性只能在铁床上堆满衣服来取暖。简陋的家具中有一把椅子和一个水盆。房间是蟑螂和臭虫的窝，臭气熏天，喧嚣吵闹，空间脏乱且毫无私密可言。住在这里，女佣不仅会感到孤独，而且面临危险。传染病肆虐，据医学调查表明，首先是因卫生条件不良而导致的结核病。贫穷诱发了勾引和卖身行为。维克多·雨果将堕胎和杀婴称为"女佣的罪行"。许多女保姆出入巴黎的妇产医院。她们常常因背井离乡和孤独而感到沮丧和忧郁。莱昂·弗拉皮耶在《配角》（La Figurante）中刻画了阿尔芒蒂娜这个形象，她来自奥尔良一带，由于一直围着主人转，她都不知道如何利用自己的休息时间；十四年里的每个周日，她反复打开行李箱，打乱物品再重新整理。

当然，也有拥有安静房间、受到保护甚至赚了钱的保姆。这些人会将服务的岁月视为相对幸福的时光，可以学习和存钱。只要不花钱，她们的收入可能比工人的工资还多。据说巴黎的工人会追求"靠谱"的女佣，因为她们持家、勤俭：跟她们在一起会减少债务压力，还能组建家庭。总之，这是一种不错的结合。住在七楼并不意味着暗无天日，毕竟女孩因此逃离了乡下贫穷的命运。这个楼层既存在风险，也有自由的机会。

不过，类似这样的楼层造成了一个"社会问题"，关于这一点，调查者和女权主义者不断重申。1899 年，玛格丽特·迪朗的《投石党人报》（*La Fronde*）在女性读者（往往是雇主）中引发了反思，作者遗憾她们意识的欠缺："我们并不关心社会上其他女性的处境。"让娜·施马尔（Jeanne Schmahl）主张像英国那样创建一些"保姆之家"，为减少孤独、提升道德而打开交际圈，甚至让她们回到主人公寓里的用人房。但是，人们担心隐私得不到保障，以及会有难闻的气味！著名的女权主义者樊尚夫人（Mme Vincent）在国民大会上重申女性公民权和 1908 年的选举权。她在各种报告中发表了不少建议：必须维护保姆的独立性，她们可以留在七楼居住，以享有相对的自由；但是，改革必须实施，要配备供水设施和洗手间（即用来洗衣服和倒痰盂的公共房间）；可能的话，用两个不同的楼梯分开男性和女性；在房间里铺瓷砖，集中供暖；普及使用钢丝床绷的铁床，等等。这些都是非常诚挚的建议。

一些法律和法规明确了雇主的职责，至少在塞纳省如此。1904 年 6 月 22 日的法令确立了房间的标准：最小面积 8 平方米，体积 20 立方米，有一根排烟管，一个或多个窗洞，每六个房间须有一个卫生间。这些规定跟沙皇时代的俄国差不多。[35] 这些措施表明，人们已经意识到了眼下无法忍受的处境，可是在现实中并没有得到落实。"我们的房间简直无法居住"，接受"消费者社团"调查（1908 年）的用人这么回答。1927 年，奥古斯塔·摩勒-韦斯曾哀叹法国人对改善家政服务人员生活条件的迟钝反应：英国，尤其是瑞士，已经做出许多改变。

保姆房和保姆的处境没有发生太大变化，但这样的生活已经不再吸引流动的年轻女性。布列塔尼曾向首都输出过大量女佣，甚至被当成漫画主题①，

---

① 贝卡西娜是法国女性杂志《苏泽特的一周》（*La Semaine de Suzette*）创作的人物，20 世纪初，该期刊由戈蒂埃-朗格洛担任主编。

可如今却越来越不愿意这样做。巴黎医院的世俗化开放了助理护士和护士岗位，这些岗位在就业市场上更具吸引力，也更体面。第一次世界大战之后，出现了真正的家政服务危机。"我们再也买不到服务了"，家庭主妇如此抱怨，她们不得不同意改善保姆的条件。1933年，帕潘姐妹在女主人房间犯下的罪行让人们受到了惊吓，也再次引起了人们对用人条件的关注。这种私人关系被视为民主社会里的封建遗风，变得让人难以接受。第二次世界大战几乎彻底终结了这个行业，至少在形式上如此。

后来，保姆房变得备受大学生青睐，但他们或许对这类房间最初的历史一无所知。

## 居家女工

19世纪末，居家劳动在城市里蓬勃发展，服装加工业是其主要领域，在严密的劳动分工和缝纫机普及的支撑下，该行业的管理越来越合理。拥有一台属于自己的胜家缝纫机①是众多女工的愿望，她们往往需要通过预订和分期付款来购买。许多已婚女性希望在照料家务的同时赚一点钱，当作一份能够贴补家用的工资还算过得去。但是，如果她们被家人抛弃或失去配偶，重新开始独自生活，她们的处境就会恶化。由于竞争关系，缝纫女工的工资一直在下降。日子非常难熬；除非要取送货或找活，这些女工不再走出家门，虽然她们不缺合适的衣服。她们经常受到结核病的侵扰，卫生学家对此非常担忧，也很担心疾病可能被传染给客户。

20世纪初期，法国劳动局对各地的服装业女工以及主要集中在巴黎的

---

① 这是除了德国品牌之外最流行的美国品牌，它发布了很多广告，今天仍可以在城市的墙壁上看到其痕迹。

人造花行业的女工进行了调查。[36] 调查工作工程浩大，**数据精确**，采用量化分析，包含图表、综合分析和数百篇意义重大的专论，这是受到了勒普莱方法的影响，即直接接触当事人，调查某个通常被忽视的领域。调查者们总是缩着头在昏暗的走廊里奔走，常常要面对陪伴着女工的犬吠。一些女工很可能不信任调查者，她们会躲避、抵触，甚至拒绝回答问题（尤其关于个人收支情况）。不过，绝大部分女工还是很配合的，甚至会因提问而感到高兴：关心她们命运的人太少见了。调查者有时会引用她们的话，让我们听到了通常被忽视的话语。

调查者的首要目标不是住所，而是生活水平；但是，他们对这些行业的加工地（即"住所"）给予了高度关注。"居家工人"几乎清一色都是女性，在家工作的男工在过去还很常见，但是如今已十分稀少。出于卫生和经济的考量，调查者对这个问题很感兴趣：在所有支出中，住所费用占比多少呢？像在巴黎这样的大城市，这个比例是巨大的，甚至占到了全年支出的一半。因为住所必不可少，直至第一次世界大战，租金一直在上涨，她们只能缩减衣物以及食物方面的支出。[37]

巴黎的单间比外省的多，住在单间的女工人占服装业调查样本的 31％（即 135 人），制花业的 25％（即 42 人）；少数女工特别贫困，尤其是当她们不是独自生活，还需要照顾孩子和老人时，这样的现象比人们想象得更普遍。调查者详细说明了家庭的构成。他们计算了"空气容量"——这是当时统计空间的单位，往往测量体积而非面积。他们还提到了窗户、壁炉、取暖和照明方式（主要是煤油灯），并简要列出了家具。家具总是很简陋，有时会折射出旧时身份的一些痕迹。他们对卫生和清洁的关注要多于几乎不存在的舒适性或难得一见的装修：墙纸破裂，瓷砖又黑又脏，极少有明亮的瓷砖。

女工的生活条件受许多因素影响，比如亲属的构成，比如以前的社会地位（会留下旧家具和清洁习惯）：A 夫人，60 岁，里昂信贷银行一个职员的遗孀，在洛莱特圣母院街区的七楼有一个 18 立方米的阁楼房。"没有比这房子更好的了。红色瓷砖干净、明亮；黑色小火炉表面锃光。这是我唯一的奢侈品。"她这么说。[38] 街区很重要：住在圣日耳曼或洛莱特圣母院街区体面楼房里的缝纫女工，其生活条件比贝尔维尔、沙罗纳或梅尼蒙当的制花和羽毛女工强。技能也有影响：制作帽子或饰物上的勿忘草、紫罗兰、含羞草等"小花饰"的女工，对她们的技能要求比对专做玫瑰花的女工（容易患上红色苯胺染料引起的疾病）的低，旺季（只持续半年左右）里的日均收入极少超过 1 法郎。这些职业受市场和流行趋势变化的制约，疲惫不堪的旺季与没有收入的漫长淡季交替到来。每个住所都是某种生活轨迹的结果，是与家庭和工作不可分割的生活处境的表达。

在关于"美好年代"的一篇凄惨的报道中，我们可以看到一些例子。一对姐妹，年龄分别为 45 岁和 56 岁，是为家庭妇女和用人做围裙的缝纫女工。三十年间，他们一直同住一个单间，里面堆满箱子，墙纸已经起泡，这个地方既是生产车间也是睡觉的卧室，有一张双人铁床、圆桌、橱柜、缝纫机和几把椅子。她们的衣着甚至也成问题。买了鞋子后，姐妹俩就得在吃食上节省。[39]

相比之下，一个寡居的 46 岁机械女工的命运几乎令人歆羡：在赶工期，她会不停地干活，不做家务也不梳洗，唯一的限制就是机器不能在夜里发出噪声。当时，她每天能赚 5 法郎。她有时会发脾气，也会大吃大喝。为了女儿的订婚和结婚，她耗尽积蓄，还背上了债务。[40]

运气最差的要数那些独居的女人，她们守寡或单身，带着孩子。F 夫人，40 岁，寡妇，是做女式短上衣的缝纫女工，跟 11 岁的女儿同住，每年的房租是 120 法郎（她的收入是 500 法郎）。这个房间的面积为 15 平方米，光线昏暗，层高很矮，朝向一个小院子，整个屋子"像个垃圾窝"，"采光特别差"。进入房间要爬梯子。家具：一张铁床，一张儿童床，几把椅子，一个炉子，一张桌子，一台缝纫机。

P小姐的房间还要糟糕，她是一个40岁的单身母亲，患有贫血症和"早期肺结核"，有一个11岁的女儿。她们住在沙罗纳街的一个阁楼里，在五楼，只有7平方米，进入房间要先走楼梯，然后从又陡又窄的梯子爬上去。家具只有铁床、桌子、两把椅子、火炉、煤油灯。供水点和卫生间在院子里。P小姐从小在修道院长大，她在那里学会了缝纫，做的是男士衬衣。她为了女儿还要缩衣节食，天天吃布里干酪，是"骨瘦如柴的衬衫女工"。

上了年纪的女人因为干活慢，极难做到收支平衡。

一个73岁的缝纫女工，邮递员的遗孀，与她的宠物狗莉莉过着与世隔绝的生活。她住在乐蓬马歇百货附近一个干净明亮的大房间里，每年租金230法郎，虽然就其收入而言实在过高，但她一直坚持住在这里。受租金限制，她只在付租到期的前一天才取出工资。但两件事情打乱了她脆弱的收支平衡：花几个苏购买罂粟和蜀葵；一块镜片碎了。

S夫人，62岁，住处是一个长2.1米、宽1.2米的阁楼，每年租金60法郎，房间很干净，但有臭味。床沿墙靠在窗户底下，她在床上根本坐不直。可以生火，每三天做一次汤。这个患有关节痛的缝纫女工渴望住进养老院。69岁的L夫人也是如此，为了照顾生病的母亲，她不得不制作报酬极低的小花，因为她没有其他技能。"她用铜丝将玫瑰花蕾扎在一根枝蔓上，做成心形。"她每天只吃一顿，吃鸡蛋和肥肉，每年花100法郎在贝尔维尔租用带有两扇窗户的房间。"进房间需要爬一条一不小心就会摔倒的楼梯。"她梦想住进布雷瓦内的养老院，但是她不认识任何一个能帮她申请的人。[41]

有时候，孤独的女工会聚集起来，几个人同住一个房间。这些女人之家引起了观察家们的注意，比如维莱尔梅（1840年），他们着重强调这一群体面临的经济问题。劳动局也做了一些调查。P夫人，48岁，被丈夫抛弃，擅长做小花，在格朗德·卡里埃尔一带有一个26平方米的房间，房间"十分干净，维护得很好"。相比在家，她更喜欢在车间里干活："在这里比在我的房间更开心，但是上了年纪之后，我们会受到嘲笑。"她希望有一个女友与她合住，以减少费用。C小姐，48岁，单身，跟P夫人住在同一个街区，她的房间带有家具，位于一楼，底下就是下水道，每周房租3.5法郎。"这个房间令人生厌：地板脏得恶心，东西凌乱不堪，厨具和衣服离得很近。对这个身体不好、情绪沮丧、经济贫困的女工来说，这里的一切没有什么值得留恋。她没有足够的钱购买煤油灯，只能靠蜡烛照明。'我的房租简直要我去死'。"她说。和P夫人合住总算让她松了一口气。[42]

这些房间是贫困的深渊。然而，居于其中的女人既不是流浪者，也并非没有固定的住所。她们讨厌流浪，讨厌在她们看来危险的街头。她们紧紧依附于自己的房间，这里是她们的避难所和劳动之地，就像是救命稻草。

利摩日的瓷器装饰女工要幸运得多。1903年，社会经济学会写了一篇专论来颂扬这个因家庭团结和居家工作而获救的模范女劳动者。57岁的寡妇，跟三个女儿（分别为34岁、30岁和22岁）住在一个48平方米的大房间里。她们在这里干活，有时会围着一张能够移动的桌子吃饭，但一般是"草草"解决；在这里睡觉，有两张木板床，两个人一张。还有胡桃木桌子，摆放着瓷器、照片、小杯子的壁炉台，缝纫机，炉灶，母亲的草编扶手椅，给猫休息用的红色垫子。她们喜欢宠物。在一位女友的肖像画下，是摆着这个家庭"精美之物"的柜子：座钟，小玩意，圣母像，初领圣体的纪念品。[43] 调查者如果以道德目光来审视的话，这个房间实属美德的典范。

### 封闭的性爱室

妓女们有房间吗？没有。她们能有一张床就谢天谢地了！1811年，巴黎出台的一项法令规定:"任何情况下,同一张床都不得同时供两个妓女使用。"要确保"让每个妓女都有与其他房间完全不同的特殊房间,这种做法前所未有,导致了无数混乱现象".[44] 床要分开,房间要有区别,尽可能地配备衣物和水,这是最低卫生要求。至少这是亚历山大·帕朗-杜夏特莱的希望。

在 1836 年的巴黎,即他著名的调查之地,帕朗-杜夏特莱将妓女分为三类:一类是自由妓女,"有自己的住所,支付税金,从外在看与社会上的其他成员没有任何区别"。总之,这些性工作者独立,不受管束,就像今天的"应召女郎"渴望的那样。这样的卖淫方式曾广泛存在,甚至出现在住宅区,但如今正在消失。第二类同样是没有注册过的妓女,她们为了赚取额外收入而卖淫,常常是偶尔从事此类活动的女佣、女工以及家庭主妇。她们会借用店铺与一二楼之间的夹层,虽然警察规定这些地方要拉窗帘,但她们会通过窗口显露自己。还有第三类妓女:她们会在持证经营的妓院租用有时极为昂贵的房间,每天的租金从 3 法郎到 10 法郎不等。付了租金,她们就可以拥有一张干净的床、一面活动穿衣镜和一个沙发。她们的优势在于可以支配自己的收入,选择要"引诱"的顾客,而且可以更换场所。

帕朗-杜夏特莱厌恶这些非法从业者:她们逃脱卫生部门的监管,传播梅毒和其他传染病。在这位制度之父看来,这是一种祸患,他主张建立一个由妓院[45](maison de tolérance,20 世纪后改为 maisons closes)严格筛选、范围有限的卖淫网络,妓女需要在"老鸨"的指导下通过"挂牌"自由接客,而"老鸨"则由省警察局负责监管并授予资格。在他看来,该网络中的妓女应该会乐在其中,甚至会享受奢侈,她们会感叹妓院的装潢和服务,甚至不用亲自整理床铺。但是,她们很快就会发现自己被剥削的本质,其工作也并不稳定,因此,这些表面的吸引力很快就会消失。

殖民地的卖淫活动最为夸张,在社会和种族等级的共同作用下,一种将强迫和监禁施行到极致的制度建立了。妓院由此成为真正封闭的场所，甚至还有其专属区域，比如摩洛哥著名的布斯比尔区（Bouzbir）就是为部队里有"需要"的士兵设计的。[46] 克里斯泰勒·塔罗曾追溯了殖民地卖淫活动的起源。热尔梅娜·阿齐兹在她具有自传色彩的《封闭的房间》中揭露了其内部运作。[47] 犹太人，孤儿，穷困，热尔梅娜在 1943 年被卖到了博纳（安纳巴）的一家妓院，被迫卖身，像奴隶那样被不停地转手，在殖民统治下的马格里布辗转。她是这么描述博纳的"黑猫"妓院的："房间没有窗户。照明用的灯泡上满是蝇粪。一个洗手盆，一个陶瓷马桶——这是我第一次见，一个衣柜，一把椅子。"每个妓院的装饰都简单至极，无论是"菲利普维尔的红月亮"，还是舒适一点的"阿尔及尔沙发"。房间不仅是需要在此一直干活的地方，还是内心的监狱。"每天晚上，房间里都会充满精液的气味、汗臭味、脚臭味。它们在我身上挥之不去。"从中解脱极其困难，甚至很危险。"在实在无法忍受的时候，我就将自己关在房间里，把床和衣柜推到门后，蜷缩在角落里，像一只被囚禁在封闭房间的、被围猎的动物。屋子里没有灯光，没有新鲜的空气，有时候，精液残留的气味如此强烈，让我恶心到作呕。很长一段时间，这种气味一直折磨着我。"[48] 虽然受尽粗暴对待和侮辱，但她锲而不舍的追求是值得的——最终她成功逃了出来。

总之，在这种以"交媾"为主要目的且速战速决的性行为中，房间不是那么重要。不过，在几个世纪的时间里，对精致和舒适的渴望出现了。中产阶级男性抛弃了那些过于简陋的窑子，把它们留给士兵和无产者，转而光顾更讨他们喜欢的"约会之家"，因为那里更能勾起他们对肉体欢愉的幻想。[49] 在这样的社会背景下，环境、性用品及对种种性幻想的满足更为重要。

## 交际花和被包养的情人

若想"独占花魁",金主必须非常富有。缪法伯爵凭借这一点包养了娜娜。还有人完全做到了另一个层次:夏尔·斯万包养了奥黛特·德·克雷西,并最终娶她为妻。女演员和准上流社会女性的室内生活总是让舆论和小说家着迷。在《娜娜》中,左拉简略描写了她们的房间和床。这位游艺剧院女星的第一个公寓有"一种刺眼的奢华,金黄色的蜗形角桌子和椅子……旧货商那里淘来的一堆旧货……"。不过,娜娜懂得经营房间之道。"卧室和梳洗室是唯二被街区的裱糊师傅打理过的房间";特别是梳洗室,这是"最雅致的地方";她在飘满广藿香的梳洗室接待客人。做了缪法伯爵的情人后,她化身为引领巴黎时尚的"优雅女人"。她搬到维利埃大街的私人公馆,对那里进行彻底改造,她之前做卖花女郎的经历塑造了她。大部分时间里,她不住一楼的华丽套房,而是住在二楼。二楼有三个小房间:卧室,梳洗室,客厅。"这个卧室被她翻新过两次,第一次用的是淡紫色绸缎,第二次用了带花边的蓝色丝绸;但她还是不满意,觉得过于平淡,她继续搜寻,却始终找不到更满意的材料和颜色。那张低矮如沙发的软垫床上的威尼斯针法织绣花了她两万法郎。家具漆成了蓝白两色,镶嵌着银丝;房间里到处铺着白熊皮,甚至地毯上也有;这是娜娜任性的奢侈,但她一直改不掉直接坐在地上脱长袜的习惯。"粉白色丝绸装饰的小客厅让人不禁想起摆着肉欲横流的沙发的禁宫。梳洗室里,紫罗兰已经替代了广藿香,门几乎总是开着,让人可以看见浴缸的白色大理石。[50] 但是,当娜娜坠入情网后,她又回归简朴:"她梦想有一个明亮、漂亮的房间,这是她以前当卖花女时的憧憬,只想要一个红木镜柜和挂着蓝色棱纹布的床。"[51] 她的美好梦想已经遥不可及:有一个属于自己的房间,就像咪咪·潘松(Mimi Pinson)那样。在格朗大酒店的房间里，娜娜孤独地死于天花，擅长风流韵事的亨利·塞亚尔曾经向小说的作者提供过关于该酒店的详细描述。[52]

奥黛特·德·克雷西的附庸风雅反映了时代的潮流。路易十六时期的风格取代了对东方风格的迷恋，随后又出现了装饰艺术。1890 年前后，已经成为斯万夫人的女人将其数年前视为"高雅"的东西贴上"蹩脚"的标签。"在她最常待的房间里，摆满了萨克森瓷器……以前她总担心用人出于无知而去触摸她的中国瓷像和瓷瓶，现在，她更担心那些萨克森的玩意……"[53] 同样，比起日式睡袍，她现在更喜欢华托式的浅色丝绒睡衣，它体现了对个人卫生的要求，在她看来，这比欣赏《蒙娜丽莎》更重要。

风月世界的等级极其清晰，"被包养的女人"与妓院里的妓女有着天壤之别。更别提那些可以自由选择男人和卧室的明星了。人们会幻想莎拉·伯恩哈特住过的房间，里面铺着动物毛皮或黑色绸缎做的软垫，还有人体骨架和奇特的棺材，柱式大床上还铺了绣着天鹅纹样的床罩。人们会羡慕塞西尔·索雷尔的巴洛克羽饰床。[54]

总之，以性谋生似乎比为性而活正常一些。《贪欲的角逐》的女主人公勒内为爱情发狂，按照当时的精神病学，她是一个癔症患者，她与继子近乎乱伦的反常想法加强了肉体的快感，她对这种快感痴迷不已。在左拉这位高尚、敏感的共和派眼里，勒内是商业资产阶级堕落和变质的化身，她沉溺于冬日花园里的酒池肉林，如同"但丁式的感情地狱"。勒内的私人卧室是由"丝绸和花边筑成的巢，一种高雅华丽的奇观"。左拉在描述卧室和梳洗室时颇费笔墨，大量的绸缎、柔和的色调、迷人的气味，处在其中的床是爱情的祭台。"一张红灰相间的大床，看不出是什么木料，因为它被布料和软垫覆盖。床头靠着墙壁，占了整整半个卧室的空间，雕花和蕾丝床幔从天花板一直垂到地毯。还有一个切割成圆形的、给女人用的梳妆台，上面摆着各种头饰、蝴蝶结、荷叶边；宽大的窗帘像撑开的长裙，让人想到恋爱中的高个女子，她正斜身凝思，几乎倒在枕头上。"床是"一座让人膜拜的建筑，如同为某个节日而装饰的小教堂"；床是性的庙宇，将整个房间罩进半暗的壁龛。"仿佛这张床正在伸展，整个房间化为一张巨大的床。"它被深深打上了勒内身体的印记：体形，体温，体味。[55] 这肯定是文学作品中最漂亮的床之一，若要重现男性想象中这张床的肉欲快感，还得借助库尔贝和马奈（《奥林匹亚》）的画笔。

## 拥有自己的房间

在人生的各个阶段，女人都渴望拥有属于自己的房间。少女无法忍受与作息时间不同的姐妹合住。① 成熟的女孩渴望走出家庭的茧房。西蒙娜·德·波伏瓦讲述过她借住在祖母家时的喜悦心情，1929 年 9 月参加完教师资格考试后，她搬到了丹费尔-罗什洛一带。"我终于有自己的窝了！"当时，《我的日志》（Mon Journal）杂志明确了哪些是不可或缺的家具，波伏瓦从中得到灵感，把客厅改成了小房间：长沙发，桌子，书架；她在这个小得不能再小的房间里住了很长时间。她不在乎装饰，最喜欢彻底的自由。"只要能关上房门，我就满意至极。"[56]

来自乡村和外地的流动女性需要在城里定居，才能进入劳动市场：19世纪是服装业，20 世纪是办公室服务或私人服务。她们每个人都可能成为七楼的住客。让娜·布维埃于 1879 年来到巴黎，她想摆脱纺纱女工的身份，

---

① 雅克琳娜·拉卢埃特的证词："和姐姐的争吵变得非常频繁、非常激烈，于是在我们中学的最后一年……父母只能在街区给我找了一个房间，在离婚独居的夫人家里。因此我每天晚上吃完饭就会离开家"，一直到我们搬家后，两个姐妹才各自拥有了一个房间（2009 年 2 月 21 日书信）。

她从 11 岁起就在伊泽尔以纺织为生。她熟悉用人住的阁楼，里面没有炉火，也不可能做饭。"我的收入无法负担带壁炉的房间。"在服装作坊的收入提高后，她决定住进"有自己家具的房间"。她给自己定做了一张床，壁炉里终于生了火，她还希望在乡下有一座房子用来安享晚年。[57] 牧羊女玛格丽特·奥杜离开索洛涅地区[58] 来到巴黎，先后在数家作坊里打工，直到最终安定下来，她在第二部小说中描述过那家作坊。[59] 单身，年轻，往往被引诱、被抛弃，带着孩子，这些女工也是顶楼的住客。桑德里娜是一个患肺结核的年轻缝纫女工，她的房间"小得可怜，一边只有一张床。另一边摆了桌子和两把椅子；中间的过道容不下人。房间里有不少叠起的木板架，但最引人注目的还是孩子们的照片"。这是城市中的女性"拥有"空间的方式之一。

在当代流动劳工看来，"这里不仅是居住的房间"。她们来自中欧和马格里布地区，佩拉·塞法蒂-加尔松收集了 20 世纪初的诸多案例。[60] "这是一个贝壳"和"避难所"，是巴黎屋顶的瞭望台。在这些背井离乡之人的生活尚不稳定的时期，她们将房间视为自己的家。本来就不存在的家具没有那么重要，重要的是构成家庭世界的那些物品，比如所爱之人的相片。"我有一个属于自己的房间，我开始装饰它……可以在其中放一些物品。真的，这里就是我的家。"打开容纳私人物品的行李箱或纸板箱，装饰一下墙壁，亲近这座城市的某处风景，在继续旅程和计划之前，先在某个"中转站"歇脚、休息、喘息。

在身无分文又没有专属房间的情况下，女性要如何写作呢？弗吉尼亚·伍尔夫在《一间自己的房间》里思考过这个问题，这是一篇值得全文引用的妙文。在"Oxbridge"（牛津和剑桥大学）召开的女性与小说研讨会上，她对女性在历史上的沉默、在创作中的缺席提出了质疑。莎士比亚的姐妹在干什么呢？为什么她没有写作？她会写作吗？16 世纪的女人有房间吗？她们在房间里做什么？弗吉尼亚思考着"那些曾经对女性关闭的门"和女性故事的多样性，只有她们才懂得讲述这些故事，就如她自己在许多小说中做的那样。① 要想用笔书写她们的经历，作家至少需要具备以下条件：一小笔钱和一个属于自己的房间。弗吉尼亚和丈夫伦纳德各自拥有一个房间，这是英国富裕阶层的习惯；她经常待在房间里。她有一种强烈的隐私观念。有一天，霍加斯出版社的韦博一家来访，她被比阿特丽斯过于随便的举动吓到了："吓死人了，韦博太太第二天早上走进我的卧室来和我道别，她镇定自若地站在我的床头，眼神掠过我的长筒袜、三角裤和夜壶。"[61]

14 世纪末，克里斯蒂娜·德·皮桑（1364—1430）待在"天使报喜"似的小屋里：不过她是独自一人，而且是在写作。她在丧夫后隐居。"我情愿孤独/因为守孝，我必须沉默/面对人们，心里的哀伤啊/只有向自己倾诉/要重拾欢愉时光/我情愿投入/投入细微的研究。"[62] 在文本旁装饰的微缩画中，她这样写道。她大胆地做了只有教士才能做的事。

长期以来，女性被限制自由阅读：人们认为自由阅读有违女性职能，而且会对思想造成危害。女性阅读者是油画钟爱的主题，常常与沙发或床榻等情色物件相关。[63] 对许多女性来说，直到 20 世纪初，阅读还是一种被隐藏的乐趣，只能每天晚上在床上偷偷进行，借着烛光或调暗的灯光。[64] "你可以关灯了吗？"女孩上学的机会没有男孩的多，她们不得不偷偷学习，根据个人习惯从书籍和报刊中汲取知识。书籍在印刷术发明之后得到普及，文艺复兴运动也激发了人们对书籍的需求。勃艮第的前修女加布里埃尔·苏尚（1632—1703；她离开修道院后还继续蒙着头纱）曾经谈论过这种"卧室里的学校"。她在卧室里自学拉丁文，当时这是教士的语言，禁止女人学习。她以撰写专论而闻名，成为女性哲学家的先驱。[65]

写作更麻烦。女性作家难以获得公共和私人空间，难以在家中安静地写

---

① 弗吉尼亚·伍尔夫的小说，如《达洛维夫人》和《到灯塔去》，是关于房子和房间的小说，对房间的回忆要多于描写。

作。[66] 伊迪丝·华顿在床上写作，这是唯一让她感觉安静的地方，不用穿紧身胸衣，身体自由自在；写满几页纸之后，她会请女秘书拿去打印。[67] 艾米莉·狄金森从来不曾离开父亲的住所。有一天，她把侄女玛莎带到自己的卧室，关上门对她说："玛蒂，现在你自由了。"在简·奥斯汀的作品中，女主人公常常躲起来，追寻隐秘的生活。乔治·桑也有在夜里写作的爱好。情人已入睡，家人已休息，她可以自由地在纸上抒发自己的激情。这一刻的时光专属于她，她无须向任何人索取。她的书桌就是她的夜晚。

## 西蒙娜·德·波伏瓦的房间

对于租住的房间，西蒙娜·德·波伏瓦首先关注写作用的桌子。在马赛："这不是合我意的房间：一张大床、几把椅子和一个衣柜；对我来说，有一张大桌子才方便写作。"[68] 就像《恶心》中的洛根丁（她是该人物的原型之一），她对柔软的装饰很不在意。在鲁昂：她逃离了"一个布置精致的房间，窗户外就是安静的大花园"，宁愿选择拉罗什富科旅馆，"在这里，我能听见让人安心的火车汽笛声"。[69] 在巴黎：她先是和萨特一样，习惯在咖啡馆工作，"我从不在自己的房间干活，而是在咖啡馆最里面的雅座"。然而，她对房间的态度与萨特并不相同，战争改变了她的想法。后来，波伏瓦常常住在旅馆——米斯特拉尔旅馆、塞纳街的路易斯安那旅馆、夏普兰旅馆，她想要带厨房的房间，好方便"家庭"吃饭：奥尔加、博斯特、旺达，还有其他人，这个"家庭"聚集在萨特和她身边。她放下面子，从这里或那里弄来可怜的粮食。"我不认同家庭主妇的身份，但我了解她们的快乐。"[70] 她有时也会向往这样的日子。有一段时间，她期盼有"一个能够按我的喜好来布置的小公寓。我不是非要过那种放纵的生活。"[71] 在里昂森林小镇

（Lyons-la-Forêt）周边，她租了一个符合女孩梦想的茅屋："我为她提供了朝思暮想的家：一间属于自己的小屋。"可惜的是，她既没有时间也没有钱，旅馆耗尽了她的财产。"我拥有巴黎，巴黎的街道、广场、咖啡馆。"1945年至1946年，在路易斯安那旅馆里，这对精英各自住一个房间。萨特的房间里堆满杂物，他还生了病。"脏厨具、旧纸张、书籍日日堆积，落脚的地方都快没了。"[72] 1946年春天，萨特暂时安顿在母亲家，他终于摆脱了家庭的烦扰。在咖啡馆写作的时光结束了，他们二人的名气太大，无法再在咖啡馆里享受安宁。

西蒙娜避开花神咖啡馆的嘈杂，选择在自己的房间里写作。"我已经三个星期没有走出我的房间了……休息得很好，也很有成效。"[73] 然而，她很快开始厌倦这种生活。"我受不了一直待在旅馆；我在这里常常受到记者和报道的骚扰。"她的地位变了，公开的空间无法再保证必需的隐匿。1948年秋天，她搬到比舍尔街一个由她亲自打理、家具齐全的房子里。"我给窗户装了红色的窗帘，买了绿色的青铜落地灯，那是贾科梅蒂的创意，并由他的弟弟制作。我在墙上和天花板的主梁上挂了一些旅行纪念品。"[74] 透过窗户，她可以看见塞纳河和巴黎圣母院。"我的生活方式变了。我待在家里的时间变得更多。'家'这个词承载了新的含义。在过去的很多日子里，我什么都不曾拥有，没有家具，也没有衣橱。"她的壁橱里挂满了异国服装，房间里摆满了"不值钱，但是对我来说很珍贵的物品"，这些都是她在外漂泊的痕迹。她买了一台唱机，打造了一个唱片厅，晚上就和萨特一起听音乐。"我喜欢面对窗户工作：被红色窗帘框起来的蓝色天空就像伯纳德的油画。"[75] 她在"属于自己的房间里"变得成熟。1952年，她爱上了克劳德·朗兹曼，后者回忆过"她在比舍尔街11号顶楼那个满屋红色装饰的房间"。[76] 这是一段漫长关系的开端："我们一起生活了整整七年，从1952年至1959年。其中两年多的时间，我们甚至同住在这个27平方米的单间，而且……为我们的融洽感到骄傲。"[77] 1955 年,《名士风流》获得龚古尔奖,并成为畅销书,西蒙娜·德·波伏瓦在舍尔歇街购入了一个小公寓,她住在这里直至去世(1986 年)。在这个堆满了回忆的"单间公寓"(studio,她继续使用这个词)里,她开心地接待了已经长大、变化的"家庭成员"。她有大量访客,克莱尔·埃切雷利回忆过她落座的"黄色沙发";还有经常不舒服的萨特。"事物的力量"正在悄然运行。

在今天,拥有工作室的女性作家还比男性少吗?她们更喜欢在自己的房间里写作。1982 年的一项调查[78](已经过时且不够系统)显示,在床上写作的女性作家的确更多,弗朗索瓦丝·萨冈也是如此,一如安娜·德·诺阿伊和科莱特。在生命末年,科莱特再没有离开她的"舟床";靠着枕头,在"高处的孤独"中,她于波利尼亚克公主赠送的床桌上写作。[79] 玛丽·卡尔迪纳只能"躺着写作……不管在什么地方:在旅馆的房间或在睡袋里",她没有坐着的想法。但是,对床评价最高的当数达尼埃勒·萨勒纳夫,她引用了杰出前辈的例子:儒贝尔,普希金,普鲁斯特。"最后,只有在床上才能好好创作……因为床与其他地方完全不同:不仅是出生、痛苦与死亡之地,还是梦想和享受之地。这不是胡说八道。卧室的四壁会吸收梦的痕迹,就像金字塔的墙壁,其垒起的砖块与外界隔离,完全献给内部的辉煌。"[80] 无论男女,作家痛苦的身体都需要床来抚慰。


## 走出房间


比起柔软的床,西蒙娜·德·波伏瓦更喜欢结实的桌子。她拒斥家庭的沉重及其对家庭妇女的异化。这是《第二性》的重要主题之一。在突尼斯旅行期间,她路过一个穴居村庄,"地下洞穴里蹲着四个女人",四个不同年龄的妻子，她们的君主是一个"穿着一身白衣……面带微笑、阳光的年轻男人"。她们只有到了夜晚才走出洞穴，"蒙着头巾，悄然无声"。"这个阴暗的洞穴、内在的王国像子宫，又像坟墓"，波伏瓦将其视为女性身份的象征。[81] 她看到她年轻的同事们以一种近乎异化的热情扮演家庭主妇的角色，这让她非常痛苦。

最重要的是，这个不知疲倦的行者喜欢自由的空气，喜欢徒步出游，去阿尔卑斯山或普罗旺斯，她在马赛教书时，背着背包将这些地方彻底游览了一遍。这些游历为她创造了幸福感，它们就是《岁月的力量》中所述的快乐。在 19 世纪，很多女性通过旅行实现了自我解脱，她们渴望探索长期以来被禁止探索的世界。乔治·桑是城市里的闲逛者（主要在巴黎游荡）[82]、乡村的女骑手、自然主义者的领路人、欧洲的探险者，她颂扬了踏上"无主之路"的益处，并将飞鸟视为自己的象征。"只要我们面前还有一点空间，就还有希望。""生命就是一条为生活而旅行的路。"她喜欢在诺昂的甜美生活，那里是她的庇护所，也是她的"天堂"；她也喜欢那些真实或想象中的理想房间。

当代的女性主义者强烈反对将封闭视为女人的"天性"。她们要求把旅行和游牧主义当作生活的哲学和方式。[83]

如果没有更好的选择，女人可以通过梦想来逃避现实。像艾玛·包法利那样："她将臂肘支在窗台上，她经常这样坐在窗前。在乡下，窗户替代了剧院和散步。"像所有隐士那样，通过想象来旅行。福楼拜给勒鲁瓦耶·德·尚特皮小姐写信说："开阔您的眼界，您会更自由地呼吸。如果您是年仅 20 岁的男人，我会请您坐船环游世界。好吧！就在您的房间里环游世界吧。"[84] 想象可以无边无际。

女士们的房间是世界的阳台。

167

［1］ 弗吉尼亚·伍尔夫，《一间自己的房间》，克拉拉·马尔罗（Clara Malraux）翻译，巴黎，Denoël 出版社，1977 年；重版，巴黎，UGE 出版社，"10/18" 丛书，1992 年，第 131 页。

［2］ 参阅皮埃尔·邦特，《世界报》，2007 年 7 月。

［3］ 贝尔纳·埃德尔曼（Bernard Edelman），《康德的房子》（*La Maison de Kant*），巴黎，Payot 出版社，1984 年，第 2 章，"被驯化的女人"。

［4］ 西格蒙德·弗洛伊德，《梦的解析》，巴黎，PUF 出版社，第 302 页，注释 3："法国人和根源于拉丁民族的人，没有用来指代女人房间的 Frauenzimmer 一词，但是在他们的梦中，房间象征性地代表女人。"

［5］ 伊曼纽尔·列维纳斯（Emmanuel Levinas），《整体与无限：论内在性》（*Totalité et Infini. Essai sur l'intériorité*, 1971），巴黎，LGF 出版社，1990 年，第 319 页；"住所"，第 162—203 页。

［6］ 达尼埃勒·雷尼耶-博莱，见菲利浦·阿利埃斯和乔治·杜比的《私人生活史，从古代到当今》，见前引，第 2 卷，第 375 页。

［7］ 杜潘鲁主教（Mgr Dupanloup），《博学的女性和勤奋的女性》（*Femmes savantes et femmes studieuses*），第 5 版，巴黎，Douniol 出版社，1863 年，第 76 页。

［8］ 参阅维罗尼克·勒鲁-于贡（Véronique Leroux-Hugon）的《巴黎医院的女护士：一个职业的开端（1871—1914）》［*Infirmières des hôpitaux parisiens. Ébauche d'une profession (1871-1914)*］，历史学博士论文，巴黎七大，1981 年。

［9］ 弗朗索瓦丝·弗拉蒙（Françoise Flammant），《她们振翅高飞：1970 年代激进女权主义者的路线》（*À tire d'elles. Itinéraires de féministes radicales des années 1970*），雷恩，PUR 出版社，2007 年。

［10］ 保罗·韦纳（Paul Veyne）主编的《后院的秘密》（*Les Mystères du gynécée*），巴黎，Gallimard 出版社，1998 年，第 10 页。

［11］ 弗朗索瓦·利萨拉戈（François Lissarague），"后院图像"，同上，第 157 页，后引同；参阅弗朗索瓦丝·冯蒂希-迪库的《女士们的作品》，见前引。

［12］ 雷蒂夫·德·拉布勒托纳（Rétif de La Bretonne），《后院女子，或两个忠诚女人为女性归位并实现两性幸福而向全欧洲建议的解决方案之想法》（*Les Gynographes, ou idées de deux honnêtes femmes sur un projet de règlement proposé à toute l'Europe pour mettre les femmes à leur place, et opérer le bonheur des deux sexes*），La Haye 出版社，1777 年。

［13］ 参阅阿尔坦·戈卡尔普的《后院：神话和现实》，见前引。这部综合性著作已经在本章完稿后出版面世，书中精妙的插图出自一位顶级专家之手。

［14］ 阿兰·格罗里夏尔（Alain Grosrichard），《禁宫的结构：古典西方对亚洲专制主义的想象》（*Structure du sérail. La fiction du despotisme asiatique dans l'Occident classique*），巴黎，Seuil 出版社，1979 年；尤其是第三部分，"禁宫暗影"，我们的材料主要参考了这一部分。参阅马莱克·舍贝尔（Malek Chebel）的《禁宫的思想》

（*L'Esprit du sérail*），第二版，巴黎，Payot 出版社，"袖珍书"丛书，1995 年。

[15] 阿兰·格罗里夏尔，《禁宫的结构：古典西方对亚洲专制主义的想象》，见前引，第 178 页。

[16] 乔斯琳·达科利亚（Jocelyne Daklia），"后宫：女人之间的事"（Harem: ce que les femmes font entre elles），见《Clio》杂志，第 26 期："禁闭"（Clôtures），2007 年，第 61—87 页。

[17] 法蒂玛·梅尔尼希（Fatima Mernissi），《后宫和西方》（*Le Harem et l'Occident*），巴黎，Albin Michel 出版社，2001 年。

[18] 作者同上，《女人梦：后宫中的童年》（*Rêves de femmes: Une enfance au harem*），巴黎，Albin Michel 出版社，1996 年，第 71 页。

[19] 参阅路易-乔治·丁的《异性性爱文化的发明》，见前引。

[20] 让娜·布兰（Jeanne Bourin），《女人的房间》（*La Chambre des dames*），巴黎，La Table ronde 出版社，1979 年，第 316 页。

[21] 菲利浦·阿利埃斯、乔治·杜比，《私人生活史，从古代到当今》，见前引，第 2 卷，第 88 页，后引同。关于让娜·布兰的著作所引发的关于历史书写和意识形态的激烈争论，主要是与索邦大学教授罗贝尔·福西耶（Robert Fossier）的争论，参阅戴尔芬·诺蒂耶（Delphine Naudier）的"让娜·布兰：1985 年与高校学者论争的历史小说家"（Jeanne Bourin: une romancière historique aux prises avec les universitaires en 1985），见尼科尔·佩尔格兰（Nicole Pellegrin）主编的《女历史学家们的故事》（*Histoires d'historiennes*），圣艾蒂安大学出版社，2006 年。

[22] 参阅阿兰·科尔班的《性和谐：从启蒙运动至性学诞生期间体验快感的方式》，见前引，第 352 页，后引同；让-玛丽·古勒莫，《一只手就能阅读的那些书：18 世纪色情书刊的阅读和读者》，见前引。

[23] 参阅马赛尔·贝尔诺（Marcel Bernos）的《法国古典主义时期教会的女性和教职人员（17—18 世纪）》[*Femmes et gens d'Église dans la France Classique (XVIIᵉ –XVIIIᵉ siècles*)]，巴黎，Le Cerf 出版社，2003 年。

[24] 参阅尼科尔·佩尔格兰的《旅行途中的禁闭（16 世纪末—18 世纪初）》[*La clôture en voyage (fin XVIᵉ - début XVIIIᵉ siècle*)]，《Clio》杂志，第 28 期："女性旅行者"，2008 年，第 76—98 页。

[25] 参阅热纳维耶芙·雷纳（Geneviève Reynes）的《女子修道院：17—18 世纪法国入院修女的生活》（*Couvent de femmes. La vie des religieuses cloîtrées dans la France des XVIIᵉ et XVIIIᵉ siècles*），巴黎，Fayard 出版社，1987 年；尼科尔·佩尔格兰，"论隐修及其漏洞：旧制度时期的女子修道院"（De la clôture et de ses porosités. Les couvents de femmes sous l'Ancien Régime），见克里斯蒂娜·巴尔（Christine Bard）主编的《领地的种类》（*Le Genre des territoires*），雷恩，PUR 出版社，2004 年；奥迪勒·阿诺尔德（Odile Arnold），《肉体和灵魂：19 世纪修女的生活》（*Le Corps et l'âme. La vie des religieuses au XIXᵉ siècle*），巴黎，Seuil 出版社，1984 年。

[26] 科莱特（Colette），《克罗蒂娜的家》（*La Maison de Claudine*），见《全集》，克洛德·皮舒瓦（Claude Pichois）编辑，巴黎，Gallimard 出版社，"七星文库"，1986 年，

第 2 卷，第 1012 页。

[27] 安娜-克莱尔·勒布莱扬，《恋人间的私密，法国，1920—1975 年》，见前引；女作者使用了存于昂贝略昂比热图书馆（安省）的 APA 自传材料。

[28] 参阅雅克·热利（Jacques Gélis）、米雷耶·拉热（Mireille Laget）、玛丽-弗朗斯·莫雷尔（Marie-France Morel）、斯卡莱特·博瓦莱-布图伊里（Scarlett Beauvalet-Boutouyrie）、弗朗索瓦丝·戴博（Françoise Thébaud）以及伊芙娜·科尼别勒（Yvonne Knibiehler）等人的著述。我们引用了最后这位作者的《分娩：20 世纪中期以来的产妇、接产员和医生》（Accoucher. Femmes, sages-femmes et Médecins depuis le milieu du XXᵉ siècle），雷恩，ENSP 出版社，2007 年；她描述了接产员这个职业的衰落和现代变化；参阅第 1 章，"分娩：私人的事，女人的事"。

[29] 参阅尼科尔·阿隆松（Nicole Aronson）的《朗布耶夫人，或蓝色房间的魔法师》（Madame de Rambouillet ou la magicienne de la chambre bleue），巴黎，Fayard 出版社，1988 年；玛丽亚姆·杜福尔-麦特尔（Myriam Dufour-Maître），《女才子：17 世纪法国女性文学家的诞生》（Les Précieuses. Naissance des femmes de lettres en France au XVIIᵉ siècle），巴黎，Honoré Champion 出版社，1999 年。根据马克·弗马洛里，蓝色房子的金色传说是从 19 世纪开始构建起来的；参阅《思想外交》（La Diplomatie de l'esprit），巴黎，Hermann 出版社，1994 年。

[30] 巴桑维尔伯爵夫人（Comtesse de Bassanville），《经营一个房子的艺术》（L'Art de bien tenir une maison），巴黎，Broussois 出版社，1878 年。

[31] 保罗·热布（Paul Reboux），《生活新艺术》（Le Nouveau Savoir-Vivre），巴黎，Flammarion 出版社，1948 年，第 191 页。

[32] 阿尼克·提耶（Annick Tillier），《村庄里的女犯人：布列塔尼地区的杀婴女人（1825—1865）》［Des criminelles au village. Femmes infanticides en Bretagne (1825-1865)］，阿兰·科尔班作序，雷恩，PUR 出版社，2001 年，第 175 页，后引同。

[33] 居斯塔夫·福楼拜，《一颗简单的心》（1877 年），《三个故事》，见《全集》，见前引，第 2 卷，第 573 页。

[34] 安娜·马丁-菲吉耶，《女佣的地位：1900 年从事家庭服务的女性》（La Place des bonnes. La domesticité féminine en 1900），巴黎，Grasset 出版社，1979 年；重版，Le livre de Poche 出版社，1985 年。主要参阅第 1 卷第 4 章，"住所"。关于人际关系，参阅热纳维耶芙·弗雷斯（Geneviève Fraisse）的《多面手女人：论家政服务》（Femmes toutes mains. Essai sur le service domestique），巴黎，Seuil 出版社，1979 年。

[35] 卡特琳娜·阿扎洛娃，《集体公寓：被隐藏的苏维埃住宅史》，见前引。在集体公寓里，这些保姆房常常被用来堆放杂物。

[36] 劳动部，劳动局，《关于服装业居家劳动的调查》（Enquête sur le travail à domicile dans l'industrie de la lingerie），巴黎，国家印刷局，5 卷，1911 年；作者同上，《关于人造花加工居家劳动的调查》（Enquête sur le travail à domicile dans l'industrie de la fleur artificielle），巴黎，国家印刷局，1913 年。关于"劳动局"，参阅伊莎贝

尔·莫雷-莱斯皮内（Isabelle Moret-Lespinet）的《劳动局，1891—1914 年：共和国与社会改革》（*L'Office du travail, 1891 - 1914. La République et la réforme sociale*），雷恩，PUR 出版社，2007 年。

[37] 参阅安娜·吕西耶（Anne Lhuissier）的《19 世纪的民众饮食和社会改革》（*Alimentation populaire et réforme sociale au XIXᵉ siècle*），巴黎，Maison des sciences de l'homme 出版社，2007 年；米歇尔·佩罗，《罢工的工人》（*Les Ouvriers en grève*），巴黎，Mouton 出版社，2 卷，1974 年，第 1 卷，"工人消费者"，第 216 页，租金问题。

[38] 劳动局，《关于人造花加工业居家劳动的调查》，见前引，XLIII，第 204 页：早上，她忙家务，不吃肉，不喝酒；以服装活为生。

[39] 作者同上，《关于服装业居家劳动的调查》，见前引，第 1 卷，XLV，第 329 页。

[40] 同上，XVII，第 661 页。

[41] 作者同上，《关于人造花加工业居家劳动的调查》，见前引，XXIV，第 175 页。

[42] 同上，XXX 和 XXXI，第 187—189 页。

[43] 《两个世界的工人》（*Les Ouvriers des Deux Mondes*），系列 3，第 1 卷，第 98 期，L. 德·马亚尔于 1903 年汇编的评论。

[44] 亚历山大·帕朗-杜夏特莱（Alexandre Parent-Duchatelet），《论巴黎的卖淫活动》（*De la prostitution dans la ville de Paris*），巴黎，Jean-Baptiste Baillière 出版社，1836 年，第 1 卷，第 285—287 页。

[45] 参阅达尼埃勒·普布朗（Danièle Poublan）的"封闭与妓院：作家们的词汇"（Clôture et maison close: les mots des écrivains），《Clio》杂志，第 26 期，2007 年，第 133—144 页。据作者考证，这个表达在 20 世纪初期出现，并在 20 世纪 30 年代流传开来，常被视作一种过去的表达，普鲁斯特在《女囚》中也使用了该词，见前引。

[46] 参阅克里斯泰勒·塔罗（Christelle Taraud）的《殖民地卖淫活动：阿尔及利亚，突尼斯，摩洛哥（1830—1962）》（*La Prostitution coloniale. Algérie, Tunisie, Maroc, 1830 - 1962*），巴黎，Payot 出版社，2003 年。

[47] 热尔梅娜·阿齐兹（Germaine Aziz），《封闭的房间：阿尔及利亚一个犹太妓女的故事》（*Les Chambres closes. Histoire d'une prostituée juive d'Algérie*），克里斯泰勒·塔罗作序，巴黎，Stock 出版社，1980 年；重版，巴黎，Payot 出版社，2007 年。热尔梅娜·阿齐兹（1926—2003）成功逃离妓院，后成为《解放报》的记者。

[48] 同上，第 77 页。

[49] 阿兰·科尔班，《新婚女孩：19 世纪的性痛苦和卖淫》（*Les Filles de noce. Misère sexuelle et prostitution au XIXᵉ siècle*），巴黎，Aubier 出版社，1978 年。

[50] 埃米尔·左拉，《娜娜》（1880 年），见《卢贡-马卡尔家族》，巴黎，Gallimard 出版社，"七星文库"，1977 年，第 2 卷，第 1347 页。公馆属于上流社会有名的德拉比涅夫人，位于马勒泽布大道，作家曾在画家吉耶梅的引导下参观过这里。在里沃利大街的装饰艺术博物馆，人们还能看到该公馆留存下来的东西。

[51] 同上，第 1287 页。

[52] 复制的图纸，同上，第 1730 页。

［53］ 马塞尔·普鲁斯特，《在少女花影下》，见前引，第 615—616 页。这是通过奥黛特客厅的描述表达她对东方风格的迷恋，第 220 页。

［54］ 安娜·马丁-菲吉耶，《女演员：从玛斯小姐到莎拉·伯恩哈特》（*Comédienne. De Mlle Mars à Sarah Bernhardt*），巴黎，Seuil 出版社，2001 年。关于女演员的房间，参阅塞维利娜·朱芙的《19 世纪末文学和居所中的痴迷与堕落》，见前引，第 181 页，后引同。

［55］ 埃米尔·左拉，《贪欲的角逐》，见《卢贡-马卡尔家族》，见前引，第 1 卷，第 477 页。

［56］ 西蒙娜·德·波伏瓦，《岁月的力量》（1960 年），巴黎，Gallimard 出版社，"Folio"文库，1986 年，第 17 页。

［57］ 让娜·布维埃（Jeanne Bouvier），《回忆录》，巴黎，Maspero 出版社，1983 年。

［58］ 玛格丽特·奥杜（Marguerite Audoux），《玛丽-克莱尔》（*Marie-Claire*，1910 年），巴黎，Grasset 出版社，1987 年；该小说曾荣获费米娜奖。

［59］ 作者同上，《玛丽-克莱尔的车间》（*L'Atelier de Marie-Claire*，1920 年），巴黎，Grasset 出版社，1987 年。

［60］ 佩拉·塞法蒂-加尔松（Perla Serfaty-Garzon），《终于在自己家了？生活和移民的女性故事》（*Enfin chez soi? Récits féminins de vie et de migration*），巴黎，Bayard 出版社，2006 年。这些女性移民先到法国，后去加拿大定居。

［61］ 弗吉尼亚·伍尔夫，《日记全集，1915—1941 年》，巴黎，Stock 出版社，2008 年，第 190 页，1918 年 9 月 10 日。锡德内和比阿特丽斯·韦博是著名的社会主义人士，伍尔夫夫妇经常跟他们见面。

［62］ 克里斯蒂娜·德·皮桑，《妇女城》（*La Cité des dames*，1404—1405 年），泰蕾丝·莫罗（Thérèse Moreau）和埃里克·希克斯（Éric Hicks）翻译、推荐，巴黎，Stock 出版社，1986 年，第 19 页。

［63］ 参阅西尔万·马雷夏勒（Sylvain Maréchal）的《关于禁止女性学习识字的法案》（*Projet de loi portant défense d'apprendre à lire aux femmes*），巴黎，1801 年；重版，巴黎，Fayard 出版社，2007 年。

［64］ 参阅安娜-玛丽·蒂埃斯（Anne-Marie Thiesse）的《日常生活小说："美好年代"的读者和流行读物》（*Le Roman du quotidien. Lecteurs et lectures populaires à la Belle époque*），巴黎，Chemin vert 出版社，1984 年。

［65］ 塞维利娜·奥弗雷（Séverine Auffret）编辑和介绍了她的数篇文章：《论道德与政治》（*Traité de la morale et de la politique*，1693 年），巴黎，Les femmes 出版社，1988 年；《小论无理强加给女性的脆弱、轻佻和善变》（*Petit Traité de la faiblesse, de la légèreté et de l'inconstance qu'on attribue aux femmes mal à propos*，1693 年），巴黎，Arléa 出版社，2002 年。

［66］ 参阅克里斯蒂娜·普朗戴（Christine Planté）的《巴尔扎克的小妹：论女性作家》（*La Petite Soeur de Balzac. Essai sur la femme auteur*），巴黎，Seuil 出版社，1989 年。

［67］ 阿尔贝托·曼古埃尔，《阅读史》，见前引，第 219 页。

[68]　西蒙娜·德·波伏瓦，《岁月的力量》（1960 年），见前引，第 105 页（马赛，1931 年）。

[69]　同上，第 140 页（1932 年返回）。"我觉得我生活在巴黎，却住在偏僻的郊区。"

[70]　同上，第 576 页。

[71]　同上，第 319 页。

[72]　同上，第 219 页。

[73]　同上，第 125 页。

[74]　同上，第 231 页。

[75]　同上，第 321 页。

[76]　克劳德·朗兹曼（Claude Lanzmann），《巴塔哥尼亚野兔》（*Le Lièvre de Patagonie*），巴黎，Gallimard 出版社，2009 年，第 218 页。

[77]　同上，第 250 页。

[78]　弗朗西斯·戴维，《作家们的卧室》，见前引。

[79]　阿尔贝托·曼古埃尔，《阅读史》，见前引，第 219 页。

[80]　弗朗西斯·戴维，《作家们的卧室》，同上，第 176—177 页。

[81]　西蒙娜·德·波伏瓦，《第二性》（1949 年），巴黎，Gallimard 出版社，"Folio"文库，1998 年，第 1 卷，第 139 页。

[82]　在一个女人极少这样做的时代。参阅卡特琳娜·内西（Catherine Nesci）的《一个闲逛的男人和一群闲逛的女人：浪漫时代的女人和城市》（*Le Flaneur et les Flaneuses. Les femmes et la ville à l'époque romantique*），格勒诺布尔，Ellug 出版社，2007 年。

[83]　参阅罗西·布雷德蒂（Rosi Braidotti）的《游牧主体：当代女性主义理论中的体现和性别差异》（*Nomadic Subjects. Embodiment and Sexual Difference in Contemporary Feminist Theory*），纽约，哥伦比亚大学出版社，1994 年。

[84]　居斯塔夫·福楼拜，1857 年 6 月 6 日信，《通信集》，第 2 卷：1851—1858 年，巴黎，Gallimard 出版社，"七星文库"，1980 年，第 732 页。

# 旅馆的房间

　　对现代旅行者来说，旅馆的房间是一段美好的旅途必要或基本的条件。旅行者渴望离开人群，在房间里休息；他们需要安静的睡眠，舒适的床榻，好用的空调（特别是冬天可以取暖），一张写字台，柔和、不过于黯淡的照明，放衣服的壁橱或屉柜，最重要的是私人浴室和卫生间。比起朝向天井的窗户，观光游客更喜欢漂亮的外景；爱美之人喜欢乡村的老式木家具；孤独者喜欢隐秘的安全感；恋爱者喜欢如同深港的软床、被墙壁和帘幔保护的私密；贵宾喜欢毕恭毕敬的接待；政治家喜欢心照不宣的默契；商人喜欢便利的服务和最低限度的舒适。旅店根据各自条件彼此竞价，根据星级和消费提供相应服务。

　　从地球上的一个地方到另一个地方，旅行者可以预想到客房的样子。对商务人士或工程师来说，雷同的房间让他们安心，也让他们厌倦。一成不变的环境可以平息他们的焦虑，虽然也容易让他们产生厌倦的情绪和地理错乱的感觉。现代旅馆的房间拒绝独特性①，反对冒险。从此，轮到个体在行李上体现独特之处了。旅店提供的无线网络加强了这种相似性。

　　情况并非向来如此。在为旅行者提供服务的方式上，旅馆业经历了漫长

---

① 有些旅馆（一般是豪华旅馆）会努力营造个性化的房间，会借用当地的历史和文化元素。

的变化。从简单的聚集地过渡到有配套设施的房间，再到客栈和豪华大酒店，达尼埃尔·罗什梳理过从中世纪至 19 世纪客栈发展的脉络，卡特琳娜·贝尔托·拉维尼尔则分析过其现代转变。[1] 旅馆与旅行的方式与交通工具相关，每一种交通工具都有自己的停靠点。客栈对应骑马，旅馆对应铁路，汽车旅馆与公路和汽车有关。旅馆的舒适性取决于技术进步，其形式取决于个体需求。大部分居住者只是过客。过去，有些客人会在旅馆长住，贫穷者是因为经济拮据，富人则是出于自由选择。需求的多样性在场所的丰富性中体现。

旅馆的房间代表着从未有过的奢侈。商人或朝圣者希望为自己的马找到过夜之地，为自己找一张床休息，甚至别人的床也行。旅馆是约会、诱奸或私通之地，给财产甚至生命带来威胁。客栈声名狼藉，这在文学作品中经常出现，正如《职业宝典》[2] 验证的那样。该书插图丰富，流行甚广，展示了 19 世纪长期存在的对"危险阶层"的想象。一张又一张精美的图片描述了流浪者、波希米亚人、各种各样的穷人和无赖，他们经常出没在这个"对所有被唾弃者敞开的避难之所，往往是令人讨厌的、被压迫阶层的聚集地"，"永远都是令人绝望的破屋残瓦，在任何时候都声名狼藉"。电视剧中经常出现像阿德雷旅馆事件那样的悲惨新闻，它们都为客栈的阴暗历史做出"贡献"。想让客栈变得让人喜欢、舒适甚至具有"魅力"尚需时日。随着流动人口和消费者欲望的增加，旅馆房间所提供的条件开始提升。从 17 世纪，主要是 18 世纪经济、贸易和市场腾飞的时代起，越来越多的旅行者对原来的客栈感到厌恶，并提出了新的需求，这一点从他们的文字中明显可见。客栈在文学作品，尤其在小说中频繁出现，从马里沃到菲尔丁和狄德罗，客栈是一切可能性的十字路口。在这一经常重复的主题中，法国餐饮的品质与房间的极端平庸形成对照、屡见不鲜，英国旅行者（工业进步让他们变得更挑剔）对此尤其在意。

## 亚瑟·杨格的"凄惨洞穴"

亚瑟·杨格就是例证之一，其著作《法兰西旅游》对法国大革命前夕的旅馆业做过相当精确的"报道"。其实，杨格只在无处停留时才会住旅馆，因为他总是受到许多朋友的热情接待。他对旅馆和客栈进行了区分：旅馆位于城区，设施很好，只是依然参差不齐；客栈更多位于乡村，令人失望甚至让人厌恶，一般是"低劣、糟糕的洞穴"，跟猪舍差不多。在瑟堡，"小船"客栈"勉强比猪圈好一点"。在奥伯纳，客栈如同"我家猪的炼狱"。在奥巴涅，客栈虽然有名，但只是"简陋的洞穴"，他住在其中"最漂亮的房间，但是窗户没有玻璃"。在圣日龙（阿列日省）的"白色十字架"客栈，房间有"各种气味，是寄生虫和蠢货汇聚的万恶之地，他们对住客毫无耐心，甚至只有伤害……我躺在床上无法入睡，我的房间就在马厩楼上，那种气味穿过地板的裂缝，这还不算是这个可憎的兽窝中最可怕的气味"。朗格多克的情况也差不多。作为亚当·斯密的弟子，杨格将这种状况归因于交通落后和贸易不足。他的批判可谓长篇累牍：肮脏；虫子；臭味；噪声；洗漱用水匮缺；没有呼叫服务的按铃，不得不"扯着嗓门叫服务员"；有些地方极其肮脏，"厕所简直是万恶之地"；房间里布置凌乱、拥挤，有的甚至有四张床；墙壁上有好几层墙纸或破旧的挂毯，它们成了蛀虫的窝，结了蛛网；最好的地方也只是白灰粉刷；门和窗很难合缝关上，穿堂风吹入，室内非常寒冷；有人在房间里吐痰，极其恶心。更糟的是，房间极少有人清扫："抹布、扫把和刷子都不在必需品之列。"[3] 不过，杨格称赞了浴盆的普及，每个房间都有："跟洗手盆一样普遍，这体现了个人卫生"（或许还有避孕措施?），他希望英国也能普及这一设施。[4] 床上用品的质量要好很多，他很高兴法国人不像英国人那样把床单放在火炉前烘干。

当然，城市宾馆（只有它们才配得上宾馆这个称呼）要豪华得多，主要位于法国北部和东部，这些地区绝对比不发达的南部先进。总之，旅馆的地理分布体现了地区发展的水平。尼斯（四国大酒店）、尼姆（卢浮宫大酒店）、鲁昂（皇家大酒店）或南特（亨利四世大酒店）都有上乘的宾馆，其名称带有贵族风格。在亨利四世大酒店，还可以租用多个房间或套间，里面有一个"阅读室"，可以跟英国的"书吧"相比。然而也存在例外，通常，宾馆的公共空间过于局促或根本没有，让人不得不缩在自己的房间，这令作者不太舒服。"在英国，我们极不习惯在卧室生活，因此在法国没有其他地方可以待着的时候，我感觉非常奇怪。在我住过的所有旅馆，我都只能待在自己的卧室。"不过，私人家中也是类似的情况。杨格曾借住在拉罗什富科公爵家："所有人都待在各自的房间，不论何种地位。"[5] 他将法国人有限的社交归咎于精打细算。在 18 世纪末和此后的很长时间里，法国人的房间像一块"床隙"，属于接待之地，而英国人的房间则朝个性化发展，更加注重隐蔽和睡眠。这位旅行者捕捉到了旅馆房间里体现出的风俗差异。

## 司汤达：可以看见风景的房间

四十年后，情况真的改变了吗？司汤达以"游客"的身份走遍法国，出于职业和艺术兴趣寻找遗产，同时以观察家的身份考察正在发生的变化。"这部札记由此而来……我敢写下这本书，是因为法国变化太快。"[6] 这位游客调查、记述、见证了法国实情，其中，宾馆的房间让他看到了服务意识的落后。

司汤达在札记中抨击了旅馆业的死气沉沉。因为是城里人，他谈论宾馆多于谈论客栈。这个自信的巴黎人嫌恶外省，尤其是法国中部省份——在他看来最糟糕的地区（他对乔治·桑的诺昂并不熟悉）。布尔日，一个普通城市，被一座雄伟的大教堂拯救。他住在布尔波努街的堡夫库罗讷酒店：这是"一个可怕的房间……身材肥胖的女服务员给我送了一支发臭的蜡烛和一个很脏的烛台；我只能在柜子上写字"。他吃了"一顿极其糟糕的晚饭，为了避免生病，我不得不要了些香槟酒，真是适合我的药物"。幸运的是，当时正值夏季，否则窗边那讨厌的小壁炉"可能完全没有取暖效果"。数天之后，司汤达去了图尔，在卡伊大酒店，他饿得要命，还冷得直打哆嗦。他费了很大劲才拿到热水。"我拼命按铃，差点把它按坏了，我像英国人那样大声吼叫，我要炉火，弄得房间里满是烟雾，我要热水，等了一个半小时才终于沏上茶叶。"杨格所在的时代还没有服务铃，只能"扯着嗓门叫服务员"。

司汤达不喜欢缎纹布那种虚假的豪华，哀叹没有"蚊帐"：在里昂的"青春宾馆"，虽然这两个字清楚地写在清单上，但服务人员就是没有，也没有谁问他们要过。没有桌子，嘈杂的噪音，特别是质量低劣、"难闻至极的乡下蜡烛"，都让住客无法阅读和写作；店里的客饭和交流的冷淡，都无法让住客心情愉悦。

"如果只是阅读而没有亲眼见证，游客的任务或许就无法圆满完成；但是，乡下的狭隘和局促实在让人心里不舒服，这种时候我又能怎么办呢？"与杨格不同，司汤达宁愿缩在房间里，他希望他住的房间变得更温馨、更"snug"（舒适）——司汤达收藏了许多英国书籍。

我们在房间里待得越久，就越重视对外部、环境和"风景"的开放。司汤达对此极为关注。拿破仑从厄尔巴岛返回时曾经下榻格勒诺布尔的"三王储大酒店"，酒店的窗户朝向一条"壮观的栗树林荫道"，皇帝对暮色的回忆令这条林荫道焕发光彩：那是记忆中的风景。在南特，窗户朝向格拉斯林广场，"放在巴黎也是惹人注目的漂亮小广场"。在圣马洛，他对一个"朝向可怖街道"的房间不满意,换到了四楼的另一个房间:"可以很好地欣赏墙外的风景。这样的视野简直让我陶醉,然后,我看了半卷刚买的书。"在翁弗勒尔,他选择了"客栈里唯一直面大海的房间",完美感受了阿兰·科尔班口中那种"对海边的渴望"。[7] 在勒阿弗尔的"海军大酒店",他用小望远镜"从侥幸空出的三楼房间"观察拖船和大船来来往往,还有帆船和蒸汽船。以同时代画家透纳的笔法,他不厌其烦地描述了侵扰环境的"茶褐色烟雾":"这种烟雾大旋涡与从机器阀门里呼啸喷出的白色蒸汽掺杂在一起。煤烟这团厚厚的黑雾让我想到伦敦。然而事实上,我感到很欣慰,此刻,我满足于法国资产阶级的渺小和平庸。这一切让我感到开心,这么说来,勒阿弗尔是法国最像样的英国复制品。"[8] 不过,这个复制品离原版差距甚远:利物浦一天能开出 150 艘轮船,而勒阿弗尔只有 12 至 15 艘!这种"视线",即被旅馆窗户或铁路车窗框起来的风景,变成了拥有以及展现世界的另一种方式。在这里,"漂亮的风景"就是忙碌的活动和令人兴奋的烟雾,它们是流通和进步的同义词。司汤达将英国视为典范,他既是圣西门主义者,也是心满意足的视察者。本身就够生动的场景难以再给人留下深刻印象,他后来还能回忆起那些景象吗?"能够被清晰记得的,只有那些让人稍感厌倦的风景。"[9] 后来,摄影师的镜头再现了这些风景。

## "卫生的房间"

"好"房间开始取代"漂亮"房间。它兼顾内部和外部品质。它必须提供令人愉快的居住体验、令人满意的朝向、合适的地理位置,最好在市中心,1850 年后最好还靠近火车站。19 世纪中期往后,贸易和旅游的发展提高了已产业化的旅馆业对舒适和卫生的标准。指南手册(《乔安娜指南》,然后是《米其林指南》）、旅游俱乐部（1900年）和汽车俱乐部等行业团体的游客调查、分级和授星等措施，对旅馆业的发展做出了贡献。[10]

需要改善的方面有很多。1861年的《乔安娜指南》惋惜一些地区还没有合适的旅馆，让"想前去参观的女性止步不前"。对铁路公司和火车站而言必不可少的配套"旅客宾馆"发布了早期准则。从1905年至1906年起，旅游俱乐部在巴黎大型宾馆的支持下采取系统性策略，为大部分民众无法入住的豪华大酒店建立了理想的推广制度。旅游俱乐部创建了"卫生房间"的模型，其样板在1905年的世界博览会上展出。指导思想是：有序，简朴，清洁。这种房间遵从巴斯德的卫生标准：墙壁涂漆或贴上墙纸，可清洗（每年一次）；配备便于清扫的柱脚床、鸭绒压脚被、床罩和厚窗帘，但是上面没有绒球和饰物。水的供应必须充足。英式"厕所"的数量要增加（至少每层一间），采用陶瓷坐便器。[11] 通过定期清扫和经常消毒来消灭灰尘和细菌。

这些举措首先在大城市实施，不过，旅游俱乐部也在向条件差的法国内地挺进。第一次世界大战爆发前，为数不多的汽车精英开始在内陆城市拓宽足迹。1907年，根据他们的意愿，旅游俱乐部对野外的部分"漂亮"旅馆进行推广。俱乐部夸赞"干净和宽敞的床，洁白的床单，明亮的墙壁，透明的玻璃窗，合理封闭的房间，充足的用水，便利的照明。有序，简朴，清洁；这就是让我赏心悦目、自由呼吸的房间，对我来说，就是一座宫殿"。"田园诗一般的优异模型"[12]，卡特琳娜·贝尔托·拉维尼尔这样评价，她强调这种卫生观念在规范和区分方面的作用。游客应邀成为代理人，填写插在指南中的调查表，调查内容涉及旅馆的现行价格和服务质量。总之，这是消费者组织早期的行为模板。

不久后，即1920年前后，法国汽车俱乐部组织了"卧室和卫生间"[13]竞赛，结合了这些新的期望。该竞赛设置三个类别：A）大城市或度假村的一流宾馆；B) 中等城市的中等宾馆；C) 旅馆。房间根据面积（从 A 类的 40 平方米到 C 类的 15 平方米）、是否带独立卫生间和"水疗设施"而不同。A 类必须提供自来水和热水，B 类可自行选择是否提供，C 类（旅馆）带"一个固定或可移动的便池，是否供水由店家自行决定"。只有头等宾馆才享有电气照明和"蒸汽式"供暖。其余的则以酒精灯照明，供暖没有明确要求。所附图片中的房间看起来十分寒酸，但是卫生间非常宽敞，让人感觉舒服，这类卫生间已经成为舒适性的标准。

就这样，根据位置和功能，宾馆变得多样化：由铁路公司管理并位于火车站附近的游客宾馆；浴汤宾馆，巴尔贝克先生的"大酒店"以及 20 世纪 50 年代尚存的于洛先生的"海滩宾馆"等是其代表；温泉疗养区或朝圣之城（参阅左拉的《卢尔德》及其中的"显灵"宾馆[14]）的宾馆；供长居或歇脚的宾馆。它们遵循不一样的标准，提供的客房和服务也各不相同。大酒店和通铺旅社之间有着天壤之别，后者接待形形色色的人，条件往往简陋不堪。住所作为一种社会标志，在旅馆业达到顶峰。豪华大酒店和带家具的客房属于不同的世界。

## 豪华大酒店

"豪华大酒店"（palace）是"宫殿"（palais）的代用词，该词在 1905 年前后从英文引入，是旅行者在人间的梦想。它类似于豪华客轮，在 20 世纪的欧洲是奢侈的象征。让·端木松不吝称赞豪华大酒店："豪华大酒店啊！外地来访者的梦中之屋，口袋塞满美元的移民者之家，通向奢侈、安宁和快感之路上短暂的旅站。"它们代表着"金钱写成的诗歌……喧哗世界中的美"。大酒店是一架独一无二的梦想机器，以其创建者和顾客、奢华和悲剧

（死亡、犯罪、自杀、丑闻）而闻名，是"充满怪诞和悲情的世界"。它们不属于某个"连锁品牌"，其独特性拒绝雷同，其名字如雷贯耳：卡尔顿，丽兹，大酒店（le Grand Hôtel）……豪华大酒店与众不同的理念，反映了对19世纪80年代日益衰落的贵族时代的怀念（在巴尔贝克的"大酒店"里，维勒帕里西夫人和夏吕斯男爵对那个时代抱有幻想）；贵族时代虽在一个世纪后濒临消亡，但在作家眼中仍旧美妙。从马车到核时代，人们感受到"某种因死亡而变得冰冷的生活的甜蜜，某个依然优雅的庞大之躯，某个不想消亡但自知必将被疾病带走的时代"，而且，这种疾病已然扩散开来。[15]

从历史与市场中诞生的豪华大酒店是一种混合产物，它们脱胎于18世纪的贵族宅邸。大革命将原来的主人清理了出去，将其转为纳税君主制时期的奢华"出租客房"。在这一时期，"hôtel"这个曾经被禁止的名称重新得到使用。[16] 除了这种回归，1850年后，对游客群体的接待需求也不断增长，伦敦、巴黎、维也纳就有许多被世界博览会和铁路交通吸引而来的游客。"卢浮宫大酒店"是为了迎接1855年的世界博览会而由"铁路大酒店公司"建造起来的。"圣拉扎尔大酒店"朝向火车站，可以直接接待游客。

1860年至1960年是豪华大酒店的时代，它们出现在欧洲的每一个首都，腰缠万贯的游客出入其中。瓦莱里·拉尔博笔下的巴纳布斯是这个时代的讲述者。当时两种模式并存：盎格鲁-撒克逊的现代技术，宫廷礼仪中的法国品质。前者更注重"舒适"，尤其是浴房，后者更注重装饰和接待。前者在卡尔顿和卢浮宫大酒店大获成功，后者的代表是莫里斯酒店。成功的豪华大酒店将两者结合起来，其中，以创始人凯撒·丽兹为名的酒店成绩斐然。

若要成为豪华大酒店，首先得有富丽堂皇的公共空间：气派的大堂、前厅和带装饰栏杆的阶梯，相互连通的包房，高挑且饰有雕刻的天花板，密集分布的灯光，厚重的帘幔，充足的座椅。其次是服务的质量：酒店职员的数量庞大，他们不引人注目又时刻准备提供服务，比如门童、接待员、管家、客房服务员；客人可以通过响铃以及不久后出现的电话来呼叫服务，根据呼叫的方式，职员将提供热情的服务。最后是住店客人的口碑，其中包括初客和常客：常客在那个时代数量众多，尤其在南部地区，常客名单上的主顾会年年光顾，他们的口碑打造了豪华大酒店的名声。宫廷的榜样无处不在，从用语到行为举止，都巧妙地将恭敬和亲切、殷勤和尊重结合起来。这种礼貌和日常规范在豪华大酒店形成了一种"举止文化"，《在少女花影下》的叙述者曾对此有过洞察入微的分析。这是一个封闭的、彼此熟悉的世界，充斥着喧哗和敬意、动作和暗示、趣闻和谣言、视线和阴谋、爱情和欲望，《魂断威尼斯》（托马斯·曼）就是一首令人心碎的诗歌。具有无与伦比的传奇色彩的豪华大酒店催生了大量文学作品。一家豪华大酒店倒闭之际，人们会争相抢购其留下的珍宝，比如 2008 年 6 月被拍卖的皇家蒙索酒店（Royal-Monceau），迷恋者系统地对它进行肢解，然后彻底让位于当代艺术。

在豪华大酒店里，客房不是最重要的部分。在专门为这些酒店拍摄的图册中，客房占比很小，比会客室、厨房和酒窖的介绍要少得多。作为相对私密的场所，客房并没有那么气派，布局和家具上也没有多少变化，它不要求显眼，更在意统一与隐匿。各个"楼层"都有女管家，她们指挥一队客房服务生和清洁工，分工各不相同。直至第一次世界大战时期，他们还和酒店客人的随从一起住在阁楼里，后者在历史中越来越少见，最终只剩下驾驶员。

最豪华的房间便是"套房"：房间宽敞得足够容纳一个客厅。至于床，法国酒店用夫妻床，英国用双人大床，很长一段时间它都被放在凹室里：床带有顶盖和帘幔，是路易十四时期的风格。18 世纪全面复兴时期——龚古尔兄弟自称是这一时代的拥护者，仿古家具风靡，郊区的工匠擅长制作这种家具。对旧制度的怀念等同于"生活的甜蜜"，豪华大酒店被这种氛围笼罩，它按照某种贵族规格建造，持续影响礼仪准则，甚至是言辞和座椅的曲线。

英美客人也追求礼仪，但他们对舒适性的要求更高，尤其在意浴室。然而，浴室的独立进程非常缓慢。卢浮宫大酒店（1854年）是"欧洲最大的酒店，位于巴黎市中心"，号称拥有"600个客房和70个包房，浴池全天开放"，但是浴池属于共用设施。半个世纪后，爱丽舍豪华酒店（1899—1919）的400个客房中，仅三分之一有独立浴室。在伦敦卡尔顿酒店，每个客房都设有浴室。在奢华背后，卫生条件依然较为简陋，服务生还得长期为客房清理便壶。

卡尔顿酒店为凯撒·丽兹提供了样板，他曾经在卡尔顿酒店工作。1898年6月1日盛大开业的旺多姆广场酒店想要融合一切：舒适性，卫生，餐饮（和著名的埃斯科菲耶合作），私密性。[17]独立浴室和卫生间从此成为每间客房的标配；凯撒和他的妻子玛丽-路易斯对它们的布置可谓用心良苦：法蓝瓷浴缸，卫生间使用白色大理石，坐便式便桶。卧室使用白色涂料，布料一尘不染：三层罗纱窗帘，遮光的帘布轻薄光滑，壁橱和衣柜空间宽敞，抽屉很深，可用来放假发、发辫和发髻；浅色调的地毯与床幔和被子相衬；比木床更受欢迎的带床垫的铜床，轻柔的床罩，每日更换且手工熨烫的优质床单。壁炉没有挂钟和灯杆装饰，写字台倒是配有文具，酒店提供吸墨纸和信纸。照明采用非直射形式，灯光柔和。没有吵闹的电话机，而是安装了用来呼叫服务员的按钮。隔音技术尚不能筛滤所有噪声：普鲁斯特经常听到隔壁邻居淋浴时的水流声。他在这种身体相对接近的状态下找到了某种享受，酒店房间也因此被抹上了强烈的色情意味。客房是睡眠和做爱的私人场所，却也被邻居猜测、惧怕，还会被服务人员想象，他们是凌乱之床的见证者。床单会暴露居住者的身体。

根据史学家记载，丽兹酒店约始建于路易十四时期，并在菲利·福尔任总统时期完成。对凡尔赛宫的回忆逐渐消失，取而代之的是对卫生条件的关注，一种新的美学观由此诞生，威廉·莫里斯是这一新美学的理论家，普鲁斯特则是见证者。"只有摆放了对我们有用的东西时，一个房间才是美丽的。"[18] 莫里斯认为：房间应该去装饰、实用、无遮掩，每一颗钉子都应该被看见，他对往昔的热闹和拥挤并非没有伤感。然而，他对丽兹酒店喜爱至极，甚至迁居至此、接待访客，还卖掉了自己不再需要的银器。

在大都会（柏林的阿德隆酒店）或地中海沿岸，豪华大酒店依靠常客（包括他们的荣光与丑闻）生存；他们习惯并长住于这些酒店，将之视为自己的家——我们不知道这是对家之含义的歪曲还是完善。年复一年，他们重回酒店那个属于"自己"的房间，如果它凑巧被别人入住，他们会非常生气，优秀的经理必须避免这种情况的发生。一些人会长期住在酒店里，把它当作长居、疗养或越冬之所[19]。

豪华大酒店如同天堂，是在众多沉寂的中小旅馆中涌现的孤岛，在那个时代，后者是旅馆业的主流。带家具出租的客房与豪华大酒店形成了鲜明的对比，但是，近些年的研究重新评估了这些客房的功能。一个多世纪以来，带家具的房间（garni）有时也被称为"合住房"，接待的都是外地人，他们来自乡村、外省、外国，渴望在城市（主要是在巴黎）打工。他们中的大部分只是"候鸟"，在淡季时返回家乡，至少临时劳动力居多的建筑行业是如此。但是，尤其是 1880 年后，长期定居的劳动者比例越来越高，他们将家人带到城市或者组建新的家庭。对更宽敞、更稳定的住宅的需求由此产生。在融合和固定的过程中，带家具的出租房成为流行的居住模式，这与出游时住的旅馆完全不同。不管奢侈与否，后者意味着经常流动。后文还会述及这种出租房。

# 爱情，死亡

这说明了旅馆的差异之巨大、用途之多样以及体验之有别。亨利·米肖，"千家旅店的入住者"，借普吕姆之口讲述了在最简陋、最寒酸的旅馆借住时那非同寻常的体验。"他住在简陋得无以复加的房间。这个房间太过狭小。他感觉自己要被逼疯了。"更换房间也无济于事。"因为这些为囊中羞涩的客人提供的房间总是存在缺陷。"[20] 显然，无论是在旅馆还是在带家具的出租房，此类事实都一样存在。

我们对普通房间里的普通生活知之甚少，只能通过偶尔的调查、自传或回忆录、明信片上的只言片语、幸福的回忆或凄惨的往事来捕捉一些碎片。更何况住客往往希望匿名入住，虽然过去还未普及，但今天的旅馆完全可以提供这类服务；在填写警局的卡片并提供身份证明时，如果住客想要避开，还是可以隐瞒身份。房间的秘密是自由的保证。因此，房间也成为被迫害者、流放者、犯罪在逃者、离家出走者、恋爱者等群体的庇护所，它容纳所有出于各种理由要极力逃避追捕或规则的人。

旅馆的房间既接待合法的恋人，也接待偷情者，后来还成了有钱的年轻夫妇欢度新婚之夜的场所。情人在这里幽会，一些人总是固定入住某个房间，将之当作销魂享受之处，一些人则不断更换房间来掩盖私情。让·波朗和多米尼克·奥利到处搜集塞纳-马恩省的小旅馆，他们对每个火车站都了如指掌。[21] 眼神狐疑又隐隐带有默契的店员递来房间的钥匙：一个房号，白天拉上的窗帘，最好有厚厚的墙壁阻隔做爱时的私语和喘气，这一切提供了短暂的自在、相对的安全、片刻的永恒。幸福的恋人可以支配整个良宵，不仅能像夫妻那样翻云覆雨，还能相拥而眠。情人常常只能满足于偷来的那点时光，短暂得如同在妓院买春。情人会想起他们曾经做过爱的房间吗？房

186

间里的床根本不重要，不会嘎吱作响就行。这些条件重要吗？如果它们不重要，也许只是因为肉体的激情得到了满足，其余一切都被忘记了。对玛格丽特·杜拉斯来说，性爱总是在宾馆的房间上演，"在黑暗的走廊里，房门敞开"。诗人（阿拉贡致艾尔莎）说："我想拥有你，独自拥有你/还有这个酒店房间的世界。"[22]

旅馆的房间被性行为填满，有时甚至泛滥成灾。死亡只是发生的频次略低，此处并不是隐喻。地中海沿岸的旅馆老板害怕患结核病的客人死亡，后者将旅馆视为临终之所。旅馆想尽一切措施去快速撤离尸体。在丽兹酒店，有专供死者、与生者隔离的专用出口，因为尸体有损豪华大酒店的良好口碑。这是清除死亡的一种做法，在当代社会，死亡属于负面事件。爱丽丝·詹姆斯患有不可救治的癌症，在伦敦南肯辛顿地区的旅馆里"不成人样"；她的房间非常舒适和安静，但是她觉得自己应该到兄弟亨利家结束生命，"因为死在旅馆有违和谐"。她的朋友凯瑟琳却安慰她：没什么可担心的，一切都会"以最得体的方式"结束；尸体会通过员工通道被搬下楼，不会打扰任何人。"旅馆有一些奇特的做法：有人死后，他们会关上所有门窗。"或许是为了避免尸体变黑？这是女护工诺斯的说法。[23]

在任何一场旅行中，突然的或有计划的死亡都可能发生。穷人的死亡很快会被人遗忘，只有警局"日常记录"的备案和当地报纸上偶见的小新闻会将之记录下来。相反，作家或艺术家的死亡会给酒店带来荣耀，一些纪念牌会让人想到其中几位：斯特林堡在阿萨斯街的奥尔菲拉膳宿公寓，约瑟夫·罗特在图尔农街，奥斯卡·王尔德在美术街 13 号，这只是巴黎第 6 区的例子。黛安·冯芙丝汀宝曾着重描述了王尔德最后一处隐身地的奢华——"符合公子哥身份的风貌"——未来的客人会感受到这种潜移默化："在本房间居住的每一个人都能深入作家的世界。"[24]

一些人在旅馆里消沉。对艺术家来说，在一场演出或音乐会后独自回到房间面对四壁，也可能是一种放松或考验。舞台上的光鲜亮丽与或许肮脏的旅馆形成强烈对比，会让人突然产生心理落差。玛塔·阿格里奇回忆了年轻时在一场成功的演奏会结束之后，回到旅馆的那种沮丧。没有谁在等她，因此，她后来开启了接待年轻音乐家的计划。拉赫曼尼诺夫说过："我们拥有一切，荣誉、金钱、观众的掌声，但在旅馆的房间里，我们却独自伤心。"[25] 在空空荡荡、无人知晓的房间里，忧伤弥漫。

有人在旅馆自杀，跳出窗外或死在房内。反锁的房门可以为绝望的人保证付诸行动所必需的孤独，选择自缢、开枪、动刀或服毒。雅克·瓦歇于 1919 年 1 月 6 日告别人世，在南特"法兰西旅馆"三楼的 34 号房间。约瑟夫·罗特在旅馆自尽。在纳粹德国时期，反犹太迫害造成的自杀者数量庞大。维克多·克莱普勒在日记里提到了亚瑟·苏斯曼："在一家酒店里服用了巴比妥。"[26] 我们知道瓦尔特·本雅明以及其他一些政治流亡者的命运，旅馆是他们最后的住所。这是战争、流亡和迫害中旅馆房间里发生的悲剧。

旅馆里还有普通的抑郁症患者。1950 年 8 月 27 日，切萨雷·帕韦泽吞下 20 片安眠药，在他心爱的城市都灵，一家名为"罗马"的旅馆里。他写下了这句话："我们唯一的力量，存在于沉默之中。"[27]


## 个体体验


一些作家选择旅馆作为自己的生活方式或文学对象。他们的经历虽然非常丰富，但是未必具有代表性；不过，他们讲述了自己的经历。每一种经历，通过自传或小说等体裁，都在其独特性中提供了普遍历史的某些侧面。

### 巴纳布斯：富贵公子的房间

瓦莱里·拉尔博，旅馆的业余爱好者，将巴纳布斯视为他的主人公和代言人。巴纳布斯是世界上最富有的人之一（作者自己并不是）。他从美国父亲那里继承了一笔财富，靠投机和赌博（特别是后者）获得财富。他是一个不带行李的旅行者，随时根据需要购买物品，并在离开时将它们损毁或散发给住地的职员，就像从前那些将衣物送给仆人的临终者一样。他以艺术爱好者的身份周游欧洲，喜欢博物馆，是自由自在的世界主义者。对他来说，旅行代表了一种美学和伦理学。他极力从"不动产这个魔鬼"的手中解脱出来，他认为不动产是一种"耻辱"，同时也极力挣脱"将他束缚的社会等级"。[28] 他想撕掉身上游手好闲的年轻大富豪的标签，塑造一个既苦行又享乐的富贵公子形象。他希望通过旅行来发现这个世界，尤其是发现欧洲和自己。他认为写私人日记可以"把自己看得更清楚"。他写到了"我和他［他的自尊心］之间的生死决斗，在我的灵魂之屋……我在房间之间不断地追寻他，一直追到储藏室的最后一个角落。"[29] 房间成为灵魂的暗喻，他渴望从里面走出来。"我一人独处，但是又可以奔向何方、托付给谁呢？"

旅行让人无依无靠、居无定所，但也可以避开房子和女人。"女人是一种限制。"女人是品德问题的化身。"男女之间的关系始于香槟酒，终于洋甘菊茶。"[30] 火车和旅馆为这一解放提供了便利，巴纳布斯辗转于豪华大酒店。他在佛罗伦萨的卡尔顿酒店租下一层楼："一个套房，窗户朝向阿尔诺河，有厨房和吸烟室，跟卧室一样宽敞的浴室。"沐浴是最大的享受："有人为我准备沐浴。热水流入浴缸的声音，弥漫开来的水雾，总让我想起骄奢淫逸的画面。"这跟"没有浴缸且散发着霉味的单身汉"令人厌恶的形象刚好相反。他考虑在肯辛顿或帕西安顿下来，设计一个未来感和科技感十足的房子，他首先关注浴室。他设想了所有细节，这与一片空白的浴室完全不同。

"特别是浴室，它比卧室大一倍，就像医院里的单间那样，白墙、铺方砖、无拐角。"[31]

"两百个客房，两百个浴室"，瓦莱里·拉尔博认为这是"现代旅馆业引以为豪的口号"。在 1926 年献给让·波朗的一篇文章中，他概括了在欧洲一些酒店的入住体验，从布萨科的豪华大酒店到拉帕洛的比安卡别墅酒店。[32] 在体弱多病的青少年时期，他的父母也让他住过不少酒店。然而拉尔博并未深入思考这种生活，因为他已经对酒店习以为常。

他喜欢旅馆那种隐身的特性："旅馆的房间几乎具有无限和与世隔绝的功能。""普通的空间向所有入住者开放，就像匆匆消逝的时光。"这个公共空间需要具备、又为何要具备某些功能呢？在暂时静止的时空里，人会感觉自己处于一种过渡状态，默默等待一场邂逅、一个约会、一种幸福，或许永远也等不到。旅馆与城市之间存在距离和差别，在熙熙攘攘的城市中，人总会感觉自己是一个局外人。"仿佛我们待在火车站，时刻都是决定离开的前夕。"房间的钥匙放大了这种不属于任何地方的漂泊感，因为钥匙不是放在衣服口袋里，而是挂在墙上，这种事实不断地提醒居住者外来的身份。拉尔博回忆了巴黎的一家大酒店（应该是卢浮宫大酒店），他在那里度过了漫长的童年时光。谨小慎微、沉默不语的酒店管家会将晚餐送到他的房间；从他的房间里，可以看到外面人来人往的景象，他看着过客，过客却从来不会望向房间的窗户。能看见别人，却不被别人看见，这种全景透视的权力与位置，也能给住客带来一种极端孤独的感觉。

### 马塞尔·普鲁斯特：新房间的焦虑

普鲁斯特的体验是不同的，也是矛盾的。这个焦虑的人害怕变化，因此也害怕任何新的房间，但他得适应它们：这是《追忆似水年华》中反复出现的主题。在作品的开端，叙述者就展现出夜里的不安："不得不外出旅行并入住陌生旅馆的病人，因为病情发作而惊醒过来，当看到门缝里透进的一点光亮时，才稍感欣喜……我焦虑不安，就像下了火车第一次入住旅馆房间或在'木屋别墅'时那样。"[33] 在巴尔贝克的第一晚，他根本无法入睡。在"大酒店"的房间里，一切都很不友好：天花板的高度，窗帘，书橱柜。"一块落地大玻璃横隔开房间"，这让他无法忍受。"根据我们的关注来摆设房间里的物品，根据我们的习惯来撤走它们，以便腾出空间。巴尔贝克的房间（仅仅名义上是我的）里根本没有我的位置，里面堆满了我不熟悉的物品……"[34] 只有习惯才能消除这些物品带来的陌生感，将它们忘掉。在短居结束之际，叙述者已经完全适应了他的房间，甚至希望来年继续入住，当酒店经理提出给他换一个更好的房间时，他甚至气得发抖。因此，他害怕回到巴黎的房间，如同害怕一场新的流亡。

在东锡埃尔参观时，叙述者极不情愿地离开了罗贝尔·圣卢让他留宿的军官房，前往旅馆。"我已经预料到我注定会感到忧郁。这种情绪就像令人无法呼吸的香气，自我出生以来，每到一个新房间都是如此，每一个……"幸运的是，这个 18 世纪的旧公寓保留了"现代酒店无法企及的奢华"。爬上摇摇晃晃的楼梯，穿过曲折迂回的走廊，才能到他的房间。房间朝向一个安静的院子，里面有旧家具、温暖的炉火、一张凹室床、一些幽静的角落。"严实的墙壁隔开了房间与外面的世界。"他的孤独"没有人能够打扰，且无须再被封闭"。房间散发出一种魅力，让他安静下来并给予他"自由感"。他既感觉到与世隔绝的孤独，也感觉到受保护的安全。这个房间为他带来"甜美"诗意的睡眠和醒来时的安宁。[35]

东锡埃尔的房间与让·桑德伊的房间相似，普鲁斯特以几近人种学的方式描述过后者，并将其视为理想：面积很大，但天花板不是太高，铺着又厚又软的地毯，由很多按钮控制的电气照明。"床很宽但不是太长，光线一点也不昏暗，可以与卧室隔开，尽可能让人安静地享受自己的幸福。"窗户朝向一个被爬山虎点缀的院子，可以透过窗帘瞥见它们，但是帘子"很快就会被拉好，然后完全陷入诗意……"[36]

总之，普鲁斯特喜欢外省的旅馆，那里有其他生活的痕迹，会给他灵感。"对我来说，要让我感到高兴，只有入住火车站附近、港口、教堂广场那些过道又长又冷的外省旅馆。在这些地方，外边的风会成功消耗室内暖气的效果……每一种声音都会打破寂静并将它带走，每一个房间都散发着霉味，即使刚通过风，也无法将其全部消除……到了晚上，一旦打开窗户，就像入侵了散落其中的所有生活……就像通过这种熟悉使自己惊慌失措，从而触碰生活的裸露样貌……于是，当我们颤抖着拉上门闩时，仿佛就是将自己锁进了这种秘密的生活。"[37] 作为旅馆房间的诗人，普鲁斯特从中汲取养分。临终前，他有时住在旅馆里。夜里，他就在床上写作。

### 让-保罗·萨特："咖啡馆里的男人"[38]

萨特是房间的反对者。他拒绝房子，拒绝各种设施、结婚、稳定的夫妻关系与夫妻生活。他只有待在咖啡馆才感觉舒服："我在咖啡馆干活……咖啡馆为什么吸引我？这是各不相干的环境，别人不会来关注我，我也不会去管他们……家庭的负担对我来说无法承受。"1945年，他给罗杰·特洛瓦丰泰内写信时说道。大约三十年后，他给约翰·杰拉西写道："直至此刻〔1962年〕，我一直在旅馆生活、在咖啡馆干活、在餐馆吃饭，这对我非常重要，这是什么都不拥有的证明。这是一种自我拯救的方式；倘若我有属于自己的一套公寓，有属于自己的家具和物品，我会觉得无所适从。"[39]

在他看来，私生活是资产阶级的代名词。他放弃秘密，主张透明。那不勒斯街没有墙壁和秘密的室内生活是他眼中的典范。"整条街都从我的卧室穿过，从我的身上滑过。"作品《恶心》中作家的另一个自我洛根丁如是说。这位历史学家正在准备一篇关于洛勒邦侯爵的论文，每天奔波于图书馆、咖啡馆——平时在铁路员工俱乐部、周日在马布里咖啡馆——和普林塔尼亚旅馆①之间。该旅馆在穆蒂莱街和新火车站工地附近。工地、栅栏、老火车站、火车与商务旅客的声音传入这座砖房，此起彼伏："哪怕是很小的声音，都会从这层楼传到另一层。"这个世界灰暗又多彩（萨特的表现主义），既有规律又单调，而洛根丁破译了这些声音重复的规律：电车通过轨道的声音，"带浴盆的房间"（2号房间）的脚步声，16号房间邻居（厨娘们）的洗澡和打鼾声，它们总是按照相同的顺序相继响起。"如此规律的世界有什么好害怕的呢？"

洛根丁原本可以住在别处。在其他充满诗意和宁静的街区，他见过有钱人家带家具的房间，还可以看到大海。他详细地描述过其中之一，可能是已经结婚并定居的房东儿子的房间。女房东夸耀了这个房间的诸多优点："您知道，这是一个真正的小窝，一个小家。您在这里肯定会感到愉快。夜里不会有什么噪声，就像住在乡下。这个房间很适合工作：夏天打开窗户，花园里的椴树几乎会伸进房内。"[40]

但是，洛根丁拒绝了"这个很棒、很贵的小房间"，任其"孤单地留在那里"并"慢慢摇晃起来"。这正是他想逃避的东西——不自然的安宁与乡间的幽静。他的房间没有护窗板，各种颜色和声音都能穿入室内。"人们在夜里做什么事情，我都能听到。"此外，这个房间是一块空隙、一个漏勺，属于非人的洞穴："这个房间感受不到人气，留不住人类的痕迹；在这些充当摆设的家具中间，我或许可以住上十年：但是我也不会留下什么痕迹，我永远只是一个过客……在这个没有记忆的房间里，之后的住客将找不出任何我的痕迹。""我写作……我感觉自由自在……我就是这座已经向东北方向倾斜、轻薄的红棕砖房。我又有什么可失去的呢？在这个世界上，我没有女

---

① 这是萨特在勒阿弗尔中学当教师时住的旅馆。

人，没有孩子，也没有特别的使命。我不是一个领导或主管，也不是任何一类蠢笨之人。"[41]

旅馆的房间是出于伦理和生存的选择，是通过写作获得自由的条件：这就是萨特的房间哲学，不仅带有基督教苦修主义的烙印，也带有家庭恐惧症和独立精英主义的印记。[42] 总之，没有谁如此细致地思考过旅馆房间中的生活。最初，他也是如此实践的。他钟爱旅店生活，从 1931 年持续到 1946 年，先是在勒阿弗尔，后是在巴黎塞纳河左岸（第 6 区和第 14 区）的各种旅馆里。[43] 1946 年 10 月，他住到了母亲于波拿巴街 42 号买下的公寓，直到 1962 年成为塑性炸药的受害者——因为支持阿尔及利亚独立而被报复。再之后，他搬到了拉斯帕伊大道的单间公寓，一直住到 1973 年。失明之后，他又搬到了离西蒙娜·德·波伏瓦不远的埃德加-基内大道。

波伏瓦部分同意萨特的选择。她也经常光顾咖啡馆、餐馆和旅馆。在她的回忆中，她记录了他们流动的生活，尤其是在路易斯安那旅馆——简直是作家和艺术家的营地——的生活。那段往昔时光的最后一个见证者阿尔贝·科塞里刚刚在旅馆去世，享年 94 岁；这是一位著名的埃及作家，从 1945 年起就不曾离开这个旅馆。① 然而如人们所见，西蒙娜最后厌倦了这种生活。随着时间的推移，她对旅馆的态度转向实用，不再那么拘泥于伦理，而且在空间实践方面也有了不同。

### 让·热内：旅馆里的生与死

让·热内要更激进，长时间一贫如洗。这个声称处在社会边缘的"殉道者"甚至拒绝带家具的奢华房间。可惜他在这方面的尝试落空了，正如埃德蒙·怀特倾心撰写的传记所示。[44] 他像他的母亲：一个用人和单亲妈妈，

———————

① 2008 年 6 月底，他被发现在酒店的房间里离世。参阅 2008 年 6 月 23 日的《解放报》。

一生默默无闻，28 岁那年在科尚医院离世。他像僧侣那样住过很多隐修室，处处受到约束的经历造就了他的性格。童年时期，他被安置在莫尔旺地区的阿利尼村，他经常在花园的小棚屋里看书和思考。青少年时期，他被送到梅特雷教养所，被关在完全漆黑的单人室里，就连天花板也是黑色的。他彻底孤独地蹲了三个月，在监禁他的各个机构里，这个叛逆者都是小黑屋的常客。他练就了非同寻常的表达能力，在其封笔之作《爱之俘虏》中，他讲述了一些插曲；他也练就了在任何地方都能写作的能力。

居无定所、没有固定伴侣的热内适合在旅馆生活，这有利于他的旅行、私情及他对隐匿和逃脱的渴望。他始终有被人围捕的幻觉，一直在逃亡，便选择隐藏自己的身份。他偶尔也会乘坐火车漫无目的地前往某个小城市。他常常躲在离火车站最近的旅馆，基本上都是最差劲的。有时他会结识附近咖啡馆的服务生，方便回头再去。他带着一个小行李箱，里面装满了朋友的来信和手稿。他把罪犯欧仁·韦德曼的照片钉在墙上，后者是法国最后一个被公开行刑的人（1939 年）。他经常更换"床铺"，在巴黎也是如此，他从蒙马特区漂流到"鹌鹑之丘"——左岸著名的工人街区，位于第 13 区和第 14 区。热内是粗心大意的住客，经常会弄破床垫，在床上留下食物碎屑，所以一点也不受旅馆老板的欢迎。他还会拖欠房钱，成名之后，都是伽利玛帮忙去结账。手头宽裕的时候，他甚至敢住豪华大酒店，他在鲁特西亚酒店住了一阵子。他放荡的生活可以不讲究奢侈，但是很注意仪表整洁。他在意容貌，据 20 世纪 50 年代经常去看望他的让·科（Jean Cau）的说法，他颇有"小混混"的派头。热内定居的愿望没有持续多久。1950 年，他在谢瓦利埃-德-拉巴尔街租了两个房间，分期付款让"萨玛丽丹百货"重新粉刷并添置家具，但是住了几个月就离开了。1957 年春，冲动之下，他在旺福门附近的若阿内街租了两个房间。他拆了在他看来毫无用处的厨房；和情人加瓦一起装饰了公寓。也是在这里，他与摩洛哥青年阿布达拉开始了新的恋情，后者是一个逃兵，他把军服藏在地窖里。但是，他很快又将房子转手给了美国人，军服也丢在那里，美国人后来还遭到警局的搜查（不过没有查到）。他带着阿布达拉在欧洲到处逃窜。几年之后，因为被抛弃，阿布达拉在热内分给他的用人房里自杀了。

"我生来注定流浪……我真正的祖国就是随便哪个火车站。我有一个箱子，一些衣服，四张照片：吕西安，让·德卡尔南，阿布达拉，还有你……我会尽量少来巴黎。" 1962 年，热内给加瓦去信。他从来没有这般无家可归过，这次，他如此匆促地离开旅馆，甚至忘记带走他的睡衣。

然而，有一天，确切地说是一天夜里，这个身在土耳其的流浪者突然萌生了拥有属于自己的住所的渴望。他在《爱之俘虏》中讲述了一场离奇经历，颇有些神秘色彩。"决意摆脱一切外部物质曾是这个旅行者的原则，他本相信魔鬼，现在又从魔鬼转向上帝。漫长的岁月过后，他以为自己已经挣脱了物质和一切财产的束缚，不知为何，他的身心突然涌现出对房子、对固定住所、对密闭果园的渴望，几乎不到一夜之间，他就像拥有了自己的庄园……一种清晰又不可思议的情形。我继续拒绝真实的财产，但是，我必须先解构心中的这些财产——走廊、房间、镜子、家具。这还没完，因为房子周围还有一个果园，李树上结了李子，但我还无法摘下食用，因为它们一直都在我的体内……对一个一夜顿悟的男人来说，身上扛着属于自己的房子和家具，是一种极大的耻辱。这种耻辱让我意识到，这是'我的'房子、'我的'家具、'我的'灯光、'我的'室内生活。最后一个词是字面上的意思，还是指某个不确定的、模糊的、用来掩饰绝对虚无的地方？'我的内心生活'，有时也可以称为'我的秘密花园'。"不无嘲讽的是，圣母永眠主题的圣像画让他感动不已：圣母被天使们托着升天，"带着她那小小的石头房子"。[45]

患了咽喉癌之后，热内拒绝任何化疗并返回了巴黎。他经常光顾的高布兰的鲁本斯旅馆已经客满，于是去了一家叫"杰克"的简陋小旅馆。1986年4月14日的晚上，他在去浴室的台阶上摔倒了，第二天早上被发现时已经失去知觉。热内曾在旅馆生活，也在旅馆去世。

## 女性体验

那么女人们呢？我们看不到她们的影子，虽然在19世纪，她们已经逐渐以"旅行者"的形象出现。[46] 一个住在旅馆的单身女性总是遭人猜疑。弗洛拉·特里斯坦一个人"周游法国"时有切身经历：在法国南方，特别是蒙彼利埃，许多旅馆因为担心卖淫行为而拒绝单身女性入住。在小书《论善待外地女性之必要》（1835年）中，她建议安排一些内设书架且严格确保"隐私"的房子供这些女性留宿，这类房子是后来"女性之家"的先例。乔治·桑是一个大旅行家，她总是结伴外出，而且常常因穿着男装而被误会：某次在瑞士境内的阿尔卑斯山地区，她与李斯特和玛丽·达古尔愉快同游，旅店老板假装搞错了她的性别。乔治·桑喜欢花园和风景，喜欢在乡间"自由旅行"，她对房间不怎么在意，只会简单地记录住处是否干净，是否有蟑螂。

独身女人令人不安。她们被视为荡妇，轻浮、喜欢冒险，是连载小说的女主人公和风月场上的女人，或者更糟糕，总是面临悲惨的结局。左拉让娜娜死在"大饭店"里，在房费便宜一些的五楼401房——"付不起那么奢侈的死亡"——娜娜感染了天花，肉体开始溃烂，只能放弃生命。"房间里什么也没有。一阵令人绝望的风从大街上吹来，鼓起了窗帘。——进军柏林！进军柏林！进军柏林！"在风月女子光顾的豪华大酒店里，这位代表奢靡生活的交际花陨落了，同时，第二帝国也在崩塌。[47]

197

单身女性旅行者不敢在晚上外出；她们把自己关在房间里，以求保护名声，避免出现不好的遭遇。因此，在大部分男性主导的圈子里（论坛、研讨会、沙龙），出差的职业女性始终会有一种孤独感。众所周知，艺术家在音乐会或表演结束后，作家在签名活动结束后，常常会感到一丝落寞。[48] 曾经在各省的咖啡馆巡回演出的科莱特享受独处，因为这会让这位"流浪者"与献殷勤之人和纠缠不休之人保持距离。"我不是很喜欢别人进入我凌乱的、气味弥漫的房间。我可以理解这种身体上的不妥协了，甚至感到愉悦。"小说《束缚》的女主人公选择了"旅馆生活"来逃避家庭规则，逃避她害怕被其束缚的夫妻生活，同时也是为了明白："如果只是每天晚上在同一张桌子上，面对点亮的、宁静的那圈灯光，一个女人几乎无法看到自身的价值。"她午后到情人家里做爱，但夜里独自睡在旅馆。"被反锁的房门"[49] 会保护她的隐私；在香气缭绕的热水浴带来的惬意中，她享受着自己的身体。旅馆房间确保了她的自由。

## 弗洛伊德的房间

不是夫妻的一对男女同样会遭到猜疑。为了避免他人怀疑，情人会把自己说成是合法妻子。弗洛伊德曾与小姨子米娜一起在意大利旅行。米娜是他太太玛莎的妹妹，玛莎不堪旅途劳累，于是让米娜代替她去意大利旅行。这场旅行招致无数议论，主要是针对弗洛伊德的性行为。他们是住一个房间还是两个？房间是分开的还是相邻的？他们睡在一起吗？弗洛伊德的信奉者和反对者就这个问题斗得不可开交。有人考察了米娜曾居住的弗洛伊德在维也纳的公寓，以及弗洛伊德住过的度假酒店。有一个学者相信自己发现了罪证，他挖出了恩加丁某个酒店的登记本——弗洛伊德在上面写了"弗洛伊德博士和夫人",他认为这是弗洛伊德伪善的证明,他让米娜假装成自己的夫人,这是乱伦与私通的迹象。《纽约时报》甚至刊发了一张上述酒店房间如今的照片——两张并排相靠的床和电视机,仿佛跟当年一模一样。接着,有人发现这个研究者搞错了,房间的标号早已变更。瑞士的一位精神分析学家曾在这个著名的房间(11 号房,如今是 23 号)里住过,他描述了房间的布局:一个套房,里面有两个独立但是相通的房间。我们可以放心了。伊丽莎白·卢迪内斯库在《新观察家报》上澄清了这一荒谬的事件,并就弗洛伊德的"私生活场景"组织了一场极有说服力的研讨会。[50] 此外,她还出版了弗洛伊德、米娜、玛莎的旅行通信集,其标题摘自弗洛伊德的一句话:"我们的心伸向南方。"[51] 这是一份关于旅游和酒店的详细纪事,特别是弗洛伊德非常关注的价格方面,还有他喜欢的地方美食。这些书信愉悦而友好,看不出任何情感上的冲动。这是中等有产者的明信片,他既注重享受又注意节约,喜欢意大利、古文化和旧货店。我们由此了解了弗洛伊德的度假方式,他是一个充满好奇心且喜欢移动的游客,什么都想看,总是在穿梭,不肯多休息;我们还可以从中了解到他的爱好、修养和想象,但是完全找不到性行为的痕迹。显然,他的心主要"伸向南方",而不是"伸向"米娜。

## 关于旅馆房间的小说

作为各种可能之地与幻想的剧场,旅馆房间为侦探剧和情感剧提供了理想的舞台。阿加莎·克里斯蒂笔下的英国海滩,乔治·西默农笔下的侦探麦格雷入住外省旅馆后的单调生活,雷蒙·钱德勒笔下崩溃和酗酒构成的可怕色彩,保罗·奥斯特以纽约式的异想天开将房间用于各种精致的用途。房间是相遇、分手、逃离的纽带,是犯罪、情爱和死亡之地。朱利安·格拉克

《阴郁的美男子》[52]中主人公阿瑯的房间，激发了"浪花旅馆"里一群客人的好奇心。他们随时随地注视着它，如果走廊里传来关门声，他们就要看看百叶窗是开着还是关着。特别是克里斯黛尔，她爱着阿瑯，也绝望地被爱着，她窥视这个令人难以捉摸的私密圣地，阿瑯正在死去，"像一只正在密室里用头撞击窗玻璃的蜜蜂"。一天晚上，就像阿瑯一样，窗户被一片漆黑笼罩，这是死亡降临的信号：他服药自杀了。"再一次，他听到门开的声音，于是明白生命的最后一刻已经悄然而至。"阿瑯的房间象征着他那不可触及的秘密。

像其他房间一样，文学中的旅馆房间考验选材，甚至创作难度更大，因为它在舞台和文本方面存在无限的可能性。我们很容易在这个迷宫中失去方向。一些小说将旅馆房间作为舞台，其中有两部还将其作为主要对象：维基·鲍姆的《大饭店》（1929年）是一本重版数次的畅销书；还有奥利维埃·罗兰的《水晶酒店的套房》（2004年）。

柏林大饭店（应该是受到著名的阿德隆大酒店的启发）是串联主角的舞台与各种情节的发生地：克林格兰，一个清楚自己来日不多，却想实现奢侈之梦的会计；倨傲的老板普莱辛，企业经理，来酒店谈一笔生意，结果却丢尽脸面；（假）男爵盖根，一个没钱的花花公子、魅力迷人的骗子，有点像绅士大盗亚森·罗宾；格鲁辛斯卡娅，荣光不再但风韵犹存的舞蹈演员，和盖根来了最后一场艳遇，导致盖根因此丧命；奥特恩施拉克医生，在1914年至1918年的大战中伤残，靠领取抚恤金度日，总是带着一副"孤独和冷漠的僵硬面孔"，他是吗啡瘾者、清醒的观察者、悲观命运的分析师，长期待在酒店大堂里；还有一些配角，他们构成了小说真正主角"大饭店"的生活。作者以一种复杂的手法贴近现实地展现了装饰、氛围、声音、气味、场所、人来人往、幻觉。"整个酒店不过是巨大的玩笑。"医生跟会计这样说，而会计将"大饭店"视为天堂的客厅，因为这是最昂贵的饭店。客人们睡得很差："在酒店沉睡、紧闭的大门里，住着很多失眠者。"表面的平等之下隐藏着等级制度，这从房间的质量上明显可见。216 号是一个差房间，克林格兰想要一个与经理的房间一样豪华的房间，他费尽周折，成功换到了带有浴室的 70 号房，刚开始时都不知道怎么使用。"70 号是一个好房间。桃木家具，试衣镜，丝垫椅子，雕花办公桌，花边窗帘；墙上挂着被猎杀后的雉鸡的静物画；床上有丝绒压脚被⋯⋯办公桌上有一个考究的青铜笔盒：一头老鹰张开双翅，保护着两个空墨水瓶。"但是，酒店改变了客人："发生在酒店客人身上的事情十分奇怪；走出那扇旋转门，他再也不会是走进来时的样子。"这扇门在不停地转啊转，不停更换入住的人，如同生活。

奥利维埃·罗兰[53] 的观点则完全不同，他是旅馆房间领域的乔治·佩雷克。《空间物种》的作者佩雷克曾经列出"一份极其详尽和明确的（他）睡过的场所清单"；奥利维埃·罗兰以佩雷克的方法标记了世界各地的 42 个房间，从布宜诺斯艾利斯到纽约，从东京到赫尔辛基，从塞得港到温哥华，途中还经过南锡、蒙特利马、布里夫拉盖亚尔德。在寻找消失的梅拉尼·梅尔布恩（书中没有露脸的女主人公）的途中身亡的叙述者曾经住过这些房间。每个房间都按相同的表格描述：面积，布局，墙壁，地板，天花板，涂料，家具，用具，布料，帘幔，风扇，版画及其内容，窗户，窗玻璃，视线，壁柜，副室，浴室。描述之精细与情节和人物的淡化和模糊形成反差：被引诱的良家女子，到处出没的密探，鬼鬼祟祟的商贩，某个灰暗交易中暧昧的双面人，而故事的叙述者是中心人物。然而这些都不重要。因为这不是一个故事，而是一首诗歌，一部不可能被记得的旅馆房间的清唱剧，相继出现的旅馆让人头晕目眩。《水晶酒店的套房》位于南锡，是一个无法抵达的、被遗忘的房间。"水晶酒店是虚幻之地，是想象中的货物仓库，也可能是一家虚构的酒店。"酒店是虚幻的，一如被描述的那些房间，它们虚构、无法辨认，混淆于一种同一性之中，其面纱下却隐藏着历史和世界。虚构掩盖了这场旅行的抽象性——一场没有外出、没有风景的旅行，也掩盖了旅馆房间的抽象性，就像暗影中模糊不清的时间和空间。旅馆房间变得实用、相似、热闹且连锁化，无论它们有多么奢华，都已经失去了独特性和诗性，失去了卡夫卡看重的吸引力。

## 旅馆里的卡夫卡

卡夫卡说："我太喜欢旅馆的房间了，一入住就有回家的感觉，确实如此。"他受不了家庭公寓里的混乱："我的房间是一个过道，说得再好听一点，是客厅和父母卧室之间的通道。"[54] 他给未婚妻写道。这个房间冰冷、阴暗、嘈杂，完全没有私密性。母亲会搜查他的私人物品。他无法写作。这一切加深了他对接触外界的恐惧。"此后，我一直害怕与人接触，确切地说，我并非害怕这些人本身，而是害怕他们闯入我那脆弱的存在……看到最亲近的人进入我的房间总是会让我惊恐，这不仅仅是恐惧的表现。"[55]

旅馆的房间成为卡夫卡的避风港，给他带来自我隔离、不和人说话的可能，也让他得以享受安静、通宵写作："这个地方让我觉得特别自在。"[56] 持有属于自己的空间的钥匙，哪怕是临时的，也给了卡夫卡一种深深的自由感。迈克尔·沃尔泽从旅馆的房间中看到了民主最小的体现形式，卡夫卡将其视为现代性的象征，全球化在构建起现代性幻景的同时，也在将其驱散。

---

[1] 达尼埃尔·罗什，《流浪的情绪》，见前引，主要是第 3 章，"房间旅行者"；卡特琳娜·贝尔托·拉维尼尔（Catherine Bertho-Lavenir），《车轮与水笔：我们是如何变成旅游者的》（*La Roue et le Stylo. Comment nous sommes devenus touristes*），巴黎，Odile Jacob 出版社，1999 年。

［2］ 弗朗西斯科-勒内·米歇尔（Francisque-René Michel）和爱德华·富尼埃（Édouard Fournier），《职业宝典：旅馆业的历史，小旅馆、小酒馆、古代的旅店老板、酒馆老板以及葡萄酒商社群和行会》（*Le Livre d'or des métiers. Histoire des hôtelleries, cabarets et courtilles et des anciennes communautés et confréries d'hôteliers, de taverniers et de marchands de vin*），巴黎，Adolphe Delahaye 出版社，2 卷，四开本，1859 年。

［3］ 亚瑟·杨格（Arthur Young），《法兰西旅游》（*Voyages en France*），巴黎，UGE 出版社，1989 年，第 1 卷（1787 年），第 112—113 页，"意见概述"。

［4］ 同上，第 2 卷（1790 年），第 485 页。关于浴盆的使用，参阅罗杰-亨利·盖朗（Roger Henri Guerrand）和茉莉亚·塞尔戈（Julia Csergo）的《女性之友：18 世纪至 20 世纪的浴盆，一种私密史》（*Le Confident des dames. Le bidet du XVIII<sup>e</sup> au XX<sup>e</sup> siècle. Histoire d'une intimité*，1997 年），巴黎，La Découverte 出版社，2009 年。

［5］ 亚瑟·杨格，《法兰西旅游》，见前引，第 1 卷，第 114—115 页。

［6］ 司汤达，《旅人札记》（*Mémoires d'un touriste*，1838 年），见《法国的旅游》，V. 戴尔·利多主编，巴黎，Gallimard 出版社，"七星文库"，1992 年。

［7］ 阿兰·科尔班，《虚空之地：西方与对海滨的渴望，1750—1840 年》（*Le Territoire du vide. L'Occident et le désir du rivage, 1750‑1840*），巴黎，Aubier 出版社，1988 年。

［8］ 司汤达，《旅人札记》（1838 年），见前引，第 337 页（1837 年 7 月）。

［9］ 同上，第 189 页（1837 年 6 月 20 日）。

［10］ 参阅卡特琳娜·贝尔托·拉维尼尔的《车轮与水笔：我们是如何变成旅游者的》，见前引，特别是"改革旅馆业"，第 217—239 页。她详细描述了影响客房的这些改变。

［11］ 参阅罗杰-亨利·盖朗（Roger-Henri Guerrand）的《场所：厕所的历史》（*Les Lieux. Histoire des commodités*），巴黎，La découverte 出版社，1985 年；重版，2009 年。

［12］ 卡特琳娜·贝尔托·拉维尼尔的《车轮与水笔：我们是如何变成旅游者的》，见前引，第 228 页。

［13］ 法国汽车俱乐部组织的"卧室和卫生间"竞赛，巴黎，P. Schmid 出版社，日期不详，24 幅插图。

［14］ 埃米尔·左拉，《卢尔德》（1894 年），亨利·密特朗编辑、出品并介绍，巴黎，Stock 出版社，1998 年。

［15］ 《欧洲的豪华大酒店》（*Palaces et grands hôtels d'Europe*），让·端木松（Jean d'Ormesson）作序，巴黎，Flammarion 出版社，1984 年（插图丰富的著作）。

［16］ 参阅《从宫廷到豪华大酒店》（*Du palais au palace*），展览手册，卡纳瓦雷博物馆，1998 年（关于该主题最完整的作品）。

［17］ 丽兹酒店激发了丰富的文学创作。除了前文提到的展览手册，还可参阅斯蒂芬·瓦茨（Stephen Watts）的《丽兹酒店：世界上最著名酒店的私密生活》（*Le Ritz. La vie intime du plus prestigieux hôtel du monde*），巴黎，Trévise 出版社，1968 年。

［18］ 马塞尔·普鲁斯特，"阅读的日子"，《仿作与杂记》，见前引，第 164 页。

［19］ 参阅埃米尔·利奇吉（Émile Litschgy），《豪华大酒店的生活：旧日长居酒店》（*La Vie des palaces. Hôtels de séjour d'autrefois*），巴黎，Tac Motifs 出版社，1997 年。

[20] 亨利·米肖，"卧室"，《某人普吕姆》(*Un certain Plume*，1930 年)，见《全集》，见前引，第 1 卷，第 675 页。

[21] 根据他们的传记作者安吉·戴维 (Angie David) 所述，见《多米尼克·奥利》(*Dominique Aury*)，巴黎，Léo Scheer 出版社，2006 年，第 313 页："做爱的夜晚在旅馆的房间度过，连续数次都是在同一个房间，经常到'白马客栈'，要不就是临时到其他旅馆。"更确切地说，是到塞纳-马恩火车站的旅馆出租房里。

[22] 路易·阿拉贡，《房间，静止时光里的诗歌》，见前引，第 13 页。

[23] 爱丽丝·詹姆斯 (Alice James)，《日记》，玛丽·塔蒂耶 (Marie Tadié) 译，巴黎，Les Femmes 出版社，1983 年，第 180 页 (1891 年 11 月 7 日)。

[24] 黛安·冯芙丝汀宝，《梦之床》，见前引，第 51 页，书中有该房间的照片。2009 年春天，设计师雅克·加西亚重新装修了 16 号房间，他"真实地重现了诗人的生活场景，考察了 20 多处作为记忆场所的房间和套间"。(《世界报》，2009 年 3 月 5 日增刊)

[25] 同上，2006 年 8 月 17 日。

[26] 维克多·克莱普勒 (Victor Klemperer)，《我的纸兵：日记，1933—1941 年》(*Mes soldats de papier. Journal, 1933-1941*)，巴黎，Seuil 出版社，2000 年，第 1 卷，第 696 页，注释 35 (1934 年 3 月 25 日)。作者提到，巴比妥 (佛罗拿) 的发明者、诺贝尔奖获得者埃米尔·费歇尔 (1852—1919) 突然不耐烦地以这句话结束了当时关于该药命名的争论："我的火车半小时后就要开了，我已经订好了佛罗拿的房间。"

[27] 洛伦佐·蒙多 (Lorenzo Mondo)，《切萨雷·帕韦泽的一生》(*Cesare Pavese. Une vie*)，巴黎，Arléa 出版社，2009 年 (2009 年 5 月 2 日的《图书世界》引用)。

[28] 瓦莱里·拉尔博，《A. O. 巴纳布斯：日记》(*A. O. Barnabooth. Journal*，1913 年)，见《全集》，巴黎，Gallimard 出版社，"七星文库"，1957 年，第 129 页："不动产，那是多么大的耻辱！屋子里的排场、奢侈生活、社会地位，对一个独身的年轻人来说多么可笑！"

[29] 同上，第 117 页。

[30] 同上，第 156 页。获得自由的唯一方式是娶一个贫穷的平民女子或者一个女演员。他追求的女人拒绝放弃自由："与富有和约束相比，我宁愿贫穷和自由。"她这么跟他说。他完全理解这种立场。

[31] 同上，第 277 页。

[32] 同上，第 891—907 页。

[33] 马塞尔·普鲁斯特，《在斯万家那边》，见前引，第 4 页。

[34] 作者同上，《在少女花影下》，见前引，第 666 页。

[35] 作者同上，《盖尔芒特家那边》，见《追忆似水年华》，见前引，第 2 卷，1978 年，第 82 页及后页。

[36] 作者同上，《让·桑德伊》，见前引，"旅馆房间"，第 554 页。令作者受到启发写下这段描述文字的，是他于 1896 年 10 月在枫丹白露的"法兰西和英格兰旅馆"住过的房间。

[37] 作者同前，"阅读的日子"，《仿作与杂记》，见前引，第 167 页。

[38] 这是 1945 年罗杰·特洛瓦丰泰内 (Roger Troisfontaines) 的用词。参阅《小说集》中

萨特的文章和访谈，巴黎，Gallimard 出版社，"七星文库"，1980 年，注释，第 1745 页。

[39] 1972 年与约翰·杰拉西的一次交谈，转自前引，导言，第 LXIV 页。"有一套公寓在我看来是一种错误，因此我将公寓给了马修（见《理性时代》）：这是他自由的局限。"

[40] 《小说集》，见前引，第 1736 页。这条长长的注释在第 1732—1740 页，标题是"星期三至星期四夜间"，在小说中没有被重提，该注对理解洛根丁与这个房间/各种房间之间的关系以及萨特的房间哲学非常重要。

[41] 同上，第 1738 页。

[42] 参阅米歇尔·勒多夫（Michèle Le Doeuff）的《研究和纺车》（L'étude et le Rouet），巴黎，Seuil 出版社，2008 年。萨特身上存在一种对独立、清净且属于自己的房间的深层渴望。他嫌恶混杂；害怕将家庭和思考掺杂在一起（第 203 页）。

[43] "二战"时期，有第 14 区的米斯特拉尔旅馆、塞纳街的"欢迎旅馆"、波拿巴街的"巴黎大酒店"、儒勒-夏普兰街的夏普兰旅馆；1944—1946 年，塞纳街的路易斯安那旅馆。

[44] 埃德蒙·怀特（Edmund White），《让·热内》，巴黎，Gallimard 出版社，1993 年。还可参阅伊凡·雅布隆卡（Ivan Jablonka）的《让·热内不可告人的真相》（Les Vérités inavouables de Jean Genet），巴黎，Seuil 出版社，2004 年；阿尔贝·迪希（Albert Dichy）和帕斯卡尔·福歇（Pascal Fouché）的《让·热内：纪事年表，1910—1944 年》（Jean Genet. Essai de chronologie, 1910 - 1944），巴黎，当代法国文学图书，1988 年。

[45] 转引自埃德蒙·怀特的《让·热内》，见前引，第 564—567 页。

[46] 参阅尼科尔·佩尔格兰的"女性旅行者"，引文同前；尼古拉斯·布尔吉纳（Nicolas Bourguinat）主编的《女性旅行：历史和文学视角》（Le Voyage au féminin. Perspectives historiques et littéraires），斯特拉斯堡，PUS 出版社，2008 年；作者专门撰写过一篇关于李斯特和玛丽·达古尔于 1835 年在瑞士旅行的文章。

[47] 埃米尔·左拉，《娜娜》，见前引，第 1485 页。据加布里埃尔·乌博尔（Gabrielle Houbre）所述，这些风流女子对"大酒店"非常熟悉，见《交际花名册：风化警局之秘密档案》（Le Livre des courtisanes. Archives secrètes de la police des moeurs），巴黎，Tallandier 出版社，2007 年。

[48] 参阅维罗尼克·奥尔米（Véronique Olmi）的《她的激情》（Sa passion），巴黎，Grasset 出版社，2006 年。一位女作家独自回到索洛涅一个普通小旅馆的房间，度过了一个爱情破裂的夜晚。

[49] 科莱特，《束缚》（L'Entrave，1913 年），见《全集》，见前引，第 2 卷，第 355 页。这部小说的结局非常传统。想独立却又无力行动，勒内·奈雷最后顺从了情人的愿望，代替她扮演流浪者的角色。科莱特后来否认了这个结局。

[50] 感谢伊丽莎白·卢迪内斯库给我发来研讨会的文章，让我了解了这场争论。参阅丽迪娅·弗洛伊姆的《弗洛伊德及其病人们的日常生活》（La Vie quotidienne de Freud et de ses patients），Hachette 出版社，1986 年；"Pluriel"文库，2002 年。

［51］ 西格蒙德·弗洛伊德，《"我们的心伸向南方"：旅行通信集，1895—1923 年》（*Notre coeur tend vers le Sud. Correspondance de voyage, 1895－1923*），克利斯菲德·图戈尔（Christfried Tögel）推介，伊丽莎白·卢迪内斯库作序，巴黎，Fayard 出版社，2005 年。

［52］ 朱利安·格拉克（Julien Gracq），《阴郁的美男子》（*Un beau ténébreux*），巴黎，Corti 出版社，1945 年。

［53］ 奥利维埃·罗兰（Olivier Rolin），《水晶酒店的套房》（*Suite à l'hôtel Crystal*），巴黎，Seuil 出版社，"21 世纪文库"，2004 年；重版，"观点文丛"，2006 年。在同一套丛书中，《水晶酒店的套房》之续篇《房间》于 2006 年出版；28 位作者在该书中讲述了他们关于旅馆房间的故事。

［54］ 致菲丽丝·鲍尔的信，1912 年 11 月 21 日，见弗兰兹·卡夫卡的《全集》，第 4 卷，见前引，第 76 页。

［55］ 致菲丽丝·鲍尔的信，1913 年 6 月 26 日，同上，第 423 页。

［56］ 致菲丽丝·鲍尔的信，1912 年 11 月 3 日，同上，第 34 页。

# 工人的房间

　　工人的房间比其他房间更难以把握，尽管存在论及它们的小说、描述它们的调查、异化它们的电影，但这些作品也加大了理解它们的难度。在那些同情、震惊或谴责的目光背后，我们又能发现什么呢？透过逼仄和拥挤的空间、不知名的物品、喜欢扎堆的"身无分文的群体"，我们能从他们的生活中捕捉到什么呢？越过作为理解工具的社会问题，我们又该如何揭开个体差异的隐形面具去研究这个群体？

　　但是，社会问题无法绕开。的确，"工人的房间"这一定义必然是人为给予的，它和国王的房间、孩子的房间一样，是房间之树的一个分支。工人的房间与社会问题有关：比如住宅问题，两个多世纪以来，在瓦解传统居住模式的城市化和工业迁移的过程中，这个问题不断出现。另一方面，工人的世界并非完全相同，他们所住的房间体现了其生活处境的多样性。有时候，房间指的是整个住所，有时候，它只是一个"单间"，从英语词义上讲，它是移民在奋斗过程中的某个时刻。来到一个城市谋生的时候，在哪里落脚呢？用人有"膳宿"；就业市场上的工薪族却没有这种待遇，他们不得不找一张床或一个"城里的房间"。当然，这些迁徙极少是自发的，而是遵循地区或家庭网络。新劳工一般会投靠邻居或亲戚，至少能有个临时住处。越来越多的劳工聚集在根本没有准备好接纳他们的城市中心或对他们的命运漠不关心的工厂周围，形成了环境恶劣的密集居住区，在大众（至少是当代人）的想象中，劳工简直就是"野蛮人"。

欧洲所有国家都对"住房问题"展开了各种性质的调查，这些调查生产了大量的知识和信息，涌现了很多对标准的描述、幻想和构建。在向我们揭示问题的同时，也加剧了理解住民实际情况的难度，他们和边远地区的原住民一样不为人知。医生、慈善家、社会经济专家、建筑师、小说家、后来出现的摄影师经常出没于这些特殊的地盘，尽管他们的目光都不中立，但我们只能依赖他们。[1] 研究城市的历史学家和社会学家对这些数据进行广泛挖掘，从路易·谢瓦利埃的名作（该书没有抵挡住"危险阶级"的浪漫主义），直至近年来关注制度运行及其真实效果的诸多研究。[2]

## 杂乱的生活

前往无产者生活区的调查者首先会震惊于贫困、拥挤、臭气熏天和杂物乱堆的景象。1770 年，雷佩克·德·拉克洛蒂尔医生被卢维埃的呢绒梳毛工和剪毛工的居住环境吓到了，他将这视为瘟疫性发热传染病的诱因。离开车间后，工人们回到"又矮又窄、部分位于地下的屋子里，空气只能从房门流入，天气多雨时，屋内还会积水。一家人在这样的小屋子里生活，父亲、孩子、老人，往往像动物那样挤在一张木板床上睡觉，垫的稻草都不够……健康的人和病人同住，生者和逝者也是如此。"[3] 这位诺曼底医生从医学而非道德或社会学的角度观察居住问题；与他同时代的同行则将贫困问题视为核心，并且有越来越多的调查和观点将主题聚焦于贫困。

1835 年，在南特，盖班医生建议走进弗米埃街潮湿渗水的阴暗房间："请看看这三四张摇摇晃晃的床吧，床板被捆在被虫蛀蚀的支架上，绳子本身也不牢固。一块草垫，一条碎布条做成的被子，因为没有可以替换的被子，被子几乎从来不洗；有时也有床单或枕头。这就是床上的所有东西。这些屋子不需要衣柜。经常有织机和纺车作为家具。"[4] 他对贫困的控诉甚于放纵，路易-勒内·维莱尔梅医生则对后者更为震惊。1840 年，维莱尔梅医生受精神科学院委托考察了纺织产业地区，以编制该产业雇员的《工人精神和身体状况图表》。他不仅参观了工厂，还参观了工人的住所，与大部分同行一样，他认为贫困体现在住所之中。在米卢斯，工人们"挤在又小又脏的房间或单间里，不过离他们劳动的地方倒是很近。在这些贫寒的住所里，我看见……两个家庭各自睡在一个角落，躺在用两块木板围拢的稻草上面。全家只有一张简陋的床，一个用来做饭、取暖的小火炉，一个木箱子或充当衣柜的大盒子，一张桌子，两三把椅子，一条长凳，几个陶瓦罐，通常这就是全部的家具。"[5] 根据一条隐约带有反犹主义倾向的记录，犹太投机商人出租了这些房间。在圣-玛丽-欧米纳地区，"全家睡在唯一的单间里，里面还放着织机"。在里尔的埃塔克街，情况还要糟糕。最穷苦的人住在地下室，他们在里面吃饭、睡觉甚至干活。"在刚才提到的这些床中，许多人不分男女老幼地躺在一起，大部分人没有睡衣，脏得让人嫌弃。"他们的脚上满是污垢，差点被当成最底层的黑人。[6] "爸爸、妈妈、老人、孩子、成年人挤在一起。我不说了……请读者自己想象这个画面吧。但我要提醒的是，如果读者坚持真相，那么他们完全可以想象出那些令人恶心的秘密，在黑暗和兴奋中、在不洁的床上可能发生的秘密。"[7] 根据警局的记录，这些秘密似乎指向危险的交媾和乱伦行为。维莱尔梅特别关注睡眠问题，他准确地记录了床单（许多人没有床单）和床的数量及使用情况，父母和孩子、不同性别和年龄的人是否分开睡。在亚眠，一家人只有一个房间，但有好几张床。"父母普遍和最小的孩子一起睡，女孩子睡第二张床，小伙子睡第三张。此外，不同性别的孩子通常睡在一起，直到 11 至 13 岁，也就是说直到他们初领圣体或应父亲的要求分开。"[8] 和 17 世纪的农民家庭做法一样。

公共礼仪谴责这种因贫困而导致的做法。欧仁·苏在《巴黎的秘密》中将一个家庭（莫雷尔一家）搬上了舞台，这个家庭的五个孩子睡同一张床。一个笔友看不下去，提议帮助他们搬到熟人家中："已经长大的小女孩不得不跟兄弟一起睡在父母的房间。"需要"有两个对身体有益的房间，避免孩子跟父母睡，还要有一个把兄妹隔开的小间，因此需要第三张床。"[9] 这样的分配在外省很常见，然而在巴黎，只有一张床的工人家庭不太可能为寄宿者提供住所，这种做法还会引发诸多怀疑。

人们给如洪水般泛滥、放纵、错乱且几近野蛮的性行为贴上无产者的标签，就像对黑人的歧视一样，有时候还会拿他们和"原始人"相比，尽管其皮肤是因为风吹和极少洗澡才变成暗棕色的。黑色总是与不安、魔鬼和黑夜关联。[10] 工人的身体滋生了对生育、力量和权势的幻想，他们的混居方式助长了此类成见。乱伦这种离谱的性行为也是幻想之一，查尔斯·傅立叶称它极为常见。生育现象没有限制、泛滥、随意："只有工人才像母鸡下蛋那样不停地生孩子……我讨厌在大街上看到这些牲畜一样的孩子。"左拉借《家庭琐事》中的小人物之口说出了这句话。[11] 这种与地球资源不相称的人口增长是马尔萨斯焦虑的根源。新教牧师对多育很是不安，主张理性的生育节制，要求夫妻奉行严格的克制精神。马克思则反对资产阶级解决工人困境的方式。无产者必须拥有他们想要的任何一个孩子。埃米尔·左拉在堪称生殖史诗的《繁殖》中，化身为生育激情的代言人。与衰落的资产阶级的人口贫瘠相对立的是人民群众的兴旺，左拉从中看到了民族和人类活力的源泉。在这首充满巴洛克风格、奇特的怀孕和生殖之歌中，他颂扬平常夫妻同床的美德。著名的德雷福斯事件发生后，左拉被定罪，流亡到雾都伦敦，他在旅馆的房间里孤独地写下了这部作品。

无产者要有足够舒适的生活条件，才能实现强生殖力的结合。然而，由于设施缺乏（没有水、卫生间、下水道）而导致的卫生问题，由于居住密集而导致的脏乱，将工人社区变成了臭气、毒气和疫气的发源地。婴儿死亡率、佝偻病、结核病、乙醇中毒、流行病传播（霍乱[12]、天花、麻疹、伤寒）导致平均寿命极低，而肮脏不堪、臭气扑鼻的居住区就是疾病的源头。对此，第二共和国采取了措施。1848 年，卫生委员会成立，原则上负责对居住区进行检验。虽然没有产生效果，但是让人们意识到了不卫生有害健康。第三共和国将卫生视为信条，向藏污纳垢的"垃圾窝"开战，直至消灭对或许更可怕的"劳动损伤"构成的危害。[13] 调查者建立了大城市（主要是巴黎）的"卫生档案"，清查了需要推倒的楼房和需要清扫的街区。问卷调查做得很精细，特别是关于空气容量："房间里床的数量对应的容量是多少？请注明体积、高度、长度和宽度。""除了门窗，房间里还有其他通风手段吗（比如烟囱、管道，等等)?"当然，还有照明、地板、隔墙的状况。这就是 1878 年关于"巴黎市不卫生出租房"的调查指南。负责解释该指南的迪梅斯尼尔医生[14] 提到了一些极端的例子。在圣玛格丽特街 9 号（圣安托万郊区）有一个外形奇怪的楼房，里面污水横流，调查者在这座建筑的四个主要部分清点出了 112 张床，但是只有两个厕所。"天井和楼道窗户的很多地方都沾上了粪便。污水槽跟厕所一样少得可怜"，而且惨不忍睹！一个房间里塞了三四张床，这些房间一般没有通风管，潮湿、脏乱，细木墙板已经被虫蛀得千疮百孔。瓦尔密码头 103 号的楼房更加糟糕："天井，厕所，通向厕所的走廊，楼梯，两个连廊，污水槽，房间，总之到处都脏得不堪入目。纸屑、布团、尿液、粪便遍地可见……房间里虫子肆虐。"接下来的几页都是关于脏和臭的描述。迪梅斯尼尔医生主张公共权力的介入，像外国那样，对出租房采取严厉措施。这些出租房很可怕，因为它们催生的疾病"不仅会冲击个体，而且由于损害了民族的生命力，继而影响国家劳动力的活跃度"。住宅是一个公共卫生问题，是卫生政策的核心，可惜的是，政策主要还停留在文字层面，实际效果有待提升。[15]

同时，住宅也是道德秩序的关键。"没有房子就没有家庭；没有家庭就没有道德；没有道德就没有人；没有人就没有祖国。"共和国之父儒勒·西蒙写道。弗雷德里克·勒普莱的社会经济学会成员路易·利维埃尔沿袭儒勒·西蒙的理念，主张工人住宅的美学概念，尤其要有花园。[16] 这个学会自第二帝国时期起开始撰写关于家庭的论集，极其注重家庭用人的生活质量和室内生活的和谐，视后者为社会稳定的因素。这些调查的信息来源独特、丰富，只有它们真正深入到室内，带着一种公证人的精确盘点了室内家具的构成，并且重视那些足以成为模范的家庭的"合理舒适性"。在熟练工人的家中，诸如圣安托万郊区的细木工人、巴黎的屋架工人、格勒诺布尔的手套工人，他们的生活简朴，但并不是贫穷至极。这些调查者为我们提供了一份样本图像，其真实情况如何我们无法得知。

最后，住宅是成功或融入社会的标志。阿格里科尔·佩尔迪基耶是"德者阿维尼翁人"细木工行会的会员，他的房间是一个让人歆羡、充满美德和幻想的私密港湾。[17] 左拉在《小酒店》中将绮尔维斯的房间视为她发达和落魄的寓言。她和古波的结婚计划围绕卧室的幻想而形成。"等他们有了一张床，就可以租在那里了。"在参观古特多尔的"营房"中一个阳光充足的角落时，她这样幻想。结婚后，他们住进了"自己的家具房"；一个给孩子的小房间，一个小厨房，一个供夫妻睡觉和接待客人的大房间。"真漂亮啊"，他们还费心装上床帘，挂了版画和照片。但是夫妻关系结束后，房间变得越来越空，直至空空如也。因为付不起租金，绮尔维斯被赶了出来，不得不搬到楼梯底下，像狗一样住在楼梯洞里。她在那里死去。房间的丧失意味着她落魄的开始。

住宅可以提高劳动者的教化，使之合乎规范。这是各界慈善家、雇主和社会主义者的信念，至少部分傅立叶主义者这样想，比如戈丹和他在吉斯创建的工人生产合作社，其他人就没有那么关心了。[18] 安置外来劳动力的紧迫需求促使大企业主（凯什兰家族、多尔福斯家族、施耐德家族等）建造了工人住宅区，这是确保纪律的家长式管理的强有力工具。住宅区由建筑师设计，布局合理、卫生讲究、标准统一，巩固了微型住宅的概念。厨房和卧室分开，父母和孩子分开，这为更严格地定义卧室做了贡献：卧室往往位于楼上，在夜间使用，与靠近街道和花园的日常生活保持一定距离。然而，这个地方很重要：劳动力的孕育和繁殖都在此进行。这是工人的梦想之地。

## 工人的做法

在这些理论之外，实践方面又是如何的呢？怎么感知工人的愿望？无论来自乡村还是国外，离开家庭、来到城市的年轻人与打工人，他们的第一需求都是找到住处，即使没有一个房间，也要有一张床。据阿兰·福尔和克莱尔·莱维-弗洛朗所述，从 19 世纪中叶至今，宿舍和带家具的出租房收容了这些人。[19] 这是一个规模庞大的住房体系，涉及不断增加的流动人口，依赖成千上万的独立出租人或旅馆经营者。1880 年前后约有 1 万出租人和 20 万承租人。1930 年，将近 35 万巴黎人（即首都总人口的 11％）靠租房度日。直至 20 世纪 20 年代，这种过渡性的居住方式都发挥了不错的调节作用。这个富有弹性的住房体系能适应劳动力流动带来的浮动需求，根据工作的地点、对稳定的期望以及家庭的状况而变化。人们不会在宿舍或带家具的出租房里长住，除非迫不得已。不过第一次世界大战后，出租房供应变得稀少，这一体系陷入了不可逆转的衰退，这是全球大众住宅危机的一个方面。外来者，更常见的是外国人（葡萄牙人、阿尔及利亚人、非洲人）被迫住到别人家里和郊区，甚至不得不挤进脏乱的旅店。我们现在还能见到这种状

213

况。甚至还要更糟：因为还有居无定所的人。

最让人惊讶的是这段历史中消费者的角色，他们是极为主动的参与者，"自己处理问题"，这是米歇尔·德·塞尔托的用词。他分析了"创造日常生活的千种方式"。[20] 围绕着就业，消费者展示了真正的租房策略。他们在工作地点与住宅区之间移动，利用潜在市场，首选是住在市中心，其次是周边区域，最后不行再回到市中心。他们重复做着这种布朗运动，许多大城市都是如此。[21] 当处境不好时，他们不得不先接受找到的工作，再去找其他活儿，他们经常搬家，有时甚至不付房租就"悄悄溜走"，为改善自己的命运而奔波，为住进"自己的家具房"而忙碌。接下来，让我们看看他们的状况吧。

## 寝室

首先，工人们集中住在维莱尔梅提到的那种"合住房"里。在色当，"与所有工厂城市一样，独身男人住在膳宿全包的寄宿房，每个月租金 25 或 30 法郎，两个人睡一张床，吃饭、洗衣、照明都包含在内，每顿饭还有定量的啤酒"。[22] 未经父母同意，未满 20 岁的年轻人不能住在这里。每张床睡两个人，这是维莱尔梅考察的大部分纺织品加工城市的规则，比如兰斯、鲁昂、塔拉尔，拈丝工场雇佣的外国工人也一样。[23] 每个房间有多少张床呢？他没有说，也没有使用"寝室"（chambrée）一词，该词在 1840 年后才流传开来。1878 年的《统计年鉴》将"chambrée"定义为"'没有任何亲属关系'的租客居住的、摆有数张床的单间"。房间里至少有四张床，1880 年前后平均为五张，实际上往往更多，尤其是在刚开始的几年里。

"chambrée"这个词有许多含义。在法国南方，它指流行的、供男性娱乐的社团，从 18 世纪开始就有记录，或许还要更早。社团设于私人"房间"，里面的摆设相当简陋——一个火炉、一张桌子、几把椅子、几个酒杯，大家在此聚会、喝酒、玩耍、讨论。聚会非常隐秘，一般是在楼上，有阳台用来确认来者的身份，并监视可能出现的奸细。"寝室"一词与面积大小无关（不是指"小房间"），而是指向参加者低微的出身，即"小人物"。在吕西安娜·鲁宾看来，这是地中海地区的一种男性社交形式，一种"男人之家"，类似于土耳其语中的"oda"（大厅、房间之意）。在被女人们的厨艺所支配的家里，男人们感到不自在。莫里斯·阿居隆证明了这些聚会的政治性，它们在 19 世纪演变为"社团"。[24] 但是在南方，大家只是在晚上相聚，并不留宿过夜。在北方，情况恰恰相反。这个词源自军队，最先用于士兵，带有男子气概的含义，多指朝气蓬勃的小伙。伏尔泰写道："士兵们快乐地生活……寝室让他们结合起来。"加缪的描写更特别："住在同一个房间的人，无论是士兵还是囚犯，都会建立起一种奇特的关系，仿佛他们随衣物一起卸下了防御。每天晚上，在这个充满梦想和疲倦的古老团体中，他们放下差异，相互照顾。"[25]

工人寝室的形象可没有那么美好；它们排斥衣衫褴褛和臭气烘烘的穷人，带有排外心理与反犹太主义，比如反对饥饿的意大利人或者针对穷困的犹太鞋匠和裁缝。但是，除了不堪的一面，它们也代表了类似于当今非洲劳工之家的社群互助。工人聚集在一起，根据出生的省份（如布列塔尼、奥弗涅）、国家、种族甚至当地的某个地区结盟：比如在拉普街共用厨房的奥弗涅排屋，由一个来自农村的女人负责做饭；还有根据职业分类的传统。季节性的建筑工人——马丁·纳多描绘过他们节俭的日常生活——往往喜欢这类由工地包工头转租的住所；在休工期间，他们会把工具放到工具间，然后回家睡觉。即使是打扫得极为勤快的屋子，也无法消除这些满身汗水、洗漱匆促的身体散发出来的臭味。工人总是想方设法占有自己的角落。他们会在墙上写下村庄、妻子或未婚妻的姓名："偶尔会有思念的情感；和他们的生活一样，写得乱七八糟。"[26] 文萨尔写道。后来成为巴黎公社社员的欧仁·瓦尔兰是同居的支持者，他在年轻装订工的社群中生活；六个男人一起生活，共用房间；一个女人负责他们的衣服和性生活，时而换床伴。[27]

男人寝室的自由与里昂"丝绸修道院"的严格形成了反差，后者是从1840 年起根据美国洛厄尔模式建立起来的。① 他们管理着大量的乡下女孩（最高峰时期达到 10 万人），女孩在 12 岁时被送进拈丝和缫丝工场，直到结婚。她们每天在普通工头的监督下劳动 14 个小时，生活在专门建立的修会寄宿区内，由修女负责；夜里，她们睡在拥挤的宿舍里，不过每个人一张床，这样的待遇在村子或小规模工厂里十分罕见。在那个年代，乡村生活之艰难令这种寄宿生活尚可接受。对父母来说，这种生活还是一种道德保障，人们认为有这样的女儿是一种福气：有了她们的工资，父母可以还清债务、给田地施肥；女孩签了为期三年的合同，如果中途违约，需要支付每天 50生丁的违约金，因此她们反对罢工。她们的生活就是祷告、做弥撒、默默完成单调的工作，极少有娱乐活动（每个月只回家一次）。她们的日常生活很像修道院的苦修，与男性寝室的快活和放荡不羁形成了鲜明的对比。20 世纪初，年轻的女工再也无法忍受这种生活。反对过长工时和让人无法忍受的纪律的罢工发生了。一些领头者出现，比如露西·波，她留下了一部少见的自传后，最终因为孤独而自杀。成为女性反抗者并不容易。丝绸厂的这种寄宿生活在两次世界大战期间终于消失了。

总的来说，寝室还是比较好的。它们"位于市中心，是向所有贫困者开放的庇护所"。然而，寝室从来不是人们印象中占主导地位的居住选择。在1895 年的巴黎，它们只占出租房的 3% 或 4%。寝室会临时增加床位——

---

① 这种法式制度由朱朱里厄（Jujurieux）小镇的一个野心不同寻常的生产商（博纳）引进，是对波士顿附近的洛厄尔棉纺织工人住宅区的一种略显夸张的模仿。

1880 年平均 5 张、1895 年平均 7 张——以便满足不断增加的对单人床的需要。但是，它们不可避免地走向衰落，出于卫生的考量，也出于对自由的渴望。[28] 年轻人尤其渴望摆脱这种居住方式所固有的、来自前辈的权威，他们渴望自由做爱、一起生活，渴望有一个属于自己的角落和空间。纳多因此遭到了父亲的训斥：他放弃了格雷夫街区的寝室，转而在圣路易岛大街上找了一个房间。埃米尔·苏维斯特，另一个叛逃者，这样庆祝自己获得的自由："一把椅子，一个箱子，一张帆布床，这就是我全部的家当；但至少我可以一个人待着，四面墙壁围成的这个空间只属于我。没有人会来呼吸我的空气、打扰我的安静、打断我唱歌或睡觉，就像在寝室里那样。"[29]

寝室不再能满足更加多样的人群之需求，比如青少年和女性群体，特别是家庭群体。

## 旅馆房和出租房

连同家具一起出租的房间因此受到欢迎。它们由房主出租，或有或无许可证（有些甚至是暗中出租），此外也有旅馆老板公开出租房间。这些带家具出租的旅馆有大量被保存下来的照片，一般来说规模都比较小；[30] 会标明各自的功能（"带家具的旅馆""带家具的房间""带家具的小屋"）。通常，旅馆的一楼设有餐厅或台球室，兼卖"葡萄酒，咖啡，利口酒"。旅馆的名称五花八门：采用店主姓名（"玛尔甘旅社""德努瓦耶旅店"）可以让人产生信任感；采用省或市的名称（阿韦龙旅馆，北方旅馆，南方旅馆，佩里格旅馆）；有的还自称"大饭店""伊甸园""未来酒店"。它们可接待数十乃至数万名外来者。1856 年，6.3% 的巴黎人口（约 7.5 万人）住在带家具的出租屋里，这些出租屋在一些街区占比近三分之一，如贝尔维尔、圣梅里

217

等；住客大部分是工人，有时候也有大学生，而且外国人越来越多（1914年，巴黎有约 20 万外国人）。一些胆子大的房东推出了各种各样的出租房：房间，小室，阁楼，角落，甚至是某个拐角处或楼梯下的一张床铺。作为投机分子和地下经营者，临时或长期的房东根本不会去登记注册，甚至不理会人口统计。[31] 因此，他们惹恼了城市的行政管理和警察部门。

带家具的出租房优点不少。首先，挂在墙壁上或放在口袋里的钥匙，可以给人带来一种自由感。可根据自己的时间上楼或下楼。有一个地方存放私人物品，哪怕非常简陋。能够做饭。一个人睡或跟自己属意的人睡。可以摆脱家庭的约束，家庭有时候和寝室一样让人难受，尤其是对年轻男女。约瑟夫·瓦赞是汽车油漆工，他先是住在安德烈叔叔家，发现那里死气沉沉之后，搬到了加尔瓦尼街，可谓心花怒放："一个属于我的房间。可以完全自由活动了。想干什么就干什么，想去哪里就去哪里，不用再看别人的眼色。"让娜·布维埃是孤儿，从萨瓦来到巴黎，先是做女佣（包住宿），然后做了服装女工，有一段时间住在堂兄弟家，每周支付 15 法郎的膳宿费；对她来说，这可不是笔小钱。她离开了，搬到带家具的出租屋里。"住在别人家里很好；住在出租房更好。"对几代外省人来说，巴黎的旅馆为他们提供了独自居住的权利。"带家具的出租房或许很简陋，但这是一个独立的房间：每个人都感觉像在自己的家中。"[32] 这非常不容易，即使在实际生活中，物质条件带来了很多限制。房间不仅简陋，还有卫生、噪声、私密、拥挤等问题，因为人们很少独居，有时候会七八个人同住：它看起来像家庭房，但依然是寝室。房间集中的旅馆或大楼也是又破又旧、脏乱不堪，不卫生、嘈杂、没有隐私。住在里面肯定感觉不到幸福。

出租房的分布比旅馆分散，但也有聚集区。"一个带家具的出租房从来不会单独存在。"描述过住房系统形态的阿兰·福尔写道。[33] 除了有房租收入的房屋，还存在专为出租而建造的住宅区，比如伊夫里角，这个地方的出租房像蜂巢一样拥挤，每个蜂窝都挤满了人；人们在巴黎市中心建了一些"不卫生的岛状住房群（îlot）"，卫生学家，比如这个术语的发明者保罗·朱耶拉，要求将它们拆除，从未考虑这些之后只能绝望地依靠救济的群体的未来。"岛状住房群"是租客首选的地点：位于市中心，有就业市场，是维护各种关系的纽带，也是团结互助的据点。租客从大老远来到巴黎，不是为了再次被赶到遥不可及的郊区。"对穷人来说，出租房是城市化的一种寒酸的形式。"这座城市不可避免地让人既爱又恨。偏僻的郊区最初无足轻重，直到后来变成工厂和住宅区。这是另一部关于住宅、土地分割、独栋房屋与另一种类型的房间的历史。

19 世纪，新来巴黎的人——农村人、外省人、外国人——极力想搬到中央菜市场街区、马雷和圣热纳维耶芙山一带。他们沿着圣安托万郊区朝沙罗纳、贝尔维尔和梅尼蒙当的方向迁移。他们犹犹豫豫地进入第 13 区，[34]从这个出现时间不长，还比较松散的移民区向国民街和博德里古街扩散，直至到达伊夫里角这个属于最贫困者和最新入城者的极端之地：女人，比如女佣或缝衣女工；流亡者，比如住在玛丽-罗斯街的列宁。最终，他们止步于以恐怖闻名的贞德平民区简陋不堪的房子前，但女主人还是会装好窗帘，努力遮掩屋内的寒酸。

出租房狭窄的空间里偶有小隔间或衣柜，基本是二选一，有时会两者兼备，后者属于奢侈之列。一贫如洗的工人和大学生[35]等单身人群倾向于选择没有火炉和窗户的小隔间。在拉丁区，儒勒·瓦莱斯在一个煎炸工家的老虎窗下发现了"凹洞"，他得猫着腰进去；进去后只能躺着，而且只能蜷着腿。"我想伸直身子时，我得缩着脚。只能这样去习惯……我可以随时进去。我有钥匙。"同时他自嘲地说："我也可能沦落到入住这些可怜的房间，不过至少还有散步的空间！没错，散步。然后干什么呢？晃悠，一直晃悠，而不是思考！在大床上晃荡双腿，右腿晃完晃左腿，就像高等妓女或江湖骗子那样!"[36] 他甚至请同学在此留宿，该同学不得不把双腿伸到楼梯上睡觉。不是所有大学生都是富家子弟。运气好的会进入沃基耶那类小型寄宿学校，对没有钱的学生来说，有一个隔间就是最大的奢望。

出租房的基本单位是"室"，即"每个房间必须能容纳一张床（2 米×1.5 米）"：最小的房间差不多比隔间大一点。1896 年，91％的住所只有一室，1911 年到了将近 97％。因此，室构成了出租房的标准。科雷兹人、布列塔尼人等外省人（还有外国人）非常团结，会在同一栋楼合租。他们努力成立组织，想办法做饭——这是这些穷困之人的执念。他们以夜或周为单位求租，极少以月为单位，他们既没有租约也没有保证金，总是被房东提防，觉得自己的住所低人一等。"住在出租房里"往往被人看不起，也有失身份。就老板而言，他们不愿意把带料加工的活交给"住在单间里"的女工；就姑娘而言，她们对跨出门槛总是有所顾虑。因此，所有人都极力跳出这种住所。住出租房的人群就像有翅膀的飞鸟。第二共和国甚至寻思：能否将选举权授予这些流动人口？1850 年出台的法律要求拥有三年的居住期。这道出了对出租房居住者永久的不信任，出租房被视为暴徒和结核病菌的培养皿。从第二共和国时期开始，卫生检查体系已具雏形，其标准随着时间的推移得以细化。警察局的卫生委员会主张禁止两个人睡一张床，并减少房间内床的数量。1878 年的规定要求单人面积达到 12 平方米，1878 年是 14 平方米；尤其规定了最小的空气容量：1890 年单人是 11 立方米，双人是 12 立方米；要有"足够"的供水点，每 25 人配备一个厕所。即使这些规定极少得到遵守，但还是给常常违规的房东和旅馆老板带来了检查的压力。

出租屋的供应在减少，然而数量还是巨大的。1954 年，据统计：塞纳省还有 12 000 家旅馆和出租房屋；巴黎还有 204 240 个房间，郊区 61 000间，入住率分别是 1.4 和 1.6。带家具的出租房大约有 40 万租客，占人口的 7.5％。大部分旅馆"缺乏舒适性"，甚至脏乱不堪。它们的客人是那些最贫困的人，年轻人、受到打击的女人、新来的移民，比如阿尔及利亚人。20 世纪 50 年代，社会学家安德烈·米歇尔对 276 户家庭做了调查，他们住在巴黎的旅馆，环境嘈杂、破旧、脏乱。[37] 店主极少会重新装修房间，只追求利润，无论是在奥弗涅还是其他地区。租客只能自己粉刷室内，更换灯泡，漏电时还得自己焊接。有些人会悄悄买一些家具。"在这张桌子上吃饭让我放心。"卫生条件欠佳：既没有澡堂，也没有淋浴，甚至连共用的都没有；仅 45％的人能在盥洗池或洗脸槽用上自来水；有些旅店老板会在白天关掉自来水。舒适性缺失：只有 45％的地方有中央取暖。空间狭小：房间长 4 米、宽 3 米，每户人家不会超过 12 平方米。家具尽管很简陋（沙发床，如同露营用品），但占据了整个室内空间。隔墙很薄，没有私密性；孩子常与妓女——她们住在最漂亮的房间——擦肩而过。一点也不稳定，租金往往只够住几天。一个年轻人的家庭在旅馆之间辗转。一个在 1941 年被流放的女人一无所有，回来之后，生活毫无着落。租客也根据旅馆里其他住客的需要在内部搬来搬去。老板很害怕他们往房间里塞东西，拒绝搬入一张折叠床，甚至一辆童车也不行。冲突总是不断。有租客因为创立了反不正当房租的协会而被旅店老板的律师告上法庭，被控策划阴谋。对阿尔及利亚人、马格里布人及非洲其他一些地区的人的待遇尤其不公，针对他们的一切行为都被认为是合理的，阿尔及利亚民族解放战争彼时还没有开始。

半个世纪后，出租房的数量进一步减少。克莱尔·莱维-弗洛朗[38] 描述了住房体系的衰落（也描述了其持久性），根据他的说法，巴黎的出租房旅馆如今已经不超过 1000 家，它们今非昔比，全面改善了设施，转向旅游业服务。作为另一个时代的见证者，如同布料翻新时留下的瑕疵，大量旅馆被挖掘机夷为平地，穷人街区彻底换上新颜。这些旅馆在被拆除后并没有重开。保留下来的旅馆像是"永久性的贫民窟"：2005 年夏天，一家名为"巴黎歌剧院"的旅馆发生火灾，导致多人伤亡，说明这些居所还是存在危险性。转瞬即逝的情绪之间，摄像机镜头深入那些拥挤的家庭，人们依然住在巴黎的市中心，其中大多数来自非洲，从事清洁工作。

他们就住在这些出租房里，等待并期盼着改善，就像不久前还住在其中的上一代那样：利穆赞人、布列塔尼人、意大利人、波兰人、中欧和东欧的犹太人。

## 住进自己的家具房

带家具的出租房存在局限。租客厌倦了各种束缚、房东的变化无常和贪得无厌，还有里面简陋的家具，这些都激发了他们住进自己的家具房、住进"属于自己的树林"的欲望。夏尔-路易·菲利普是塞纳省政府的底层职员，住在圣多米尼克街的出租房里，他给母亲写信（1896年10月25日）抱怨出租房的嘈杂、拥挤、脏乱："旅店里的生活很凄惨，邻居们过着糟糕的日子，他们白天黑夜、无时无刻不在相互争吵、打架。房间脏得令人恶心，没有人维护。给您举个具体的例子吧，我的床单已经快三个月没有人来换了。我的洗脸盆和水壶上结了一层污垢，因为长时间没有清洗，现在怎么也洗不掉……如果想住进像样的旅馆，那价格可贵得吓人，所以我只能住在名声不好的旅馆里，天天跟一些流氓做邻居。"他向母亲要钱"买几件家具"，[39] 毕竟家具比房租便宜，这样母亲就不会拒绝。儒勒·瓦莱斯也跟父亲说过："先给我一点钱买小家具吧，万一我找到像小单间那样的落脚点，还可以摆进去。"他在巩特斯卡普广场附近找到了一间空房，租金80法郎，需要预付。"求你了，给我这笔钱吧，它可以让我开心，帮我避免很多危险。"但是在贫穷、吝啬的父母那里，他的请求不可能得到同意。

最好是自己解决问题，哪怕是通过预订和分期付款。大量年轻的劳动者

222

这样做，他们刚"登陆"巴黎，渴望自由。让·格拉夫是制鞋工，1875年前后轻松找到了工作，但是住得很糟糕。"我不想住在出租房里，我在克雷潘那里订购了家具，一张床、一个衣柜、一张桌子和几把椅子，预付了一半的钱，然后，我在拉姆家租了一个房间。我有自己的窝了。"[40] 这是最低配置的家具，这段描述很有意义。让娜·布维埃在逃离家庭后对出租房的脏乱感到痛苦："旅馆让我非常厌恶，因为到处都是污迹，没有人愿意长住。我不能像在自己家里那样经常擦洗小房间……失去美食和娱乐不会让我难过，但是如果没有清洁卫生，我实在无法忍受。为了购买必要的家具、住进自己的窝，我牺牲了许多东西。"在这个必不可少的"树林"里，她还需要日用织物和厨房用具；她用白灰粉刷了墙壁。"虽然谈不上多么舒适，但我是待在自己的窝里。"纳维尔是两次世界大战期间在梅尼蒙当工作的工人，他说得非常明白："一推开房门，爱情，即真正的生活，就开始了。在这个房间里，我找到了忍受工厂生活的理由。我摆脱了孤独。安娜还在睡梦中。"[41]

"真正的生活"就是自由自在地恋爱。年轻工人很早就开始了他们的性生活，他们做爱，在工厂、沟渠、小酒馆里。英国的"一些小酒馆里设有房间，男孩女孩会成双成对地出入；一般来说，14岁或15岁就有了性行为"。[42] 他们很早离开家庭，开始或许稳定的同居生活。虽然令正统人士恼怒，但同居行为十分常见，慈善社团（法国的圣-弗朗索瓦-雷吉斯、英国的伦敦布道会）极力促进其合法化。同居受到经济上的约束与旁人目光的压力，婚姻则被视为行为模范，至少这样更符合社会的期待，[43] 拥有房间是实现这一目标的条件。人们寻求最简陋的空间和设施，然后根据收入和生育状况进一步改善。首先要找到单间，然后是增加隔间。得先有一块床板，然后是桌子、椅子、衣柜、窗帘。有些人最后为自己搭建起一个几乎完整的"家"，也有些人只是在其中堆积各种东西和不幸。

我们在弗雷德里克·勒普莱[44] 创建的社会经济学会的家庭调查论著中

读到了这些内容，调查者没有避开道德方面的评判。幸福的夫妇有道德观念和一点宗教信仰，有一个耶稣十字架、一个圣母小塑像、几张圣像卡；工作勤奋，有资格享受工厂争取的社会福利，没有完全脱离土地，采用实物交易以弥补现金收入的不足。他们避免姘居，优秀的女主人尤其重要，这是日常饮食和收支平衡的关键。因为在法国家庭中（甚于英国家庭），女主人是家中的"财务大臣"和保健医生。精明能干的女主人懂得利用菜市场，会把咬不动的肉煮得烂熟，会拿剩下的菜做饭，装好饭盒里的饭菜，缝补旧衣服。除了作为基本收入的丈夫的工资，她会贴心地增加"额外收入"，比如做家务、做看护或洗衣服，帮忙购物或送货，或者在家做工。服装产业和缝纫机——前文提到的著名的胜家牌——增加了机会，但是竞争又让它成为致命的圈套。20 世纪初，劳动局[45] 的调查员评估了血汗工厂对女工造成的伤害。[①]

除了持这种规范性的善意目光，勒普莱的调查员还有其他优点：实地调查；方法严谨（采用极其详细的统一调查表）；用数字标明夫妻的收入和支出，即家庭生活之体现；注重细节，对家庭样本的描述堪比公证处出具的清单，他们无疑受到了后者的启发，这在当时的社会学论著中可谓独一无二；最后，他们渴望把家庭史和家庭住宅联系起来，这为他们的考察赋予了更个性、更细腻的风格。

## 工人的室内

室内的调查方法还是一样。研究列出了家庭的构成情况：父母的年龄，

---

① 参阅"女人的房间"这一章。

每个孩子的年龄和性别，楼房里住所、照明（普通窗户和老虎窗的数量）和取暖（壁炉和火炉）的状况。然后是家具清单：首先是床（数量、材质）和床上用品（床垫、床绷、床单），每项单独列出，说明其重要性；其次是其他类家具，标注了使用年限和当前状态，是公用还是个人物品；墙壁的状况（涂料还是墙纸）和窗帘。与家具和物品一样，服装也被列入清单，并附有详细的估价，被视为财产的一部分。这一全面的评判表明了调查员对工人房间的印象，简明扼要地说明了该家庭的精神和物质状况，以及调查员眼中"整齐和清洁"的程度。

让我们推开几户家门看看。巴黎的木匠[46]，带着夫人和两个孩子——12 岁的儿子和 7 岁的女儿——住在第 9 区一栋普通楼房的六楼，房租每年180 法郎；楼房共有 72 个租客，负责管理的门卫住在二楼狭小的门房里（几乎所有住宅都是如此），从古至今，门卫都在百姓生活中扮演着重要的角色。[47] 住所（总计 21 平方米）有两个室：一个小门厅，一个带壁炉、只有一扇窗户和老虎窗的卧室；外加用来摆放脏衣物的小阁楼。父母睡在主室，孩子们"分开睡在门厅"，门厅里还有厨房、桌子、管式铁炉和搁板。所有家具估价 868 法郎，达不到"标志着中产阶级生活的奢侈要求"。三张床：父母那张是胡桃木帆布床，三个羊毛床垫，两个"普通"羽绒床垫，一个羽绒长枕，两个小枕头，一条"普通"压脚被，一条羊毛绒被，一张白布床罩，两块窗帘；一张给儿子的帆布床；一张给女儿的樱桃木小床，带草褥和两块白布小床帘。窗帘表现出对私密的渴望。卧室里的所有家具都是胡桃木的：双门衣柜，床头柜，矮柜，垫着油布的饭桌，六把草垫椅。物品方面：玻璃钟罩里的雕木摆钟，装着彩色图片的相框，圣母小塑像，带器皿的鸟笼；一些书（宗教、历史、烹饪）；洗漱用品和厨房用具。"住处尽可能保持整洁，因为空间狭小，得用主卧的壁炉或门厅的铁炉做饭。"调查员还注意到卧室里的一个鸟笼："工人很乐意照顾主动送上门的鸟儿，他的妻子把它放到一个漂亮的鸟笼里悉心喂养。"工人，特别是女工人，喜欢家中有动物陪伴：鸟，猫，甚至是小狗。

在让蒂伊，"巴黎集体工场"[48] 的披肩织工像以前那样，把住所当作车间，如同过去的内侍。一家六口（其中四个孩子，分别为 10 岁、8 岁、6 岁和 4 岁）住在大开间，用隔板隔成四个小间：一个当作厨房；一个是餐厅，也是儿子睡觉的地方，最小的孩子睡在婴儿床上；还有一个杂物间，两个女儿睡在这里。"父母房"也用作客厅，有一个壁炉，壁炉外壁是用大理石做的，还有一面贴着画像的屏风来遮挡壁炉门。女主人时刻要提防孩子闯入。男主人重新装修了这里：更换了墙纸和地砖。屋内还有带白布帘的胡桃木床，女主人作为嫁妆带过来的几件家具，包括那张屏风和一个橱柜。虽然住处有点潮湿，但整体上维护得很好，"给人井然有序、热爱劳动的感觉"。

有比这些住户条件更差的。巴黎郊区的一个采石工家庭，六口人——父母和四个孩子——挤在 15 平方米的房间里，铺了地砖，有三张床和一张婴儿床，最贵的家具就是胡桃木橱柜。[49] 送水工，一家五口人，有父母房（12 平方米）和孩子住的隔间（6 平方米）；家具寒酸且破旧，部分是通过继承得来的财产；因为没有厨房，卫生很差。[50] 巴黎的成衣工，每年付 140 法郎租金，住在六楼一个 17 平方米的房间里，同楼层共有 12 个类似的房间；夫妻与两岁的小儿子睡一张床，床脚是大儿子的地铺。[51] 评论强调了恶劣环境中的不道德现象，而同居加剧了这种现象。全屋都是二手、缺乏保养的劣质家具：一个柜子，一个箱子，一张胡桃木餐桌，四把破旧的椅子，一个生铁炉，一面镜子，四个花瓶，两个鸟笼。在调查员看来，这堆旧货体现了一类缺乏远见的工人的没落。"上了年纪的工人只能在大街上找活"，这是行业内的说法。成衣工经常光顾调查员谴责的歌舞厅，所以被调查员视为思想堕落。

室内生活暗示着家庭轨迹。从这个视角来看，里尔的洗衣女工和巴黎的玩具纸箱压模女工的对比极为强烈。[52] 洗衣女工被锁匠勾引、抛弃，与 7 岁的女儿生活在 10 平方米的房子里，没有壁炉，每月房租 6 法郎。墙壁上没有任何装饰，家具破破烂烂：立不稳的餐桌，破旧的椅子，四块木板拼起来的床（即所谓的"霍乱床"，在 1849 年流行病暴发期间匆匆生产）——这是女性苦难常见的背景，尽管很不一样，但也是玩具压膜女工的处境。压模女工 40 岁，与酗酒的工人分开后，带着两个儿子（一个 17 岁，一个 13 岁）生活，住在阁楼上的几个小隔间里，据调查员说，她试图为它们增添"凄惨的艺术色彩"。她的房间里（12 平方米）有两张铁床：大的那张归她和小儿子，小的归大儿子；胡桃木老家具，带柜子的梳妆台；仿古风格的壁炉装饰，挂女性头饰的球体，耶稣十字架，古老的版画，相片，咖啡用具。这些混杂的物品是往昔幸福的残留，道出这位女工如今的落魄，调查员暗示她曾被一个"高尚者"[53]① 摧垮，走投无路之下进入了"血汗行业"。

巴黎的一个锁匠[54] 算是技术工人，相对就幸运多了。他在拉夏佩尔大道租下 28 平方米的房子，每年租金 250 法郎，里面三个小间，有橡木家具和壁炉，他所在的楼房相对较新，共有 108 个租户。对这对夫妇和五个孩子来说，这个地方一点也不宽敞。但是调查员兴致勃勃地观察了房子最里面的夫妻卧室。带床绷的胡桃木床挂着白布床帘；床头柜，梳妆台，双门衣柜，两把草编椅子。18 个月大的宝宝有一张婴儿小铁床：很完美。壁炉上面是带钟摆的挂钟、几个青铜小塑像。墙上有一面木框镜子，六个装有图片和相片的相框。房子坐向朝北，墙纸因为潮湿而褪色，但是窗户上挂着彩色印花棉布窗帘。

巴黎高级细木工算是富人了。这是一个五口之家（夫妻和分别 18 岁、13 岁、8 岁的三个孩子），拥有两室。独立的客厅，夫妻卧室的家具（桃木

---

① 德尼·布洛（Denis Poulot）在《社会问题》中给那些酗酒工人取的称呼。

床，带镜衣柜，长沙发，配置齐全的壁炉，橙花花环，鸟笼）表明了小资产阶级的某种追求。所有这些东西挤在 20 平方米的空间里，这个家庭对此感到不满，尤其担心卫生。"他们把神父的画像换成了医生"，圣安托万郊区细心的观察员皮埃尔·迪马鲁塞姆指出。[55]

相比之下，吉斯工人生产合作社监工、装配工的住所[56] 就像一座宫殿：五口之家有两个房间和三个隔间，兼具公寓、厨房和餐厅功能。父母有一张带床绷的大床，床绷是现代性的标记。没有床帷，一个床头柜，几幅画，几个花瓶，几块旧地毯，一面镜子和几张相片，一块表现"伟大工人合作社"的版画：非常简单。这位因能力和品德而被选中的技工拥有舒适的生活：他"乐于装饰室内"，调查员这样记录。他赞同戈丹的"社会解决方案"，并将住宅视为工人生活的基本问题：这是首要的"财富体现"和劳动品德的基础。[57]


## 生活，工人手册


在住宅方面，工人的愿望不得不屈服于现实条件。他们渴望的是什么呢？首先要离工作地点近；这驱使他们最先考虑提供岗位的城市中心，对女人来说也是如此，她们总是寻找能为其带来"额外工资"的计时工作。在奥斯曼时期，他们对市中心十分依赖，拒绝"被流放到卡宴"（指郊区），宁愿两个家庭挤在一间房子里。然后，他们极力争取更低的租金，不超过总开支的五分之一，沉重的饮食消费（占 50％至 70％）是大头。[58] 因为有公共场合的社交需要，服装方面的支出甚至比无法忍受的室内装饰还要多。但是我们还不能就此定论，说工人对住宅没有兴趣。[59] 近来的所有研究（马格里、福尔）[60] 都摒弃了工人在面对无法忍受的条件时会直接放弃等过于草率的表述。事实绝非如此。

工人会不断改善他们的住所，这是他们流动极为频繁的原因之一。在巴黎，每当房租到期之际，或多或少有悄悄进行的搬家现象，这并非只是为了逃避房租，也是为快速增加的家庭成员谋求更好的住所。尤金·阿杰特拍下了"双轮力车"（diable）的照片，它们载着轻便的家具、床、床垫、衣物、锅盆。"美好时代"的无政府主义者曾向"秃鹰先生"（房东的绰号）宣战，将对陋室的反抗变成了一场军事行动。

他们要找哪种住所呢？首先，要有单独做饭的隔间：备菜、烹煮、摆放食物。这是首要问题，因为油烟和气味，无产者的鼻子跟其他人一样越来越灵敏；当然也有整齐和卫生的考虑，谁也不愿意吃睡混在一起。即使是很狭小的隔间，也要能支起木板来摆放食材和器皿；可以用火炉或火盆来做饭，无须动用只在冬天使用的壁炉。做饭是首要需求。[61] 这个隔间可以不用来吃饭：地方不够大，大部分人是随便找地"站着"吃。但是，晚上和周末的全家聚餐越来越重要，最好有张圆桌。法国总工会为八小时工作制派发的宣传招贴（1906 年）阐述了这种理想；招贴对比了两种家庭，一种是酗酒工人衣衫褴褛的家庭，另一种是全家围坐在女主人笑盈盈地端上来的热气腾腾的大汤锅旁，男主人的口袋里还装着《行会工人战斗报》。这幅双联画上写着："长工时带来不幸的家庭，短工时带来幸福的家庭。"短工时还让全家共进晚餐成为可能。减少劳动时间和改善居住环境的宣传效果同时达成。

然后才是对第二个房间的渴望，它可以缓解原来"房间"的拥挤，分开父母和孩子、男孩和女孩睡觉的地方。身体的隔离必然会对工人的行为产生影响。据 1884 年接受议会查访的工人回忆，这种并不过分的需求让他们挂心，类似的还有大量增加公用厕所的需求。当然，工人们说得很小心："百姓们不求家里有多个隔间。"这是无法企及的愿望，在当时甚至难以想象，因为下水道和供水系统尚未建成。[62] 至少，他们得先睡得安心。

最好有两个房间，其中一个可以当成卧室，摆一张作为婚姻基础的"夫妻之床"，行相对私密的房事。能想象到被剥夺做爱权利所导致的日常颓丧，各种噪声和目光包围着亲密行为，使它不得不沦落为匆促、短暂的交媾。根据"贸易委员会"（1909 年）的调查，尽管法国工人的住宿条件在西欧国家中最差，但是在 20 世纪初，他们有了简单的住房。那时，巴黎 80％的工人能享受到这样的居住条件，20％还是只有一个房间。据夏尔·加尼耶所述："住没有壁炉的单间的人属于极度贫困者；有一个带壁炉的房间，但同时充当卧室和厨房的属于贫穷工人；厨房和卧室分开的算是相对舒适的居住条件。有一个餐厅说明地位更高：通常情况下，这已经是工人阶级设施的最高水准。"[63]

如果没有更好的办法，小孩子只能睡在父母的床脚，大一点的则睡在隔间兼厨房里。折叠床和轻便铁床的数量在增加。空间不够就将它分割开来：拉起床帘和帷幔，利用屏风，竖起可移动隔板。俄国的集体公寓就用角落充当单间或行使其功能；还有像 18 世纪那样，立起活动板以替代餐桌。这种空间利用的方式要求频繁整理、修改、变化室内布局：就像和古波结婚后，住在体面居所，甚至理想居所中的绮尔维斯，她有一个大卧室、一个隔间和一个厨房。"艾蒂安的床铺在隔间里，里面还能放一张儿童床。至于大房间，那是他们的骄傲。早晨起床之后，他们就拉上床幔，是那种白布床幔；房间中央摆上一张餐桌，就变成了餐厅。"保持整洁需要毅力，而毅力往往会随同岁月的流逝而消失。

在这些狭小隔间的有限空间里，许多小细节暗示着对改善空间的渴望：床架，墙纸，物品或挂画的选择，几本书的摆设。笨重的家具几乎全部来自二手商，通常是胡桃木所制。除了"床、桌、椅"这套家具，还会增添床头柜（仅一个，因为空间逼仄，床极少摆在中间）、带装饰的洗漱台、橱柜——这是最受欢迎的家具，后被衣柜取代，最初是双门的，后来变成普通职员家里那种带镜子的。有时会有扶手椅，还有从乡下继承来的箱子或箱柜。"生活在自己的家具房里"，就是要离开连同家具一起出租的出租房，这是爱情的具象体现，是夫妻关系的构成要素，是新生活的开端，是设想一个家庭并定居下来的标志。绮尔维斯"对这些家具充满感情，像护理产妇那般擦拭它们，哪怕上面有一点点刮痕，她都会感到伤心"。[64]

壁炉和橱柜可以当作物品陈列架：钟表，橙花捧花，陶器，小摆件，一些品牌为巩固忠实顾客而促销分发的小商品，宗教小圣像。壁炉和橱柜在勒普莱笔下的工人家庭中随处可见。在丽丝和阿格里科尔·佩尔迪基耶的家中，镜子两侧"挂着饰有齿形花边的、漂亮的黑丝绒垫子，上面有一块家族勋章和一块银表，这是这对贫困夫妇仅有的首饰"。绮尔维斯在橱柜上摆了两个半身塑像：帕斯卡尔和贝朗热，可能是在某个旧货店偶然淘到的"大人物"。这在当时标志着以文化品位促进夫妻感情的愿望。

墙壁是唯一可以自由使用的空间，它是占有欲大肆争夺的目标，既实用（一切无处摆放的东西都可以用挂钩或钉子弄到墙壁上）又具有装饰功能。搬进新家首先要粉刷墙面、贴上新墙纸，它们反映了不同时代的不同时尚。从 18 世纪开始，墙纸首先在普通市民中流行，然后延伸到有产阶级，贴墙纸是翻新住宅的必要步骤。夏尔·勃朗（社会主义者路易·勃朗的兄弟）着重指出了墙纸的民主性质："从此，对没有那么富裕的人来说，墙纸产业满足了两种需求：将自己封闭起来，以及掩饰将人与外界隔离开来的、光秃秃的墙壁。"[65] 浅色墙纸给佩尔迪基耶的房间营造了一种"欢快的氛围"。尤金·阿杰特拍摄的室内照片中也有带花纹或条纹的墙纸。一个罗曼维尔的工人在花束图案的墙纸上固定了一面镜子、几个相框，还有几个挂衣钩。[66]反光玻璃（不是玻璃镜，彼时它还是奢侈品）、圣像画或历史画、被勒普莱的调查者视为"下流"的风俗画[67]、1880 年后逐渐普及的合家照，它们都出现在墙壁上，甚至挂满了墙面。墙壁是第二张皮肤。工人对图片极为痴迷，无论是自己的还是媒体的。他们喜欢各种报纸五颜六色的宣传页，比如《小巴黎人报》或《小日报》赠送的彩色插页。格勒诺布尔的手套工人挂了一张路易十八的肖像画。绮尔维斯选择一位法国元帅的肖像画；她很喜欢她的邻居——铁匠古热的装饰："从上到下都挂满图片、裁剪出来的人物、用四个钉子固定的各种颜色的版画、从彩报上剪下来的肖像画。"这种快乐又古怪的图像收藏体现了主人对搜寻的热衷和好奇。

古热是一个典型的工人，他和寡母住在一个女孩的房间里，也有"一个横在墙壁上的狭小书架"。[68] 阅读是高雅的象征，是工人梦想的表达。地板工戈尼因为"不能与书相伴而亡"而感到难过。[69] 都有什么书呢？我们对工人书架上的书知之甚少。根据吉兰所述，在阿格里科尔·佩尔迪基耶的橡木书架上有"一些好书"，应该涉及许多关于行会的东西。勒普莱的论著有时会列出一些清单，其中有职业手册（比如著名的"罗雷手册"）、烹饪书、历史书、宗教书、政治书。巴黎的独立木匠在他的职业协议旁摆放了一些社会主义著作，其中有马克思的《资本论》、路易·勃朗的《劳动组织》，还有欧仁·苏和维克多·雨果的作品。[70] 工人中的精英是这些作品的忠实读者，正如"教育之友"图书馆的藏书推荐的那样；该图书馆于第二帝国期间建成，如今还"原样"保留在蒂雷纳街。[71]

到处是帷幔——床、梳妆台、窗户——甚至是阿杰特拍摄的"黄金城"里的简陋住所。[72] 这些帷幔道出了对室内幸福生活的追求，即战胜艰难处境、重建属于自己的世界。"阿格里科尔·佩尔迪基耶的周遭几乎让他憎恶、不堪忍受，但是一回到自己的屋里，就如同进入了另一个世界。"[73] 他的妻子丽丝是缝衣工和裁缝（做过乔治·桑的裁缝），给窗户挂了平纹帘布。1915 年，弗吉尼亚·伍尔夫于伦敦郊区观察到了同样的现象，她的叙述不乏优越感："那些最卑贱的红房子一直在出租，窗门全都紧闭，每扇窗都有窗帘。我猜想这些人对自己的窗帘非常自豪，邻居之间互相攀比，其中一家用的是黄丝帘、条纹花边。房间藏在暗影之中，里面估计满是肉类和人的气味。我相信，拥有帷幔是体面的一种标志。"[74]

## 为工人提供住所[75]

安顿工人是大工业无法推卸的任务。这是一种手段：吸引、稳定并约束劳动力，培养工业扩张不可或缺的"不知疲倦的小工"。[76] 早期的"营房"被规模更大的住宅区取代，专业建筑师为工人们设计出更合理的住宅方案，矿工的宿舍最小，冶金工的则更雅致。

最开始，矿工主要由农民构成：在卡尔莫[77] 和其他地区，除了客厅和卧室，他们还能有一个小花园。在《萌芽》中提到的昂赞（北方地区），室内外的居住密度都非常高。"在麦田和甜菜地里，240 个矿工宿舍沉睡在黑暗里。隐约可分辨出四排规模庞大的宿舍区，里面的小房子一幢挨着一幢，像兵营，也像医院，整齐对称分布。它们由三条宽敞的马路隔开，被隔成一块块大小差不多的园子。"第二排的 16 号是马厄的家，"二楼唯一的房间里只见一片漆黑"，散发着寝室特有的气味。这个房间有两扇窗户，墙壁涂成浅黄色，家具很简陋：衣柜，桌子，两把胡桃木椅子，地上摆了一个瓦罐，边上是充当马桶的坛子，破旧的衣服挂在墙钉上。三张床，两个人一张，共睡六个孩子，是 9 岁至 21 岁的男孩和女孩。父母睡在楼道里，边上有一个摇篮，供差不多三个月大的埃斯黛尔睡觉。[78] 这是一幅灰暗的油画，由人种志学者左拉在实地调查的基础上刻画完成。

米卢斯工业协会是由受德国影响的新教徒纺织企业主建立的，该协会更具创新精神。为了满足需求，工程师埃米尔·穆勒从英国"村舍"（cottage）中汲取灵感。四座小屋一组，背靠背或比邻相接，这些"米卢斯方阵"有一

233

个花园、一个被称为"起居室"并位于底楼的共用大厅、一个或多个位于楼上的房间，此外还有地窖和阁楼。每个房间在 9 至 12 平方米之间。这样的房子相对奢侈，不容易过时，至少那些受其影响的大工厂里建造了大量相似的住宅。[79]

在克勒索，施耐德家族施行了周密的空间和住宅策略。[80] 相对于不稳定的租客，他们宁愿选择稳定的无产阶级工人，他们鼓励这些工人入职、升迁和生育。为儿童和年轻女孩提供学校，因为"好主妇"是和谐的基本要素。检查员会记录她们在家政方面的良好表现。这些住宅的设计旨在培养良好的卫生习惯与品德。工人的房屋让人印象深刻：留给花园的位置，空间的私有化，房间不再位于高层，"卧室"的定义更加严格。至少在图纸样稿上，对家庭和社会的规划显露无遗，但是其效果如何，我们还无法掌握全部。法国工人厌恶住宅区的监管，他们会采取某些抵制行动，不过最终还是适应了。从这个角度来说，相对而言，这些住宅区从多个方面缓慢而有效地改变了现代工人的生活习惯。

许多因素促进了这一改变，当然，它们不是本书关注的内容。[81] 20 世纪上半叶的"廉价房"（HBM, habitation à bon marché）与工人的关系微乎其微，第二次世界大战之后的"廉租房"（HLM, habitation à loyer modéré）以及郊区和独栋住宅的发展和工人的关系更为密切。决定性的变化是：到了 20 世纪后半叶，工人开始享有住宅，甚至享有产权。从此，他们对住宅的重视程度超过了城市，米歇尔·维莱分析过这种变化。[82] 他们去遥远的城市只是为了聚会，但他们的主要诉求是空间的私有化。"让家庭空间避开雇主的目光，工人要为自己开辟一块极为宝贵的自由之地，他们愿意以距离和疲劳为代价。"他们在工厂里待得太久。"对工人来说，待在自己家里首先意味着不寄人篱下，而且他们能自己做主。"他们（分期付款）添置家中设施，按自己的意愿装修，热衷于修修补补、重复利用、打造"美好的日常"，这种改变不仅发生在卧室，也延伸到了客厅和餐厅。[83] 用于睡眠的卧室有了私密性，它是争取来的，也是应得的战利品。工人的房间以某种方式被消解了，根据其功能、位置和摆设，逐渐成为普通的房间。工人的房间避开了公众的视线，不再被关注，如今，它完全属于私人：结婚照，情色画，宗教物品，偶尔挂在床上的耶稣十字架，它们都找到了自己的位置，就像内衣放进柜子、外衣挂入壁柜，在私密的房间里各得其所。在很长的时间里，工人一直无法拥有私生活，他们对此感触强烈。羞耻心是他们赢得的体面。

在两百年来的不懈努力、个体和集体的抗议和诉求、日复一日的行动和水滴石穿的变化之后，工人终于有了自己的住所。住得更好或更差已经是另外一回事了。他们不再是贫穷的代名词，他们走出了房间，走出了围墙。[84] 穷人耗尽心血追求一张临时床板、一个不稳定的住所，甚至是一个过夜的角落。他们宁愿选择后者也不愿挤在别人家或宿舍，总是担心被屋主赶走。他们搭起帐篷、铺好床垫、摊开睡袋或被子，睡在市郊的路边，在某个墙角，偶尔也在某个门廊下面。而在我们的市郊或市中心，那些门廊后来都被关闭了，或需要密码才能进入。他们锲而不舍地维护着拥有属于自己的空间的权利。

无固定住所者四处为家，他们的房间没有围墙，给住宅区带来困扰。


## 居无定所


今天的法国有近 10 万居无定所者，其中巴黎 8000 人，但他们对这个数字不以为意。[85] 约 6％的人出于个人选择而去流浪，其他大部分是为困境所迫。他们没有脱离社会：十分之三的人有工作，十分之四的人在法国就业办公室（ANPE）注册登记。他们不只是自愿的流动者，也是贫困的劳动者，被剥夺或无法拥有住所，丧失了支付账单、房租和开销的能力。此外，人们倾向于将他们简称为"无住所者"（sans-domicile），"住所"是首要因素，而"流动"是次要的。无住所者中有三分之一是年轻人，大部分是外国人，且有越来越多的女性（在 18 至 24 岁这个年龄段，与男性数量相当）。有些女性见证，甚至写下了女性在街头生活的艰难，带着孩子的女性尤其如此。[86] 居无定所的生活要求掌握许多技能，要求熟悉城市的资源、场所和角落。地铁口、公园、广场、长凳、桌子，成为越来越封闭和受管制的空间的标记。有些庇护所或收容中心比其他的更容易进入。在寒冷的季节，有些人会选择在此过夜。白天，他们的包又放在哪里呢？为了解决这个问题，有些社团设置了"存放处"，类似于火车站的寄存处。流浪并不算一种真正的选择，除了数千个顽固的家伙或"离群者"[87]——相当于流浪者和昔日大城市里的无业游民。

流浪一直都是一种生活方式。19 世纪，森林和城市是无人管制的地盘，主要来自乡村的流浪者和主要来自城市的无业游民会在这里找到庇护所，比如在谷仓、棚屋、门廊下或院子的某个角落。慢慢地，他们被社会规范边缘化，因为社会越来越稳定，将公民权（比如投票权）与住所挂钩；他们被警察和宪兵驱逐。20 世纪，移民对住房的需求日益强烈，令不稳定的居住形式变得多样。在人口密集的城市边缘，贫民区、棚户区、过渡区不断涌现。

巴黎周围出现了简陋的住房和拾荒者的营帐，后者先后被宽敞的街道与环线公路驱赶。第二次世界大战后出现了"棚户区"（bidonville），这个词原是对摩洛哥卡萨布兰卡郊区出现的铁皮房（1953 年）的称呼。其主要特征是：硬质建筑，人口密度较大（按照 60 户人家 300 人的模型）。南特的棚户区汇聚了阿尔及利亚人和葡萄牙人，是有组织、稳固的家庭聚集区，人种学家柯莱特·佩托奈曾描述了该区巧妙的运行机制和文化适应功能。"棚户区承担着极其重要的作用，即过渡的角色。"[88] 这也是对过渡住宅区或廉租房等强制性规定的抵抗。廉租房虽然令人羡慕，但是很难申请成功，它属于规范性空间，只有符合标准的人才能够入住。住房的布局并不能让所有新入住者满意，他们不能退回多余的空间，房间的数量和结构也不能更改：房间不是太多就是太少，装修很差，而且不足以满足所有申请者。皮埃尔神父揭露了棚户区的问题（1954 年冬）；认为它们无法忍受的雅克·沙邦-戴尔马也采取了针对性政策，于是大部分棚户区被拆毁了。在一些人看来，这种强制性的重新安置就像是拔去部分住户的根，象征着身份的丧失。在马赛的郊区，甚至是文森森林公园，棚户区依然可见；2007 年秋季，还有 200 人以个体或集体的方式住在棚户区的铁皮屋里。

出于贫困以及对自由的强烈渴望，这些居民极力维护空间的独立性。大篷车不只是旅行者特有的财产，也是抵制无产阶级化的一种形式。一个葡萄牙家庭（一对夫妇和两个孩子）住在出租的大篷车里，空间狭小但是干净，甚至色彩丰富，女主人将它布置成船舱的模样，厨房的角落里还有酒精炉。"白天，夜里要用的所有设施都被收拾起来，留出空间：立起一张折叠桌，还有几把折叠椅。整个空间整齐至极，合理的布局安排弥补了场所的狭小。"家庭主妇（29 岁）主要将时间花在整理房间上，丈夫（精神抑郁）是建筑工人。[89] 忙碌是穷困家庭主妇的命运。左拉笔下的绮尔维斯在古特多尔的房间里也是如此，不过现代家具比《小酒店》的更轻便。

露营装备最方便，移动住宅提供了解决方案。露营车取代了 20 世纪 50 年代旅游业常用的大篷车，并且很快大获成功；露营车于 1967 年问世，到了 1994 年总量已超过 100 万辆。这种车具有户外旅馆的功能，其舒适度也越来越高。"一些车里还会有真正的房间，里面放一张床，还有一个用隔板隔开的客厅。"[90] 这是广告宣传册的描述，2005 年卖出了 35 000 辆。旧车会被回收，出租给钱不多的顾客，后者会将其作为住房。根据 2006 年的一份报告显示，当年有 10 万人住在露营地或移动房里。在马赛，6 个全年开放的露营地里共有 250 户长租客，即 570 人，其中 197 户家庭在领取社会补助金。多家社团（包括一些议员）发起运动，呼吁承认这些地方为永久居住地，并给予指定的邮政地址。[91]

　　住宅是融入社会的关键，因此也是居无定所之人渴望的对象。在第四世界扶贫国际运动（ATD-Quart Monde）的调查背景下，格扎维埃·戈迪诺记录了四段生活叙事，分别位于菲律宾、布基纳法索、秘鲁和法国。[92] 在菲律宾，梅赛迪塔住在一座桥下，她不断地回这里。在巴黎郊区，法里和塞丽娜经历了漫长的艰难时光后，终于在大诺瓦西获得了一间住房，位于ATD 管理的小住宅区内。他们是幸运的。"没有住房，您就什么都不是。您甚至不存在于这个地球上。"法里在回忆漂泊经历时这样说。"没有住房，就意味着要一天 24 小时背着包在外边走。整个白天，甚至整个黑夜都在奔波。"不能谋得一份工作，也不能投票，更无法考虑养育孩子的事。法里描述了他们的喜悦："在旅馆待的最后一晚，特别是回到公寓的那一天，我们甚至睡不着觉！我不停地看墙壁，计算面积，观察厨房。仿佛有人在对我说：'来吧，让我们在天堂转一圈。'我们忙着做饭，煮咖啡，想睡多久就睡多久。这是一种变化，巨大的变化。我们找到了平衡：回自己家，有自己的洗碗池和厕所。我以前从来没有住过这样的房子，也没有见过房租收据。"有房间，有钥匙：这是关键的变化。法里说："钥匙是一样神奇的东西。在我拿到钥匙和房租收据的那一天，我发现大门向我敞开。我总是把胡子刮得很干净，双眼放光、昂首挺胸、着装整洁。我可以打扮得体后去见老板，可以和太太好好过日子。"虽然融入过程十分艰难，但他们最终还是成功了，其中住房发挥了重要作用。这对夫妇搬进了廉租房："我们有一个卧室。卡里姆也有一个卧室。"他们可以继续生孩子、找工作。法里现在的工作是大楼保安。[93] 这段生活记叙说明了住房的重要性，从社会稳定和社会监督的角度来看，住房在今天更为重要。住房权利是公民权的基础，往后，它必须

238

成为人权的一部分。

同时，移民大量增加。位于加来一带的桑加特露营地被清理，一些经此地前往英国的偷渡者（每周 350 至 600 人）——阿富汗人、库尔德人、苏丹人——用工地的木板、钢板、被褥、旧布料、衣服、纸箱、树枝，建起了一些临时棚屋。警察经常过来喷催泪瓦斯，将这些棚屋焚烧成又臭又烂的垃圾。在两年时间里，瑞士人雅克·利维亚尔拍下了这些昙花一现的房屋，将多彩的记忆永远定格。他将这些棚屋从遗忘中拉出来，推到公众眼前。[94]

临时住房一边被摧毁，一边又随着住民的流动而不断出现，人们执着地追求更美好的生活。目前，发达国家 6% 的城市人口和发展中国家 43% 的城市人口生活在临时住宅区。南非的黑人居住区（townships）、巴西的棚户区（favelas）、孟买的贫民窟（slums）、肯尼亚的庞大聚落，这些都是有名的临时居住区。肯尼亚的基贝拉是世界上最大的贫民窟之一。在 20 世纪 80 年代以来流动人口的快速增长、非正式经济和城市化的飞跃中，美国社会学家迈克·戴维斯预见了"全球棚户区"这个关键问题。"如果什么也不改变，那么未来的人类全都要住在纸箱子里。"[95]

然而，拥有属于自己的房间的梦想会继续存在，一个既执着又脆弱的梦想。

---

[1]  正如雅克·朗西埃（Jacques Rancière）所证明的那样。《无产者之夜：工人之梦档案》（*La Nuit des prolétaires. Archives du rêve ouvrier*），巴黎，Fayard 出版社，1981 年。

[2]  巴利·M. 拉特克里夫（Barrie M. Ratcliffe）和克里斯蒂娜·皮埃特（Christine Piette）[《体验城市生活》（*Vivre la ville*），巴黎，La Boutique de l'histoire 出版社，2007 年] 质疑路易·谢瓦利埃（Louis Chevalier）过于夸张的观点；他们强调城市的包容能力，试图找回这些移民，明确他们的职业；他们也批判法国国家人口研究所（INED）的统计学家受各种文学影响而舍弃了定量分析。

[3]  路易·雷佩克·德·拉克洛蒂尔，《关于疾病及流行构成的观察汇编：1763—1770 年，1771—1773 年》，见前引，1770 年，第 228 和 252 页。

［4］ 昂吉·盖班（Ange Guépin）和欧仁·博纳米（Eugène Bonamy），《19 世纪的南特：关于地形、产业和道德的统计》（*Nantes au XIXᵉ siècle. Statistique topographique, industrielle et morale*），南特，Sébire 出版社，1835 年，第 485 页。

［5］ 路易-勒内·维莱尔梅（Louis-René Villermé），《棉花、羊毛、丝绸等加工厂所雇佣工人之身体和精神状况图表》（*Tableau de l'état physique et moral des ouvriers employés dans les manufactures de coton, de laine et de soie*），巴黎，Renouard 出版社，1840 年，第 1 卷，第 270 页。

［6］ 参阅帕普·恩迪亚耶（Pap Ndiaye）的意见，关于种族主义对黑色的处理，见《黑人的地位：论法国少数派》（*La Condition des Noirs. Essai sur une minorité française*），巴黎，Calmann-Lévy 出版社，2008 年。

［7］ 路易-勒内·维莱尔梅，《棉花、羊毛、丝绸等加工厂所雇佣工人之身体和精神状况图表》，见前引，第 1 卷，第 83 页。

［8］ 同上，第 287 页。

［9］ 转引自朱迪斯·里昂-卡恩（Judith Lyon-Caen）的“一个通过书籍而产生的社会幻想故事”（Une histoire de l'imaginaire social par le livre），《综合评论》杂志（*Revue de synthèse*），第 1—2 期，2007 年，第 172 页：欧内斯蒂娜致欧仁·苏的信（1843 年 7 月 13 日）。女作者研究了读者们写给巴尔扎克和欧仁·苏等小说家的信，这些信是舆论反应的鲜活证据。

［10］ 米歇尔·帕斯图罗，《黑色：一种颜色的历史》，见前引。

［11］ 埃米尔·左拉，《家庭琐事》，见《全集》，见前引，第 3 卷，第 65 页，维尧姆夫人的话。

［12］ 1832 年的传染病催生了开拓性调查：《关于 1832 年霍乱在巴黎市和塞纳省的传播和影响的报告》（*Rapport sur la marche et les effets du choléra-morbus dans Paris et le département de la Seine. Année 1832*），巴黎，Imprimerie royale，1834 年，四开本，51 个方案。

［13］ 阿兰·科特罗（Alain Cottereau），“结核病：城市病还是劳动损伤？对官方流行病学的批判：巴黎案例”（La tuberculose: maladie urbaine ou maladie de l'usure au travail? Critique d'une épidémiologie officielle: le cas de Paris），《劳动社会学》（*Sociologie du travail*），1978 年 4—6 月。

［14］ 奥克塔夫·迪梅斯尼尔（Octave du Mesnil），“巴黎市不卫生出租房”，《公共卫生和法医学年鉴》（*Annales d'hygiène publique et de médecine légale*），1878 年，BHVP 手册 928027。

［15］ 莱昂·缪拉尔（Lion Murard）和帕特里克·泽尔伯曼（Patrick Zylberman）根据政策起草了一份十分全面的报告：《共和国的卫生状况：法国的公共健康或受阻的理想国，1870—1918 年》（*L'Hygiène dans la République. La santé publique en France ou l'utopie contrariée, 1870-1918*），巴黎，Gallimard 出版社，1996 年。

［16］ 路易·利维埃尔（Louis Rivière），“工人的住宅、家具和花园”（L'habitation, le mobilier et le jardin de l'ouvrier），《社会改革报》（*La Réforme sociale*），1907 年 10 月 1 日。勒米尔神父创建了工人花园协会。

[17] 阿格里科尔·佩尔迪基耶（Agricol Perdiguier, 1805—1875），《行会手册》（*Livre du compagnonnage*, 1839 年）的作者，是乔治·桑《周游法国的木工行会会友》主人公的原型，也是乔治·桑的朋友。著有《一个行会会友的回忆》（*Mémoires d'un compagnon*, 1855 年），是法国相对罕见的工人自传范例。

[18] 让-保罗·弗拉芒（Jean-Paul Flamand）主编，《住宅问题和法国工人运动》（*La Question du logement et le mouvement ouvrier français*），巴黎，La Villette 出版社，1981 年。

[19] 阿兰·福尔（Alain Faure）和克莱尔·莱维-弗洛朗（Claire Lévy-Vroelant），《城里的房间：巴黎带家具和装修的旅馆，1860—1990 年》（*Une chambre en ville. Hôtels meublés et garnis à Paris, 1860 - 1990*），安德烈·米歇尔作序，巴黎，Créaphis 出版社，2007 年：令人印象深刻的概论。阿兰·福尔正在撰写一部关于 19 世纪巴黎大众住宅的书，克莱尔·莱维-弗洛朗是当今研究棚户区的专家。

[20] 米歇尔·德·塞尔托，《日常发明》（*L'Invention du quotidien*），第 2 卷：《居住，烹饪》，与吕斯·吉亚尔（Luce Giard）合作，巴黎，UGE 出版社，"10/18" 丛书，1980 年。

[21] 莫里齐奥·格里波第（Maurizio Gribaudi）叙述了 1880 年到 1920 年在都灵发生的这种过程。

[22] 路易-勒内·维莱尔梅，《棉花、羊毛、丝绸等加工厂所雇佣工人之身体和精神状况图表》，见前引，第 1 卷，第 269—270 页。

[23] 同上，第 346 页。

[24] 吕西安娜·鲁宾（Lucienne Roubin），《普罗旺斯的小房间：地中海北部的男人之家》（*Chambrettes des Provençaux. Une maison des hommes en Méditerranée septentrionale*），罗杰·巴斯蒂德作序，巴黎，Plon 出版社，1970 年；莫里斯·阿居隆，《村庄里的共和国：从大革命到第二共和国期间瓦尔省的人口》（*La République au village. Les populations du Var de la Révolution à la Seconde République*），巴黎，Seuil 出版社，1971 年；作者同上，"上普罗旺斯的寝室：历史和人种"（Les chambrées en Haute-Provence: histoire et ethnologie），《历史评论》杂志（*Revue historique*），1971 年 4—6 月，后收录于《流浪史》（*Histoire vagabonde*），巴黎，Gallimard 出版社，1988 年，第 1 卷，第 17—59 页；参阅皮埃尔·夏贝尔（Pierre Chabert）的《社团：普罗旺斯的一种社交》（*Les Cercles. Une sociabilité en Provence*），普罗旺斯地区艾克斯，普罗旺斯大学出版社，2007 年。

[25] 1957 年的文章，转引自《法语宝典：19 世纪和 20 世纪的法语词典》（*Trésor de la langue française. Dictionnaire de la langue du XIXᵉ et du XXᵉ siècle*），巴黎，CNRS，1977 年，第 5 卷。

[26] 皮埃尔·文萨尔（Pierre Vinçard），《巴黎工人》（*Les Ouvriers de Paris*，约 1850 年），转引自阿兰·福尔和克莱尔·莱维-弗洛朗的《城里的房间：巴黎带家具和装修的旅馆，1860—1990 年》，见前引，第 98 页。

[27] 米歇尔·科尔蒂约（Michel Cordillot），《欧仁·瓦尔兰》（*Eugène Varlin*），巴黎，工人出版社，1991 年，第 120 页。这个女人能有多自由呢？

[28] 参阅阿兰·福尔和克莱尔·莱维-弗洛朗的《城里的房间：巴黎带家具和装修的旅馆，1860—1990 年》，见前引，第 94—101 页。福尔高估了巴黎，将巴黎视为工人寝室之城。他模糊了带家具出租房和寝室的界线。

[29] 同上，第 98 页（1852 年的文章）。

[30] 同上，阿兰·福尔引用了 30 多张照片。

[31] 同上，第 66 页。

[32] 同上，第 68 页。

[33] 同上，第 71 页。

[34] 参阅阿兰·福尔提供的照片，同上，第 89 页。

[35] 让-克洛德·卡隆（Jean-Claude Caron），《浪漫的一代人：巴黎大学生和拉丁区，1814—1851 年》（*Générations romantiques. Les étudiants de Paris et le Quartier latin, 1814 - 1851*），巴黎，Armand Colin 出版社，1991 年，"住宿"，第 131—135 页。

[36] 儒勒·瓦莱斯，《大学生》（1871 年），见《全集》，第 2 卷：1871—1875 年，见前引，第 18 章，"出租房"，第 567—574 页。

[37] 安德烈·米歇尔（Andrée Michel），《家庭，工业化，住宅》（*Famille, industrialisation, logement*），巴黎，CNRS，1959 年，特别是第 5 章，"受调查租客的居住条件"。

[38] 阿兰·福尔和克莱尔·莱维-弗洛朗，《城里的房间：巴黎带家具和装修的旅馆，1860—1990 年》，见前引，第 3 部分，"从 1920 年代至 1990 年代：巴黎出租房的兴衰"。这位女社会学家也是巴黎市政厅旅馆观察研究所的成员。参阅克莱尔·莱维-弗洛朗《住宅，招待和流动：对法国不确定居住状态研究的贡献（1831—1999）》[*Logement, accueil et mobilité. Contribution à l'étude des statuts d'occupation incertaine en France (1831 - 1999)*]，巴黎，2002 年。

[39] 转引自阿兰·福尔和克莱尔·莱维-弗洛朗的《城里的房间，1860—1990 年》，见前引，第 156 页。

[40] 同上，第 157 页。

[41] 乔治·纳维尔（Georges Navel），《劳动》（*Travaux*，1945 年），巴黎，Gallimard 出版社，"Folio" 文库，1979 年，第 104 页。

[42] 爱德华·迪克珀蒂奥（Édouard Ducpétiaux），《论年轻工人的生理和心理条件以及改善方法》（*De la condition physique et morale des jeunes ouvriers et des moyens de l'améliorer*），布鲁塞尔，Meline 出版社，1843 年，第 1 卷，第 337 页。

[43] 参阅米歇尔·弗雷（Michel Frey）的 "论巴黎百姓的婚姻和同居（1846—1847）"（Du mariage et du concubinage dans les classes populaires à Paris），《历史与社会科学年鉴》（*Annales ESC*），第 4 期，1978 年 7—8 月。

[44] 关于勒普莱，参阅安托万·萨瓦（Antoine Savoye）的《经验主义社会学的开端：社会—历史研究（1830—1930）》[*Les Débuts de la sociologie empirique. Études socio-historiques（1830 - 1930）*]，巴黎，Méridiens-Klincksieck 出版社，1994 年；安娜·吕西耶的《19 世纪的民众饮食和社会改革》，见前引。

[45] 参阅伊莎贝尔·莫雷-莱斯皮内的《劳动局，1891—1914 年：共和国与社会改革》，见前引。

[46] 社会经济学会，《两个世界的工人》(*Les Ouvriers des Deux Mondes*)，第 1 卷，编号 1，"巴黎木匠"，勒普莱和福西永（Focillon）于 1857 年收集的资料，第 27—68 页。这部早期的论著已成为经典。关于工人家庭的论著达到 100 多部。

[47] 让-路易·德古尔（Jean-Louis Deaucourt），《早期的门房：19 世纪的巴黎及其门卫》(*Premières Loges. Paris et ses concierges au XIXᵉ siècle*)，巴黎，Aubier 出版社，1992 年；让-弗朗索瓦·拉埃（Jean-François Laé），《日志之夜：工作记录》(*Les Nuits de la main courante. Écritures au travail*)，巴黎，Stock 出版社，2008 年（楼房门卫既是社会苦难的监管者，也是见证者）。

[48] 社会经济学会，《两个世界的工人》，见前引，第 1 卷，编号 7，E. F. 埃贝尔和 E. 德尔贝于 1857 年收集的观察报告，第 299—372 页。

[49] 同上，第 2 卷，编号 11，E. 阿瓦尔和 A. 福西永于 1856 年收集的观察报告，第 63—104 页。

[50] 同上，编号 17，E. 阿瓦尔于 1858 年收集的观察报告，第 321—362 页。

[51] 同上，编号 13，A. 福西永于 1856 年收集的观察报告，第 145—192 页。

[52] 洗衣女工：同上，第 3 卷，L. 奥夫雷于 1861 年收集的观察报告，第 247—284 页。压模女工：同上，系列 2，编号 73，1893 年。

[53] 《1870 年的高尚者或劳动者以及他可能成为的样子》(*Le sublime ou le travailleur comme il est en 1870 et ce qu'il peut être*)，第 2 版，巴黎，Lacroix 出版社，1872 年。

[54] 社会经济学会，《两个世界的工人》，见前引，第 5 卷，编号 42，雅克·德·勒维耶于 1878 年收集的观察报告，第 201—259 页。

[55] 同上，系列 2，第 4 卷，编号 74，皮埃尔·迪马鲁塞姆收集的观察报告，他对家具行业的工人做了多例调查，第 53—100 页。

[56] 同上，编号 73，乌尔班·盖兰于 1884 年和 1890 年收集的观察报告，第 1—53 页。

[57] 米歇尔·拉尔芒（Michel Lallement），《乌托邦劳动：戈丹和吉斯的工人生产合作社》(*Le Travail de l'utopie. Godin et le familistère de Guise*)，巴黎，Les Belles Lettres 出版社，2009 年；这是众多文献中的最新研究成果。工人生产合作社的大部分住宅有两个室和一个隔间。

[58] 参阅安娜·吕西耶的《19 世纪的民众饮食和社会改革》，见前引。

[59] 莫里斯·哈布瓦赫（Maurice Halbwachs）从工人对住宅的漠视中看出了工人跟普通职员的巨大差异；参阅他的主要作品：《工人阶级和生活水平：当代工业社会中的需求层次研究》(*La Classe ouvrière et les niveaux de vie. Recherches sur la hiérarchie des besoins dans les sociétés industrielles contemporaines*)，巴黎，Alcan 出版社，1912 年。米歇尔·佩罗，《罢工的工人》，见前引，第 1 卷，"住宅：一个简朴的驿站"，第 216—224 页；作者同前，"工人，居所和城市"，见让-保罗·弗拉芒（主编）《住宅问题和法国工人运动》，见前引，第 19—39 页。

[60] 苏珊娜·马格里（Suzanna Magri），"家居：居住方式的变化分析"（L'intérieur domestique. Pour une analyse du changement dans les manières d'habiter），《创世纪》第 28 期，1997 年，第 146—164 页；阿兰·福尔，"'美好时代'的巴黎人民如何居住"（Comment se logeait le peuple parisien à la Belle époque），《20 世纪》(*Vingtième*

*Siècle*），第 64 期，1999 年，第 41—61 页。

[61] 安娜·吕西耶的《19 世纪的民众饮食和社会改革》，见前引，"做饭和炉灶：日常饭菜之准备"，第 65—68 页。

[62] 参阅罗杰-亨利·盖朗的《场所：厕所历史》，见前引。

[63] 夏尔·加尼耶（Charles Garnier）和奥古斯特·阿曼（Auguste Amman），《人类的住宅》（*L'Habitation humaine*），巴黎，Hachette 出版社，1892 年，转引自安娜·德巴尔-布朗夏尔和莫妮克·埃勒贝-维达尔的《现代住宅的发明：巴黎（1880—1914）》，见前引，第 69 页。

[64] 埃米尔·左拉，《小酒店》，见《全集》，见前引，第 2 卷，第 472 页。

[65] 夏尔·勃朗（Charles Blanc），《装饰艺术基本原理》（*La Grammaire des arts décoratifs*），1880 年，转引自若埃尔·德尼奥（Joëlle Deniot）的《工人阶级的装饰人种学：美好的日常》（*Ethnologie du décor en milieu ouvrier. Le bel ordinaire*），米歇尔·维莱（Michel Verret）作序，巴黎，L'Harmattan 出版社，1995 年，第 90 页。

[66] 《阿杰特作品回顾展》，见前引，第 212 页。参阅莫利·内斯比特和弗朗索瓦丝·雷诺的《尤金·阿杰特：巴黎室内，卡纳瓦雷博物馆画册》（*Eugène Atget. Intérieurs parisiens: un album du musée Carnavalet*），巴黎，Carré 出版社，1992 年。

[67] 艾克斯莱班的铁皮匠（社会经济学会，《两个世界的工人》，见前引，第 2 卷，编号 10，1857 年，第 1—53 页）挂了一块表现"麦田里的惊喜"的版画，被调查员判定为"下流"之作。

[68] 埃米尔·左拉，《小酒店》，见前引，第 472 页。

[69] 在庞蒂的戈尼，1856 年，转引自雅克·朗西埃的《无产者之夜：工人之梦档案》，见前引，第 91 页。

[70] 社会经济学会，《两个世界的工人》，见前引，系列 2，第 3 卷，编号 70，"巴黎独立木匠"，皮埃尔·迪马鲁塞姆于 1889 年收集的观察报告，强调了工人的政治化，第 325—368 页。

[71] 帕斯卡尔·玛丽（Pascale Marie），"第 3 区的教育之友图书馆：一座寺庙，唐普尔街区"（La bibliothèque des Amis de l'instruction du III<sup>e</sup> arrondissement. Un temple, quartier du Temple），见皮埃尔·诺拉（主编）的《记忆之场》，第 1 卷：《共和国》，巴黎，Gallimard 出版社，1984 年，第 323—351 页。

[72] 巴黎第 13 区区政府举行的展览，1980 年春季，展出的是保存于巴黎市政厅历史图书馆的照片。

[73] 热罗姆-皮埃尔·吉兰，转引自雅克·朗西埃的《无产者之夜：工人之梦档案》，见前引，第 42 页。

[74] 弗吉尼亚·伍尔夫，《日记全集，1915—1941 年》，见前引，第 28 页，1915 年 1 月 2 日。

[75] 基本材料是罗杰-亨利·盖朗的著述：《法国社会住宅的起源》（*Les Origines du logement social en France*），巴黎，工人出版社，1966 年；《法国民居：资料来源和文献》（*Le Logement populaire en France. Sources documentaires et bibliographie*），巴黎，巴黎国立高等美术学院出版社，1979 年。

[76] 参阅 CERFI 的材料：莱昂·缪拉尔、帕特里克·泽尔伯曼，《研究》（*Recherches*），第 25 期，1976 年 11 月。

[77] 洛朗德·特朗佩（Rolande Trempé），《1848 年至 1914 年的卡尔莫矿工》（*Les Mineurs de Carmaux de 1848 à 1914*），巴黎，工人出版社，1971 年，第 1 卷，第 259 页，后引同；她分析了各个矿区工人住宅的样式和规模。

[78] 埃米尔·左拉，《萌芽》，见《卢贡-马卡尔家族》，见前引，第 3 卷，第 1444—1445 页。

[79] 参阅埃米尔·卡舍（Émile Cacheux），《19 世纪末工人居住状况》（*État des habitations ouvrières à la fin du XIX^e siècle*），巴黎，Baudry 出版社，1891 年；关于工人房屋的大量版画和图纸。

[80] 克里斯蒂安·德维耶（Christian Devillers）和贝尔纳·于埃（Bernard Huet），《克勒索：一座工业城市的诞生和发展，1872—1914 年》（*Le Creusot. Naissance et développement d'une ville industrielle, 1872 - 1914*），塞塞尔，Champ Vallon 出版社，1981 年；《施耐德家族，克勒索：一个家族，一个企业，一座城市（1856—1960）》（*Les Schneider, Le Creusot. Une famille, une entreprise, une ville: 1856 - 1960*），奥赛博物馆展览手册，巴黎，Fayard 出版社，1995 年，特别是伊夫·勒甘（Yves Lequin）的“从工厂到城市：一种空间策略”（De l'usine à la ville: une politique de l'espace），第 342—352 页；作者强调了这套体系的全面成功，虽然只有极少数人能够拥有产权。

[81] 参阅弗雷德里克·莫雷（Frédéric Moret）的《社会主义者和城市：英国与法国（1820—1850）》（*Les Socialistes et la Ville. Grande-Bretagne, France, 1820 -1850*），丰特奈-欧罗斯，ENS 出版社，1999 年。

[82] 米歇尔·维莱，《法国工人：工人空间》（*L'Ouvrier français. L'espace ouvrier*），巴黎，Armand Colin 出版社，1979 年。

[83] 若埃尔·德尼奥的《工人阶级的装饰人种学：美好的日常》，见前引；她考察了南特地区的 70 个工人家庭，拍下了 4000 帧照片。相对于空间本身，她更加关注物品。

[84] 让-弗朗索瓦·德埃和努玛·缪拉尔（Numa Murard），《住所记忆：陋室简史》（*Mémoires des lieux. Une histoire des taudis*），1986—1988 年研修班，油印，CEDIAS 图书馆，编号 46336 V4。“从此，工人不再是穷人；无数迹象可以证明这一点，无数著述表述过这个真相。因为成为工人不再是一种命运，而是一种职业，有文凭、地位和岗位的职业。成为穷人则是一种命运。”

[85] 20 世纪 80 年代，国家人口研究所（INED）曾做过第一次统计。最新的调查来自全国统计及经济研究所（INSEE）：玛丽-泰蕾丝·朱安-朗贝尔（Marie-Thérèse Jouin-Lambert），“特别调查：露宿者，无住所者：最新的问卷调查”（Une enquête d'exception. Sans-abri, sans-domicile: des interrogations renouvelées），《经济与统计》，第 391—392 期，2006 年 10 月。

[86] 莉迪亚·佩雷亚尔（Lydia Perreal），《20 岁的我露宿街头：一个居无定所的女孩的日常挣扎》（*J'ai vingt ans et je couche dehors. Le combat quotidien d'une jeune SDF*），巴黎，J'ai lu 出版社，2002 年。

［87］ 罗贝尔·卡斯代尔（Robert Castel），《社会问题的嬗变：雇佣劳动史》（*Les Métamorphoses de la question sociale. Une chronique du salariat*），巴黎，Fayard 出版社，1995 年。

［88］ 柯莱特·佩托奈（Colette Pétonnet），《居住空间：郊区人种学》（*Espaces habités. Ethnologie des banlieues*），巴黎，Galilée 出版社，1982 年，第 25 页。

［89］ 克雷潘-玛西（Crépin-Massy），《社会身份》（*L'Identité sociale*），1980 年，第 268 页。

［90］ 《西部-法国》（*Ouest-France*），2009 年 1 月 12 日。

［91］ 让-诺埃尔·盖里尼也介入其中，他是罗讷河口省议员，2007 年 10 月 10 日议会。

［92］ 格扎维埃·戈迪诺（Xavier Godinot），《消除贫困：民主，全球化和人权》（*Éradiquer la misère. Démocratie, mondialisation et droits de l'homme*），巴黎，PUF 出版社，2008 年。这些实地调查建立在对最贫穷者的生活记叙之上，所述内容经他们审核。

［93］ 同上，第三章，"为生存而抗争：法里、塞丽娜和卡里姆的故事，在阿尔及利亚和法国之间"，第 141—191 页。

［94］ "偷渡者的棚屋"，《世界报》，2008 年 7 月 19 日，该报道获得 2008 年世界新闻摄影大赛奖。路易·梅斯普莱认为作者美化了贫穷，民众则庆幸他捕捉到了贫穷。菲利普·里奥莱的电影《欢迎》（*Welcome*，2008 年）是另一种形式的记忆。

［95］ 迈克·戴维斯（Mike Davis），《从城市大爆炸到全球棚屋区》（*De l'explosion des villes au bidonville global*），巴黎，La découverte 出版社，2006 年。也可参阅奥利维埃·帕斯卡尔-穆斯拉尔（Olivier Pascal Mousselard）对作者的采访，Télérama 频道，2008 年 1 月。

# 死亡之床和病人之房

## 乔治·桑之死

1876 年 6 月 8 日上午 10 点，乔治·桑在诺昂的卧室里离世。春天时她就已经痛苦不堪了。5 月 8 日，她给比洛（即向她催稿的编辑）写信："没有生病，我只是感觉我的生活很不安，两个月来完全没有写作。我想我能够重新开始，但是无法保证期限。"[1] 但她还是准备在半个月后前往巴黎，像往年的春季那样。5 月 22 日（致莫里斯·阿尔贝）："几个月来我深受折磨，不过我还是希望挺过这次危机，还能够涂写几页。"她甚至准备撰写关于勒南的《哲学碎片与对话》（*Dialogues et fragments philosophiques*）的评论——她去世后才发表，她很喜欢勒南的《耶稣传》（*La Vie de Jésus*）。5 月 28 日（致玛格丽特·蒂利耶）："你的老朋友被慢性肠病折磨得够呛，好在还没有危险。现在只能耐心挺着，我的耐心还行。"她给法弗尔医生写了很多信，在巴黎时，她常常找他问诊。5 月 18 日："我耐心地与病痛斗争。现在发作得更频繁了，好在没那么剧烈。"她回复了医生的问题（5 月 28 日）："我不觉得自己到了晚期。"但是严重的便秘还是让她痛苦："几个星期以来，排便几乎完全受阻，我不知道自己到底处于哪个阶段，是否会在某天早晨突然离去。"她没有活下去的执念，但会尽力接受治疗。"美妙的时光。我没有那么痛苦。"5月29日，她在记事本上写下最后一条笔记。[2] 5月30日，在绝笔信（致表兄弟奥斯卡·卡扎马祖）中："我总觉得不太舒服。"此时，她的生命还剩下九天。

关于她的死，我们难得了解不少消息。[3] 法弗尔医生意识到正在经历一场特殊事件，遂在8日到9日的夜间提笔留下了详细的叙述，当时他就守在乔治·桑身边。"在迎接晨曦的静默中，我一个人给您写信，在乔治·桑这个奇女子的书桌上……她在这座18世纪的城堡里，在她的卧室，躺在撒满鲜花和叶子的灵床上。一场家庭悲剧的风暴来袭前，鸟儿在翠绿的树丛间唱歌。"这场悲剧意指莫里斯和妻子丽娜就讣告内容产生的分歧：莫里斯想在讣告中使用"男爵"这一头衔，但遭到了妻子的反对："我不想跟瞧不起我们的贵族扯上关系……我只想是桑夫人的儿媳。"[4] 乔治·桑从不曾向贵族妥协。

法弗尔回忆了最后那段"漫长"但安详的时光。他为他的病人和友人祈祷，亲吻她的额头，问她要了一绺白发。他当起了守卫，不让神父进入，因为她不想看见神父。"神父在病人周围转来转去，想进来主持仪式，他可以在小径和树林间散步，可以在客厅的椅子上休息；但他没被获准进入病人的卧室，哪怕是发生意外。"法弗尔是反教权者和自然神论者，他自称"上帝的唯一代表"和丧事的主要负责人，甚至是"这个微弱而苍白的灵魂进入神灵世界的引路人"。

亨利·阿里斯是记者，一个知心朋友，这位"杰出作家"的敬仰者，他对医生和死亡的见证者做了调查，"论证和比对他们的回答"，努力区分每个人的角色。他从临床细节方面描述了最后几天的病情，来自当地和巴黎的六位医生介入了治疗，他们在这位著名病人的床前竞相表现。

5 月 31 日，乔治在服用泻药之后病情加重，这是拉沙特尔年轻的主治医师马克·沙伯纳开的药方，使用了蓖麻油和杏仁糖浆。药方未见效果，疼痛加剧，伴随呕吐。她备受"肠梗阻"（现在的学名）的折磨，喊叫声一直传至花园尽头。"她没救了。"帕佩医生对从圣沙尔蒂耶赶来的佩泰尔医生这么说。佩泰尔医生最后还是向法弗尔医生求援，虽然他看不起后者。6 月 1 日，法弗尔从巴黎赶来，然后又回去找外科医生。6 月 2 日，外科医生佩昂和达尔西医生在诺昂镇会合，后者来自克勒兹，得丽娜信任并受她委托。医生团队决定用胃管进行肠造口术、注射 12 个虹吸瓶的苏打水：一种让病人极其痛苦的手术。"桑夫人在手术过程中痛得要命，但是术后有了很大缓减。"这是沙伯纳的说法。6 月 5 日，法弗尔和桑的知己普洛库返回巴黎，没有抱什么幻想。

乔治因为这种病而感到羞耻，她说："这病实在是太恶心了。"这个害羞的女人可以忍受自己的身体，但是不愿让家人看见她污秽的床单。"她不让他们靠近床边，因为她不想让孩子和朋友看见床上的污迹。"否则她会感到十分恐慌，尤其不能让一直待在不远处的两个孙女看见。丽娜把她们带过来，对她说最后一声再见。桑对她们说："你们要乖哦。我爱你们。"莫里斯来到门口时，她坚决不让他进来。

桑躺在一张专门支起来的铁床上，铁床摆在卧室中央，对着壁炉。索朗热调整了床的方向，好让母亲能对着窗户。难道是为了看见花园？当时天气糟糕，是清凉多雨的 10 月。她被女人们环绕：女儿索朗热不顾兄弟的反对从巴黎赶来，所有事都亲力亲为；儿媳丽娜；"奶妈"——"忠诚的"索朗热·马里耶。7 日晚，她跟莫里斯、丽娜、罗罗（小奥罗尔）说再见。她要求洗澡。这位"白鼬"女士（阿里斯的说法）对洁白十分执念。她要求吃饭："我饿了。"但是什么都没吃。她低声嘟囔： "留下绿色（Laissez verdure）。"这是让后人百般研究的谜语。

7 日至 8 日夜间，她再次疼痛难忍，需要不断调整姿势来镇痛。"可怜可怜我吧。"她这么说，仿佛在哀求死亡降临。医生在开出有望缓解疼痛的吗啡之后再次离开。因为太过痛苦，她几乎不再开口。不久，她的目光变得呆滞、黯淡。在她生命的最后一刻，男人们都进了屋：表兄弟奥斯卡·卡扎马祖和勒内·西蒙奈；法弗尔医生；因为精疲力竭睡着的莫里斯，姑娘们叫醒了他。他们跪在床前。乔治·桑于 9 点 30 分左右离世（正式记录是早上10 点）。在她咽气之后，法弗尔医生戏剧性地直起身子，双手伸过头顶发誓："只要我还活着，您的名声就永远不会被玷污。"可是那些伟大的偶像为什么要害怕污点呢？他在当天夜里写下了自己的记录，如同过去的医生面对路易十四时那样。

索朗热合上了母亲的双眼。在索朗热·马里耶和托马斯（一个女佣）的帮助下，她为母亲做了临终照顾，给她穿上衣服（不知道具体情况），把她的遗体搬到桃木床上供人瞻仰，脸上覆满鲜花。根据小仲马的描述，她的右手露在外边，"如象牙般光滑、娇美"。8 日至 9 日夜间，索朗热守夜，几个朋友轮流陪伴。次夜，只有女佣留守，因为遗体很快腐烂并散发气味，她们不得不待在隔壁的书房里。10 日早上，棺木摆放在城堡的前厅，以便爱她的人前来吊唁，他们用桂树代替黄杨，向尸体抛撒叶片。

桑希望被葬在自己的花园里，和她的家人在一起，不立碑，只要"一些花，一些树，一片翠绿"。总之，她希望变回奥罗尔。就下葬问题，她生前没有留下嘱咐。一场大争论由此引发。[5] 索朗热希望举行宗教仪式。丽娜坚决要求世俗仪式，莫里斯也同意，但是他被妹妹说服了。妹妹的理由是"群体的宗教情感"，当地的朋友会产生反感，其中有些人——帕佩医生及其家人——不会参加一场纯世俗的葬礼。被视为自由思想家的法弗尔医生也站在索朗热这边。他辩称："在这里，我的凯尔特灵魂无比雀跃。（凯尔特主义是这位医生最喜欢的话题）不会有任何夸张的仪式……教会只是来服务的，不

250

是来耀武扬威的。"曾在桑临终前被强烈排斥的维尔蒙神父此时一脸不愿理睬。不过布尔日的大主教德·拉图尔·奥弗涅意识到利害关系,点头同意了。居斯塔夫·福楼拜怀着悲痛的心情参加了在诺昂小镇举办的宗教葬礼,下葬的是他亲爱的"行吟诗人",是他持不可知论的朋友,她现在"完全无悔地离去"。民众虔诚地送别她,其中有戴着宽边软帽的农村妇女,有工人,有来自巴黎的朋友(拿破仑-热罗姆亲王、勒南、小仲马都赶过来了)。有精彩的演讲,有维克多·雨果的来信,莫里斯代为宣读。雨果称她是一位杰出的女性,因为她的生活、作品以及对共和事业的投入。总之,是一位"伟大的女性"。

这一切都将这场葬礼化为一种以新的方式面对死亡的样本,传统在此徘徊,被现代性推挤。在这个卧室—实验室里,公众和私人、肉体和灵魂、神父和医生、男人和女人、兄弟和姐妹、巴黎和外省交融且相互碰撞。这个卧室被孩童的脚步、世纪的回声穿过:旧制度与大革命之间的冲突继续围绕着这张死亡之床。我们可以听到这位病人传来的声音,她渴望活着,但不愿牺牲一切。她拒绝堕落和痛苦,为我们留下未解之谜:奥罗尔最后的愿望到底是什么呢? 她临终前的那句话,究竟想要表达什么呢?

"留下绿色。"

## 死亡之床

乔治·桑的病情持续时间不长,她走得很快。她在自己的家中离开人世。卧室里有医生照护,他们陪着她咽气,拒绝神父参与。在她生命最后的时光,只有家人围在身边,在身体和灵魂的照料方面,她的女儿承担起女人的职责,做得比想象中更好(她对索朗热不是很有信心)。她的朋友吊唁时,甚至都要迟疑片刻才跨过门槛。邻居只进入前厅,他们的队伍排到门外,延伸到院子里、广场上、教堂前。人们就像谈论过去的国王之死那样谈论她的去世，她是这个文学世纪"为作家加冕"的象征。对一个女人来说，这史无前例。

长久以来，西方死亡艺术的谱系都会记录"美丽的死亡"，菲利浦·阿利埃斯和米歇尔·伏维尔[6] 描述过该谱系在古典时代的诞生和演变过程。一个生命在地球上终结，隆重地进入另一个人们并不怀疑其存在的世界，这既关乎团体和社群，也关乎个体。死亡的公开性由此而来。"死亡之床"是它的中心舞台，甚至是唯一的舞台。它长期占据前台，在中世纪的绘画中被广泛呈现。"漫长的疾病"是医学进步的结果，它催生了病人的房间。从社会和精神上来说，偶然的疾病之后，便是注定的死亡。死亡让活着的人为之忧虑、被它占领。

首先是死亡的"时间"。人们害怕猝死，它像是一场上帝对人类的劫持。即使在今天，死亡也会不期而至。心脏骤停和脑血管意外都会造成意外，就像琼·狄迪恩曾经历的那样：她的丈夫突然就倒地不起了。"生活瞬间就变了，时刻都在变化。我们正准备吃晚饭，熟悉的生活就停止了。"[7] 在她分享私人经历的书中，这场猝倒成了重音符。猝死令人惊愕，与当今其他的一般死亡相比，它令人惊慌失措。过去，它被称为"倒霉的死亡"。

预知死亡，为之做好准备，安排后事，等待死亡，这些是"理想的死亡"的前提。人们希望在自己家中死去，被亲人环绕。"我宁愿在自己的床上离开，在含泪的家人身边离开。"路易斯·德·维尔莫兰这样说。"在自己的床上离开"是无产者的梦想，他们知道寿命短的才会死在街头。① "是的，最终我们都渴望在自己的床上死去……我嘛，劳碌一生之后，我情愿死在自己的床上，死在自己家里。"[8] 绮尔维斯曾对古波这么说。众所周知，结局

---

① 据"街头死亡"的证明材料，居无定所者的平均寿命是 40 岁，而有住所者的平均寿命比之高出一倍。

完全不是这样：她后来死在外面，像条狗一样。要想实现这种新近兴起的愿望，其实没有那么简单。以前的共住房很难为垂死者保留位置。每个人都围着临终者忙碌，长期卧病的老人会成为负担。病人会呻吟和叫嚷。没有止痛药物的话，垂死之人会嘶哑地喘气，他们祈祷早点解脱。"幸运的死亡"就是持续时间不长的死亡，生者将早日解脱，体面但快速地清理尸体。如果医院人满为患，尸体搬离的速度还会更快。

就像一场音乐会，死亡有着规则和组织。死亡是集体、公共、常见之事。"幸运的亡者"不用遭太多罪，不会挣扎太久，不会有太多抱怨。他们为自己的灵魂和家人着想，靠两大"权杖"交代最后的愿望——遗嘱和祷告，然后转身奔向正在等待他们的上帝。他们出演自己的死亡，预感它的降临，希望它被传述一段时间。"美丽的垂死者"是男人而非女人。在这个死亡的舞台上，性别差异得到显现。女人的死亡会悄然进行。当然在贵族阶层，也有博絮埃与圣西蒙所颂扬和记录的、属于女性的、"美丽的死亡"。通常来说，女性的死亡不像男人那么英勇——总是以战场上的姿势，而是更温和。女性的死亡必须是神圣的才会为人所知：修女的死亡，圣特蕾莎的死亡，或者是那些期望在 15 岁离世的年轻的虔诚者。[9] 死亡会打破隐修院的孤寂；整个修道院，甚至整个村庄都会聚集在临终者的房间，欣赏其迷人的微笑，聆听其遗言。仿佛死亡是她一生中最辉煌的时刻。

房间里挤满了人，直至 18 世纪，维克-达吉尔等医生抱怨过度拥挤会污染空气。[10] 这种闯入有时是出于临终者的意愿。圣西蒙告诉我们，蒙特斯潘夫人害怕一个人死掉："她睡觉的时候，所有窗帘都是打开的，房间里点满蜡烛。"1707 年 5 月 27 日，感觉生命将尽，"她准备了应尽之事"。

这种公开性也来自亲戚或邻居的友爱或好奇，出于在生命的重要时刻陪伴亡者的渴望：生命的尽头与"最后的审判"，将会影响前往另一个世界的旅程。他们会怎样离开，如何"逝世"呢？有时候，素不相识的人会走进临终者的卧室。在街头遇到神父带领的送葬队时，路人会跟随其后，一起祈祷。孤独的死亡是一种糟糕的死亡。幸运的死亡是一场大合唱，每个人都参与其过程、礼仪和情绪。

最重要的还是临终者。大家等待着临终者的遗言，想听他亲口说出最后的愿望，至少在富裕的人家，遗言通过遗嘱的形式来表达，米歇尔·伏维尔研究过遗嘱的普及性及其内容的变化。涉及财产转移的民事法律逐渐超越了宗教因素（弥撒、祷告、捐赠），在 18 世纪，宗教影响衰落，甚至消失了。这是世俗化的标志，房间则是其见证者。通常来说，遗嘱属于生时之事，或在健康之时就已拟定。在出现意料之外的变化时，当事人也可以根据相关程序"在病床上"确立遗嘱，但是要有公证人或代理人证明其意识清醒。

习俗决定了哪些人可以进出临终者的卧室：家人，亲戚，邻居，负责临终涂油的神父，为病人缓解痛苦的医生。基督教的程序已非常成熟，持续了数个世纪。主要变化在于各个流程的占比和优先顺序。临终场景受三大变化影响：隐私问题，医疗介入，死亡的个性化。家人赶走了邻居；医生替代了神父；垂死者变得抵触（或渴望）离去，而人们有时也舍不得他或她离开。

临终者的房间里存在医疗介入。以前，只有神父在里面陪伴。神父是做仪式的大师，主要负责临终圣事和祷告。医生的在场和权力微不足道，甚至根本不存在。从 17 世纪起，医生才被认为享有特权，而且主要体现在宫廷中。在路易十四临终前，医生们在床边各显神通，告解神父却很少露脸。医生占据桑的房间，在认为病人时日不多的时候，他们选择撤离，不愿目睹病人死去：这等于承认医生的无能。他们悄悄离开现场，将位置让给神父。很长一段时间，医生和神父之间存在自然又刻意的、心照不宣的合作关系。大家知道神父会宣告死亡，是这一重要过渡时刻的唯一救助者和协调者。神父的介入意味着医生的放弃。然而，从 18 世纪开始，人们越来越不愿意放弃，会叫来代表科学的医生，后者由此成为病房的常客，至少在富裕家庭里是如此。"其他人，即我们这些穷人，只能自己死掉。"[11] 当被问及妻子临终前为何不请医生时，一个农民这样说。对他来说，有神父在就够了，祖辈留下的习惯做法支配着他的行为。为死者做好准备，为其守夜，将其放入棺木并体面地下葬，这已经足够了。他们希望尽快将尸体搬出去，以免占用集体房间。这样的处理如此急迫，甚至存在将未死之人下葬的风险，因此遗嘱中有预防措施，要求落葬前必须保证 30 至 36 小时的期限。总之，需要清空房间并进行清洁：打开窗户，让空气流通，就像路易十四为了曾孙而清洁凡尔赛宫那样。这种做法非常普及，是从古至今的习惯。"（菲斯克伯爵夫人）去世后……我去了拉蒂依城堡……我在这个荒芜之地待了五六天，以便其间让人运走尸体，给房间通气；我害怕在屋子里闻到死亡的味道，如果有味道的话，我无法睡在里面。"[12] 蒙庞西埃小姐写道，她对气味极为敏感。

宗教史与乡村人种学将过去的死亡描述为一幅平静的画面，这种呈现无疑距离现实十分遥远。医疗落后，缺乏减轻痛苦的手段，这令死亡非常艰难，甚至非常残酷。死亡之床就是痛苦之床。19 世纪，人们开始使用吗啡，乔治·桑靠它来减缓疼痛。不久之后，鸦片帮助乔·布斯凯活了下来。相关法规的缺席在某种意义上方便了毒品的使用。

我们熟悉的只有死亡的场景：真实的死亡与无法言传的死亡，我们从来都不得而知。死亡场景一直在变化。到了 18 世纪和 19 世纪，它变得更引人注目，而且染上了感情色彩。《新爱洛伊丝》中对朱丽之死的叙述[13] 与格勒兹的画作几乎与当代无异。随着宝贵生命的消逝，号啕大哭、捶胸顿足、叹息抽噎，菲利浦·阿利埃斯展现了"属于你的死亡"。女人"泪如雨下"。男人极力克制，即便他们可以哭，要知道在 19 世纪，男性被禁止放声大哭。[14]

家族纽带更亲密，还牵涉继承和情感因素。拉封丹曾有精彩的描述："一个有钱的农民，自觉就要离开人世/他叫来孩子们/没有旁人在场，只跟他们说话。"他只跟孩子说话，而且"没有旁人"。他想向孩子传递劳动的价值观，如果想让继承的财富增值，劳动才是关键。这个农民是沉着冷静、深谋远虑的企业主，他的床头就是管理准则。

死亡之床逐渐变得隐私化。它化为吐露感情、道歉、忏悔、终极揭秘之地："我会在临终前告诉你。"父亲这么宣布，他保守着也许永远不会吐露的秘密；它是和解之地，也是因为勺子或手绢的分配而争吵不休的矛盾之地。一直以来，几乎只有族长、祖父、父亲或叔伯的死亡才配得上此类表现或叙述。女人只能悄无声息地在黑暗中离开人世。

有的房间孕育悲剧，我们在里面发现了自杀者。儒勒·勒纳尔在父亲紧闭的房间里发现了其尸体："我用肩膀撞了几下，推开房门。里面有一股烟雾和火药的味道……他仰躺在那里，双腿伸直，上身弯曲，头部后仰，嘴和眼睛张着。他的猎枪在双腿之间，拐杖在床边。"猎人用他的武器朝自己开了枪。"这个男人，他受了太多苦。"一个邻居说道。[15]

孩子被拒绝接近这个充满悲剧色彩的房间。根据卢梭的说法，孩子什么都不明白。"尽管孩子知道死亡这个词，但是他们对此没有任何概念；他们不会为自己抑或为他人害怕死亡；他们害怕的是痛苦，而不是死亡。"[16] 玛丽·达古尔回忆过自己被挡在房外的往事，如同经历一次伤害。1819 年，她的父亲因中风而在短短三天内离世。"他们坚决不让我进父亲的房间……母亲起床后又给我下了命令，但我还是趁人不注意溜了进去。医生们早已离开，看护待在隔壁；我走近父亲的病床。上帝啊！那是怎样的场面！父亲已经奄奄一息。"他很快就没了。[17] 皮埃尔·洛蒂也回忆了被人从祖母床边支开的经历。"他们打发我到楼下。傍晚时分，他们一直以各种借口让我远离那里，我不理解这样做的原因。"当他被允许进入时，祖母已经去世了。"我对这些事被井然有序地安排和房间内如此安静的氛围感到惊讶。"床帘已经拉开，祖母躺在床中间，似乎睡着了，脸上带着"一丝极为安详平和的微笑"。[18] 以年幼无知为名，人们不让孩子看到死亡这一幕，然而，他们看见了一切。对大多数孩子而言，祖辈的去世，尤其是常能见到的祖母的去世，是他们第一次遇见死亡，这是很重要的体验。死亡是一道分界线、一次时光的更迭，区分此前与之后的时间。对 4 岁的莫娜·索耶来说，父亲的临终之床是其著作或生活的"初始舞台"。[19]

相反，临终者的房间是女人的天下。她们负责日常照料。医生会把遗体留给她们，让她们细心地为其梳洗和穿衣。从前，死者只穿一件干净的睡衣，戴一顶干净的帽子，久而久之，形成了穿漂亮衣服的习惯，比如藏在箱子里的结婚礼服。19 世纪，女性死者会重新穿上洁白的婚纱。福楼拜看到一身白衣的妹妹卡洛琳娜时心绪激动："人们为她穿上婚纱，还有玫瑰花、不凋花和紫罗兰的花束装饰。我一整夜都守着她。她笔直地躺在床上，在这个她曾经弹奏音乐的房间里。穿着这身长至双脚的洁白婚纱，她看上去比生前还要漂亮，还要高挑。"[20] 女人至死都被美丽的要求所裹挟，有时还会对临终仪表提些要求。乔治·桑的母亲在弥留之际低声对她说："帮我梳理一下头发。"路易斯·德·肖利厄对朋友勒内·德·莫贡布说："我想漂漂亮亮地躺进棺木里。""说着，她爬上床，她将在两周内离世。她的房间里没有生病的痕迹：有饮料，有口香糖，但医疗仪器都被藏了起来。"[21] 身患癌症的玛蒂妮·卡洛说："如果我能预见死亡来临的那一刻，我会说：给我穿上这条裙子吧，因为我特别喜欢它。给我做个头发吧。给我化个妆。我希望公众和认识我的人都能记得这样的玛蒂娜。"[22] 玛蒂娜·卡洛是一位希望通过形象永生的明星。不过，人们也会给修女化妆，以便她们与天主相会。

作为房间的主人或保姆，女人要给房间通风、清洗、整理，然后适时离开死者。入棺是木匠的活，葬礼是男人的活。很长时间里，女人被禁止参加葬礼，无论是在教堂还是墓地，这样的风俗在 19 世纪的贵族中依然存在，讣告中甚至都不提女人的姓名。后来，她们挡着黑纱，慢慢开始出现在葬礼的队伍中，最后成为主要的配角。

　　渐渐地，死者的房间不再向所有人开放，不再是可以自由出入的公共场所。其实，能在临终前拥有一段私人时光的愿望古已有之。乔治·杜比说，1219 年，纪尧姆元帅希望在自己家里死去，便让人将他运回了他名下的一个城堡；病情加重时，他召集家人、宣告遗愿。接着，身边的人开始为他守夜。最后，他向妻子和骑士们告别，将他们托付给上帝："我无法再与死亡抗争。"这个罕见的关于骑士之死的故事展现了离别仪式的讲究，以及公共和私人空间的分离，而房间是其见证者。[23]

　　这个故事在历史上曾经遭到谴责，无疑也广泛流传。17 世纪，冉森教派为其添砖加瓦。帕斯卡尔曾说："我们将会独自死去。"塞维涅夫人盛赞"可怜的圣奥班"之死。"一个没有噪声、没有凌乱、没有难闻气味的房间……一个自由的脑袋，一场伟大的沉寂，几次精彩和庄重的演讲，几乎没有什么花销；总之，这是从未见过的场面。"她谴责了死者夫人有失体统的表现："这个小个子女人因为太过激动而大喊大哭，好在被莫雷尔神父弄走了，于是，这个神圣的屋子里只留下基督徒。"[24] 一个半世纪之后，司汤达这样评价外省古老的死亡仪式："在外省，他们不懂怎么做得更好，甚至不懂怎么死去。""在巴黎，人们关上门，病人被留在孤独和寂静的屋里。"[25] 更多是为了病人自己，而不是为了上帝。

　　此外，医学的进步推迟了死亡，制造了漫长的弥留、"慢性疾病""痛苦之床"以及康复期，赋予病人的房间一种更强大的物质和文学存在。病人的房间曾存在于昔日的收容院里。然后，它逐渐进入病人的家中，至少富裕阶层是如此。医院里则更难，因为受到集体的制约，医院要过很久才能设置接纳受病痛折磨之人的房间。19 世纪，病人的房间极少成为临终者的房间。从那时起，人们开始蒙住镜子、关起窗户、熄灭壁炉、藏起药瓶、点上蜡烛、点燃香炉。

## 医院病床

　　与宗教虔诚和女人分娩一样，疾病也是卧床个体化的首要原因之一。传染病要求隔离，人和人必须分开。收容院不仅会对入住者进行分类（在图尔尼，分为男人、女人、军人），还会努力给每个病人、每位临终者提供一张床。博讷的临终关怀医院为我们提供了中世纪的一个美好形象，虽然与现实有着巨大差异，但还是体现了想要达到的效果。

　　然而，收容院和医院都是拥挤之地。人们在没有取暖设备的巨大厅堂里摆放床铺，空间不够时还会占用走廊，一张床甚至供四五个人合用。复辟王朝时期，里昂平民收容院里的场面惊人。访客和病人在没有区分的空间里来回走动，病人在大厅吃饭、随意小便；疯子的地盘还要恐怖。没有水，没有暖气，只有火炉。床与床之间的空隙只有 50 厘米，"并床"是常见现象。1832 年的一项规定禁止了这种做法，因为"有损卫生、健康和良俗"。[26]

　　随着医院变成治疗场所，终于不再对病人"照单全收"。医院会挑选入住者，将无药可治之人送至收容所，将疯子送入疯人院，只留下"可救治的"，在各科室（尤其是外科）为病人预留床位。手术可以拯救生命或绝望，值得人们为之留出空间。"付费床位"在其他科室发展起来，到了 1835 年前后，约占入院者的 10％。这种做法符合自由原则——"社会没有义务提供免费服务"，它有助于平衡预算并接收一部分富裕的病人。1842 年，巴黎的一份报告甚至主张在两家医院设立付费病房，以里昂和布鲁塞尔的做法为范例。这体现了一种真实的需求："不止一次，有人向我们提出付钱的请求，不要将病人安排到共用大厅。"隔板因此被使用起来："付费病人可以集中到特殊的单间病房区域，每个人都有一个房间，还有一个共享的特别的散步场所。"[27] 在同一时期的收容所里，有些老人拉起床单或衣服来遮蔽自己[28]；在西方社会，空间的个体化逐渐成为普遍的需求。

但是，这方面的进展非常缓慢，观念仍然不够强烈。隔离和分离并非等同于个体化。1852 年，布鲁塞尔公共卫生大会对医院规划发表了长篇大论，但是对个体化几无论及。1864 年，在依照独立住宅设计的巴黎新主宫医院里，每个大厅规划了 15 至 20 张床位，还有供某些特殊病人使用的独立房间；铁床已普及，床帘被取消。[29] 在《卫生契约》（1869 年）中，米歇尔·莱维这位相关领域的权威主张医院设置能容纳 25 至 30 个床位的小厅；他认为，特鲁索医生主张的 12 个床位像不实际的乌托邦。"每个人一张床；靠墙仅摆两排，不能对窗，因为寒凉有损病人健康。室中央不摆床。"这是保障合理通风的最佳布局。轻薄的床帘可以保护女人的隐私，对男人却毫无作用，因为他们没什么好掩盖的。"即使床帘可以遮挡痛苦和临终的样子，也阻隔不了病人的呻吟和嘶哑的喘气。"[30] 但是，莱维医生哀叹，人们因为担心发生"诈死"而不敢当即将尸体搬离，他希望这一动作越快越好。除了产妇，莱维医生没有考虑过个体病房；在他的《卫生契约》中，"病房"这个词并没有在索引中出现。

甚至在 1930 年出版的关于保健院和医疗建筑的《建筑百科全书》中，也没有"病房"这个条目。图集中的 39 幅图描绘了一些房间，每间最少有 4 或 7 张床，其中包括新波戎医院结核病患者的"隔离房"。结核病和精神疾病当然需要从医院空间中隔离和分割出来。癔症的"精神治疗"要求将大厅换成单间，至少是隔离间。德热利纳医生主张饮食以牛奶为主（每天 3 至 6 升），建议病人躺在床上静养。"每张床用白帘遮挡起来，隔出一个小房间"，1895 年，萨尔普埃特雷尔医院开始施行这种做法。[31]

总之，隔离意味着配合治疗，以某种方式带来康复的希望，让求生的欲望压过对死亡的妥协。医院就是延缓的死亡。麻醉和手术技术的发展让外科介入越来越有效，病人的住院时间因此变得更长，虽然这无法从根本上改变结局。

## 病人的房间或护理的房间

病人的房间首先指"长期卧床的病人"（grabataire）的房间。在罗马，"grabat"指士兵的行军床，以及奴隶、穷人或主张禁欲的哲学家的床：一张用帆布做的"陋床"，低矮，无床帷，提供给穷人和无药可救的病人。在 17 和 18 世纪，"躺在陋床上"意味着生病："有一天，我独自待在我的房间里/躺在我的床上，四肢酸痛。"这是斯卡龙在《悲伤书简》（*Epitre chagrine*）中的话。伏尔泰向黎塞留公爵道歉："请原谅我不能亲笔给您写信，我那恼人的健康状况将我困在床上。"[32] 他经常生病。"grabataire"是指离不开床的病人，无论富有或贫穷。启蒙运动时期的医生对他们关注有加，慈善机构还统计过他们的数量：这个词成了统计的一个类别。

死亡没有定数，异常遥远，它终结了人们极力想要延续、长久热爱的生命。"死于漫长的疾病"意味着病人曾一步步与疾病抗争，经历了一场严酷的战斗。"大自然似乎只给予持续时间极短的疾病，医学却提供了延长疾病的艺术……自然疾病能得到医治，但是医学创造的疾病无可救药，因为医学不懂得康复的秘密。"[33] 普鲁斯特这样描述贝戈特的"长期疾病"：这位作家几乎不再出门，但他不属于长期卧床者之列；他是在观赏维米尔的一幅画作时猝然离世的。叙述者在《女囚》里谈论了这种典型的美学式死亡，仿佛病人的禁闭室就紧挨着恋人的房间。

"长期疾病"这一委婉的表达，暗含了不愿直呼某个潜伏在黑暗中、看不见的敌人的愿望。以前的结核病与今天的癌症或艾滋病都令人羞于启齿，患者不会直言病情，像是自己犯了错一般。"硬行救治"已然成为这个社会的特征，寿命得以延长，长期卧床者的数量不断增加。他们需要终身治疗，"grabataire"从此指代在医院或家中卧床的病人。他们被分为两类：长期卧床、危险系数最高的"躺卧"病人；可坐在床上或扶手椅上的"直坐"病人。身体的姿势是家庭照顾和风险评判的标准。

从这个角度来看，病人的房间十分稳定。它具有庇护和退隐的功能，是起居和为生命奋斗之地，不涉及过多的医疗动作。以普鲁斯特笔下的莱奥妮姨妈为例，病人的家中首先要有空间，比如相对舒适的乡下屋舍，还得有用人。在丈夫奥克塔夫死后，莱奥妮姨妈几乎无法站立。她就在房间里生活，甚至就在自己的床上。床离窗户很近，她可以看到街上的景象，看着人来人往，接待少得可怜的几个朋友——比如尤拉丽这个小喇叭。面对他们，她会夸大自己的病情："我都没有睡过。""在这些乡下房间，让我们着迷的是无数种香气"和无数种味道，浸泡在椴花茶里的玛德琳小蛋糕是叙述者回忆的关键。莱奥妮姨妈有点小病，有点孤僻，她从生活中消失了（也从一笔带过的故事中消失了），如同慢慢燃尽的蜡烛。她在夫妻之床上离世，或许还空出了身边亡夫的位置，就像努瓦穆蒂埃岛的那些寡妇，为在海上丧生的丈夫保留空间。以前的老妇人在自己家中死去；当她们无法自由活动，变成长期卧床之人时，会被从扶手椅上转移到床上。在乡下的集体房间和城市狭窄的单间里，几代人同居的现象依然存在，床会被争抢，老妇人不得不经常与孙女同睡，尽管孩子也不愿意。只要老人尚有用处，家人还是会尽量忍耐；如果因残疾或瘫痪而不能自理，家人就会失去耐心。在热沃当，她们被关到外边的小房子里。死亡等待着这些无用之人。到了19世纪，她们会在收容所的集体大厅里死去，当时个人房间才刚刚出现：对老年人的关注姗姗来迟，比如合法退休年龄。[34]①

　　19 世纪，结核病患者被集中安置到疗养院之前，主要待在卧室里。"痨病"是常用的针对性称呼，病人被迫卧床并拉起床帘。最初，周围的人虽然会厌恶他们，但很少对这种传染病采取防护措施；配偶或朋友继续同睡一张床。这甚至象征着友爱：朱丽在垂死之际甚至邀请亲爱的克莱尔睡在她旁边。[35] 无论是否相信结核病会传染，医生都会发出危险警告并隔离病人。被隔离在公寓最里面的病人会因咳嗽而死。浪漫的忧伤催生了哀怨的书信往来、自省、日记和情感表达，以菲洛纳耶和勃朗特这两个家庭为例，他们留下了各种各样的文字。[36] 结核病是写作的缪斯，从某种意义上来说，它催生了 19 世纪的小说。"死亡和疾病常常是美丽的，如痨病产生的热晕。"[37] 苏珊·桑塔格这样说。

　　病人的房间还是时常有人进出。从 17 世纪起，医生开始上门看病。因此，他们是乡村居所的首批观察者，那里卫生条件的恶劣让他们感到遗憾，雷佩克·德·拉克洛蒂尔在医学专著中披露了这种现象。[38] 而在城市里，他的同行们会要求采取隔离措施，病人的房间满是制剂、容器、药瓶、堆满床头柜和壁炉台。女人负责监督用药、测量体温、给室内通风。传统做法逐渐被并入正轨。

## 室内护理人员

　　大部分照护病人的工作由志愿者承担，职业护理人员早在 18 世纪就出

---

① 埃莉斯·费勒（Élise Feller）阐述了个体化的迟来。1926 年的法规规定宿舍可以设 20 多张铁床，床与床之间相隔 1 至 1.5 米，没有帘子；没有任何存放物品的空间；五个人共用一个洗手池，十个人共用一个厕所。

现了。1860 年，热衷于护理培训的弗洛伦斯·南丁格尔在《护理札记》中给出建议[39]，我们可以从中看出当时社会关注的内容。首先是空气问题。必须换气，即使天气寒冷。"待在床上不会着凉。"只要盖好被子、放上热水袋即可。此外，必须让病人待在够得到窗户的地方。为了防止空气污染，作者建议保持壁炉通风、摆放风扇，"千万不要用帘子把床围起来，不要用百叶窗，也不要用窗帘；夜里要打开高处的气窗"。要使用气体比重计。"室内降温不等于通风，反之亦然。"但是必须防止穿堂风，不要晾晒湿衣服。被窝要敞着，便壶要加盖，最好用方便洗刷的搪瓷便壶，不用会散发臭味的木桶，每隔 24 小时就要打扫房间，避免用会扬起灰尘的羽毛掸子，等等。这种"细致入微的护理"确保了良好的卫生，避免让房间变成"下水道"。

护理人员要防范不合时宜的访客，他们会带来嘈杂，书中专辟一章讲噪声问题。窃窃私语、旁若无人的交谈、女人裙子窸窸窣窣的声音都会令病人不耐烦。"丝料、裙撑、僵硬的衬裙，脚步声、钥匙串的碰撞声，它们给可怜的病人带来的痛苦，甚于世界上任何一位医生的安慰。"来访者应该与病人面对面，绝对不能靠在病床上。南丁格尔对病人的敏感情绪非常重视。"病人房间的每一次脚步声都会带来痛苦；病人脑海中闪现的每一种思念都是煎熬。"还有一章关于床：低矮的铁床两边都要与墙保持一定距离，不能离窗户太远，方便病人看见窗外。还有一章关于光线：最佳方位是朝东或朝南，可以让阳光投进房间内："床头的白色薄帘和窗户上可随时拉下的绿帘完全足够。"因为"这里有阳光，有思念"。

护理人员不仅要负责病人，还要负责病房，后者是确保病人舒适的条件。护理要亲自铺床，把枕头摆到合适的位置。"这些方面的疏忽会大大增加临终者的痛苦。"画家爱德华·蒙克曾经将他童年的房屋称为"枕头屋"，里面挤满了结核病患者，收拾这里总是要花不少时间。枕头、枕头上的皱褶、阴影下的凹陷也是他大量画作表现的内容。

在南丁格尔看来，哪怕需要根据实际状况区别对待，病人也必须被当作正常成人来研究和治疗，她不是第一个持此观点的人。《观察汇编》中，雷佩克·德·拉克洛蒂尔对病人的区别对待令人印象深刻，路易十五时期，他就已经针对每个病例做了病例卡片。护理必须有辨识死亡征兆的能力，并在这场考验中陪伴病人。这是职业问题，不涉及，也从来不属于宗教，它关乎知识和心理，而非纯粹的人道问题。在死亡的艺术中，医疗及其护理团队代替了信仰。今天，护士们史无前例地成为"缓和死亡"的助手。[40] 这就是护士，是《日记》中病人爱丽丝·詹姆斯的主要对话者。让人惊讶的是，这个"小护士"既威严又冷漠，她说话坦诚且意见坚决，比如必须清理病房这一点，她从不予妥协。[41]

然而，死亡不是唯一的结局。南丁格尔用了一章来描述米歇尔·莱维医生曾长篇论述的"康复期"。[42] 两位作者都主张改变饮食和居所，或许只是从一个楼层搬到另一个楼层。"只有远离被视为病房的地方，才能为病人带来有益健康的冲击。"在离窗户不远的壁炉边的椅子上度过几个小时，对康复期病人也是好消息。"看一看地平线、花园、绿色植物，都能让病人重新开始思考、摆脱伤心的忧虑。"在空气"最纯净"的时刻散散步，乡下的安宁和清净对其康复肯定会产生效果。此后，恢复健康自然就有可能。

病人可以走出病房。至少可以离开一小会儿。


## 医院的单人病房


南丁格尔对私人护理的重视与对公共领域的重视相当，但她对后者更为信赖。"公共机构采取的措施要强于私人领域。"19 世纪 80 年代，这位健康与卫生领域的职业女性将医院视为开创性的护理之地，至少在医院死亡要更平和。

　　其实如今，这就是我们的归宿。在今天的法国，五分之四的人口在医院离世。我们很可能在医院"终老"。事实上，在迈向死亡的过程中，医院只是断断续续的居留之所。有"长居"机构为长期卧床者提供服务。同时，还有或多或少配有医疗设施的养老院，其房间的舒适度和个性化显示了财力和社会的差异。

　　医院的单人病房较为稀缺，一般留给手术病人和最危重的病人暂住，流动性很大。迪诺·布扎蒂叙述了一个病人从以护理为主的高楼层逐渐降至以临终病人为主的底层的故事。医院的这一布局考虑了遗体的快速撤离问题，人满为患的医院总是这样做，它对死亡羞于启齿，认为死亡会否定医院作为康复机器的角色。

　　人们不再"拼"床位，但是继续"拼"病房，这也导致了冲突和滑稽的摩擦，吉拉尔·奥贝尔于 1990 年创作的《108 号房间》中反映了这一现象。[43] 剧中有三个人物：勒内，75 岁；夏尔，40 岁；女护士雅尼娜。勒内话多；他看不惯要求换单人病房的夏尔。雅尼娜拒绝了夏尔，她说："您知道，一个人住有时候更可怕。寂静也会变得非常嘈杂。"两个男人等待检查的结果，一阵焦虑之后，好在并无大碍。他们之间产生了某种情谊："我们住在同一个房间，用同一个洗脸池刷牙，一起康复。这些建立起我们的联系，也在情理之中。"勒内这样说。可惜他们几乎没有机会重逢。医院是短居、接触和交流的场所，比起让人们接近，它更多地让人们分离。

　　医院的病房也与希望有关，比如一场等待抢救的手术。第一位接受面部移植手术的伊莎贝尔就是例子，诺埃尔·夏特莱还原过她的故事。[44] 伊莎贝尔被她的狗咬伤。她在等待可匹配的组织和手术，手术要还给她一张脸，一张与以前不同的脸。她的病房里聚集了普通医生、外科医生、心理医生。

护理、关注、焦虑、询问纷纷向她涌来，尚有希望存在。她难以从这里抽身前往里昂，关键手术将在那里完成。她住在一个没有号码的房间。当然，她不希望再回到这里。"哪个房间都行，但 9 号房不行。"入住者很难让医院的病房个性化，除非像旅馆那样凭借房号，或者通过在房间里经历的重大事件，它们将这个无名之地化为持久的回忆。在当代叙事中（无论是自传还是小说），医院的病房都占据了重要的位置，丰富的经验在这里产生，往往由幸存的见证者讲述。

在这方面，西蒙娜·德·波伏瓦是先锋人物。在《安详辞世》[45] 里，她叙述了她的母亲在巴黎一家诊所住院六个月之后去世（1963 年 12 月）的故事。在这段详细的心理和诊断记录中，西蒙娜·德·波伏瓦没有特别描写空间，而是关注变化的过程。这个过程让人心潮起伏。一次摔倒导致股骨颈断裂后，波伏瓦夫人被送至布西科急诊室，她觉得那里条件不好，于是要求更换诊所，她称赞后者：安静，能透过窗户看到花园，对待她像对待重要人物一般悉心照料。她对此十分满意。她让人带来各种物品（瓶子、药物），想把她住的 114 号房间个性化。她接待探望者，接收礼物。"房间里摆满了鲜花，仙客来、杜鹃花、玫瑰花、银莲花；床头柜上堆满水果酱、巧克力和水果香糖的盒子。"大家觉得让病人吃些甜食有好处。她"觉得被这样服务、照顾和关怀很开心"。有人给她按摩，给她准备盘中的饭菜。想到未来回到自己的公寓，她居然感到害怕，她说："我不想离开这里。"

后来，形势发生了变化。检查发现了癌症。医生决定给她安装监护仪，这个仪器需要配备相应的装置。先前沿着窗户摆放的床，"回到了它正常的位置——房间中央，床头靠墙。左边有一个点滴输液装置，连接着妈妈的手臂。还有一根透明塑料管插在她的鼻孔里，穿过一些复杂的仪器，连向广口瓶"。医生决定给她做手术。房门上贴了一张告示："禁止访客。"

"室内的装饰都换了。床回到以前的位置，两边都清空了。甜品被收进壁柜，书籍也一样。墙角的大桌子上不再有鲜花，只有一些瓶瓶罐罐、玻璃球和试管。"病人不再穿着衣服，房间和身体一同被剥光。西蒙娜详细描写了房间，像是为了定格画面："在门后，我看到一条狭长的过道：左边是卫生间，有便盆、洗脸池、医用棉、广口瓶；右边是壁柜，放着母亲的物品；衣架上挂着积了灰的红色睡袍。""以前，我进进出出时都没有注意到这些。现在，我知道它们将永远成为我生命的一部分。"房间在变化，母亲也在变化，她日渐消瘦，剪了头发，不再吃饭。她要求将窗户上的蓝色帘子打开，呼吸"新鲜空气"。

西蒙娜·德·波伏瓦接替疲惫不堪的妹妹，在母亲身边陪了四夜。"病房变得凄凉，当夜幕降临的时候，只有床头灯散发着些许光线。"她承担白天和夜里的护理工作，特别是在一片静默中照看。"母亲变成了一具活着的尸体。世界缩小成她房间的大小。"世界已经变得死气沉沉。波伏瓦夫人在某天夜里辞世，经历了六个星期的挣扎："六个星期里，亲密慢慢被背叛拖垮。"西蒙娜这样写道，仿佛上演了一场现实版本的闹剧。

次日下午，女作家和妹妹回到114号房间。"像在宾馆里一样，中午之前房间被打扫干净。我们爬上楼梯，打开房门：床上已空无一物。墙壁，窗户，灯具，家具，每样东西都还在那里，只有洁白的床单上空荡荡的。"门口的"禁止访客"告示被撤走了，下一个入住者将会到来。她们没有去太平间看遗体：有什么用呢？

西蒙娜写道："她走得很安详，是一个被优待的离世者。"这种冷淡的说辞让人不快，却强调了母女之间感情的缺乏。"优待"意味着拥有"单独"的房间，在今天，这依然是很多病人的渴望。单人病房仍算一种例外，尽管存在大量保证"临终服务"的广告[1]，但是它与普通的真实情况相距甚远。

---

[1] 比如在网上，许多公司竞相夸耀自家的房间设施。

不过，在某些医院里，还是有一些"短期的住院单元"，接收临近生命晚期的病人。雅克琳娜·拉卢埃特的母亲就是从急诊转入其中的，这得归功于一位年轻医生的"创举"。雅克琳娜写道："她住在很小却十分安静的房间里，两天之后，她在里面去世，我相信她走得很安详。在我的记忆里，这个房间就像某个柔软的蚕茧，让母亲恢复了精神……得以与她爱的人道别。随后，便是不标房号的太平间。"①

小川洋子在自传体小说《一个完美的病房》中，讲述了她与身患脊髓癌的弟弟的最后一次相聚，并回忆了他们在日本一家大医院西楼 16 楼的交谈。西楼用于特殊病人，所有病房都是单人间。病房令人印象深刻，首先是床的中心位置，"低矮结实，就像是趴在里面的一只肥硕的白色野兽"，白色的床在这个四壁贴有米黄色墙纸的病房里极为显眼。"所有东西都摆放在这张亮白色床的周围。"与普通房间或宾馆房间不同的是："我觉得所有摆设都具有更深刻的意义。这个病房像是围着床延展。"她描写了病房的布局："所有元素都朴实干净，但是并不让人觉得清冷。"这种整洁、简朴、干净、实用、没有人来人往，让她惊讶，也让她甚是满意，因为她对疯狂的母亲还留有可怕的记忆：在家里，母亲总是给本就"脏乱的生活"增添垃圾和废物；而这里，只有洁净。"病房无比整洁，足以让我感到幸福。"[46]

南希·休斯顿邀请其病危的女友安妮·勒克莱克转入玛丽·居里医院。"我坐在床尾的椅子上，感觉像在做梦。"她也专门提及了病房装饰的素淡："淡蓝色的灯光。简朴的摆设……少得不能再少的家具。无杂乱感，都是直线，几无装饰。"[47] 医院病房的极简主义和苦行主义是最终剥夺的序曲。在床尾的椅子上，人们终将与死亡照面。是时候了。

---

① "我从未以这种方式体验过房间和死亡，而且，在我的心里，我要感激那个年轻的急诊医生，他允许妈妈离开他的科室，离开那个拥挤的地方，到一个安静的小房间里合眠。"雅克琳娜·拉卢埃特这样对我说（2009 年 1 月 31 日），感谢她同意我提及她的经历并引用她说的话。

# 在疗养院

用于疗养的疗养院曾是长居的体验之所。[48] 一贫如洗的结核病患者不得不住在集体宿舍,他们无法克制的咳嗽让人难以忍受,奄奄一息的情形让人噩梦不停。直到 20 世纪 20 年代,才出现一些用隔板分隔的单间,比如在拉埃内克,每个单间约 4 平方米。莱昂·贝尔纳称赞这种布局,因为它遮掩了死亡的场面,防止虱子侵入。这要归功于美国红十字会。

20 世纪初期,高山豪华旅馆开始在瑞士和德国试验,有钱的病人可以享用。房间通过游廊相连通,遵守非常严格的卫生标准:家具简单,呈圆形摆放,方便交谈;墙上挂着彩色花布,容易清洗;打蜡的橡木地板没有缝隙;不摆放任何小玩意,没有床幔、窗帘和门帘,无处积攒讨厌的灰尘。装饰的素淡加上作为主要治疗手段的高山低温,让人在疗养时感到冰冷的洁净。房间摒弃了象征死亡的黑色,而用白色,它是医院和疗养院的颜色,代表着绝佳的卫生条件。

《魔山》(1924 年)中的"山庄国际疗养院"就是这样的。通过主人公的遭遇,托马斯·曼生动地描写了这个疗养院的生活。汉斯·卡斯托尔普去达沃斯拜访表哥约阿希姆,结果发现自己患病,于是在那里待了七年。他经历了疾病的各个阶段、治疗、场所和事件。他在阳台上度过很多时间,躺在舒适至极的"美妙的长椅"上,躲在需要裹得巧妙才能御寒的被窝里,治疗首先从抵抗寒冷开始;山顶纯净的空气,时常覆盖的白雪,都有助于消除疾病。因为卡斯托尔普发烧了,医生要求他卧床,白色的床和与之相衬的风景是消愁之道,枕头则是最大的陪伴。物品、场所的使用与身体的习惯都发生了变化。每天数次测量体温已经成为无法被遗忘的固定节目,饭菜被端上

"以一只脚奇迹般平衡"的桌子。还有医生的查访以及那些捉摸不透的建议，按摩师和表兄的模糊话语——在无法前往"山庄"中心的餐厅时，约阿希姆为他传递消息。每一天都是相似的，让人分不清具体的时间。它们不只是重复："更确切地说是一致，当下的日子一成不变、永无休止。吃饭时有人会给你端来菜汤，与昨天和明天的一模一样。一阵微风会在同一时间向你吹来，你不知道它如何吹入室内，也不知道它来自何方；你看见菜汤被端过来时会感到一阵头晕，时间的概念已经消失，作为真正的存在形式向你揭示的，是永远为你端来菜汤的那种固定不变的当下。"[49] 时光就这样流过这位病人的房间，也许还流过他的生命。

## 带来创作的疾病：乔·布斯凯的卧室

许多病房带有创造性功能。乔治·格罗代克[50] 将病房视为艺术之家，至少是写作之家，写作是夜间孤独的工作。普鲁斯特一生多病，夜里在床上写作。《追忆似水年华》就在他的卧室里酝酿，甚至无法与之分离。

乔·布斯凯将自己的卧室化为创作之地与频繁社交的场所。人们甚至会质疑：这真的是病人之房吗？乔·布斯凯在战争中脊髓受损，造成瘫痪。1918 年 5 月 27 日，在布瓦-勒普雷特防线，他站了起来，暴露在德国人的子弹下，也许对面战壕就是马克斯·恩斯特。他双臂张开，嘴里叼着烟，有意无意地做出一副英勇或假装英勇的姿态。令人不解的是：那一天的真实情况到底如何？他究竟感觉到了什么，想要做什么？他选择了什么？这就是弗朗索瓦·贝尔坎提出的问题。[51] 和许多医生一样，他对布斯凯的身体很感兴趣：布斯凯离开战场后，身体陷入瘫痪，在后来的 32 年里毫无改变，直至 1950 年 9 月 28 日在卧室死去。神经学家、心理学家、精神分析学家经常出入卡尔卡松市凡尔登街 53 号，即布斯凯 1924 年后长居的住所，他们想要弄明白他的病，甚至想将其治愈。与纯创伤性的解释不同，有些人提出了癔症的假设，第一次世界大战是男性患上癔症的诱因。[52] 某位权威医生的诊断是："您会不知不觉地模仿童年时的状态，并从中得到快乐。人们会照顾您，女人围在您的床边、喂您吃饭。一次严重的创伤就足以让您倒下，回到儿童的心智状态。将您的女护士换成贴身男仆吧，您得从本能上对抗自己的惰性。"[53] 乔·布斯凯以某种方式选择了自己的创伤；他愿意这样做，并将创伤视为一种介质："因为我的创伤，我才明白所有人和我一样，是受伤者。"他"是"他的创伤。"您啊，我并不同情您。"安德烈·纪德这样说。

问题没有那么简单。布斯凯的双腿和膀胱让他痛苦不堪。他的"举而不坚"令他和女人之间的关系变得复杂，他渴望拥有女人，甚至有时因为抚摸自己而感觉堕落。布斯凯去找医生治疗、咨询。他向堂兄阿德里安·热利求助，此人是眼科医生，是生机论者巴尔泰（Barthez）的弟子，热衷于精神分析；阿德里安认真、谦虚，会在给他讲解专业词汇和概念时避免使用难懂的行话。"他以病人的样子谈论我的病情，而我则像一个医生。"阿德里安对医生的诊断持保留意见，但是也没有批判他们。他认为康复并非指创伤的消除，而是"进入一种不会被身体限制的生活"。他治疗这具身体，仿佛疾病存在于灵魂之中。他用吗啡和鸦片（直至每天抽 30 烟斗）止痛，尽管官方禁止使用鸦片，但医生还是可以配发。[54] 这个暗室里烟雾缭绕，它已经成为作品的心脏和世界的中心。

走进这个小屋，需要穿过一条狭长的通道，掀开一道沉重的门帘，慢慢分清物品的形状和主人的身影。它太像在水下摸索的秘密通道，皮埃尔·盖尔如此描述："要到他这里，需要穿过漆黑的走廊、台阶、门洞……穿过门帘，走进一个类似于潜艇舱的、种有树木的大房间，一座地下教堂，阴暗和寂静让人看不出拐角、听不清声音。"[55] 它化为沉闷的低语。

　　这个卧室很小，摆了一张朴实无华的床，20 世纪 30 年代的灯罩减弱了时常亮着的灯光。窗户几乎一直紧闭，街上的声音丝毫透不进来。墙壁上挂满了画作，或是布斯凯收集的，或是画家朋友赠送的——马克斯·恩斯特、福特里埃、杜布菲、米罗、贝尔默、达利、唐吉、马松、克利……还有许多藏品和许多瓷器：狗，鸡，玻璃小马，随时可能摔碎的易碎品（确实发生过）。在这里，需要"轻手轻脚地移动"。经过修剪的、枯萎的、被更换的花束如同那些携花前来的姑娘，他跟她们调情，教她们做爱，而他自己却是个无能的引诱者。性和心都被压制和摧垮，与这个卧室的噩梦难解难分。

　　在他的母亲去世后，总是一身黑衣的桑德里娜照顾他，这是一个不识字的老太太，有点像女巫。她为他梳洗、做饭，协助他进行身体治疗。她平息他的焦虑。乔·布斯凯欣赏并记录了这位来自朗格多克的女士的妙语应答。那时，女佣的形象仍然非常善良。她为来访者引路：加斯东·伽利玛，安德烈·纪德，让·波朗，亨利·米肖，克朗西埃一家，西蒙娜·薇依，还有其他一些人。关系密切的走内部楼梯，其他人走中央楼梯。乔极少独自待着。跟客人见面的时候，他就躺在床上，上半身露在被子外，穿着得体，脸带微笑，像是"卧室水池里的一条鱼"。这个出色的聊天者热衷于主持关于诗歌和哲学的讨论。他"既通过说话，也通过写作来掌控场面"。他和不能前来看望他的人通信：比如艾吕雅，当时后者正在疗养院疗养。结核病构筑了这一代人的"魔山"。

　　画廊，图书室，藏书庞杂的阅览室，作家的书房，鸦片馆，游戏桌，沙龙，社团。乔·布斯凯的房间是"令人眩晕的场所，在此，一切皆有可能，一切又都没有发生，无疑是建立起关于人的新概念、关于爱的新理念的高地"。[56] 空间和时间在这个融合体中被废除。"只要踏入房间，室内生活的光线就会透过他。"布斯凯如是说，他夸耀自己"将［别人的］意识从钟表的控制中剥离出来"。"夜晚无须他去征服，就已向他投降"，莫里斯·布朗肖这样形容布斯凯，后者相信话语的永恒，"这是一种令我们的某种行为比我们的存在本身更持久的能力"，他在身后留下了《夜间作品》（*L'Œuvre de la nuit*）。

乔·布斯凯将大量的时间花在阅读与写作上，与孤独玩着无止境的游戏。他说："又有哪个流氓能替我洗牌呢？"他想赢得这场赌局，他成功了。病人化为自己生活的演员，一反惯常的被动。他的房间是蜕变之所，与卡夫卡笔下的房间相反；这是发明、交流、创作和各种意义上的抵抗之地，尤其在法国被占领时期，这个房间充当了藏身之处。

"世界不想要我，我却想让世界属于我。"（1936 年致卡洛斯·苏亚雷斯的信）这是一场华丽的颠覆，房间是其枢纽和熔炉。

## 死亡纪事：爱丽丝·詹姆斯的《日记》[57]

爱丽丝·詹姆斯（1848—1892）一生都活在父亲和兄弟的阴影中：心理医生威廉和作家亨利都很有名。患有抑郁和慢性神经痛，被"妇女病"（神经疾病、癔症）折磨，这些是 19 世纪很有代表性的生存状态，她极力想通过写作消除焦虑；她是一个勤奋的通信者和长期日记作者。兄弟的名声让她默默无闻，他们对她的热情和关怀带着一种优越感，他们局限于爱丽丝的女性身份，认为她长久患病的状态不可能好转；总之，她不可能进行真正的创作，不可能成为作家。因为患上无法治愈的癌症，爱丽丝决定写日记，在她生命的最后三年里（1889—1892），她记录下每天的病情，以及由医生的诊断、书籍和新闻构成的室内生活。她记录事件、社会新闻、与各种人的聊天，其中有她的兄弟哈里（即亨利）、她心爱的凯瑟琳·洛林，还有被她称为"小护士"的手脚利落、做事认真的女护理。

爱丽丝对这种合乎情理的封闭很满意："四堵墙壁之间有一种家的感觉，我很高兴能长期住在这两个房间里。"天气不好，她也没有怨言，即使她不能外出散步，并且不得不在必要的通风之后就关上窗户。她开心地睡午觉，足不出户。"在一天的不同时间里躺在沙发上，花几个小时随便做些笔记，看些自己感兴趣的书"：这就是幸福的巅峰时刻。"出门在外的日子比关在屋内的日子要慢一倍。"[58] 她既不认为痛苦有益，也不持悲惨主义，相反，她与英国社会保持一种距离，并对其大加嘲讽。她厌恶这个社会的"伪善"，刻画它的缺点，冷静、幽默的笔调使这部日记成为她代表性的著作。然而，凯瑟琳想将日记出版的计划激起了爱丽丝的两个兄弟——威廉和亨利的强烈反对，他们被将"闲话"和隐私公之于众的做法惹恼了。亨利甚至撕了手头的那本样稿。不过，他还是敬佩妹妹的毅力："在她的个性、她的独立中，以及在她直面世界时，有一种无畏的精神。"但是，他认为这种日记没有意义且过于草率："因被疾病关在了房间里，她的想法太单纯，对周围真实存在的极其微不足道的事物，她却给出了令人惊讶的激烈评论。"[59]《日记》直至 1982 年才得以完整出版。做亨利·詹姆斯的妹妹肯定不比做莎士比亚的妹妹更容易。

极少有临终者以如此清醒的态度看待逼近的死亡。她对自己的认识是那么清醒，她说自己"已经死了很久"：她"死"于 1878 年那个可怕的夏季，她在那时就"跌入了深渊"。对欲望减退的清醒认知比剧烈的痛苦更标志着时间的终结："这场又慢又长的临终无疑富有教益，但是我失望地丧失了强烈的感觉，即力求表达的'自然特性'。我在不知不觉中一项一项地放弃了自己的活动，直至突然发现时间已经过去好几个月。我不再躺在沙发上，不再看早晨的报纸，也不再为丢失一本新书而难过。我们带着同样的满足在一个越来越小的圈子里移动，直至抵达不可逆转点，我想是这样的。"然而，她体会到了"我前所未有地成了自己"的满足。[60] 一个月后（3 月 4 日）：

"我慢慢被险恶的身体疼痛磨碎，两个晚上，我都问凯瑟琳要了致命剂量"的吗啡，她的医生兄弟说可以借吗啡止痛。她渴望没有痛苦地、有尊严地死去，希望不要死得那么剧烈。她的日记一直写到 3 月 4 日，之后很快就离世了。


## 哀悼室


　　缓慢的死亡和长期性的疾病给了人们频繁出入病房、探望病人的机会，临终期让人们可以见证亲近之人或所爱之人的离世，激起他们去保存即将永远消逝的痕迹的愿望。再也见不到他或她了。遗体会被搬离、隐藏、清除，葬在土里或火中。一段时间过后，逝者的声音将会消失；容貌也很难再被想起。必须保留一些逝者的东西，一件遗物、一绺头发。必须在尚有可能的情况下，定格逝者那虚弱的形象。

　　通过对生命最后时刻的讲述，死亡得以升华。这些死亡，无论是美丽的还是残忍的，都是生命的悸动。宗教传统里的死亡逐渐变成存在和临床上的叙事，被亲近之人记录在日记或信件中，讲述逝者最后的日子是如何度过的，其中痛苦要多于虔诚。在美国，女人会在"告慰书"中叙述逝者生命最后的时光和话语。

　　更具物质意义的，是会留下永久印记的死亡面具，这是一项非常古老的习俗，即由艺术家为君王制作面模或手模。面具经过修饰和美化，被留给后代，摆脱了死者卧像需要的外在环境。这种做法延续到了 20 世纪，并且在政客中已成体系，在艺术家中也间或可见（普鲁斯特、纪德、夏尔-路易·菲利普……）。此外，它也在私下里流传。福楼拜让人给妹妹卡洛琳娜制作了脸模和手模。"我看着这些粗汉用大手触摸她，给她涂上石膏。我会留下她的手和脸。我还要请普拉迪埃帮我给她做半身像，我会将它放在我的房间里。"[61] 埃德蒙·德·龚古尔对其兄弟茹尔也是这样做的。也有人拒绝：德拉克洛瓦拒斥任何模型与画像。他太熟悉"最后的肖像"这种传统了，奥赛博物馆的最近一次展览追忆了临终肖像的历史。[62]

据证实，临终肖像始于 1621 年的佛兰德斯，可能是出于家庭的要求。一幅无名氏的油画展示了一个躺在床上的年轻女人，嘴巴张着，眼睛模糊，双手无力地放在蓝色的床罩上，被化过妆，神态安详，身体尚未僵硬。19世纪，画家会主动为死者画像。麻烦时有发生。莫奈因为给妻子卡米耶的脸上画了彩色斑点而心有愧疚。玛丽·巴什基尔采夫不满意祖父随便布置的卧室，她想亲自"整理"。"我在床上铺了一条白色平纹披肩；白色代表已经离开的灵魂的诚实和停止跳动的心脏的纯洁。"但是，如何画出这种感觉呢？"……这些白枕头，这件白衬衣，白头发和微闭的双眼太难画了。"白是一种颜色吗？

还有不少个体订购者。1839 年 7 月 24 日，米什莱在妻子波利娜去世后，叫来了当地一个年轻的画家。他非常看重场面，在妻子闭眼前给她戴上了红色围巾和白色无边软帽。"她显得突出极了……躺在白色的枕头上。"他让人吹灭蜡烛，制造强烈的效果。她从来不曾如此漂亮。14 个小时的时间里，他指导着那位可能已经精疲力竭的画家。"她最后的遗像确实具有悲剧色彩，表现了那个夜晚的阴沉和卧室的凄凉。"[63] 这幅画像具有阴阳相隔的双重仪式意义，对死者和生者来说都是如此。

在这些严格根据取景规则构图的画像中，完全看不出自发性，都是对整齐、安详、平和、明亮的渴望。"只有当一切都整理完毕，才能开始画遗像"：整齐的卧室，更换过的床单，整理过的床，仪容干净、穿着得体、头靠枕头、表情安宁的逝者，还要让人察觉到尸体僵硬之前那一瞬间的微笑。人们会抹去临终的痛苦、生命最后一刻的咧嘴、事故甚至自尽的痕迹。加歇医生让人将梵高的尸体搬到一张体面的床上。死亡必须美丽。"在西方有产阶级最平常的卧室里，死亡最终与美会合。"[64] 一种掩饰现实的美。一种洁白的美。"这令人悲伤的白色是音容笑貌的消逝，是生命的终结！"[65] 洁白的死亡。

爱德华·蒙克和费迪南德·霍德勒引入了表达悲剧的表现主义。在他们看来，绘画是对真相的追求和对哀悼的探索。爱德华·蒙克对残害其家庭的结核病耿耿于怀。他的画本上满是卧床不起的大人和孩子，他极力捕捉那种窥视着他们的伤害。在巴黎，这个孤独的人常常坐在火炉旁，思考这座如同坟墓的城市。他对姐姐索菲的病情和死亡尤其重视，1885 年至 1896 年间，他的画布被这些主题占据。[66] 费迪南德·霍德勒有一个朋友叫瓦伦蒂娜，于 1915 年 1 月 25 日在沃韦的诊所去世，之前经历了长达七个月的病痛折磨，在她生命的最后一段时间里，霍德勒一直陪在她身边，他的画——水粉画和油画超过 200 幅——不仅是一部临终日记，还构建了一份以日内瓦湖为背景、被癌症折磨的视觉见证，他捕捉到了一种明亮的冷漠。[67] 像是《魔山》的预兆，瑞士被处在战争中的欧洲所包围。

之后是摄影。从 19 世纪中叶起，纳达尔、迪斯戴利和一批普通摄影师开始在家中，甚至在摄影室里拍摄"遗照"。这些照片会有人为的装饰，偶尔还会摆放一些让人想起逝者生前环境的物品。[68] 此类图像非常成功，特别是在摇篮里或在母亲膝头死去的孩子的照片。然而，"一个死者宛若活人的形象"（罗兰·巴特）还是引发了反对的声音。曼·雷很讨厌自己给普鲁斯特拍的遗照。纪德的女儿卡特琳娜明确表示她不希望看到父亲的照片被媒体使用。摄影带来了一种操纵和距离，特别是一种容易引人不适的、近乎淫秽的潜在的宣传。

公众还记得弗朗索瓦·密特朗的照片引发的轰动事件。1996 年 1 月 16 日，《巴黎竞赛画报》刊登了总统在死亡之榻上的照片。照片非常做作，场景经过处理,十年后(2006 年 1 月 18 日)转载这张照片作为十周年纪念的《世界报》是这样描述的:"他安息时穿着一身黑灰色西装,戴着一条与白衬衫相配的红黑条纹领带。他的右手盖着左手,只有婚戒闪着耀眼的光芒。在空荡荡的卧室的角落,几根拐杖证明了总统散步的爱好,包括在他生命的最后几天。每个床头柜上都有一本精装书。床头上方是一幅威尼斯的画。"低矮的床边有一把医院款式的扶手椅。"在空旷的房间里,一个载入史册的长眠者",这是报纸的标题,它报道了围绕这张照片引发的争议,并回忆了在奥赛博物馆的一场展览会上,弗朗索瓦·密特朗站在莱昂·勃鲁姆的临终照前驻足沉思的情景。"这样一张脸的吸引力,就是社会党的意义。"他曾如此评论。弗朗索瓦·密特朗:一个载入社会党历史的长眠者?玛萨丽娜·潘若(密特朗的私生女)坦承,她的母亲"觉得这张照片很美,配得上 19 世纪的传统,将父亲归入维克多·雨果直系继承者之列"。这是一种兼具形式和纪念意义的图像传统。

在这种情况下,房间是死亡画布的背景。人们要求房间"裸露","清除"生命的符号和疾病的痕迹。它不同于真实的房间,后者会在一定时间内保留逝者的存在。参加完祖母的葬礼后,奥罗尔·杜邦(即后来的乔治·桑)回到了那个房间。"在这张被舍弃的床上,我感觉我还能看到她,在这个葬礼之后无人敢进,一切摆设一如从前的空荡荡的房间里,我终于没能忍住自己的眼泪。"她拉开床幔,看着仍留着身体印迹的床垫,盯着那些药瓶,"药喝了一半。对我来说,这里似乎什么都没变"。[69] 1825 年 10 月 24 日,她给奥雷利安·德·塞兹写道。四十年后,她的情人亚历山大·芒索在帕莱索下葬,她回到了她曾照顾他的,也是他离世的那个房间。"我在这里独自待了两夜,陪伴这个陷入沉睡、不会再醒来的可怜人。无论白天还是黑夜,我可以随时悄悄潜入这个小小的房间,多么寂静!"[70] 如同与心上人的最后一次心跳之约、亲密接触。

　　在死者下葬之后返回死者曾经的房间变成了一种纪念和仪式，福楼拜捕捉到了那种短暂的情绪。夏尔·包法利刚刚举行完母亲的葬礼。"在墓地完成所有仪式后，夏尔回到家里。一楼没有人；他上了二楼，走进房间，看见还挂在床室角落的裙子。于是，靠在写字台上，一直待到晚上，陷入痛苦的沉思。毕竟，她生前还是爱他的。"

　　人们会在整理过后改变这个房间的用途。房门紧闭，有时甚至会变成神秘之地，变成英格兰鬼屋和魂灵驻地，魂灵们逃离墓地，躲到房间的角落，通灵术时而拍下那些忽闪而过的身影，即未必真实存在的灵魂外质。[71] 人们回到房间。"我经常住在这个回忆之屋。"亚力桑德里娜·德·拉费罗内这么说，她以此回忆丈夫阿尔贝。巴尔扎克笔下的女主人公博堂杜埃尔老夫人（《于絮尔·弥罗埃》）——其部分灵感来自巴尔扎克的祖母——在丈夫离世的房间里回忆他。"已故的博堂杜埃尔先生的房间还维持着他去世时的状态：只是逝者已不在。"侯爵夫人把上校的衣服摆在床上。她将他的白发编成一整绺，卷在壁龛圣水缸的上方。所有物品都被保留着。"什么都没有落下……这位寡妇将老挂钟停在了丈夫去世的那一刻，时针会永远指向此时。"她要穿着黑衣才肯进入这个既是祭坛也是博物馆的房间。"走进那里，与诉说着他生前习惯的这些物品重逢，就等于与他重逢。"[72]

　　在房子的三楼，埃德蒙·德·龚古尔还留着弟弟茹尔的房间："弟弟喜欢在大学生住的那种阁楼里写作，他选择在这个房间死去，在他走后，房间还是以前的样子，里面有一把摇椅，创作间隙，他喜欢坐在这里抽烟"[73]，或重温一页《墓畔回忆录》。每逢悲伤的日子，埃德蒙会爬到这个房间，坐在空床边的摇椅上。埃德蒙回忆了弟弟临终前那五天的细节，他的动作、呻吟、叫喊，还有按弟弟的脸做成的面具，让他化为达·芬奇画作中的某个肖像。"在这半明半暗的室内，在这个亡者的房间里，物品都保留着原样，待在这些让人再次想起深爱的逝者的物品中，我痛苦地任凭回忆之泉喷涌。"[74] 如同普鲁斯特无尽的回忆时光。还有那些有形的东西，比如触碰逝者生前用过的某个物品、坐过的一把椅子、欣赏过的一幅画作。让房间保留逝者生前的"原貌"，就是要保留逝者还在这里的幻想。

维多利亚女王希望她深爱的丈夫阿尔伯特的洗手间和书房保留他生前的样子。她不只想让这个房间变成内心里的一座寺庙，更想将之化为摆满画作和塑像、充满对阿尔伯特的回忆的"圣屋"。[75] 如同在某个房间立起回忆的祭坛，在房间的角落收集某件家具、某个玻璃橱、某些物品和相片不仅是用来怀念，也是为了向健忘的后人传递逝者的面貌和生活的片段，逝者也年轻过。将逝者的房间变成"记忆之场"的方法有很多。难以平息失母之痛的孤儿罗兰·巴特想要标记母亲的位置："我现在就住在她生病、去世的房间里，在这个位置，在她床头靠着的这堵墙上，我摆了一幅圣像——并非出于信仰——而且我会一直在桌子上摆放鲜花。我甚至不想外出旅行，这样我就可以一直待在这里，花也永远不会枯萎。"[76]

相反，有些人害怕这种病态的回忆、这种博物馆式的陈列和对遗物荒谬的兴趣，他们急切地改变房间的摆设、搬离逝者留下的物品。多米尼克·奥利在她位于布瓦西丝-拉贝尔特朗的房子里留着让·波朗的房间，维持"原貌"，里面堆满纸片、凌乱不堪；她邀请雷吉娜·德福尔热前来小住，但后者不肯睡在"坟墓"里，打算扔掉房间里的纸片和物品；多米尼克看着她，惊愕、理解、接受。[77] 在17世纪的宫廷里，逝者生前的衣服会被分送给仆人，逝者用过的家具会被更换。"伟大的世纪"对古物和纪念没什么兴趣，只会被当下紧急之事所困扰。

医院对死亡司空见惯，它们得为生者留出位置，遗忘只会来得更快。死在医院，意味着快速清理痕迹。在只有一个号码且微不足道的过渡空间，个体不会留下任何痕迹。这种房间消解了遗体的神圣性。医疗操作替代了过去的死后化妆。终极消除的愿望由此而生。为什么要土葬呢？火化其实更合理。它具有一种可怕的现代性，是集体命运的象征。

我们的时代试图通过越来越无形的回忆来避免身体的消逝。悼念文章越来越长，纪念性的论坛、"生平事迹"、回忆书籍越来越多。人们不知道如何向那些离开我们的人致敬，不知道如何留住他们的某些东西。

房门被关上，房间被清理，只剩下一场又一场告别仪式。

---

［1］ 乔治·桑，《通信集》，乔治·鲁宾主编，第 24 卷：1874 年 4 月—1876 年 5 月，巴黎，Garnier 出版社，Garnier 名著丛书，1990 年。

［2］ 乔治·桑，《记事本》（1852—1876），安娜·舍弗洛（Anne Chevereau）主编，巴黎，Touzot 出版社，5 卷＋姓名索引，1990 年。

［3］ 乔治·鲁宾公开了法弗尔医生（没有出版）和亨利·阿里斯（Henry Harrisse, 1904）的叙述，作为《通信集》第 24 卷的附录 III 和 IV，见前引，第 654—672 页。他认为沃拉迪米尔·卡雷妮娜（Wladimir Karénine）在其传记中列出的证据值得怀疑。还有留存于世的未出版的索朗热的叙述，她记下了母亲生命的最后时刻。这份材料保存在最近去世的收藏家迪娜·维尔尼（Dina Vierny）那里。笔者通过马尔蒂娜·雷德（Martine Reid）才知道这份材料的存在。

［4］ 乔治·鲁宾与莫里斯和丽娜有过书信交流（同上，第 650 页，注释 1）。莫里斯使用了"杜德旺男爵"的头衔，而丽娜只用了"莫里斯·桑-杜德旺夫人"。

［5］ 乔治·鲁宾提供了主要材料。关于桑和宗教，参阅贝尔纳·阿蒙（Bernard Hamon）的《面对教会的乔治·桑》（*George Sand face aux Églises*），巴黎，L'Harmattan 出版社，2005 年。关于当时的世俗葬礼和自由思想，参阅雅克琳娜·拉卢埃特的《法国的自由思想，1848—1940 年》（*La Libre Pensée en France, 1848－1940*），巴黎，Albin Michel 出版社，1997 年。

［6］ 菲利浦·阿利埃斯，《从中世纪到今天的西方死亡史评论》（*Essais sur l'histoire de la mort en Occident du Moyen âge à nos jours*），巴黎，Seuil 出版社，1975 年；作者同前，《面对死亡的人》，见前引；米歇尔·伏维尔（Michel Vovelle），《从 1300 年至今的死亡和西方》（*La Mort et l'Occident de 1300 à nos jours*），巴黎，Gallimard 出版社，2000 年。

［7］ 琼·狄迪恩（Joan Didion），《奇想之年》，皮埃尔·德玛尔蒂（Pierre Demarty）译，巴黎，Grasset 出版社，2007 年。

［8］ 埃米尔·左拉，《小酒店》，见前引，第 410 页。

［9］ 参阅奥迪勒·阿诺尔德，《肉体和灵魂：19 世纪修女的生活》，见前引，第 3 部分，"面对痛苦和死亡"。

［10］ 参阅让-皮埃尔·彼得（Jean-Pierre Peter）的《年鉴》（*Annales*），1967 年，第

712 页。

[11]　雅克·莱奥纳尔,《19 世纪外省医生的日常生活》(*La Vie quotidienne des médecins de province au XIX^e siècle*),巴黎,Hachette 出版社,1977 年,第 198 页。

[12]　《大小姐的回忆录》(*Mémoires de la Grande Mademoiselle*),第 1 版,Chéruel 出版社,4 卷,1858—1859 年,贝尔纳·纪耶(Bernard Quilliet)推荐并加注,巴黎,Mercure de France 出版社,2005 年,第 371 页。她不愿待在临终的伯爵夫人房间,"里面实在太难闻了,第二天我还是无法走进去"。

[13]　让-雅克·卢梭,《新爱洛伊丝》,见《全集》,见前引,第 6 部分,信 XI,出自沃尔玛夫人,第 703—740 页。对朱丽死亡的叙述包含大量关于其卧室的细节,她想在安详和鲜花的包围中离去。

[14]　安娜·樊尚-比弗(Anne Vincent-Buffault),《眼泪的历史,18—19 世纪》(*Histoire des larmes, XVIII^e - XIX^e siècle*),马赛,Rivage 出版社,1986 年;重版,巴黎,Payot-Rivages 出版社,2001 年。

[15]　儒勒·勒纳尔,《日记》,见前引,第 418—419 页,1897 年 6 月 19 日。

[16]　让-雅克·卢梭,《新爱洛伊丝》,见前引,第 711 页。沃尔玛让孩子离开朱丽的房间,交由表妹克莱尔照料。

[17]　玛丽·达古尔,《记忆,回忆和日记》(*Mémoires, souvenirs et journaux*),巴黎,Mercure de France,1990 年(回忆录写于第二帝国时期);转引自《最后的肖像》(*Le Dernier Portrait*),2002 年 3—5 月奥赛博物馆展览手册,巴黎,国家博物馆联合会,2002 年,第 198 页。

[18]　皮埃尔·洛蒂,《一个孩子的传奇》(*Le Roman d'un enfant*),1890 年,转引同上,第 199 页。"人们不让我们靠近",保罗·克利(Paul Klee)在提到祖母时说。

[19]　莫娜·奥祖夫,《法兰西的构成:重返布列塔尼童年》,见前引,第 17 页。

[20]　1846 年 3 月 25 日(他的妹妹于 1846 年 3 月因生产而去世)居斯塔夫·福楼拜致马克西姆·迪康(Maxime Du Camp)的信,《通信集》,第 1 卷:1830—1851 年,让·布鲁诺(Jean Bruneau)编选,巴黎,Gallimard 出版社,七星文库,1973 年,第 258 页。

[21]　奥诺雷·德·巴尔扎克,《两个新嫁娘》(*Mémoires de deux jeunes mariées*),1841—1842 年。

[22]　路易-樊尚·托马斯(Louis-Vincent Thomas),《死亡人类学》(*Anthropologie de la mort*),第 3 版,巴黎,Payot 出版社,1980 年,第 195 页。

[23]　菲利浦·阿利埃斯和乔治·杜比的《私人生活史,从古代到当今》,见前引,第 2 卷,第 94 页。乔治·杜比出版了一部关于骑士故事的书:《纪尧姆元帅或世界上最好的骑士》(*Guillaume le Maréchal ou le meilleur chevalier du monde*),巴黎,Fayard 出版社,1984 年。

[24]　转引自米歇尔·伏维尔,《从 1300 年至今的死亡和西方》,见前引,第 325 页。

[25]　司汤达,《旅人札记》(1838 年),见前引。

[26]　转引自奥利维埃·福尔(Olivier Faure),《现代医院的诞生:1802 年至 1845 年的平民收容院》(*Genèse de l'hôpital moderne. Les hospices civils de Lyon de 1802 à 1845*),

里昂，PUL 出版社，1982 年，第 175 页。

[27] 提交至巴黎医院和平民收容所总委员会的报告，签署者让-弗朗索瓦·布隆代尔，BHVP 132594。

[28] 夏尔·科克林（Charles Coquelin）和吉贝尔·纪尧曼（Gilbert Guillaumin），《政治经济学词典》（*Dictionnaire de l'économie politique*），巴黎，Guillaumin 出版社，第 4 次印刷，1873 年，条目"收容所"。

[29] 参阅《19 世纪的医院建筑：以巴黎为例》（*L'Architecture hospitalière au XIX<sup>e</sup> siècle. L'exemple parisien*），奥赛博物馆展览，巴黎，国家博物馆联合会，1988 年。同时参见雅尼克·马雷克（Yannick Marec）主编的《接待还是治疗？从中世纪至今的医院及其抉择》（*Accueillir ou soigner? L'hôpital et ses alternatives du Moyen Âge à nos jours*），鲁昂，鲁昂和勒阿弗尔大学出版联盟，2007 年。玛丽-克里斯蒂娜·布歇尔（Marie-Christine Pouchelle），《身心医院：医学人类学评论》（*L'Hôpital corps et âme. Essais d'anthropologie hospitalière*），巴黎，Seli Arslan 出版社，2003 年。该书聚焦人际关系，极少论及所谓的空间因素。

[30] 米歇尔·莱维，《公共和私人卫生契约》，见前引，第 2 卷，第 531—535 页。

[31] 参阅尼科尔·埃德尔曼（Nicole Edelman）的《癔症患者的病变：从 19 世纪初至第一次世界大战》（*Les Métamorphoses de l'hystérique. Du début du XIX<sup>e</sup> siècle à la Grande Guerre*），巴黎，La Découverte 出版社，2003 年，第 254 页。聆听、与家人隔离、信任是治疗的内容，此外，这也是极为专制的治疗手段。

[32] 1767 年 8 月 17 日信，转引自埃尔米·利特雷的《法语词典》，见前引。

[33] 马塞尔·普鲁斯特，《女囚》，见前引，第 182—183 页。

[34] 参阅《法国老人的历史：1900—1960 年，从老年人到退休者》（*Histoire de la vieillesse en France. 1900–1960: du vieillard au retraité*），巴黎，S. Arslan 出版社，2005 年。

[35] 让-雅克·卢梭，《新爱洛伊丝》，见前引，第 735 页。

[36] 参阅菲利浦·阿利埃斯的《面对死亡的人》，见前引。

[37] 苏珊·桑塔格，《作为隐喻的疾病》，转引自让·斯特鲁斯（Jean Strouse）的《爱丽丝·詹姆斯：一部传记》（*Alice James. Une biographie*），巴黎，les Femmes 出版社，1985 年，第 163 页。

[38] 路易·雷佩克·德·拉florocot蒂尔，《关于疾病及流行构成的观察汇编：1763—1770 年，1771—1773 年》，见前引，1770 年。

[39] 弗洛伦斯·南丁格尔，《护理札记》，法文第 2 版，1869 年；多次再版。1851 年，英国共计有 22 466 名专业护理和 39 139 名家庭护理，作者特别看重对他们的培训。

[40] 埃莉斯·卡涅（Élise Gagnet）和米卡埃尔·卡涅（Michaelle Gagnet），《平静的死亡》（*La Mort apaisée*），巴黎，La Martinière 出版社，2007 年。埃莉斯是姑息疗法科的夜班护士，她向做记者的妹妹米卡埃尔描述了自己的职业。

[41] 爱丽丝·詹姆斯，《日记》，见前引，主要在第 188—189 页。

[42] 米歇尔·莱维，《公共和私人卫生契约》，见前引，第 1 卷，第 249—260 页。

[43] 吉拉尔·奥贝尔（Gérald Aubert），《108 号房间》（*Chambre 108*），阿尔勒，Actes

Sud 出版社，2007 年。

[44] 诺埃尔·夏特莱（Noëlle Chatelet），《伊莎贝尔之吻：第一例面部移植的冒险故事》（*Le Baiser d'Isabelle. L'aventure de la première greffe du visage*），巴黎，Seuil 出版社，2007 年。

[45] 西蒙娜·德·波伏瓦，《安详辞世》（*Une mort très douce*），巴黎，Gallimard 出版社，1964 年。

[46] 小川洋子，《一个完美的病房》（*Une parfaite chambre de malade*），阿尔勒，Actes Sud 出版社，2003 年。

[47] 南希·休斯顿，《安妮·勒克莱克的激情》，见前引（2006 年 2 月）。

[48] 皮埃尔·纪尧姆（Pierre Guillaume），《从绝望到康复：19 世纪和 20 世纪的结核病患者》（*Du désespoir au salut. Les tuberculeux aux XIXᵉ et XXᵉ siècles*），巴黎，Aubier 出版社，1986 年。

[49] 托马斯·曼，《魔山》（1924 年），巴黎，Fayard 出版社，1985 年，第 212 页。

[50] 乔治·格罗代克（Georg Groddeck），《针对巴登-巴登疗养病人的精神分析报告会，1916—1919 年》（*Conférences psychanalytiques à l'usage des maladies prononcées au sanatorium de Baden-Baden, 1916 - 1919*），巴黎，UGE 出版社，"10/18" 文丛，3 卷，1993 年。

[51] 弗朗索瓦·贝尔坎（François Berquin），《乔·布斯凯的虚伪》（*Hypocrisies de Joë Bousquet*），里尔，北方高校出版社，2000 年（重要文献）。参阅伊迪斯·德·拉埃罗尼埃尔（Édith de La Héronnière）的《乔·布斯凯：失去躯体的一生》（*Joë Bousquet. Une vie à corps perdu*），巴黎，Albin Michel 出版社，2006 年，特别是第 6 章，"暗箱"（Camera obscura）；皮埃尔·卡巴纳（Pierre Cabanne），《乔·布斯凯的卧室：关于一个收藏品的调查和文字》（*La Chambre de Joë Bousquet. Enquêtes et écrits sur une collection*），皮埃尔·盖尔（Pierre Guerre）和路易·庞斯（Louis Pons）作序，马赛，André Dimanche 出版社，2005 年。

[52] 参阅尼科尔·埃德尔曼的《癔症患者的病变：从 19 世纪初至第一次世界大战》，见前引。

[53] 乔·布斯凯，《医生的探索》（*Exploration de mon médecin*，1943 年的文章），皮埃尔·努伊昂（Pierre Nouilhan）作序，图卢兹，Sables 出版社，1988 年。

[54] 让-雅克·伊沃雷尔（Jean-Jacques Yvorel），《精神毒药：19 世纪的毒品和吸毒者》（*Les Poisons de l'esprit. Drogues et drogués au XIXᵉ siècle*），巴黎，Quai Voltaire 出版社，1992 年。

[55] 见皮埃尔·卡巴纳，《乔·布斯凯的卧室：关于一个收藏品的调查和文字》，见前引。

[56] 伊迪斯·德·拉埃罗尼埃尔的《乔·布斯凯：失去躯体的一生》，见前引，第 96 页。

[57] 爱丽丝·詹姆斯，《日记》，见前引。参阅让·斯特鲁斯的《爱丽丝·詹姆斯：一部传记》，巴黎，Les Femmes 出版社，1985 年。

[58] 爱丽丝·詹姆斯，《日记》，见前引，第 73 页（1889 年 12 月 16 日）。

[59] 同上，莱昂·埃德尔提供了这则艰难的出版故事的许多细节。

[60] 同上，第 284 页（1892 年 2 月 2 日）。

[61] 居斯塔夫·福楼拜致马克西姆·迪康的信，1846年3月25日，《通信集》，第1卷，见前引，第258页。

[62] 《最后的肖像》，见前引。

[63] 选自米什莱的《日记》，巴黎，Gallimard出版社，1959年，转引同上，第208页。

[64] 菲利浦·阿利埃斯，《面对死亡的人》，见前引，第2卷，第182页。

[65] 埃米尔·左拉，《全集》，转引自《最后的肖像》，见前引，第207页。此处指画家克洛德·朗蒂埃画的一个死去的孩子的遗像。

[66] 《关于病童的研究》（*Étude pour l'enfant malade*），1885—1886年；《女病人卧室里的死亡》（*La Mort dans la chambre de la malade*），1893年；《发烧或死亡之床》（*Fièvre ou lit de mort*），1896年。

[67] 《费迪南德·霍德勒，1853—1918年》（*Ferdinand Hodler, 1853 – 1918*），奥赛博物馆展览，巴黎，2007年。

[68] 若埃尔·波洛克（Joëlle Bolloch），"遗照：实践、用途和功能"（Photographie après décès: pratiques, usages et Fonctions），见《最后的肖像》，见前引，第112—145页。

[69] 乔治·桑，《通信集》，见前引，第1卷，编号89，第217页。

[70] 同上，第29卷，第371页，1865年8月22日的信。

[71] 参阅尼科尔·埃德尔曼的《远见》（*Voyances*），巴黎，Seuil出版社，2008年。

[72] 奥诺雷·德·巴尔扎克，《人间喜剧》，见前引，第3卷，第881页。

[73] 埃德蒙·德·龚古尔，《艺术家的房子》（1881年），见前引，第2卷，第369页。

[74] 同上。

[75] 参阅吉内特·兰博（Ginette Raimbaut）的《谈丧事》（*Parlons de deuil*），巴黎，Payot出版社，2004年，第35页。

[76] 罗兰·巴特，《哀悼日记》（*Journal de deuil*），该文由娜塔莉·莱热（Nathalie Léger）整理，巴黎，Seuil出版社，2009年，第204页，1978年8月18日。

[77] 参阅安吉·戴维的《多米尼克·奥利》，见前引，第56页。

# 禁闭或密室

"把所有门都关上"：这就是密闭的定义，声学实验中的"无声室"① 是其中一种极端形式。能关上房门，向任何你接受的人开放；进入，出去，拥有一个地方的钥匙，藏身于四面墙壁之间：它们编织起对房间的渴望。"应该待在自己的房间里，培育自己的小花园。想象之花在此绽放。"[1] 让·端木松如是说，写作是他人生晚年最美好的部分。卡夫卡说："你没有必要走出屋子。就坐在桌旁倾听吧。"这些人选择了隐居，哪怕了解其中风险、明白其中苦恼。另一些人安之若素。还有一些人受到了敌对世界的限制。

我们关注这些未明确的、模糊的界限，它们介于自愿接受和被迫选择之间。先来看看三个自愿隔离的面孔：女诗人艾米莉·狄金森（1830—1886），造型艺术家让·雷诺（Jean Raynaud），精神分裂症患者、艺术家雅诺（Jeannot）。艾米莉·狄金森生命中的大部分时间是在阿默斯特镇（位于马萨诸塞州）父母的老宅里度过的。她常说："这座房子就是我对上帝的定义。"这个家庭虽然过着清教徒式的生活，但充满热情，只是父亲的离世、母亲的瘫痪和失语平添了几分黯淡。"永恒如同一片大海向我涌来。"在母亲死后，艾米莉躲到二楼的房间里，几乎闭门不出。她的视线从来没有越过窗

---

① 无声室是一种用来测试音效的完全隔音单元。

户外花园的篱笆。多看又有何用？"闭上我们的眼睛就可以旅行。"像普鲁斯特那样，她总是想象着那些国家的名字。有哥哥奥斯丁和嫂子苏珊为邻就足够了，他们是"我的人群"。后来她与他们产生不和，断绝了来往。她从不去村子里，大家都称她为"神秘人"。自父亲走后，她一身白衣；妹妹维尼替她试穿定做的衣服。难得有人来访时，她才会下楼。有个童年时代的女友来看她，她也只是站在楼梯上跟她说话。只有柏拉图式的爱情让她挪过窝，先是与编辑鲍尔斯，后来是和法官洛德；最后，她又窝回房间。她总是对接触感到失望，她更喜欢那些情话，关着门悄悄地阅读情书。她的睡眠很少，经常夜间动笔："我趴在枕头上给您写信。"她对一个笔友说。在诗歌中，她赞颂孤独的床："铺好这张宽大的床/把它的床垫摆直/把它的枕头拍圆。"她痴迷于空缺的神秘，痴迷于裂缝、间隙、空白，像马拉美一样被雪和空白页虏获。但是，她写下了近 1700 首诗歌。她将它们收录在本子里，每本 20首。她把本子装订起来，藏在抽屉里锁好。她要求自己被送往墓地时不从街上走，而是经过花园。她有自我封闭强迫症。但是，在她的传记作者克莱尔·玛尔卢看来，与其说她是一个遁世者，不如说她在"看得见永恒的房间里""筑垒固守"。[2]

当代艺术家让·雷诺（出生于 1939 年）做出了不同的选择。一种具有建筑意义和象征意义的行为被纳入作者的表达之中，颠覆了物体和形式。利用花盆、禁止性标牌、旗帜，他制造了一些"心理—客体"（psycho-objets）。为了对抗侵入性和攻击性的光线以及带来侵犯和死亡的外部世界，他决定建造一座碉堡屋充当住所和工作室，将极简的空间化作宣言。他取消了所有入口，除了一个枪眼洞。在碉堡内，他用瓷砖铺出了绝对洁净的房间，如同医院里重度烧伤患者的病房，还有一张非常讲究的床。"在这个房间，每天都有零度孤独与同死神的亲密接触，房间就是带床铺的简单的瓷砖槽罐。"[3] 住得下去吗？此后，他对房子进行改造，重新发现光（也许灵感来自谢尔省努瓦尔拉克修道院，那里的彩绘玻璃是他设计的）。1993 年，他决定拆毁他于 1969 年建成的房屋。随后，他在波尔多当代艺术中心展出了 1000 箱这个建筑的碎片。这种结构的意义是什么？在艺术家的创作和房间的历史中，这种结构又该如何定位？它会留下什么样的思考？

第三个例子更富戏剧性，把我们带到疯狂的疆界。1972 年，雅诺在贝阿恩省的一个农庄里去世了。这个农民的儿子在经历感情挫折后，于阿尔及利亚加入了伞兵队伍。1959 年父亲自杀，他的精神开始变得不稳定。精神错乱之后，他越来越多地将自己关在家里，与母亲和妹妹待在一起。1971 年，他的母亲也离世了，他死活不肯与她的遗体分开，而是将之埋在楼梯下面。他再也没有离开过自己的房间，开始在床边的地板上刻写文章。后来，他绝食自杀了（1972 年）。二十年之后，他的妹妹离世，一个旧货商拿到了这块地板。精神病医生居伊·鲁发现并买下了它，将之当作重要的原生艺术品展出。这篇刻写的文章是一份相当谵妄的反宗教和反教会宣言，说宗教"发明了控制人和动物大脑的机器"，说教会"让希特勒杀害了犹太人"并发明了"控制大脑的电子机器［原文如此］"。[4] 雅诺的地板现在属于一家医药实验室，自 2010 年起，在巴黎圣安娜医院的入口处展出。

那么，这些幽闭者又有什么共同之处呢？除了自愿将隐居当作一种生活方式、一种抗议以及对自身自由的保护，他们的具体做法各异，但是都提出了界线的问题。何时闭门不出？墙壁意味着什么？萨特说："人被关在里面，总是与四壁为邻，却不将自己视为幽闭者。所有这些墙围成一座孤零零的监狱，而且这座监狱是唯一的生活、唯一的行为。"米歇尔·福柯同样关注"室内"和"室外"的边界问题。但是，这位"新地图的绘制者"① 没有就此给出超验和抽象的答案；他思考了教育场所（学校、医院、工厂）和监禁

---

① 吉尔·德勒兹对他的称呼。

场所（精神病院、监狱）这些具有历史意义的具体"机构"，以及它们的演变和延续。

这些处于控制和接受边界的"极端的房间"让当代艺术家着迷，特别是在 20 世纪五六十年代。为了呈现《女仆》（1947 年）中帕潘姐妹之罪的模糊性和主人/奴仆关系，让·热内选择聚焦女主人房间内的行动，先是角色扮演，后是谋杀。后来，克里斯蒂娜在审讯中说："天色渐暗，靠街的那些窗户已被我的姐妹关上。"[5] 哈罗德·品特的第一个剧本——《房间》（1957 年）里的故事发生在几近空白的布景中，上演了一对夫妻几乎不可能进行的对话："一座大房子里的一个房间。右边，一扇门。左边，一个煤气炉。左边最里面，一个煤气灶和一个水槽。中间最里面，一扇窗户。房间中央，一张桌子和几把椅子。再往左边，一把摇椅。右边最里面，凹室里双人床的支架露出一截。"[6] 弗朗西斯·培根笔下那些扭曲的身体躺在被框起来的床上，紧闭的房间因孤独而令人印象深刻[7]。乔治·佩雷克的《沉睡的人》（1967 年）实现了卡夫卡的愿望，他重点提到了卡夫卡。遭遇失败后，故事中的"你"躲进巴黎七楼空荡荡的小房间里，"你的窝，你的笼，你的洞穴"。"你待在房间里，不吃饭，不阅读，几乎一动不动……你的目光顺着天花板上细缝歪曲的线条游移，仿如一只乱飞的苍蝇，黑暗中勉强能定位它的移动。这就是你的生活。属于你的一切。"[8] 能拥有的只有虚无。

## 恋人的禁闭

"爱情，是人心可感受的时间和空间。"

——马塞尔·普鲁斯特，《女囚》[9]

爱情寻求面对面、肩靠肩的孤独。因为对隐蔽性十分敏感，爱情事实上并不在乎房间。一张床就足够了。然而有些爱情走向了禁闭的形式：热恋之人自愿禁闭，渴望逃离这个阻碍他们相处、分享感情的世界。玛格丽特·杜拉斯和扬·安德烈亚关上窗户、拉下窗帘、最后一次相聚，就像《死亡之疾》中因无能为力而缴械投降的英雄。在海边的房间里："舞台中央是白色的床单，透过黑色大门传来汹涌澎湃的涛声。"[10] 这是玛格丽特·杜拉斯为该书描绘的景象，其中含有一种对情欲的禁锢，它在占有、控制，甚至对另一方的顺从中得到满足：这是一种"奴役中的幸福"，让·波朗在为《O的故事》撰写的序言中这样说。[11]

"情色社交"[12] 会使用一些有趣的隐匿性伪装，设计可增加趣味的、类似于捉迷藏游戏的玩法。18世纪的放浪者巧妙地利用了空间：他们远离正规的旅馆，躲到乡下。一片田园风光的巴黎郊区藏着一些"小屋"和"豪宅"，可以轻松掩人耳目、避开警察。这些小屋的面积比市区的还要小，但是建筑师（例如布隆代尔）专门设计过它们的布局，更具舒适性和隐秘性。没有开放的连廊，但是有过道、走廊、拐角、凹室、暗梯，门由墙饰遮掩，甚至设置了机关，一个个屋子勾勒出一幅诱惑的路线图，维旺·德农在《明日不再来》中借用过其形式。"故弄玄虚的'爱情'地图象征着恋爱生活。下一个世纪的放浪生活则对应'欲望'地图，其道路歪曲、折叠，有花式弧线和回折曲线。"[13] 从房子到花园，从花园到"后院"——路易十五的凡尔赛宫对"后院"的设计十分讲究，一路上都布满爱情的惊喜。"充满情欲的人与其说是被诱惑，不如说是遇见惊喜和迷恋。"进入一座房屋的深处，就是进入身体的深处。这些复杂的房间勾画出一座迷宫，一种螺旋式递进的征服：门廊、客厅、小配间、起居室都是身体前行的标记，这具身体开始宽衣解带、投怀送抱，它并非没有抵抗，但抵抗只会刺激欲望，直至最终听任摆布，躺在柔软的沙发或"休闲床"上，肯定是矮床，方便放松身体、模糊神志，最后完全沦陷。有些房间还配有镜子，巧妙地安装在床的周围，可以丰富视线的角度：拉艾男爵的小房子就是例子，精心布置的床顶是调情嬉戏的全景监狱。

卧室，总是被视为夫妻之事，往往在这些迷人的挑逗和放纵中退居次位。身体的移动，假动作，躲闪，靠近，逃离，抓获，这些过程比结果更重要。爱人从屋内移动到花园，露台相当于会客室，小树丛则充当起居室——备受喜爱的风流和隐秘之地，然而假装正经的 19 世纪却将其变成毫无创意的女士小客厅。[14] 18 世纪末，萨德和内尔西亚"将室内和室外、旅馆和花园的混乱推到极致，这也是真实和虚幻的混乱。"[15] 稳定的、一成不变的夫妻之床让人害怕。人们躲避它，比起它，更情愿选择在四轮马车里偷偷践行神秘的爱情，比如艾玛·包法利的四轮敞篷马车，还有斯万与奥黛特，他们在拉下帘子的马车里唤醒爱欲。交通工具的保密性和移动性，以及它们普通、无名和流动的特点，都有利于没有旁观、没有约束，也可能没有明天的交欢。

在一辆出租车里，O 初次被情人褪下衣衫。[16] 她被带到"城堡"里的"一个圆形的拱顶房，非常小，非常低矮"，有一种旧监狱的气味，人工照明散发着热气。色彩：黑红相间。空间很小：一个供她接受训练的"红色起居室"，一个通过窗口递入饭菜的"小隔间"，一个"墙上摆了书……光线很暗的大房间"，有人会告诉她要做什么，这迎合了她隐秘的渴望，自我被完全剥夺。这些描述中掺杂了哥特式黑暗小说和希区柯克电影的风格："走廊里的红色方砖，一扇接一扇的门，隐蔽且干净，都带有小锁，就像大饭店的客房。"她住的"单间"墙壁鲜红，地毯漆黑，只有一件家具：一张很矮的大方床，上面盖着皮草。这张没有装饰的床是必不可少的圣地，O 总是将它与和情人共享的、更加考究的、带顶盖的床进行比较。场所几乎从来不是问题，物品最重要：比如穿的衣服，还有动作、姿势、话语、治疗……O 都心

甘情愿、心醉神迷地接受。"她像接待神那样接待她的情人",她放大了她的
享受,她的一无所有类似于信仰的狂热,没有留给风景或舒适的空间。只有
继续埋头写字、围绕着文字。在父母家的卧室,波莉娜·雷阿日/多米尼
克·奥利偷偷地写书,每天夜里都在床上写,虽然她常常会偏头痛发作,但
还是习惯如此。她喜欢模仿抵抗运动时期的地下工作者,因为这保护了她的
双重身份——对让·波朗的爱情和在色情文学界轰动至极的小说,涉足这个
领域的女性作家十分罕见。她隐姓埋名,很久之后才被识破,她隐藏了自己
的颠覆行为。一种不为人知的生活,如同在黑暗中闪烁着光芒的作品。

# 女囚

嫉妒是普鲁斯特小说中的主要推力,最终引向禁闭。[17] "⋯⋯我过去认
识一个女人,有个爱她的男人真正地把她囚禁起来;她不能见任何人,只有
在忠诚的仆人陪同下才能出门。"[18] 普鲁斯特在《重现的时光》开篇如此总
结《女囚》的故事。叙述者监禁了阿尔贝蒂娜,企图控制她与别人的接触,
深入了解她的友谊和同性爱情,监视她的来来往往。当然,他尤其想占有
她,进入她的内心世界,驱散笼罩在她身上的捉摸不透的阴影,将她挥之不
去的过往据为己有。为此,叙述者让她以为他们将要结婚,并且不顾母亲的
反对,邀请她一起住到自己在巴黎的公寓。在一个冬季的几个月里,他让她
住在与不在家的母亲相邻的房间,就在走廊的尽头;卫生间跟他的只隔着一
堵墙。"两个卫生间之间的隔墙非常薄,洗澡时,我们甚至能相互说话。"[19]
通常情况下,只有住在旅馆里,两个身体才会如此接近。普鲁斯特的传记作
者认为,阿尔贝蒂娜的原型可能就是阿格斯蒂内利——普鲁斯特的司机和情
人,在一次交通事故中不幸遇难(和阿尔贝蒂娜后来的遭遇一样)。人物和

性别的模糊增强了悲剧色彩。她还是他，这一点并不重要。重要的是爱情这个对象、激情这个主题。

叙述者很少进入阿尔贝蒂娜的房间，除非想观察她睡觉，看她在被窝里的姿势，确认她是否回到房间。他从外边窥视亮着灯的窗户，像斯万不久前窥视奥黛特那样，潜伏在暗影和嘈杂之中。一般是她来房间看他，根据主人的癖好和身体的好坏，她必须遵守一些规矩：等到他按铃才能进去，关门时声音不能太大，不能带入穿堂风。弗朗索瓦丝负责监督，她对阿尔贝蒂娜并不信任，将其视为闯入者。"阿尔贝蒂娜惊愕地发现，她正处在一个陌生的世界，践行着闻所未闻的规矩，这个世界由一些不容违背的生存法则支配着。"

叙述者醒来之后，并不会立刻把她叫过来，因为他觉得她离远一些更有美感。他还把她看作"在房间里进进出出的家养的宠物"。她是一个女孩子，会像猫一样跳到他的床上，玩尺度较大的色情游戏：亲密地抚摸，深深地亲吻。"每天晚上都待到深夜，在离开我之前，她会把舌头伸进我的嘴里，就像获取每天的面包。"然而，他们的关系并没有更进一步："您不是我的情人。"有一天她这样说，他也承认这一点。

她会经常睡着，这也许是叙述者最大的快乐。"我跟阿尔贝蒂娜聊天、玩牌，共度了很多美妙的夜晚，但是，只有当我看着她睡觉时，才是最最甜蜜的时刻。"除去一切心计的她，变成了一种植物和花草，她的长发垂在身边，仿如《现代风格》杂志上时髦女人的饰品。不用说话。"我知道她不再盯着我，我也不需要继续生活在自我的表象里"，被虚假的表演所支配。于是，爱情重新变得可能。马塞尔[①]可以抚摸、拥有、控制。"当我端详、抚摸它［身体］时，我感觉自己完全拥有了她，而在她醒着时，我并没有这种

---

[①] 奇怪的是，在这部书中，这些姓名有时候会指向明确的对象：比如马塞尔和塞莱斯特·阿尔巴莱。

感觉。她的生命好像归我所有。"他触摸她，拥抱她，把自己的腿放在她的腿上，感受着她。"她的呼吸越来越深沉，让人幻想那是快感的喘息，我的快感过后，我会拥抱她，从不搅扰她的睡梦。"他也喜欢看着她醒过来。"在她迷迷糊糊、睁开眼的美妙时刻，我觉得自己再次完整地拥有了她。因为围困、占有她的地方，就是我的房间。"

"围困她、占有她"、囚禁她。阻止她与任何人产生关系。监视她，或者把他认为是其同谋的人派去监视她，比如司机安德烈。更多地了解她和她的同性情人。阻挠她的约会，比如不让她去参加维尔迪兰小姐家的危险宴会，因为她会遇到这个或那个朋友：爱丝苔尔，凡德伊小姐。提些阴险的问题让她上当，让她自相矛盾，让她因反复出现的谎言而困惑。这是叙述者确立的一种真正的怀疑和侦探策略，他慢慢将阿尔贝蒂娜关入房门紧闭的卧室。

阿尔贝蒂娜"喜欢小玩意"。他给她送礼物，首饰、裙子，特别是睡衣，他向邻居盖尔芒特公爵夫人征求关于睡衣的意见。他向她许诺更奢华的礼物：一辆劳斯莱斯，甚至一艘游艇，它们都是那个年代幻想中的奢侈品，也是对在四壁之中移动的讽刺性象征。

因为叙述者的嫉妒和猜疑，对阿尔贝蒂娜的囚禁越来越紧。对那些令他惊讶、不知道如何解释的话语和场景的回忆十分重要，让他痛苦不已的谣言和画面由此充满整个房间。"嫉妒运作的逻辑，就像是半开的盒子和紧盖的花瓶。"[20] 吉尔·德勒兹如是说。嫉妒导致关押。"确切地说，监禁是让自己占据一个能够看见囚徒、却不被别人看见的位置，也就是说没有被他人视线捕捉的风险——他人将我们带入这个世界，也将我们驱逐出去。"囚禁阿尔贝蒂娜不是试图"理解"她，而是要解释她，更进一步说，是要控制她。

同样，房间还试图囚禁巴尔贝克和花样少女。"阿尔贝蒂娜在巴黎、在我的壁炉边散发的魅力让我生出欲念，这种欲念也曾被海滩上那些既傲慢又美丽的女郎激起过。幽居在我家的阿尔贝蒂娜的身上还保留着那种既兴奋又激动、社交时慌张不安的模样，依然怀着不知满足的虚荣心和飘忽不定的欲望，一如她在海滨生活时那样。她被牢牢地关了起来，甚至有些晚上，我都没有让人叫她离开她自己的房间、来我屋里。"他只需要知道她在那里，安全地躲在房间里，就在他的手掌心。"监禁"阿尔贝蒂娜，就是要控制空间、时间和回忆。至少，他在为此努力。

在叙述者围绕阿尔贝蒂娜编织的这张蛛网中央，他渐渐将自己与她交缠，房间结起了丝线。为了更好地控制她，他放弃了其他女人，放弃了旅行、威尼斯、剧院和晚会。就像爱上奥黛特的斯万那样，大家再也"看不见"他，他隐身了，因为他害怕别人含沙射影。他害怕引起别人的好奇心，比如爱打听的布洛克，所以干脆禁止他们进屋，以便把阿尔贝蒂娜看得更牢，到了最后，他把自己也关了起来。"再说，在此期间，我主要通过房间来认识外边的生活。"他从那里认识巴黎，透过早晨的窗帘感知外边的天气，感受这个城市的嘈杂和喧嚷，感受回忆的景象。"这些共同生活的习惯，这些划定了我生活范围的重要界线，除了阿尔贝蒂娜，没有谁可以僭越。"它们勾勒出一个"被隔离的隐居之地"。"日复一日，这些习惯变成了机械运动。"他谈论"这种隐居生活，封闭自己，直至不再去剧院"。[21] 阿尔贝蒂娜占领了舞台。他让她披上珍贵的布料："她在我的房间里走来走去，就像总督夫人和模特一样，无比神气。只是，当我看到这些裙子，就会想起威尼斯，于是巴黎的幽居生活愈发让我感觉沉重……但是，慢慢地，因为跟阿尔贝蒂娜一起生活，我戴着亲手锻造的铁链，再也无法从中挣脱开来。"[22] 奈瓦尔说："看守是另一种意义上的囚犯。"[23]

起初，阿尔贝蒂娜看起来很顺从，她接受了监禁生活，为了取悦她"亲爱的""小马塞尔"。她似乎很轻易地接受了对她施加的各种剥夺，好像根本不在乎，满足对她提出的所有要求，感激地收下种种礼物。但是，这种幽禁生活让她的美貌褪色了。"阿尔贝蒂娜失去了所有的光彩。"这个"美妙的女孩"，被囚禁的自由之鸟，变成了"仅存暗淡无奇之身的阴郁女囚"。海风再也不会鼓起她的衣服，因为叙述者已经砍掉了她的翅膀，她不再像一位胜利女神，而是"我想摆脱的、心事沉重的奴隶"。[24] 他对她不再抱有欲望，却又不想失去她。对她的囚禁变成了一种赌注，驱动又阻碍着他从控制中享受愉悦。

事实上，阿尔贝蒂娜在躲避他。她隐瞒、撒谎、要计、装模作样，让他不得不花很多时间来理清头绪，应付她的胡搅蛮缠。她的抚摸越来越敷衍，她的亲吻越来越浅；她总是避开搂抱。忧伤、疲倦，她陷入了沉默寡言。

最后，她离开了他。"阿尔贝蒂娜小姐跟我要了箱子……她走了。"[25] 弗朗索瓦丝向他汇报，佯装惋惜主人刚好比平时醒来得晚。她走了，在他正准备离开她的时候——他想通过这种做法重占上风。离开，打破囚禁，这向来都是可能的。为了自由，为了不再做奴隶，他们逃离主人。消失后的阿尔贝蒂娜重新找回了花样少女的神秘、魅力和艳丽光彩。① "在这无比漫长的夏日黄昏里，阳光消逝得那么缓慢！"叙述者说道，他知道自己再也听不到阿尔贝蒂娜的按铃声了。再也看不到楼下那个亮着灯的房间，"那里的灯光已彻底熄灭"。[26]

房间是剧院的舞台和情节的中心：恋人相会，无数回忆。叙述者在房间里没完没了地追忆在海滩骑行的阿尔贝蒂娜，追忆她的话语、动作、谎言、形象。房间也是一种勾勒并定格事物的手段，一个积存回忆的盒子[27]，同时也是一种叙事结构。通过对阿尔贝蒂娜采取禁闭，叙述者极力将巴尔贝克和花样少女的时间封存起来，极力用房间保留消逝的时光。

---

① 但是，不久后，阿尔贝蒂娜在一场事故中丧生了（后来其真实性被否认），仿佛对她和叙述者来说，这是唯一可行的结局。于是，一场漫长的追踪就此开始，构成了《女逃亡者》的情节。

## 监禁

在这个故事中，爱情变成了什么？疯狂的爱情故事？狂热的占有欲？情人是贪婪的、善妒的、痴迷的。丈夫想对妻子发号施令，父亲想管教女儿。哥哥想让自己的妹妹消失。罗德里克·厄舍幽居在黑暗之宅的凄凉卧室里，"许多年里，他都不敢走出这个屋子"；他想把死去的妹妹（他杀死了她）埋在地下室，地下室非常深，位于城堡的墙底下。爱伦·坡的短篇小说确立了小黑屋的形状，它是被恐惧笼罩的关押工具。[28]

监禁——出于爱情、色情、性或家庭的原因——隐含着控制欲。主人想独占心爱者，并打破在他之外、令他嫉妒的那些关系。为了占有，他将心上人与他人隔离开来。将心上人关在封闭的空间——房间、地窖、地道——一个只有他拥有钥匙、别人无法进入的隐蔽之地。监禁的空间逻辑是这样的：要想实现隐藏，往往需要借助有限的空间，空间尽可能狭小，以达到对外隐蔽的效果。孩子们熟悉这个空间，在捉迷藏游戏中，他们会躲进洞穴、小树丛或者其他奇奇怪怪的坑洞，他们小小的身体将形成一种力量，面对食人妖的小拇指就是其形象代表。发现这些藏匿之处是警方调查的主要职责，他们能揭开表面的遮掩，在封闭的场所中发现迹象和线索。"莫尔格街谋杀案"[29] 和《黄色房间之谜》[30] 是这类文学的经典之作。

监禁是萨德作品中的重要主题：猎物被关押，丧失自由、被链锁住、顺从反复无常的主人，任主人为所欲为，这些都是快感的驱动力。萨德城堡的地下室深不可测，像一座让人迷失方向的幽暗迷宫，想象在这里不断地延伸、发散、激增。监禁的念头有时源于一场恋爱，意味着对自身的毁灭（以O为例）：监禁也象征着对身体的无限权力与掌控，即对它的毁灭。虐待狂未必都是罪犯。这种行为企图挣脱道德标准和规范。但是，它过于偏离合法性的边界，而且大部分受害者是弱者：儿童、妇女，特别是处女。因此它激发了人们反对的情绪。

近来的社会新闻证明了某些变态行为已经登峰造极，几乎总是与囚禁或藏匿相关。发生在比利时的杜特鲁案就是可怕的例子，民众"白色游行"的目的就是消灭深不可测的黑暗。还有之前的约瑟夫·弗里茨案，发生在奥地利的阿姆施泰滕，罪犯强奸、囚禁自己的女儿长达 24 年。[31] 从受害人的特征来说，娜塔莎·卡姆普什绑架案更离奇。10 岁时被劫持并被关在地下车库里，这个年幼的奥地利女孩从未屈服于囚禁，反而扩展了受限的活动范围。在离开地下室的最后六个月，她还从劫持者那里获得了去地面楼层的权利。两年后，她又争取到读报和看电视的机会。对她来说，世界只存在于媒体的报道中；因此逃跑之后，她十分依赖媒体。每当劫持者沃尔夫冈·普里克洛皮带她"外出"时，她总想着如何逃跑，但是又害怕被杀。18 岁时，她最终冒险采取了行动。普里克洛皮不久后卧轨自杀，她似乎还有些内疚。

房间曾是娜塔莎的方寸天地。她说："我觉得自己像砧板上的鸡，太可怕了。在这个狭小的房间里，我都要得幽闭恐惧症了。我用矿泉水瓶或拳头敲打墙壁。如果他不让我上楼更自由地活动，我想我会变成疯子。"然而，这个房间似乎成了她的第二层皮肤，她不愿向他人展示。"最让我不舒服的是什么？……我藏身地的照片。它与任何人无关。我绝不会去看别人的卧室。但为什么人们打开报纸就能看到我的卧室？"[32] 经历漫长的囚禁后突然而至的曝光，让她头晕目眩。面对过于强烈的聚光灯，想要知道一切的媒体的聚光灯，她无力撑下去。然而，她希望同"亲爱的全球舆论"说几句，她意识到她的沉默可能会愈加把自己关在外面。但是，每当聚光灯瞄准她的卧室，她又觉得被侵犯了隐私，侵犯了她那么多年的孤独。长久以来，她在这个监禁又保护她的房间里构建自我。这个房间既是避难地，也是囚室，既是她生命坚硬的保护壳，也是脆弱的心脏。

## 隔离治疗

孩子、妇女，特别是女孩，是性犯罪主要的受害者，监禁是其中一种将他人身体占为己有的方式。这是幻觉的一种，通常情况下由男性的控制欲激起，暗自幻想通过把监禁美化成治疗来消除一切抵抗。这就是夏洛特·珀金斯·吉尔曼（1860—1935）在自传体短篇小说《黄色墙纸》中讲述的故事，法文版由迪安娜·德·马尔热里翻译，译名起得很直白：《被监禁的女人》。马尔热里从小说中读出了"维多利亚时代"女人的生存状态，她们被困家中，试图反抗命运，却因此患上疾病。19 世纪精神病学中著名的"妇女疾病"，以及夏科和弗洛伊德的癔病，都在这篇小说中有所体现。[33] 因为夫妻、母子、家庭等关系，日常生活变得抑郁，夏洛特同意接受身为医生的丈夫提议的隔离治疗，而丈夫负责在门外看护。她的丈夫将服从他的意愿视为爱她的条件：作为学者，他知道怎么做最合适。夏洛特不得不放弃母亲这一身份和写作。婴儿被交给奶妈照顾，墨水和笔被拿走；她藏了一支铅笔。神经紊乱症需要休养，需要绝对的独处。于是，她就一个人待在"豪华"的屋子里，她感觉屋子里闹鬼，屋外有禁止进入的"漂亮"花园，但她只能透过窗户欣赏。她住二楼的房间，没能如她所愿住一楼：从安装了铁栅栏的窗户和黄色墙纸可以看出，这里以前是一个儿童房。墙纸的图案重复、刺眼，是她讨厌的颜色："真让人恶心，又黄又脏……有些地方是变浅了的橘黄色，有些地方是不正常的硫黄色"，散发出一种"淡淡的臭味"，"一种黄色的味道"。[34]

整块墙纸被撕了下来，"这可能是一些充满韧性和仇恨的孩子"干的。她感到厌烦，独自一人时她会哭泣，躺在几乎贴着地板的床上撕扯墙纸。

"我直挺挺地躺在这张无法移动的大床上……而且，一个小时接着一个小时，我就盯着墙上的图案反复看。"她先是看出了"一个被分割得乱七八糟的脑袋，上面凸出的眼球盯着我。在上面，在下面，在旁边，到处都是，我发现这些荒诞的眼睛在爬行，目光直勾勾的"。接着，她发现了一些从没见过的东西："一些模糊的形状一天比一天清晰……仿佛一个女人匍匐着钻到了图画后面。"一天夜里，她感觉这个女人在移动，极力穿过墙纸，她想撕破墙纸看看后面，能否帮她逃离这个地方。因为孤独，这个墙纸间的隐居者也开始在房间里爬行，撕下一片又一片墙纸。在一夜无眠的暴动和兴奋过后，她完成了这项工作。清晨，当丈夫走进房间时，她向错愕的丈夫宣告："我几乎撕掉了所有墙纸，你们再也关不住我了。"[35]

夏洛特憎恶自己的命运。出于软弱，她嫁给了一个她并不爱且欺骗她的男人，她无法忍受生孩子，容易感情冲动，一心想要写作。她遗憾自己不是男人，无法迎娶心爱的女人，她或许是被压抑的女同性恋①，但毫无疑问是受到阻挠的女作家。她描述的休养疗法实施于 1887 年："没有水笔，没有画笔，没有铅笔"，负责治疗的医生这样要求，他和其他同事一样特别敌视女性的脑力劳动，将之视为情绪和女性癔症的关键诱因。远离家庭，隔离、卧床、拉伸、按摩，通过饮用牛奶这种女性食物来增加营养：大部分神经科医生，尤其是美国的医生都会开出这样的治疗方案，比如费城的塞拉斯·威尔·米切尔、波士顿的查尔斯·费耶特·泰勒、亨利的兄弟威廉·詹姆斯。伊迪丝·华顿和爱丽丝·詹姆斯，还有夏洛特·珀金斯·吉尔曼等患有抑郁症的姐妹也用过这种疗法。[36] 伦纳德·伍尔夫曾想过让妻子弗吉尼亚采用这种治疗方法，因为弗吉尼亚的写作热情和天赋一度让他觉得疯狂。[37] 显然，所有这些女性都将隔离治疗视为一种监禁。

---

① 总之她是双性恋者。她的第二次婚姻非常幸福。

## 隐修女

隐修室是宗教修行的常见形式，它与集体生活完美契合，两者形成对照、相互平衡。但这是否足够呢？在早期和中世纪基督教中存在一种隐居理想，它得满足诸多要求：禁欲，苦行，剥离，消灭肉体和肉欲以寻找上帝。耶稣基督不是在圣母的腹中待了九个月吗？这位至高无上、伟大的神不也为安歇于圣所（母体圣龛）做了榜样吗？那是只有上帝气息才能透入的、完全封闭的子宫，无论是分娩前、分娩时还是分娩后。

男人想逃离到荒无人烟之地，比如后来的让-雅克·卢梭："于是，我要迈着平静的步伐，去森林中寻找一个荒野的角落。"[38] 但是，森林里的隐修不适合女性，因为她们非常脆弱，容易受到自然界和同样凶残的人类威胁。隐修女待在城镇里，她们担心安全问题，对城市抱有亲切感。雅克·达拉伦展示了她们在 13 和 14 世纪的意大利取得的惊人成就，女性信徒普遍扩张，加入第三修道会的修女和狂热者随处可见。[39] 1320 年前后，罗马有 260 个修女，佩鲁贾有 20 个，其他地区平均几十个；每个村庄都有一个或数个修女。她们出身各不相同，贵族多于平民，绝大多数是处女或寡妇。她们渴望在教堂附近有个"隐修室"，最好带一扇可以跟着做礼拜的窗户。在法恩莎的于米莉戴看来："贴着教堂，他们造了这间小屋，非常小，带一个朝向教堂的小窗户，通过这扇窗户，她可以看见并领受圣母教堂的圣事；还有一扇朝外的窗户，透过它，她可以接受施舍，并满足那些应她请求而来的人的要求。"[40] 画册中，她在两扇窗户之间忙碌着。于米莉戴在里面待了 12 年，随后去法恩莎创建了修道会，最后前往佛罗伦萨，并在那里离世。阿雷佐的朱斯蒂娜（1319 年去世）13 岁时进入修道院，与名为卢西亚的女隐士一起住在一个相当"狭窄、低矮"的房间里，甚至无法站直身子，只能跪着做祷告。不久后，她跟其他修女一起搬到了圣安东尼奥教堂一侧的隐修室；因为总是遭到无赖的骚扰，人们就为她们打造了一个更安全的"小地方"。

里米尼的克莱尔（去世于 1324 年至 1329 年间）是最著名的隐修女之一。她高贵、美丽，年轻时轻浮，结了两次婚，成了寡妇后，她皈依了宗教，决定献身基督，将其"选为终身伴侣"。她给自己定下艰苦的修行规矩，光脚走路，穿着简陋，只吃面包和水，"直接睡在木板上"，在各个方面都要做到极致。在斋戒期和将临期，她会站在罗马古城墙上大声认罪。她离开里米尼，前往乌尔比诺；在主教宫殿的一个钟楼里，她有一个小房间，门朝教堂，可以参加晚课。这些修女对神圣就是如此渴求。然而，她夜间的叫喊让议事司铎和邻居无法忍受；他们抱怨不已，而她为不能拥有自己的地方而感到难过。回到里米尼，她终于在罗马城墙上找到了安身之所，没有遮挡，没有屋檐，与聚集在这个"无主之地"的边缘人士为邻。"主啊，在这里，我可以拥有你。"克莱尔说，贫困让她感到高兴。受难的耶稣是她的榜样。《启示录》壁画激发了她的一些幻想。她甚至感觉有婴儿在她的心上移动。[41]她创建了一个女子修会，修女们希望克莱尔留在她们身边；但是旅行（这位创始人经常外出）间歇，她更愿意回她的城墙。

隐居，无论是集体隐居还是个体隐居，无论是在家还是在某个公共建筑的外围，是一种相当普遍的表现虔诚的形式，尤其对女性而言。很多地方都有隐修院，比如法国西南部地区[42]，还有奥弗涅：圣弗卢尔也有自己的隐修院。① 相对封闭的性质导致它无法接纳所有想加入的女性，它的兴盛体现了女性对禁欲主义和庇护的渴求。公共舆论在崇敬和怀疑之间摇摆不定。宗教界不信任她们。里米尼的克莱尔被控告为异端分子。不过，教会更担心

---

① 几年前，圣弗卢尔政府在老桥上重建了一个仿造的隐修室。

"贝居安"（Béguine）修女，她们活跃、善于交际、喜欢说教，更多地追随圣玛尔达而非圣玛利亚，声称以劳动或乞讨谋生，筹建自己的空间，像教会的修女一样穿着开衩长袍，在公共场合发表演说。"贝居安"一词源自"begge"，意为"说话"。[43] 这些能说会道的女人比隐修女更危险，后者不会那么抛头露面，而是更离群索居。

## 阿维拉的特蕾莎或心灵城堡

是否存在一种女性独有的孤独呢？她们追寻神秘花园和"心灵的密室"。[44] 随着阿维拉的特蕾莎的出现，修女的想象世界到达了一个非同寻常的神秘境界。她创建的加尔默罗修会和她的著作《心灵城堡》（1577年）就是例证。[45] 特蕾莎宣扬隐居、静默、苦行，将之作为修道院的核心。修女的小屋简朴、狭窄，用白灰刷墙；体面、干净、清贫，注定要孤独和虔诚。卡斯蒂利亚的冬天非常难熬，雪花会飘落到经书上；在炎热的夏日里，窗户常需紧闭；一切来访都被禁止。她自己并没有在修道院里闭居，反而经常四处奔波。1577年，她被教廷大使指控为"流浪者和叛乱者"并被定罪，她的追随者十字若望也有类似的经历，被教会监禁了多年，其间，他撰写了很多精妙的文章，比如《黑夜》《赞歌》。因为极端和宗教个人主义，这些"异端人士"对教会构成威胁。他们声称，在"心灵的城堡"里，在这个他们认为能找到上帝的内部，在隐修室的静寂中，在与心爱之人（上帝）相聚的睡梦中，都能与上帝直接对话。独处是内心祈祷的先决条件，内心祈祷不一定要有祷告词（日课和神父的祷告词），也能帮助隐修者进入"心灵城堡"。进入内心深处，要求身体和灵魂都与外界隔绝，特蕾莎在书中将之描述为穿过"噪杂人群"的过程。这一过程不用借助某种人们有时过于依赖的路线图。

茱莉亚·克里斯蒂娃强调了特蕾莎思想的流畅性和流动性，水是特蕾莎偏爱的元素：泉水、泪水、涓涓流水，是被爱者和爱者之间的联系。流动的水消除了内心和外部的边界，一如写作，那是特蕾莎的激情。"不要束缚一颗祈祷的灵魂。"不必非得待在一个房间里，除非是为了认识自我。

然而，完德之路必然得经过空间隐喻。我们还能怎么描述它呢？在内心自省的旅程中，特蕾莎邀请我们"把我们的灵魂看成一座城堡，它完全是由一整颗钻石或透明的水晶做成的，里面有很多房间，就像天堂里有许多居所一样"。城堡的围墙是我们的身体，只有离开身体，才能进入城堡："城堡中有很多住所，一些在高处，一些在低处，还有一些在边上；最主要的住所就在城堡中央，在所有住所的中央，上帝和灵魂之间最隐秘的交流在此完成。""这里是大厅，是上帝居住的宫殿。"要抵达这里，必须克服重重困难，跨越种种门槛。虫蛇成群。从第一层到第七层，要经过层层考验。"虽然我只说到第七层，但每一层都有很多居所，低的、高的、边上的，有漂亮的花园和喷泉，还有美丽的事物，让你忍不住称颂伟大的上帝。"上帝占据中心。要通过"灵魂的耳朵"、静寂的领悟来触及上帝："不用肉体之眼，亦不用灵魂之眼去看，而是靠感觉。"

## 灵魂的中心

特蕾莎的神秘体验和 17 世纪萌发的神秘体验都通过直觉来实现对爱的认知。神秘主义者感受超验存在的即时出现。在他身上，灵魂膨胀，逐渐向中心伸展。"每一次爱的结合要么发生在灵魂的中心，要么发生在最接近中心的地方……在静修士看来，在灵魂中心的结合是显而易见的，以至于在他描述自己的状态时，都不会想到去确定迷恋之人的位置。只有在灵魂的中心，至少是非常靠近中心的位置，爱才会结合……在精神的最高处。"[46] 亨利·布雷蒙神父写道，他是研究 17 世纪宗教情感的历史学家，阅读甚广。夜晚是一项考验，也是可能出现的启示。为了战胜夜晚，需要主动放下自己，把自己托付给上帝，方能找回"灵魂中心的幸福，在那里，一旦考验结束，神秘的结合就会圆满，纯洁的爱就会实现"。许多神秘主义者曾谈及夜间时刻。帕斯卡尔曾回忆过他的"狂喜"之际。"感受到上帝的是人心，而不是理智。这就是信仰：是人心可感受的上帝。"[47] 阿涅斯嬷嬷谈论过上帝居住的"深处"，上帝隐藏在黑暗中，而黑暗更确切地说是"无法触及的光"。"因此，要热爱隐藏在精神深处的上帝，要把我们托付给上帝，以抵达这个藏身之地。"[48] 要找到潜藏在我们内心的上帝，我们得先躲进自己的体内，就像缩回壳中的刺猬和乌龟一样，剥离外界的话语、图像、声音，为隐藏在内心中的上帝提供"空旷无垠的场所"。

继布雷蒙神父和米歇尔·德·塞尔托之后，米诺·贝尔加莫考察了 17 世纪的神秘主义著作，意图勾勒"灵魂解剖"漫长的历史。[49] 继圣奥古斯丁和埃克哈特大师之后，基督教神秘主义始终力求找到"最高恩典与神圣结合发生的空间或地点"。作者描绘了几个世纪以来的种种尝试。"内在性"这个概念非常古老，属于奥古斯丁思想，在 17 世纪被很多人重新审视和评价，比如让-约瑟夫·苏林、让-皮埃尔·加缪、奥利埃、贝尔尼埃、帕斯卡尔、圣方济各·沙雷氏、费奈隆，以及盖恩夫人的寂静主义。让-雅克·奥利埃写道："所有的线条在其中心都只是一个点，所有的灵魂在上帝那里全部消失，只成为一个灵魂。既然这些线条只是一个点，那么，上帝那里的所有灵魂也只是单数。意志与真理的合一由此产生，使这些灵魂再也听不见彼此的话语，在上帝之中，它们只看见相同的事物。"[50] 苏林引用了玛丽·巴隆的一封信；这个虔诚的女人睡醒后，深信自己独自在异乡隐居，却又像有人陪伴。"只是'内心'这个词就已让她喜出望外。她建议属灵的人去扩展和延伸他们的内心，不要让任何东西去缩小和限制它。"作为无限的存在，上帝就住在内心。因此必须抛弃外部世界，"回归并深入内心"。[51] 拉勒芒神父说："精神休憩、愉悦、知足，只有在内心世界，在我们内心的上帝之国中才能找到……安宁只存在于内心生活。"[52]

17 世纪的灵修是一种内在性文化。它是对灵魂的一种表述，将灵魂比作室内，有高低、优劣之分；这种表述通常是二元的，但逐渐朝三元发展，为"中心"留出空间，似乎有必要进行更复杂的分层。最常被提到的用语有"灵魂深处""中心""精神的顶点和极点"，根据圣方济各·沙雷氏的说法（《论爱主真谛》，1616 年），这是我们有时能感受到上帝的地方。他颠覆了自埃克哈特以来关于"灵魂深处"的传统表述：深处并非必然纯洁，相反它可以是浑浊的，需要不断过滤、净化。圣方济各·沙雷氏和费奈隆先后用心理认知替代了对灵魂的本体论分析。与上帝的结合在"安宁的祈祷"，即"灵魂的美好休憩"中完成。这种体验可以在任何地方进行，不用非得在教堂跪祷，也不需要待在安静的房间里，虽然后者有助于神秘体验：狂喜可能在街头突然降临。它不需要礼拜仪式，不需要主祭和神父。盖恩夫人说，每个信徒都可以做到"灵性的洞察"；她主张走一条"捷径"（简易祈祷），帮助每个人抵达"自己的中心"。这种精神上的自主受到了神职人员的质疑，于是她被监禁了七年之久：这是她在冥想和写作方面成果卓著的时期；在《监禁随笔》中，她讲述了自己的孤独和痛苦；在《激流》中，她讲述了自己的神秘体验。[53]

据米诺·贝尔加莫所述，在"内在性"漫长的形成过程中，17 世纪是其顶峰之一。这种空间浓缩的形式对后来的灵魂表述产生了影响，在世俗化的运动中，灵魂逐渐演化为思想、大脑、意识、无意识。关于世俗化运动，我们还缺少类似的研究。

心理学取代了形而上学；"我"取代了灵魂中心的上帝，自省取代了静修。无意识又是如何形成的呢？它的产生基本与空间无涉。[54] 精神分析治疗会让病人躺在一张长沙发上，十分重视房间里发生的故事；在力比多理论和深度心理分析中，父母的房间发挥着重要作用（参见小汉斯病例）。[55] 然而，尽管本我、自我、超我的叠加具有某种垂直性，但在我看来，这种垂直性并没有具体提及房间本身和空间隐喻。①

当然，还有其他影响因素，尤其是科学因素，干扰了对内心的描述，其中就包括良心（它首先是一个法律概念）。[56] 19 世纪，人们谈论"脑室"。关于大脑的学说在地形学与流体论之间摇摆。布罗卡的大脑区域定位标志着地形学的一个高峰，流体学则认为意识在全身流淌，脑室中的脑磁和介质负责接收、利用并聚集这些流体。

光学中的暗箱更加直接地给出了内部空间的概念。根据利特雷的说法："在暗箱里，光线只能通过直径为 1 法寸的小孔穿入，在小孔上放一块玻璃，让外部物体的光线投射到对面的墙或幕布上，玻璃就会在内部反映外部的形状。"这一发明启发了笛卡尔，也许还有卢梭。在《忏悔录》的篇首，卢梭就宣告自己"可以说是在暗箱里写作"；不过，如萨拉·考夫曼指出的那样，受到更大影响的还是 19 世纪的思想家，比如马克思、尼采、弗洛伊德。[57] 对尼采来说，"暗箱"是遗忘的隐喻，是一种必须保存甚至培育的遗忘。"良心之房有一把钥匙，通过锁眼窥视是危险的：既危险又无礼。这对好奇者来说何等不幸！应该把钥匙扔掉！"在《论道德的谱系》中，尼采建议"不时关闭良心的门窗……平静一下，让心彻底放空，以便重新为新的事物留出位置"。遗忘是创新必不可少的工具。选择光学上的暗箱，意味着与过于拥挤的房间、过于杂乱的记忆保持对立。

事实上，心灵就像一个必须清理的房间，以免被回忆压得喘不过气。要

---

① 在我查阅的各种关于精神分析的词典里，"房间"这个词都没有被提及，艾伦伯格的书中也没有。不过我需要在此声明，我参照的样本量有限。

避免把自己关在里面。让·里什潘说"我的灵魂如同一个地牢"。梅特林克说,"日夜待在锚铁必较、满是小心思的房间里"让我们灵魂的生命变得衰弱。[58] 对其他一些人则正好相反,他们需要保住这个珍贵的圣地。福楼拜给阿梅利·博斯凯写道:"我们每一个人的内心都有一个高贵的房间。我把它围起来,它不能被摧毁。"[59] 这是记忆取之不竭的奇妙之地,普鲁斯特和佩雷克都是其中不知疲倦的探险家。乔治·佩雷克常说"我记得",他以这种方式驱除遗忘的黑水,驱散亲人被焚烧的火化炉中喷薄出的浓烟。

不可能忘记。诺贝特·埃利亚斯吐露:"我摆脱不了母亲在毒气室里死去的画面。我无法忘掉这一切。"[60] 为了逃避记忆,他坚定地走上了研究文明进程的道路。

## "回你的房间去!"被惩罚的孩子

从古至今,就家庭和国家、公众和个体的各个层面来说,禁闭一直是,而且仍然是带有特权性质的监视和惩罚手段。它不一定仅用于监狱:作为确保安全的手段,它在相对较晚的时期才成为一种主要的惩罚形式。米歇尔·福柯和其他历史学家都研究过其历史。[61] 我无意回溯与权力的历史交织在一起的、漫长且复杂的监狱的历史,而是想探讨当今盛行的惩罚性和安全性强制措施中作为禁闭空间而存在的房间或囚室,以及它们所占据的位置。

"回你的房间去!"每个无法忍受孩子淘气的母亲都会这样说。在拒绝体罚的家庭中,惩罚孩子就是把他送进房间,不让他吃甜点:这是家庭中的"轻度惩罚",更多针对孩子的心灵而非身体。维克多·雨果是慈祥的祖父,他觉得让"小让娜在小黑屋里啃干面包"的做法有点过火,于是给她送了果酱。塞居尔伯爵夫人对这种处罚并不反感。在《小淑女》中,苏菲被弗勒维尔夫人关进了简陋的"惩戒室",她把里面的东西全给砸了,最后不得不抄写十遍《我们的父亲》,每顿饭只有一碗汤、一点面包和水;与监狱中的"定量餐"几无差异。这些情节给年轻的读者留下了难忘的印象。她安静下来,开始懊悔。艾尔维·巴赞小说中可怕的女主人弗尔科什的规矩是"禁闭三天"。[62]

19世纪,将孩子关进小黑屋的做法非常普遍。黑屋被视为让人反思、回归理性的手段。黑暗被等同于地狱、惩罚、受苦。孩子害怕黑暗,有些作家反对这种做法。夏洛特·勃朗特讲述了一个小女孩的故事:小女孩感觉自己在被关的小黑屋里看到了鬼,她的精神受到刺激,以至于成年后还深受其害。孩子的权利在当时是一个非常模糊的概念,这种侵犯孩子权利的做法让人难以容忍,然而在20世纪的魁北克依然存在。《初等教育》杂志(1919年11月)刊登了一幅版画:一个表情平静而态度坚决的母亲要把她的小儿子关起来,孩子的姐姐看起来很伤心,奶奶则一脸无奈和难过。[63] 近至1941年,一些急于"消除恐惧"的教育家建议"绝不要把将孩子关进小黑屋作为惩罚"。[64] 有必要向人们强调这种惩罚手段的危害。

也有缺少关爱的孩子。曾在巴黎做用人的让娜·布维埃讲过一个小女孩的故事。女孩的父母整天把她关在房间里,吃饭时把饭菜送进去。"她只能生活在这个小小的房间里"[65],这是他父母一直想要的禁闭生活的前奏。近年来有社会新闻提到了"壁橱里的孩子",这些孩子被关在壁橱里多年。就在最近,人们还发现了一个一直在壁角生活的、遭到虐待的7岁儿童。是什么消极和毁灭的欲望驱使着此类行为?显然,对孩子的爱并非与生俱来。

旧制度时期,家庭可以求助于国家,凭借有国王封印的密信,将没有规矩的儿童和青少年送去监禁。[66] 大革命废除了这一制度,但是以"家长改造"代之。[67] 父母请求行政部门将孩子收入教养所,时间或长或短,希望矫正孩子的行为,使他遵守纪律。到了19世纪,该制度发生了双重转变:

社会转变和性转变。与重视自身自由的资产阶级家庭不同，平民家庭更愿意将女儿送入教养所，因为害怕女孩"轻浮"，比起自由的男孩，他们更担心女孩。善牧会（Bon Pasteur）和各种教养所接纳了一批又一批女孩，还有一些被定罪的孩子（相当一部分坐了牢）。[68] 在这些机构中，孩子一般睡在集体宿舍，非常顽劣的经常被关进小黑屋。这种惩罚往往是专横的；滥用惩罚、自杀和死亡事件随之发生，尤其是在梅特雷教养所。1840 年，一些慈善家创建了著名的都兰农业社，意图通过田间劳动和家庭来改造城里堕落的年轻人，但是，它慢慢演化为制造紧张和反抗的黑暗之地。[69]

孩子在这个群体里变坏了，这让管理部门很是头疼。要把他们分开、单独隔离，将这个骚乱的群体打散。"小罗凯特"监狱首次尝试了全天候监禁的单人囚室。[70] 1836 年，该监狱在巴黎开放，由建筑师勒巴根据边沁的"环形监狱"模式建造，接收因盗窃或流浪而被判刑的未成年人以及教养所的孩子。这里采取日夜完全隔离的制度。被拘押的年轻人无法接触彼此，只能见到守卫、教师或神父。做弥撒令人担忧，监狱管理部门甚至想直接取消弥撒！礼拜堂设在监狱的中心位置，孩子要去那里，必须先用"黑面纱"将脸遮起来。"黑面纱"是由克洛兹神父设计的——他曾向托克维尔炫耀过这项发明，后来改成了风帽；戴着帽子，他们坐到分开的隔间，仿佛坐进竖立的棺材。单人囚室外有一块狭小的散步区，他们只能在这里溜达几步。除了学习，他们整天待在囚室里干活，生产一些类似椅脚的零件。当然，因为日思夜想，他们产生了超常的交流热情。他们的机敏超乎寻常，会使用声音、记号、交换纸条来表白极度渴望的爱情。冷冰冰的环境，简陋的卫生条件，乏善可陈的食物，监禁生活滋生了急性肺结核；一些被关押者本就身体不好，常常发育不良，往往会沦为死亡率极高的瘰疬和结核病的患者。医学界、慈善界、政治界的舆论在发酵。雨果虽然和托克维尔一样坚定支持单独监禁，但是对"小罗凯特"监狱持反对态度。孩子们多次奋起反抗，特别是

311

在欧仁妮皇后某次来访期间。最后，这一制度被废除了，孩子们被分散到了各个农业社。

由于缺乏资金和信心，单人囚室被废止，取而代之的是又挤又脏的集体宿舍；到了 1950 年前后，弗雷斯纳和弗勒里-梅罗吉等地重新启用单人囚室，并以大学生的"小房间"为标准：时代已经变了。[①]

关于被关押的孩子的痛苦，我们知之甚少。来自教养所的几封信提到了他们的某种后悔和深切的被抛弃感。菲利普 13 岁，给父亲写信讲述自己的生活："我的生活并不快乐，但是我很高兴没有像别人说的那样受到鞭打。我整天都被关在小屋里，里面有一张带草褥的床、两床被子和两套床单；一张带抽屉的桌子；一个凳子；一个水壶和一个瓦罐；一个夜壶，一把木扫帚，一个痰盂。要是我需要什么东西，就把木夹子放在小窗口来提醒守卫。"他干的活单调、无趣，但是他没有抱怨。"虽然'小罗凯特'不是那么糟糕，但我还是很后悔。"[②] 压制孩子的抱怨和眼泪相对容易。借助珍贵的档案和资料，玛蒂娜·吕沙重现了索隆的故事：一个"被关的孩子，惯偷（1840—1896）"。[71] 加朗斯教养所的慈善家虽然不顾原则、反复动用小黑屋，却依然无法成功教化他。

被关在丹普尔监狱的王太子路易十七既独特又典型，他体现了儿童的不幸，是绝对的受害者。弗朗索瓦丝·尚德纳戈尔为他撰写了精彩的传记体小说《房间》。[72] 王太子被囚禁的房间如同一座与陆地分离的岛屿，作者描写了这座岛屿的地形、装饰，以及逐渐发展的、强迫性的禁闭。门、窗，甚至是壁炉都被堵死了；上了门锁和门闩，阻止他逃跑或被绑架的一切企图，孩

---

① 弗雷斯纳的"小房间"面积是 20 平方米，有卫生间，有简单但像样的家具；此外，"打扫房间"也是规矩之一。弗勒里-梅罗吉采用了大学生宿舍的标准：10 平方米，实心橡木橱柜，而且"铁条更多，围墙更多"。

② "小罗凯特"监狱里一个被关押者的信，1891 年 5 月 17 日。这个学生是离家出逃的惯犯，因此被商人父亲送去那里。

子被完全隔离，变得越来越孤单。根据来自姐姐（后来成为昂古莱姆公爵夫人的玛丽-泰瑞兹）可能是口述的谴责信，他甚至被最亲近的人抛弃了；他被所有人遗忘，似乎命中注定要消失，甚至要死亡。然而，作为孩子的他没有尖叫或哭泣。他陷入沉默，在寂静中度过夜晚、走向死亡。"他到底犯了什么罪呢?"压垮孩子的权力（是有意识的还是盲目的?）是如何运作的? 中心与边缘之间的关系构成了这个故事的政治视角与灾难动力学。作者在小说的结尾说，她想谈论恶，"谈论房间：我们的墙壁、仇恨、孤独和坟墓"。可以说，这是一条构思历史故事的成功之路。


## 监狱囚房


囚禁一直都是各种权力机构惯用的手段。它最初是一种政治惩罚。封建君主会把他的敌人、俘虏投进中世纪城堡的"地牢"。帝王会流放、隔离、囚禁敌人，王国的年鉴里不乏囚禁的记录，而且常常与金属相关：路易十一时期的铁笼，路易十四时期的铁面具；还会遵照国王密信，把囚犯扔到堡垒和地牢里的"稻草上"。虽然随着时代的发展，出现了一些调整，但巴士底监狱依然是王权专横的象征，"攻占"这里标志着革命胜利的曙光。大革命梦想推翻监狱之墙，却反而推广了监狱。

通过颁布法典，大革命终结了专制。它将监狱置于刑罚体系的核心。"少罚是为了善罚"是一种现代性的格言：反对酷刑和体罚（尽管法国直到1982年才废除死刑），重视规范性和一致性，鼓励规劝和新生，至少在原则上如此。当时，"好监狱"是社会的中心话题，囚房问题紧随其后。然而，无论是在具体实践中，还是在原则上，这些问题并不是一蹴而就的。具体实践有极大的随机性，原则还处在摸索中。杰里米·边沁在《环形监狱》中表明他更相信监视和交流的功效，而不是隔离；囚房不在他的讨论范围之内。根据勒佩勒提耶·德·圣-法尔若（1792 年）的设想，囚房的分级以光线和隔离的强弱为依据："黑暗中的孤独"，"有光线的孤独"，"监牢"，隔离和集体劳动。黑暗和剥夺光线是惩罚的同义词。

隔离室里存在着不同的体验。天主教的隐修室源自苦修传统，重视与群体的联系，反对新教危险的革新，即完全与外界隔离、限制教徒参加弥撒圣祭。[73] 清教徒的修行室更严格，关注个体的道德改造，比如费城樱桃山的贵格会制定的规则。医学方面的隔离室用于防止传染、避免接触，1832 年的霍乱让人们在恐惧中坚定了对隔离的信心。托克维尔说："最好的监狱是不会让人堕落的监狱。"所谓"动物磁气说"认为磁流体是一种有效的治疗方法，特别是当磁流体集中在被隔离者的"大脑机能区域"，即"犯人的康复穴位"时。此外，令人惊讶的是，在 19 世纪，关于隔离治疗的精神病学理论和关于监狱的论述彼此交织。[74]

隔离室是道德、宗教、卫生、刑罚等各种治疗的关键。它具有三重功能：惩罚，社会防卫，改造。在美国，监狱实验室存在两种对立的模式：在奥本，夜间隔离和白天保持静默的集体劳动彼此结合；在费城，犯人始终被全天候隔离，阅读《圣经》并自我反省。在樱桃山，贵格会教徒建造了一座呈辐射状结构的大型监狱，里面全部是单人囚房；今天，这座由建筑师约翰·哈维兰德设计的建筑已被废弃并向游客开放，是我们能够看到的、最让人印象深刻的纪念性监狱建筑。托克维尔 1832 年的美国之旅曾把调查监狱系统列为首要目的，这座监狱让他大受震撼。[75]① 他与著名的刑法专家夏尔·卢卡斯持不同意见，后者强调单独监禁对身体和精神造成的危害，得到了为数不少的医生支持，医生们担心被关押者面临发疯的危险。在 19 世纪

---

① 并非刚开始就这样；他最先倾向奥本的监狱模式，后来才转向单人监禁囚房。

40 年代，争论愈演愈烈。

无论是在法国，还是在开始制定相关计划的国际会议上，单人囚室都占据上风。1846 年，议会正式决定采用单人囚房。一些建筑方案对它作了规定。建筑师布卢埃在一些标志着"单人囚房理想国"之巅峰的项目中将"敞视主义"（panoptisme）和单人囚房结合起来。[76] 但是 1848 年革命打断了这一进程，第二帝国主张将罪犯流放到海外苦役监狱，因为放弃了这些项目，转而采用"监区"。第三共和国又重新回归。1875 年，第三共和国通过一项法律，规定在司法机构和拘留所（刑事被告和短期服刑人员）实行单独监禁。但是，由于部分省级议会面临财政困境，该规定的实施受到阻挠：监狱的支出未免太高了。共和国没有大胆的监狱政策[77]，而是更倾向于把这些"不可救药的""不适合从事任何工作的人"清除出去——正如惯犯流放法案所述（瓦尔德克-卢梭，1885 年），将他们发配到法属圭亚那和新喀里多尼亚。不过，这一措施的优点是：紧缩量刑，倾向于短期徒刑，引入缓刑和有条件释放的制度。在押犯人的数量减少，于 20 世纪 30 年代创下历史最低：监狱里的犯人不到两万人，这简直让人无法相信。①

建造监狱并不是当务之急。法国大革命之后，被收归国有的修道院（比如丰泰夫罗修道院、克莱洛修道院、莫伦修道院）变成了监狱，它们被简单地改造，里面的氛围冰冷、气味恶臭、阴森可怖。19 世纪末监狱的预算简直微不足道。然而，激进的共和派人士重新启用单人囚房，尤其是在大城市。1894 年至 1896 年间，里昂的圣保罗监狱共有 219 个单人囚房，它们分布在这个星状监狱的七个角上。囚房被漆成"行政黄"，里面有一块小搁板和一张小床，被关押者还可拥有几样小物件——大口杯、饭盒、洗脚盆和扫把。被关押者的义务之一是打扫囚房。在巴黎，为了疏通致力于举办世界博

---

① 然而，某个时刻的数据不应该给人造成假象：由于刑期短，很多人都在监狱待过；这只是监狱管理追求的目标。

览会的首都，省议会（路易·吕希皮亚等前巴黎公社社员占据议会的一些席位）决定拆毁马扎斯监狱——马克西姆·迪康指责其为"无情的暴力机器"，并在弗雷斯纳建造一座能容纳 6000 多人的模范监狱。该监狱交由新型独立房屋建筑的倡导者普桑设计，于 1898 年投入使用。[78] 它位于乡下，远离市中心（相距 20 千米），空气和光线充足，因呈长方形而被称为"电线杆"，配备了最现代化的设施（水、电、取暖），严格实施单人监禁。囚犯完全独处，只能在装了铁栏的狭小区域内走几步，只能通过特别打开的牢门参加主日弥撒。于 1906 年被关押在女监区的路易斯写道："监狱是一座坟墓。"[79] 她感到无聊至极。

每个囚房 9 平方米，浅色墙壁，沥青地面，装有一扇铁栏窗和一套焊固的家具：铁床，带挡板的桌子，椅子，木架，挂衣钩；墙上贴着规章制度和管理条例；有电灯和一个充当洗碗槽的盥洗池；条件简陋到让人厌恶，但在当时大多数家庭既没有下水道也没有自来水的情况下，还算不错。一些人谴责"弗雷斯纳宫殿"的过度"奢多"。《时报》（1898 年 7 月 21 日）发出质问："参与弗雷斯纳规划之人的仁慈行为，难道没有超越道德允许的界线吗？"舆论赞同一条"铁律"，即被关押者的生活水平和舒适程度应低于最贫困的无产者，否则监狱会变得诱人。监狱只应提供最基础的生活条件和最小的单人囚房，不然就会受到质疑，这么看来，它其实体现了国民消费水平。法国工人是在欧洲居住条件最差的群体之一，那么，法国的囚犯也应该如此，过去是，并且一直是。

单人囚房计划是在国际监狱会议上拟定的，焦点在于舒适性的适当程度和可接受程度。不过这与俄罗斯没有什么关系，因为其监狱的历史与众不同。北欧与南欧也存在分歧，尤其在厕所的问题上。在卫生方面，法国明显处于落后地位。1885 年（罗马）的大会上，法国代表完全放弃了厕所排污方案，他们借用插图来吹嘘"一种密封性良好的锌质便壶，便壶会在地板上的小轨道上滑动，无须进入囚房就能被人从走廊的另一头提走"。[80] 丹麦人和比利时人只觉得法国的"便壶"十分可笑。不仅如此，法国人还发布了大量文本来弥补舒适性的不足："囚房里的物品清单，监管和赞助委员会成员名录，监狱工厂名录，监狱年度时间表，镇压性法律，内部规章，律师名录，监狱里售卖的食品价目表"，等等。所有东西的价格远远低于一套适当的卫生设备的价格。13 年后，尽管进步不可否认，弗雷斯纳监狱在卫生方面还是相形见绌，尽管监狱管理部门把卫生作为改造原则之一："通过保持身体和着装干净来获得自我尊重。"省议会议长曾在落成典礼上这样说。

在监狱问题上，实际情况总是与演说相去甚远。1913 年，在法国的 370 座监狱中，只有 62 座实现了单人囚房（42 座新建，20 座改建）。为刑事被告（一种权利）和短期服刑人员（一种措施）保留的单人囚房被并入监狱。中央监狱采用奥本式监狱制度，夜间仅用隔板和铁栏隔离，犯人被关在上了锁的"床格子"里，就像"鸡笼"一样，无法出去。

不过，单人囚房最后还是成了欧洲的一项原则，遵循相对统一的标准。维克多·克莱普勒于 1941 年的经历值得一提。在德累斯顿，与一名"雅利安女子"的婚姻让他暂时幸免于难，他一步步抵挡着纳粹的反犹太迫害。因为违反居民防空法，他被判 8 天监禁：不小心让灯光透出了屋外。在日记里，他详细描述了警察局的第 89 号囚房，从 1941 年 6 月 23 日至 7 月 1 日，他一直待在里面："在左边，窗户旁有一张床。折叠起来时，床就靠在墙边，两只脚用铁钩支撑，像一只蝙蝠那样。床罩、羊毛被、床单摊在床沿上，枕头边角有 PPD 的模印文字，意思是德累斯顿警察局长……在右边，床的对面有一张粗木做的单脚折叠小桌，也是固定在墙上。桌子前面、靠近窗户的地方有一个小搁架。"搁架上摆着：水罐，咖啡壶，脸盆，小碗（深褐色陶瓷），装盐的镀锌铁罐。木板上有三个挂钩，两个是空的，另一个挂着一条有 PPD 模印字母的毛巾。厕所在门边的小板凳后面，离用来吃饭的桌子顶多两米远。"厕所是与我对囚房的肤浅印象唯一不同的地方。与其用现代和卫生的方便设施，还不如放一个简单的便桶。即使是这样的厕所，我还是能感觉到我被囚禁了：冲水只能从室外控制，早晚各冲一次。"空气足够呼吸，"只是充满了霉味和臭味"。桌子上方贴着内部规定，很难看清上面的字，因为他的眼镜被没收了，理由是在监狱里用不到眼镜。在他看来，难以忍受的不是周围的环境（总体上还行），而是监狱的制度；不是食物（在严格监禁期间，食物几乎比外面的还好），而是一动不动。不允许躺在床上，只能整天坐着或在牢房里踱步："我沿着床边不停地来回走动，对我来说，床是今天和明天的连接符。"监视与时间的流淌，是"牢笼与虚无的纯粹感觉"。[81]① 写作的权利也被剥夺了，直到一个善解人意的看守同意给他一支铅笔。克莱普勒努力写下他默记于心的内容，思考他伟大的作品——"第三帝国语言"[82] 词典计划。出狱后，他立即撰写了监狱故事，这位单人囚房的亲历者将此视为一种责任。

## 囚房经历

我们对监狱制度和监狱生活的了解，来自喋喋不休、无比繁杂的监狱管理规章，来自各种各样的调查（从约翰·霍华德、路易-勒内·维莱尔梅到当代社会学家，都在监狱中看到了社会的某个缩影），来自大量的监狱文学作品（部分取决于国家的法律特征）。这些文学作品非常丰富，但也留有空白。由于监狱中的性别极不对称（在今天的法国，女犯人只占 4%），故而

---

① 日记里的这个精彩片段既是一种抵抗行为，也是战争期间德国犹太人面对纳粹主义时日常生活最有力的一份见证。克莱普勒和妻子差点被流放，凑巧德累斯顿遭到轰炸，他们才逃过一劫。轰炸摧毁了所有身份文件，他们借机隐姓埋名，最终得救。

书写者大多为男性，主要出自政治人物之手，如西尔维奥·佩里科、热拉尔·德·奈瓦尔、布朗基等，而非出自普通犯人，这势必会成为一种局限。第一类写作者——知识分子——以被监禁而自豪，监禁体现了他们的抵抗和荣誉；他们更好地适应、利用孤独，尤其是通过写作。第二类写作者的文化水平要低一些，面对孤独也更无力，试图通过写作忘记孤独；不过，一些著名犯罪者是例外，他们沿袭皮埃尔·弗朗索瓦·拉塞内尔的传统，以自己犯下的罪行为傲。相比安全政策逐步收紧的今天，过去的舆论更喜欢劫富大盗、高级骗子和无畏劫匪，喜欢这些敢于挑战既定秩序的人，如"法国头号公敌"梅林；舆论强烈谴责性犯罪者，监狱里的犯人也是如此。亚历山大·拉卡萨涅博士与其竞争者龙勃罗梭是犯罪人类学的推动者，前者系统地申请并收集了（里昂）圣保罗监狱里十几位犯人的供词。菲利普·阿蒂埃尔最近挖掘并出版了这些犯人的自传，是"臭名昭著的生活"和监禁经历的惊人见证。[83] 最近数十年来，监狱叙事逐渐开放，许多作家在这一领域展露才华，比如阿尔贝蒂娜·萨拉赞和克洛德·卢卡斯。[84]

　　监狱里每个犯人的经历虽然基本相同，但是也有差异。这取决于性别、或多或少受隔离影响的性格，以及监狱的制度和异质性。拉法热夫人因毒死丈夫被判终身监禁，她不断要求将囚房变成卧室。"我可以有书、笔和桌子吗？虽然这里什么都没有，但是我要的物品足以让我重构一个家。"监狱提供的家具让她高兴："我会有一张铁床、一个火炉、一把扶手椅、两把椅子、一个用来摆书的胡桃木搁架，下面放一张小写字桌。还要一张可随意折叠的小桌子用来吃饭。我还会有一个柜子，里面可藏一个洗脸盆、一面镜子和几个小瓶子。"[85] 优雅的女人得有梳妆台。这也算是一种慰藉。但是，这些特许的家具很快被撤除了（虽然女囚犯们很团结，拒绝把它们搬下楼），只留下一张铁床和一个木板凳。拉法热夫人搞错了时代：她已经没有权利拥有任何"特权"，"自费单间牢房"早已不复存在。

"政治犯"首当其冲受到更严格的管制；因为威胁到政权，他们不断被专横地监禁。后来，民主政权承认他们的部分权利，特别是单人监禁权[86]，长期以来，这都被视作有别于普通犯人的待遇。① 20 世纪 70 年代被关押的左翼青年恰恰想要打破这条界限，争取人人平等的权利；他们的行动是后来几年法国政治运动的导火索。

烧炭党人西尔维奥·佩里科被关监狱 10 年，其中 8 年极为艰苦，尤其是被关押在摩拉维亚地区臭名昭著的斯皮埃尔伯格城堡监狱的时候。他非常关注自己居住的"房间"、从房间里看到的景色（在威尼斯，他可以看到囚禁他的"铅皮"屋顶）以及他的狱友邻居。当时，男女囚犯往往住得很近，甚至存在混居现象。他辨认墙上的文字，这些文字让囚房成为隐迹纸本。"很多人只是简单留个姓名或村庄名，还有不幸的被捕日。也有人会咒骂法官；还有人会写几句道德格言。"他讲述了服刑期间的身体之苦：肮脏，臭虫，寒冷，缺乏运动。在斯皮埃尔伯格，他只能戴着脚链独自放风。一个叫马宗切利的狱友患了坏血病，不得不截掉一条腿。另一个叫奥罗波尼的狱友死了。但是西尔维奥在囚房里读《圣经》，在寻找自己的同时寻找上帝。他的故事有关皈依和挣扎，同时也有关监禁。因此，他创作的《我的监狱》[87]引起了非同寻常的反响，成为名副其实的畅销书。这是个人回归主义的枕边书，极具司汤达的风格和深厚的浪漫主义色彩。根据该书的说法，在监狱里，人类获得了更大的自由。

另一个监狱英雄是奥古斯特·布朗基（1805—1881）。这位"被关押者"在狱中度过了大半生：43 年 8 个月。[88] 他的经历见证了"政治犯"身份的变化。在圣米歇尔山监狱（1840—1844），他的"囚室"非常原始，与斯皮埃尔伯格监狱不相上下：既没有床铺也没有草垫，只有一块虱子寄生的帆

① 显然，从来没有"不服从的权利"，针对 1848 年 6 月的叛乱者、巴黎公社的起义者以及后来的无政府主义者，当权者采取了大规模的流放措施。

布；食物只有面包和水；脚上穿着铁鞋。"我的身体状况很糟糕。既睡不着觉，也吃不下饭。"他变得沉默，陷入沉思。奄奄一息时，他才被转移，继而被释放，彼时恰逢巴黎 1848 年革命全面爆发，他在革命中找回了活力。1850 年，他被关到美丽岛的堡垒中，不过那里的环境要自由得多；他的囚房是 14 号房，后来成了他组织聚会和工作的场所。越狱失败后，他先是被关进黑牢，接着被送往科西嘉，然后又被转移到阿尔及利亚，直至 1859 年大赦。1863 年，他再次被捕；不过，因为圣佩拉吉监狱被称为"王公们的监狱"，入狱的三年简直是"我一生中最幸福的时光"。他的"房间"充当了学习和会面的场所，是法国社会主义的熔炉。后来，第三共和国对这个执迷不悟的起义者的惩罚变得更严厉，将他视为巴黎公社之火的始作俑者。1872 年，布朗基被判终身监禁。他先是被关在奥布省的克莱尔沃监狱，牢房长 2.5 米，宽 1.5 米。"在天气严寒的日子里，他就趴在床上写作，头上戴着帽子，背对着透入光线的窗户。"他的传记作者写道。后来，他搬到一间有八扇窗户的大房间里。"他住在房间的一角，有一张铁床、几把椅子、一个扶手椅。有柴火，是他自己劈的。"他像深山居士、沙漠隐士那样生活。也像一位学者，像笛卡尔那样将自己关在火炉旁。他的桌上摆满了书籍、词典，还有各种关于数学、代数、科学、历史和地理的论著，全部来自他的姐妹。他整天埋头计算，一心思考天文学，这是政治之外他最大的激情。因特赦而获得自由（1879 年）后，他与朋友（也是他的弟子）格朗日一起住在意大利大道上，不过"他们各自有一个房间"。他用书桌和论文重构起"永恒的囚房"。他回到乡下，但于 1881 年猝然离世。居斯塔夫·热弗鲁瓦这样写道，他是"监狱里有史以来最特别的野兽"。"监狱与他如影随形，无论他走到哪里，监狱都会按照他的意志在他周围重建。"监狱成为他的生存方式、第二本性。"终其一生，他始终带着自己的黑牢和坟墓。他在那里生活过，坚强而快乐。"他的墓志铭如是说。

对于关押"普通罪犯"的监狱，路易·佩雷戈和克洛德·卢卡斯是杰出的见证者。这两个"职业"劫匪、惯犯在监狱里度过了漫长的岁月。[89] 他们经历了各种形式的监禁：共用牢房、单人囚房、普通囚房、训诫室，他们对日常生活中微小空间的细微差异非常敏感。他们感受过 DPS（特别监管囚犯）的艰苦环境，蹲过关押叛乱分子的重犯单人牢房——监狱中的监狱。重犯单人牢房除了四堵墙之外别无他物，以前使用草垫，后来会配一张矮床，只提供最低标准的伙食，寒冷的夜晚特别难熬。这样的牢房会引发精神错乱和身体疾病，甚至发生过大量的自杀事件。它不断地被人揭发，却依旧继续存在着，唯恐失去威信的监狱管理部门意图以此显示自己的威严。这种隔离牢房的关押期限原则上不得超过 45 天。但是，一起案件被披露出来：一名囚犯在六十多所监狱里被单独监禁了近 13 年。据精神病专家称，这个犯人因此罹患"社会感官丧失综合征"。[90] 我们难以想象这种生活。

路易·佩雷戈特别关注日常生活中的细节，他认为监狱要求犯人每天重复相同活动的原因，就是要让他们忙碌起来。克洛德·卢卡斯叙述了狱中百无聊赖的一天，忙于"杀死"（从字面意思上）时间，他必须忍受无法忘却又看不到头的时间。监狱里的日子是"括号里的日子：它不属于社会时间，因此它是抽象或虚构的，是时间的真空"。它与现实彻底断裂，制造了排斥。"它是这种排斥的模型。时间空洞得足以当作惩罚，'配给'又看上去很正常，它既不会让囚犯回归自我，也不会让囚犯面对真实世界：作为社会时间的伪装，它在囚犯身上制造出活着的幻觉。"这种幻觉破灭的时刻，是晚上聚在一起看电视的时候。[91] 在卢卡斯看来，电视是一种异化形式；他拒绝看电视。路易·佩雷戈和克洛德·卢卡斯放弃了电视，重新开始学习和写作。① 他们对牢房里的生活没有特别不满，相反，他们都很喜欢监狱的清静

---

① 不过不是马上开始，因为在故事的结尾，路易·佩雷戈在重新安置屡遭失望之后回到了监狱。

和相对的隐秘。"终于可以独自待在牢房里，这真是令人难以置信的宽慰。"在同住的狱友离开后，卢卡斯这样写道。那位狱友很友好，却是一个唠叨鬼，还总失眠，在 9 平方米的空间里，这两点令人厌烦。和布朗基一样，获得自由之后，卢卡斯选择在简陋的小房间里写作，这就是习惯的影响。从这个角度看，埋头阅读书籍和报刊、拥有学习的条件对囚犯来说大有帮助。他和佩雷戈揭露了监狱中普遍存在的去社会化，不仅体现在物质条件的恶化上，还体现在监狱本身上：外形庞大，内里空无，个体权利缺失。直至不久前，个体权利还是得不到承认。

囚房作为监禁行为的舞台和工具，只是复杂机械运动中的一个齿轮。需要强调的是，囚房不是卧室，也不应该成为卧室。安娜-玛丽·马尔切蒂曾就今天的监狱做了详细的研究，她指出：中央监狱（主要关押刑期较长的犯人）里的犯人试图通过照片、小摆设、小物品以及床上的几个靠垫来重新打造自己的室内空间；靠垫被视为"头号家具"，对被关押在雷恩中央监狱的女囚来说更是如此。[92] 监狱当局从不会将犯人的行为视作融入监狱生活的符号，反而对此百般阻挠，他们担心这些行为会让犯人过度习惯和依赖监狱空间。突然、无理由地要求更换囚房，故意、破坏性地突击搜查，甚至专门派出紧急行动小组[93] 进行针对性搜查，凡此种种，都是要让犯人记住他们并非在自己家中，而是在接受管教，他们没有任何隐私权——这是自由人（和诚实之人）才配拥有的。通信得到允许，但私人会客不得进行，嫌疑者一再被搜身，这些措施也是为了消除犯人的人格或个性，而这种消除，恰恰摧毁了让他们重新适应社会的初衷。

单人囚房是一种惩罚。长期以来，它被等同于黑牢，与后者也有相似之处，从最初就激发了平民阶级的反抗。单人囚房打破了他们的沟通和交往方式，拒斥了政治犯同住的诉求。突然被投入单人囚房会令犯人很快陷入消沉状态。自杀十分常见，在毁灭性囚禁的头几天更是如此。2008 年，共计有

115 人死亡，即每三天就有一起自杀事件，受害者最常在孤独的夜里用床单上吊。[94] 合住的情形也好不了多少。年轻人、体弱者、同性恋、"异类"都可能成为年长、强大囚犯的"沙包"，在禁闭的环境下，看守对各种遭遇视若无睹。在南锡的拘留所里，时年 26 岁的约翰尼·阿加苏奇只不过是一名刑事被告，却被同住在 118 号牢房的两个犯人杀害，这两个犯人把他当作他们的"奴隶"。[95]

对少数囚犯来说，阅读和写作是他们的救赎，那是值得探索的领域，是一种依靠，也是一种成就。从费奥多尔·米哈伊洛维奇·陀思妥耶夫斯基，到在拉姆安拉的监狱中创作出《戒严》的巴勒斯坦大诗人穆罕默德·达维希[96]，监狱和写作之间的关系向来极为紧密。佩里科决定撰写自传："我要写下自童年以来，在我心里发生的一切好事和坏事。"[97] 纸张实在少得可怜，他就在桌板上写，写完再刮掉，就像在石板上写字一样。维克多·克莱普勒在一名看守还给他眼镜并递给他一支铅笔时如获新生："在这一刻，一切重新变得明亮，是的，几乎灿烂夺目。"[98] 拉卡萨涅博士要求圣保罗监狱里的犯人写自传，不惜许诺给他们（其中大部分面临处决）一些好处，甚至用欺骗的方式。确实有犯人产生了兴趣，比如埃米尔·努吉耶就涂涂写写了850 页，28 个笔记本。"到底是哪个魔鬼把笔塞到了我的手中？今天晚上，我完全停不下来：三次停笔上床，又三次坐起来继续写。"[99] 这个 20 岁的流氓，"美好年代的无赖青年"，在监狱里找到了写作的乐趣。大限已至，1900 年 2 月 10 日，他被送上断头台。克洛德·卢卡斯说："写作就是抵抗和拒绝别人对您的否定。"圣保罗监狱的一名犯人在自己作品的封面写下："这就是我的生命。"写作是力图重新占有自己的生命，并使之成为不朽。

抵抗意味着回忆。加缪笔下的"局外人"默尔索选择以盘点房内物品的方式来回忆自己的房间："起初很快就完成了。但是，每当我重做一遍时，花的时间就会更长一点。因为我记得每一件家具，房间里的每一件家具、每一个物品，它们的每一处细节、积垢、裂缝或缺口，它们的颜色或纹理……我可以花上数个小时，只数着房间里的东西。就这样，我想得越多，记忆中冒出来的陌生和被遗忘的东西就越多。于是我明白了，只要能在监狱里活一天，就能轻松地活过一百年。"[100] 通过诗歌、写作、回忆，人们或可重获自由。

在一个短暂偷来的，又或者是虚幻的、拯救的时刻，囚房变成了犯人自己的房间。然而，这个在监狱中必须拥有的弹丸之地，却不断受到人满为患的威胁。当今，法国监狱中囚犯的数量到达峰值（2008 年超过 67 000 人），这使一些监狱（特别是拘留所）沦为让人难以忍受的痛苦和潜在叛乱之地。[101] 监狱监督长让-玛丽·德拉鲁参观了索恩河畔自由城的"模范"监狱。他提出了很多批评意见，尤其不喜欢"格栅板"，即在牢房的铁窗外又附加的厚重的格子栅——目的是禁止与外界的任何交流，尤其是犯人之间的"闲扯"。它们让"白天的囚房落入一片漆黑"，增强了"隔离和黑暗的感觉"，也"激发了消沉或愤怒的情绪"。[102]

关于监禁的议题比以往任何时候都重要。街头不能再有流浪汉。他们的确在寒冷中挣扎，但他们的不幸也带来了混乱。人们不希望看见他们，哪怕是把他们送入收容所，只要他们愿意。监狱里也有 12 岁的犯人，他们被称为"未成年人"。如今，12 岁的孩子算"青少年"，理应适用成年人的标准，让他们进牢房吧！这个提案遭到了否决，但是，它证明了人们的恐惧。让我们把疯子也关起来吧：把他们送到精神病院，送入严格隔离的房间。恋童癖和强奸犯威胁着我们，我们都会成为真实或潜在的受害者，把他们扔进监狱更保险，服刑期满后也是如此，这样更安全。然而，监禁是一种陈旧的解决方案，现代技术必将带来更加经济的选择。对安全的追求已然成为一种哲学和治理方式，它催生了全面普及的登记和监控（各种性质的档案和卷宗激增），这些做法尖锐地提出了界限的问题。

## 隐藏，躲避

我们有时会感受到隐藏的愿望和需要。在墨西哥的家——"蓝房子"中，著名的女画家弗里达·卡罗将与卧室相连的浴室改造成保险柜，把证件、信件、情书等物品放入其中，这些是她作为一个半隐居的人遭受的背叛和悲剧生活的见证。她患有小儿麻痹症，后来因一场可怕的事故而截肢，但她用紧身胸衣和印度长裙掩盖了自己的残疾："外表具有欺骗性"，她在一幅画的空白处写道，画中的她着盛装，美丽非凡。浴室的门上挂着壁毯，被密封起来，很难想象里面堆积着满是灰尘的各种杂物：数十个木箱、纸箱，成堆报纸和数千本书，放着裙子和胸衣的衣柜，几个行李箱，一个带抽屉的写字台，抽屉里藏着秘密。22 000 多份文件、6 000 张照片、数百幅画作。2004 年 12 月 8 日，这个珍藏着她饱受折磨却又充满创造力的生命档案的安全屋终于开放，当时距弗里达和她不忠的伴侣迪亚戈·里维拉过世（分别于1954 年和 1957 年）已有半个多世纪。[103] 此后，这些档案就陈列在这个已经成为博物馆的故居中、这个凄凉而宁静的房间里。无疑，她在生前从未享受过这样的宁静。

战争和宗教或政治压迫会迫使人们躲避迫害者。有人逃进森林，这是法外之徒常常选择的避难所。有人躲到房子的各个角落藏身：箱子、壁柜、隔间、阁楼；钻进地窖；藏在墙上或花园挖出来的洞里。根据昂迪兹地区的德塞尔博物馆介绍，"短衫党人"（卡米扎尔起义者）表现出了非凡的智慧。在德国占领时期，大量的被迫害者，包括犹太人、共济会成员、抵抗运动人士，都曾藏身于一间公寓或卧室，窗户紧闭，窗帘拉下。为了掩盖任何行迹和声音，他们必须借助邻居和门卫的帮助，还得提防时常发生的告密。后来成为著名书商的米歇尔·伯恩斯坦是"保卫法兰西"网络的成员，战争期间他待在巴黎足不出户，在房间里伪造证件。

在整个欧洲，大量犹太人都是这样逃脱纳粹恐怖的。躲起来是存活的必要条件。在阿姆斯特丹，安妮·弗兰克和她的家人幸运地隐藏到1944年，然而他们还是被告发并被捕，后来在集中营里丧生。同样，丹尼尔·门德尔松在乌克兰的一个村庄发现了那些"失踪者"的行迹，其中就有他的伯祖——战前曾是一家生意兴隆的肉店的老板，和妻子及三个漂亮的女儿于此生活，然而一家人不幸先后被害。《失踪者》的作者讲述了他在欧洲和美国历时数年的追寻过程，很多家庭在20世纪初就已移民美国。起初只有几封信和爷爷讲述的片段，提到了失踪的兄弟。伯祖在森林里被围捕了许久，有可能躲进了某个"kessel"，作者因为不懂意第绪语，把该词误理解为"城堡"，结果在乌克兰一无所获。他找错了方向：其实那是一个小破屋。持续调查那些上了年纪的、有时候沉默不语的见证者后，他终于在村子的一个院子里找到了相关人员的下落。伯祖和他的大女儿在犹太人大屠杀中幸存下来，但他的妻子和另外两个女儿遇害了。逃生后，父女俩躲在一个地窖里，更确切地说是一个洞穴，被一扇几乎看不见的活动门掩护着。一位女美术老师收留了他们，并在一个爱上了她的非犹太裔乌克兰年轻人的帮助下为他们提供食物。1944年春，他们被告发了，还是没能逃脱被屠杀的厄运。半个世纪之后，经过锲而不舍的寻找，丹尼尔·门德尔松终于找到了这个最后的庇护所。他好不容易钻了进去，也总算明白了爷爷提到的"kessel"是什么："小盒子"（cassette），没错，就是一个逼仄得如同盒子的藏身之地。[104]

纵使密不透风，最后的房间还是没能抵挡住穿墙而入的背叛。

［1］ 让·端木松，《我做了什么?》(*Qu'ai-je donc fait?*)，巴黎，Laffont 出版社，2008 年。

［2］ 克莱尔·玛尔卢 (Claire Malroux)，《看见永恒的房间》(*Chambre avec vue sur l'éternité*)，巴黎，Gallimard 出版社，2005 年。克莱尔·玛尔卢编辑了狄金森的大量诗歌，主要在 José Corti 出版社出版。参阅克里斯蒂安·博班 (Christian Bobin) 的《白衣女士》(*La Dame blanche*)，巴黎，Gallimard 出版社，2007 年。

［3］ 转引自莫妮克·埃勒贝主编的《房屋：空间与私密》(论坛，巴黎，1985 年)，*In extenso*，第 9 期，1986 年，第 104 页。

［4］ 埃玛纽埃尔·德·鲁 (Emmanuel de Roux)，"一个疯子刻下的原生艺术珍品"，《世界报》，2007 年 7 月 21 日。作者介绍了部分内容并写道："一篇令读者尴尬的谵妄之文，让人感觉到这些既无音符也无标点的句子所隐含的痛苦。"

［5］ 转引自穆里埃尔·卡迪内-卢斯菲尔特 (Muriel Carduner-Loosfelt) 的 "一桩恶性案件" (Une affaire ténébreuse)，《社会与表征》，第 4 期，1997 年 5 月，第 240—249 页。

［6］ 哈罗德·品特 (Harold Pinter)，"房间" (1957 年)，见《庆祝：房间》(*Célébration. La Chambre*)，巴黎，Gallimard 出版社，2003 年，第 102 页。

［7］ 参阅《折叠床上的肖像研究》(*Study for Portrait of a Folding Bed*，1963 年)，这是 2008 年秋季在伦敦泰特现代美术馆展出的一幅油画。

［8］ 乔治·佩雷克，《沉睡的人》(*Un homme qui dort*)，巴黎，Denoël 出版社，1967 年；转载于《小说和故事》(*Romans et Récits*)，贝尔纳·马涅 (Bernard Magné) 推介，巴黎，Le Livre de Poche 出版社，2002 年，第 211—305 页。

［9］ 见前引，第 385 页。可以理解为帕斯卡尔的回音：信仰是"人心可感受的上帝"。

［10］ 玛格丽特·杜拉斯，《死亡之疾》(*La Maladie de la mort*)，巴黎，Minuit 出版社，1982 年，第 61 页。

［11］ 波莉娜·雷阿日，《O 的故事》，审校版，让·波朗的"奴役中的幸福"为序，巴黎，Pauvert 出版社，1974 年。众所周知，小说的作者是多米尼克·奥利。

［12］ 米歇尔·德隆 (Michel Delon)，《情色社交》(*Le Savoir-Vivre libertin*)，巴黎，Hachette Littératures 出版社，2000 年，特别是第 6 章，"场所和装饰"，第 115—144 页。

［13］ 同上，第 126 页。

［14］ 作者同上，《贵妇小客厅的诞生》(*L'Invention du boudoir*)，图卢兹，Zulma 出版社，1999 年。

［15］ 同前，《情色社交》，见前引，第 135 页。

［16］ 关于《O 的故事》的写作，参阅安吉·戴维的《多米尼克·奥利》，见前引。

［17］ 尼古拉·格里玛尔迪 (Nicolas Grimaldi)，《嫉妒：普鲁斯特想象研究》(*La Jalousie. Étude sur l'imaginaire proustien*)，阿尔勒，Actes Sud 出版社，1993 年。

［18］ 马塞尔·普鲁斯特，《重现的时光》，见《追忆似水年华》，第 3 卷，第 706 页。

［19］ 此处及其后的引文均出自《女囚》。

[20] 吉尔·德勒兹,《普鲁斯特和符号》(*Proust et les signes*),第 2 版,巴黎,PUF 出版社,1970 年,第 152 页,后引同。

[21] 马塞尔·普鲁斯特,《女囚》,见前引,第 81 页。

[22] 同上,第 370 页,后引同。

[23] 转引自维克多·布隆贝尔的《浪漫的囚牢:论幻想》,见前引,第 136 页。

[24] 马塞尔·普鲁斯特,《女囚》,同上,第 370—371 页。

[25] 同上,第 414—415 页,以及《女逃亡者》,见前引,第 419 页。

[26] 马塞尔·普鲁斯特,《女逃亡者》,同上。

[27] 参阅吉尔·德勒兹的《普鲁斯特和符号》,见前引,第 2 章,"盒子和花瓶",普鲁斯特的叙述结构。

[28] 埃德加·爱伦·坡,"厄舍府的倒塌",《怪异故事集》,见《散文集》,夏尔·波德莱尔翻译,巴黎,Gallimard 出版社,七星文库,1951 年,第 349 页。

[29] "莫尔格街谋杀案",《怪异故事集》,同上,第 19—56 页。

[30] 加斯东·勒鲁,《黄色房间之谜》,1908 年。

[31] 《世界报》,2009 年 3 月 17 日,尤其描述了维也纳南部阿姆施泰滕镇的伊布斯塔斯街 40 号的地窖。

[32] 同上,2006 年 9 月 2 日。

[33] 尼科尔·埃德尔曼,《癔症患者的病变:从 19 世纪初至第一次世界大战》,见前引。

[34] 夏洛特·珀金斯·吉尔曼,《黄色墙纸》(*The Yellow Wallpaper*),1890 年;法文版标题为《被监禁的女人》(*La Séquestrée*),迪安娜·德·马尔热里(Diane de Margerie)翻译,巴黎,Phébus 出版社,2002 年,第 17 页。

[35] 同上。

[36] 关于夏洛特,除了迪安娜·德·马尔热里《被监禁的女人》的后记"写作或爬行",还可参阅玛丽·A. 希尔(Mary A. Hill)的《夏洛特·珀金斯·吉尔曼:激进女性主义者的形成,1860—1896 年》(*Charlotte Perkins Gilman. The Making of a Radical Feminist, 1860 - 1896*),费城,1980 年。关于爱丽丝·詹姆斯,参阅让·斯特鲁斯的《爱丽丝·詹姆斯:一部传记》,见前引。关于伊迪丝·华顿,参阅迪安娜·德·马尔热里的《伊迪丝·华顿:一生阅读》(*Edith Wharton. Lecture d'une vie*),巴黎,Flammarion 出版社,2000 年。

[37] 参阅维维亚娜·弗雷斯特(Viviane Forrester)的《弗吉尼亚·伍尔夫》,巴黎,Albin Michel 出版社,2009 年。要想压制这种不时冒出的疯狂,需要"牛奶、食物、睡眠",而且要放弃写作(第 308 页);这也是精神科医生奥克塔维亚·威伯福斯主张的饮食制度。

[38] 转引自让·斯塔罗宾斯基的《透明与障碍》(*La Transparence et l'Obstacle*),巴黎,Gallimard 出版社,"Tel"丛书,1971 年,第 59 页。

[39] 雅克·达拉伦(Jacques Dalarun),《"可以说"上帝改变了性别?宗教造就了女人,11 世纪至 15 世纪》(*Dieu changea de sexe «pour ainsi dire». La religion faite femme, XI$^e$-XV$^e$ siècle*),巴黎,Fayard 出版社,2008 年,特别是第 7 章,"另辟蹊径。13—14 世纪的意大利女圣人",第 211—240 页。

[40] 同上，第 217 页。

[41] 同上，第 285 页。我们对她了解充分，这得益于一个修道院修士的叙述——她是"所有自命不凡的女人"之典范。

[42] 波莱特·莱尔米特-勒克莱克（Paulette L'Hermite-Leclercq），"法国西南部的隐修士和隐修女"，见《朗格多克宗教生活中的女人（13—14 世纪）》[*La Femme dans la vie religieuse du Languedoc（XIII^e – XIV^e siècle）*]，图卢兹，Privat 出版社，1988 年。

[43] 参阅让-克洛德·施密特（Jean-Claude Schmitt）的《异端之死》（*Mort d'une hérésie*），巴黎，Mouton-EHESS 出版社，1978 年。贝居安女修会接收最富裕的女性，通常有亲属关系。

[44] 保罗·范登布洛克（Paul Vandenbroeck）主编：《心灵的秘密花园：12 世纪以来荷兰修女的想象世界》（*Le Jardin clos de l'âme. L'imaginaire des religieuses dans les Pays-Bas depuis le XII^e siècle*），展览手册，布鲁塞尔，Martial-Snoeck 出版社，1994 年。

[45] 阿维拉的特蕾莎，《心灵城堡》（*Le Château intérieur ou les demeures*），转引自茱莉亚·克里斯蒂娃的《特蕾莎，我的爱》，见前引。

[46] 亨利·布雷蒙，《宗教战争结束至今的法国宗教情感史》，见前引，第 1 卷，第 811 页，后引同。

[47] 同上，第 2 卷，第 9 章；关于帕斯卡尔，第 241—296 页。

[48] 同上，第 170 页。

[49] 米诺·贝尔加莫（Mino Bergamo），《灵魂解剖：从圣方济各·沙雷氏到费奈隆》（*L'Anatomie de l'âme. De François de Sales à Fénelon*），格勒诺布尔，Jérôme Millon 出版社，1994 年；重点参阅第二部分，"神秘主义地理分布"（La topologie mystique），第 137 页，后引同。

[50] 让-雅克·奥利埃（Jean-Jacques Olier，1608—1657），《水晶灵魂：我们内在的神性》（*L'âme cristal. Des attributs divins en nous*），马里埃尔·马佐科（Mariel Mazzocco）编辑、介绍和注解，雅克·勒布朗（Jacques Le Brun）作序，巴黎，Seuil 出版社，2008 年，第 178 页。

[51] 米诺·贝尔加莫，《灵魂解剖：从圣方济各·沙雷氏到费奈隆》，同上，第 9 页。

[52] 同上，第 16 页。

[53] 盖恩夫人（Jeanne Guyon），《监禁随笔》（*Récits de captivité*），未出版，文本由玛丽-路易斯·贡达尔（Marie-Louise Gondal）整理，格勒诺布尔，Jérôme Millon 出版社，1992 年；《激流》（*Les Torrents*，1683 年），文本由克洛德·莫拉利（Claude Morali）整理，格勒诺布尔，Jérôme Millon 出版社，1992 年；《简易方法和其他灵性写作》（*Le Moyen court et autres écrits spirituels*，1685 年），格勒诺布尔，Jérôme Millon 出版社，1995 年。

[54] 亨利-弗雷德里克·艾伦伯格（Henri-Frédéric Ellenberger），《发现无意识》（*Histoire de la découverte de l'inconscient*），巴黎，Fayard 出版社，1994 年。

[55] 见西格蒙德·弗洛伊德的《精神分析五讲》（*Cinq Psychanalyses*），巴黎，PUF 出版

社，1979 年；亨利-弗雷德里克·艾伦伯格在《发现无意识》中对此书做了概述，见前引，第 543 页，后引同。

[56] 我在这里使用了转义的法律概念，涉及到对良心的判断。参阅克罗迪娜·阿罗什主编的《良心》(*Le For intérieur*)，巴黎，PUF 出版社，1995 年。

[57] 萨拉·考夫曼 (Sarah Kofman)，《暗箱：论意识》(*Camera obscura. De l'idéologie*)，巴黎，Galilée 出版社，1973 年；她在附录中添加了威廉·雅各布·斯格拉维桑德 (Willem Jacob S'Gravesande) 的文章《暗箱的使用》。

[58] 莫里斯·梅特林克 (Maurice Maeterlinck)，《智慧和命运》(*La Sagesse et la Destinée*)，1898 年，转引自《法语宝典：19 世纪和 20 世纪的法语词典》，见前引。

[59] 居斯塔夫·福楼拜，《通信集》，第 3 卷：1859—1868 年，巴黎，Gallimard 出版社，"七星文库"，1991 年，第 61 页，1859 年 11 月。

[60] 转引自斯特凡娜·奥杜安-卢佐的《战斗：现代战争的历史人类学（19—21 世纪）》，见前引，第 51 页。《习俗之文明》（1939 年出版）的作者写道："避免一切冲突，这就是我的选择。"

[61] 米歇尔·福柯，《规训与惩罚：监狱的诞生》，见前引；雅克-居伊·珀蒂 (Jacques-Guy Petit)，《黑暗中的徒刑：法国的刑事监狱（1780—1875）》(*Ces peines obscures. La prison pénale en France, 1780 -1875*)，巴黎，Fayard 出版社，1989 年。作者同上（主编），《苦役、劳改场、监狱的历史（18—20 世纪）》(*Histoire des galères, bagnes, prisons, XIIIᵉ -XXᵉ siècles*)，图卢兹，Privat 出版社，1991 年。

[62] 艾尔维·巴赞 (Hervé Bazin)，《蛇蝎之母》(*Vipère au poing*)，巴黎，Grasset 出版社，1948 年。

[63] 玛丽-艾梅·克里什 (Marie-Aimée Cliche)，《虐待还是惩罚？魁北克家庭中对孩子的暴力，1850—1969 年》(*Maltraiter ou punir? La violence envers les enfants dans les familles québécoises, 1850 -1969*)，魁北克，Boréal 出版社，2007 年。

[64] 《我们的孩子》(*Nos enfants*)，第 8 期，1941 年 8 月 8 日；转引自玛丽-艾梅·克里什《虐待还是惩罚？魁北克家庭中对孩子的暴力，1850—1969 年》，同上，第 169 页。

[65] 让娜·布维埃，《回忆录》，见前引，第 79 页。

[66] 阿尔莱特·法尔热和米歇尔·福柯，《家庭的混乱：巴士底档案中的密信》(*Le Désordre des familles. Lettres de cachet des archives de la Bastille*)，巴黎，Gallimard 出版社，1982 年。

[67] 贝尔纳·施纳佩 (Bernard Schnapper)，"家长改造"（该制度规定父亲可以向法院申请将子女监禁一段时间），《历史评论》杂志，1980 年 4—6 月。

[68] 埃莱斯·伊沃雷尔 (Élise Yvorel)，《阴影中的孩子：20 世纪法国本土被关押年轻人的日常生活》(*Les Enfants de l'ombre. La vie quotidienne des jeunes détenus au XXᵉ siècle en France métropolitaine*)，雷恩，PUR 出版社，2007 年。

[69] 弗雷德里克·肖沃 (Frédéric Chauvaud)，《当代的正义和偏离》(*Justice et déviance à l'époque contemporaine*)，雷恩，PUR 出版社，2007 年，第 362 页，后引同。

[70] 米歇尔·佩罗，"'小罗凯特'监狱的孩子们"(Les enfants de la Petite Roquette)，《历史》，第 100 期，1987 年 5 月；同一作者，转载《历史的影子》，见前引。

[71] 玛蒂娜·吕沙（Martine Ruchat），《索隆的传奇故事：被关的孩子，惯偷（1840—1896）》[*Le Roman de Solon. Enfant placé, voleur de métier (1840-1896)*]，洛桑，Antipodes 出版社，2008 年。

[72] 弗朗索瓦丝·尚德纳戈尔（Françoise Chandernagor），《房间》（*La Chambre. Roman*），巴黎，Gallimard 出版社，2002 年。

[73] 参阅雅克-居伊·珀蒂的《黑暗中的徒刑：法国的刑事监狱（1780—1875）》，见前引，第 53 页，后引同。马比荣（Mabillon，1632—1707）批判教会采用的隔离措施过于严厉，强调集体劳动或在花园里劳动的重要性；参阅《关于教会监狱的思考》（*Réflexion sur les prisons des ordres religieux*），1690 年。

[74] 参阅马塞尔·古歇（Marcel Gauchet）和格拉迪斯·斯万（Gladys Swain）的《人类思想实践：精神病机构和民主革命》（*La Pratique de l'esprit humain. L'institution asilaire et la révolution démocratique*），巴黎，Gallimard 出版社，1980 年。

[75] 参阅托克维尔，《全集》，第 4 卷：《关于法国和国外监狱系统的著述》（*Écrits sur le système pénitentiaire en France et à l'étranger*），米歇尔·佩罗编辑、整理和介绍，巴黎，Gallimard 出版社，2 册，1984 年。

[76] 参阅雅克·珀蒂的《黑暗中的徒刑：法国的刑事监狱（1780—1875）》，见前引，第 244—245 页。

[77] 参阅罗贝尔·巴丹泰（Robert Badinter）的《共和国的监狱（1871—1914）》[*La Prison républicaine (1871-1914)*]，巴黎，Fayard 出版社，1992 年。

[78] 克里斯蒂安·卡里埃（Christian Carlier），《弗雷斯纳，"现代"监狱的历史：从诞生到初期》（*Histoire de Fresnes, prison « moderne ». De la genèse aux premières années*），巴黎，Syros 出版社，1998 年。

[79] "路易斯日记"，同上引，附录，第 255 页。

[80] 《罗马监狱会议》（*Congrès pénitentiaire de Rome*），1885 年，第 3 卷，第 51 页，配有 4 幅插图。

[81] 维克多·克莱普勒，《我的纸兵：日记，1933—1941 年》，见前引，第 1 卷，第 582—618 页，"89 号囚房。1941 年 6 月 23 日—7 月 1 日"。

[82] 作者同上，《LTI：第三帝国的语言》（*LTI. La Langue du III^e Reich*，1947 年），伊丽莎白·吉约（Élisabeth Guillot）翻译并注释，巴黎，Albin Michel 出版社，1996 年；重版，巴黎，Pocket 出版社，1998 年。

[83] 菲利普·阿蒂埃尔，《犯罪生活录：罪犯自传（1896—1909）》[*Le Livre des vies coupables. Autobiographies de cricriminels (1896-1909)*]，巴黎，Albin Michel 出版社，2000 年。

[84] 阿尔贝蒂娜·萨拉赞（Albertine Sarrazin），《踝骨》（*L'Astragale*），巴黎，Jean-Jacques Pauvert 出版社，1965 年；克洛德·卢卡斯（Claude Lucas），《苏埃尔特：自愿被囚禁》（*Suerte. L'exclusion volontaire*），巴黎，Plon 出版社，"人类地球"丛书，1995 年。

[85] 玛丽·拉法热（Marie Lafarge），《狱中时光》（*Heures de prison*），巴黎，Librairie nouvelle 出版社，2 卷，1854 年，第 1 卷，第 199 页。

［86］ 让-克洛德·维蒙（Jean-Claude Vimont），《法国的政治监狱：一种特别监禁方式的诞生，18—20 世纪》 （*La Prison politique en France. Genèse d'un mode d'incarcération spécifique, XVIII$^e$ - XX$^e$ siècles*），巴黎，Anthropos-Economica 出版社，1993 年。

［87］ 西尔维奥·佩里科（Silvio Pellico），《我的监狱》（*Le mie prigioni*，法译版，1843 年）；该书被数次重版，比如阿兰·福耶于 1990 年在九月出版社出版的版本。关于具有浪漫色彩的监狱，参阅维克多·布隆贝尔的《浪漫的囚牢：论幻想》，见前引。

［88］ 居斯塔夫·热弗鲁瓦（Gustave Geffroy），《大囚犯》（*L'Enfermé*），巴黎，Fasquelle 出版社，2 卷，1926 年，朱利安·卡安作序，笔者在文中援引的正是该书的内容。

［89］ 路易·佩雷戈（Louis Perego），《重回囚笼》（*Retour à la case prison*），克里斯蒂安·卡里埃撰写了后记，巴黎，Ed. Ouvrière 出版社，1990 年；克洛德·卢卡斯，《苏埃尔特：自愿被囚禁》，见前引。

［90］ 《世界报》，2008 年 12 月 13 日；法国安全道义委员会（CNDS）的通告。

［91］ 克洛德·卢卡斯，《苏埃尔特：自愿被囚禁》，见前引，"监狱的日子"，第 452—458 页。

［92］ 安娜-玛丽·马尔切蒂（Anne-Marie Marchetti），《终身监禁：长期徒刑的无尽时光》（*Perpétuités. Le temps infini des longues peines*），巴黎，Plon 出版社，"人类地球"丛书，2001 年；《监狱中的贫穷》（*Pauvretés en prison*），巴黎，Erès 出版社，1997 年。这位女社会学家曾做过大量实地调查。

［93］ 路易·佩雷戈，《重回囚笼》，同上，第 33 页；他描述了里昂圣保罗监狱的一次牢房搜查行动，执行搜查任务的是专门从巴黎过来的专业行动队，他们习惯性地砸毁了所有可能带有个人风格的装饰。

［94］ 《世界报》，2009 年 1 月 16 日，第 3 页。

［95］ 同上，2008 年 1 月 14 日："南锡监狱，约翰尼·阿加苏奇被人殴打数小时致死，而看守们什么都没看到。"

［96］ 穆罕默德·达维希（Mahmoud Darwich），《戒严》（*État de siège*），阿尔勒，Actes Sud 出版社，2008 年。

［97］ 西尔维奥·佩里科，《我的监狱》，见前引，第 58 页。

［98］ 维克多·克莱普勒，《我的纸兵：日记，1933—1941 年》，见前引，第 1 卷，第 612 页。

［99］ 菲利普·阿蒂埃尔，《犯罪生活录：罪犯自传（1896—1909）》，见前引，第 377 页。作者对监狱写作做了更广泛的研究，展现了监狱是如何变成"写作工坊"的，第 380—398 页。

［100］ 加缪，《局外人》，见《戏剧，随笔，小说》，巴黎，Gallimard 出版社，1967 年，第 1181 页。

［101］ 拘留所的人口过密率达到 141%；参阅《世界报》，2008 年 12 月 19 日。在弗勒里-梅罗吉，牢房一直在增加，但牢房里的状况总是堪忧。被打破的门、窗、玻璃就用纸来替代：囚房里冷得要死。参阅让-贝拉尔（Jean Bérard）和吉尔·尚特莱纳（Gilles Chantraine）的《2017 年 80 000 囚犯？监狱机构的偏离和不可能的改革》（*80 000*

*détenus en 2017? La dérive et l'impossible réforme de l'institution pénitentiaire*），巴黎，Amsterdam 出版社，2008 年。

［102］ 让-玛丽·德拉鲁（Jean-Marie Delarue），"关于索恩河畔自由城的建议"，《里面，外边》（*Dedans，dehors*），国际监狱观察组织杂志，法国分刊，第 67—68 期，2009 年 4 月，第 11 页。这篇文章要早于 2009 年 4 月初发布的公开报告，共涉及 52 个机构，其中有 16 座监狱和 11 个外国人留置中心。文章极具批判性，曝光了监狱里习以为常的，特别是严重侵害隐私的现象。参阅《新观察家报》，2009 年 4 月 25—28 日。我未能获取这份报告。

［103］ 参阅巴贝特·斯特恩（Babette Stern）的"弗里达的秘密房间"（La chambre secrète de Frida），《解放报》，2007 年 7 月 6 日。

［104］ 丹尼尔·门德尔松（Daniel Mendelsohn），《失踪者》（*Les Disparus*），巴黎，Flammarion 出版社，2007 年。

# 匆匆而过的房间

过去的房间还剩下什么？未来的房间又将如何？与容纳它们的屋子一样，房间似乎具有双重的不确定性。"房屋转瞬即逝，很不幸，如同岁月。"普鲁斯特这样说。

## 脆弱的痕迹

过去的房间几乎没有留下什么痕迹。有时候，一个词会指明它以前的用途。"一个一直被称作儿童房的房间。"这句舞台指示拉开了《樱桃园》的第一幕："妈妈，您那两间房，一间白色的，一间紫色的，还照原来的样子保留着。"瓦里雅对柳苞芙·安德烈耶夫娜说，后者很雀跃："我小时候就睡在这里。现在我又找到儿时的感觉了。"她对这个房间的认同感非常强烈。可是好景不长，房子被卖掉后，她不得不离开。再看最后一眼："我好像从未如此认真地观察这些墙壁和天花板……妈妈喜欢在房间里走来走去。"她离开了。"舞台上空无一人。观众听到每扇门被锁上的声音，听到汽车发动的声音。然后，一片寂静。"[1]

出于为死亡驱邪的目的，农民会抹除房间里的一些痕迹。在乡下，他们更换床单、被褥，甚至是床。祖母的床铺以消毒为名被焚毁时，维奥莱特·勒杜克肝肠寸断："祖母下葬后，她的床在我们的花园里被烧毁了，时而闻到丝带烧起来时难闻的气味。对我来说，真正的死亡就是这种气味……祖母又死了一次……她化作烟雾而去。"[2]

在城市里，人口压力对空间的占用影响极大。当居住者离开时，过去空间的布局、摆设、物品及用途等也必然会随之消失。那么，留下来的东西又该如何处理？雅各在第二次世界大战中阵亡后，他的朋友和母亲走进他的房间，对房内的凌乱感到惊讶："他走之前一点都没有整理过……他当时是怎么想的呢？他觉得自己还会回来吗？""我该怎么处理呢？弗兰德斯夫人说。她拿出雅各的一双旧鞋。"[3] 为了清理他去世后空出来的房间，这些多余的遗物和占地方的遗产最好还是都处理掉。痛苦和挣扎如影随形。"如何腾空父母的房子，又不抹除他们的过去、我们的过去呢？"丽迪娅·弗莱姆思索着。[4] 怎么才能平静地走进那个一如当初的房间？床还在那里，床两边的抽屉里还留着他们最私人的纪念物。

前一个住户离开，后面的住户取而代之，他们会搬动家具，挪走上面摆着挂钟、贝壳和小玩意的壁炉，敲掉隔墙，改变房间的用途。他们会重新粉刷，更换墙纸，那一层层墙纸代表的潮流让他们充满好奇、感到有趣——"多么古怪的审美！"墙纸背后过往的时光让他们隐约有些动容。我们能理解那些重回童年之人的失望：曾经生活过的房子几乎无法辨认，曾经睡过的房间更是面目全非。毕竟房间只是一个盒子。在他们离开时，这个盒子已被清空，就让别人来填满在他们看来永久不变的生活吧。"生命中所有的房间终究只是/被打翻的抽屉"，阿拉贡说。"我们再也回不去这些房间，房子/如我们现在知道的那样，会被破坏/破坏得什么都不剩/哪怕是一丝痕迹。"[5]

卧室只是特殊的"记忆之场"，它们过于私密。哀伤和忠诚的配偶或子女会设立祭台、摆上遗物，比如照片、用品、发绺；祭台会保留到他们去世。对房间的敬拜仅限于"伟大的人物"（女性极为罕见），如政治家、学者或作家，它是感化对名人的隐私生活越来越感兴趣的公众的方式。让-保罗·考夫曼对圣赫勒拿岛朗伍德别墅的黑色房间[6]浮想联翩，拿破仑曾被关押在里面；他对一些事情的真实性和拿破仑的死亡之谜产生了疑问；他对抵抗囚禁的能力进行了思考，他自己也曾在黎巴嫩被关押过。他认为拿破仑很在意睡眠质量。担任第一执政时，拿破仑在杜伊勒里宫拥有豪华的卧室，床被摆在铺着红丝绒的平台上，卧室里还有镶嵌铜丝的英式衣柜，风格混杂且奇特：既有神圣性，又有家庭味。[7]后来他换成了行军床，朴素、轻巧、可移动，是作战部队指挥官清苦又不失优雅的标志，也象征着他的遗产：一个孤独但充满梦想的男人，只对权力充满热爱——那种持久的权力。

白宫二楼亚伯拉罕·林肯的房间是美国人民瞻仰的对象，也是共和党的圣地，但这里从来不是他的卧室，而是他和内阁的办公室；1863年，他在此签署了解放黑人奴隶宣言。哈里·杜鲁门曾将它作为"卧室"。劳拉·布什将其恢复成初始状态，即维多利亚时期的风格。一张床头巨大的红木双人大床位于这个房间的中心。这张床或许是由玛丽·托德·林肯购买的，她是优秀的主妇，负责当年的装修工作。尽管林肯可能从未于此就寝，但这位遇刺总统的鬼魂还是经常在这个房间里出没。富兰克林·罗斯福、温斯顿·丘吉尔、艾米·卡特、罗纳德·里根都确信自己见到过他！罗纳德·里根的狗经常在房间门口吠叫，但从不进门，清洁女工进去之前都会犹豫一下。任职期间的总统会在此接待贵宾。[8]白宫是一座保存着最知名入住者回忆的家庭住宅。德国总理赫尔穆特·科尔声称没有见过林肯的鬼魂，但是睡在这个传奇且显赫的房间还是让他非常激动。从某种角度来讲，这个房间带有预言性质。[9]

法兰西共和国的记忆是否同样长久？至少，它不像美国那样家庭化。法国在合适的教堂或先贤祠纪念英雄；共和国的珍宝必须向公众开放。爱丽舍宫的入住者并没有独占它们，而是更希望抹去前任的痕迹。可以在希侬城堡、在"老莫尔旺"酒店找到弗朗索瓦·密特朗的回忆，1959 年至 1986 年期间，这位后来成了总统的涅夫勒省议员在这里度过了每一个选举之夜。从 1946 年起，这位年轻的议员就住在可以看到莫尔旺山的 15 号房间，距离伯夫雷山不远，后来，他还考虑过与达尼埃尔合葬在这座山上。1981 年 5 月 10 日，他在这里得知了自己大选获胜的消息，并撰写了宣言。钥匙挂在钥匙牌上，包含淋浴房在内，共计 10 平方米的房间谈不上气派，只是商务客人的歇脚处。15 号房间象征着共和国的艰苦朴素，然而在第二个七年任期之初，民众开始质疑总统开支过大和他的君主派头。"在那个遥远的、郊区尚不存在的世纪，这是修道士般的房间，一种政治命运就在四面墙之间构建。"[10] 阿里亚娜·舍曼这样写道。房间中的羽绒压脚被和黄色小花墙纸已消失不见，但还散发着旧日的魅力。房间留存下来，作为主题旅游线路的必经站点（登上索鲁特雷岩石之前，寻访密特朗的旅游专线会经过"老莫尔旺"酒店）。不停吆喝的回忆经营者策划了这些旅行。

至于作家故居，由于继承人无法预测其影响，在变成深受欢迎的旅游胜地之前[11]，它们往往逃不过被荒弃的命运，内部也被忽视或损毁。伏尔泰的侄女曾认真地清理甚至变卖了哲学家留在费尔内城堡里的物品，他在城堡里度过漫长的岁月，最后却几乎没有留下任何痕迹。拉维尼亚是最后一个生活在姐姐艾米莉·狄金森位于阿默斯特镇的房间里的人，但她没有留下多少姐姐的东西。[12] 此外，整修工作也抹去了亲近的感觉。[13] 保持原样、未经修整的作家故居堪比无价之宝。人们认为，相比孚日广场，欧特维尔承载了更多维克多·雨果的记忆，就像诺昂镇之于乔治·桑，乌莱纳镇之于马拉美。在马拉加尔，弗朗索瓦·莫里亚克的房子没有像其他故居那样"匆匆而过"，因为他希望这个"旧居"可以在未来开放。这栋房子有许多房间：用人房，客房，还有让人惊讶的夫妻房，里面有两张带滑轨、需要时可以拼在一起的床。在"狼谷",一位热心的管理员将穷困潦倒的夏多布里昂使用的破旧家具替换成了高品质装饰,认为这才配得上《墓畔回忆录》的作者——他或许都认不出改装后的房间。比起住所,这位世纪旅行家可能更重视自己的墓地。在孔堡,我们听到的是他父亲的脚步声。[14]

在这些纪念性故居里,卧室未必是保存最好的地方,除非它还是"写作室",即创作之地(这种情况很常见)。桌子、墨水瓶、证明天才来自努力的某份手稿会激发人们的敬仰之心。在瓦尔特堡(图林根),被放逐的路德被萨克森的弗雷德里克三世接待(1521—1522),他曾在房间里将《圣经》翻译成德文,我们现在还能看到墙上留下的墨痕,据说他曾将墨水瓶扔向阻止他翻译的魔鬼的脑袋。很久以后,人们开始瞻仰左拉的书桌。在巴黎的布鲁塞尔街,人们经常对着巨大的办公桌拍照。在梅塘,还留有他曾在阁楼里用过的小桌子,那是他最初的陪伴;摆在书房中央的那张大桌子被称为"神圣的空间",那是他写作的地方。[15]床有些尴尬,至少在当时如此。左拉对它不是说得太少,就是说得太多。在左拉和亚利桑德里娜的夫妻房里,那张铜床已不见踪影,取而代之的是一幅表现"神圣家庭"的画作:弗朗索瓦(让娜·罗思罗的儿子)和妻子艾米莉陪伴着他们的孩子。在这里重新组建真实家庭的居然是私生子。[16]在韦泽莱镇,罗曼·罗兰故居是法兰西学院的财产,里面陈列着泽尔沃斯的藏品;作家希望让这个房间保持"原貌";不过,床被钢琴取代了。[17]纪念馆这样做,是为了展现其本质。对忠实地唤起回忆的热切渴望,定然会使事物凝固。这种情况很罕见,乔治·普瓦松在提及拉布雷德城堡时不禁慨叹:"我们可以看到孟德斯鸠的卧室,丝毫未变!"[18]挪动位置尤其令人反感,因为会打乱作者与某个地方或某处风景之间的联系。参观科莱特的房间——从皇家宫殿迁到了圣索沃尔昂普伊萨耶城堡(不在其母西多妮的房子里,而是在城堡旁边的科莱特博物馆),我们肯定会感到不适。还有更糟糕的例子,普鲁斯特、保尔·莱奥托和安娜·德·

诺阿伊的卧室居然在卡纳瓦雷博物馆，被布置得一丝不苟，近乎完美。

我们可以从作品中找回作家的房间：无论是小说还是自传，房间都是其炼丹炉与见证者，是写作的动机。房间是普鲁斯特眼中的重要场所，他不分昼夜、每时每刻都在追寻透过窗帘射入的阴影和光线，通过门窗、楼梯、街头传来的声音唤起自己的感觉、苦恼、失眠，还有醒来时发觉心爱之人不在身边的焦虑。对乔治·佩雷克来说，房间是近乎形而上的生活场所，他以一个想象中的考古学家的身份，悉心清点了他曾睡过的两百多个房间："再现卧室这一空间足以让那些最短暂、最细微，也是最本质的回忆苏醒、回归、重现。"[19] 然而他也明白："我的空间是脆弱的：时间会消磨它们，摧毁它们。原来的样子荡然无存，我的记忆只会背叛我，遗忘会悄然潜入我的记忆。"[20] 空间本身就是疑问。这个空间真的存在吗？

弗朗索瓦·莫里亚克也被类似的疑惑困扰着。他的母亲坚持不懈地"追求现代化"，把家里改造了个彻底，只有照片或墙壁还能让他想起零星的碎片："然而，保留着先人手印、脸庞、身材和轮廓的不是那些墙壁，而是他们生前用过的物品：帷幔、窗帘、挂毯、护壁板上的灰浆，见证了他们兴趣和喜好的用具和颜色。它们看着主人从一个房间搬到另一个房间，坐着，躺下，抽烟，吃饭，沉思，离世。一旦日常生活中的装饰被清除，剩下的就只有再也无法勾起回忆的空架子了。"[21] 在这些被破坏殆尽的地方，他和普鲁斯特一样，只能被遗忘淹没。他引用了普鲁斯特的话："对某一个人的回忆，只不过是某一瞬间的悼念而已。"若想留下一些东西，就需要将回忆化作文字，它是一段故事唯一的守护者。

我们从自己身上找回自己的房间。那是我们生活体验的熔炉，它住在我们的记忆里。每个人都可以回忆、写下属于自己的房间史，无论是在白天，还是在黑夜。

## 今天："痛苦的房间"

作为见证者和创造者，建筑师设计图纸上不断增加的线条分隔了家庭空间和公共空间，尽可能多地创造出"单间"，让每个人拥有自己的床和卧室。"生活指南"的拼图变得更复杂、更丰富。卧室如同蜂巢里的蜂窝一样大量增加。它们的位置变了，具有保护性，但是重要性也有所下降，比如退到房子的二楼或套间最里侧，窗户朝向天井，失去了"风景"。卧室仅限个人自用，属于不用工作、一片漆黑，且在夜晚令人不安，充满恐惧和欲望。根据空气容积的规定，有些房间扩大了面积，但大部分则缩小了很多。它们丧失了功能多样性，变得更有针对性、专注于睡眠，从"房间"化为"卧室"，即仅用于睡觉的笼子。因此，人们不再那么重视卧室，总是在缩减其面积。总之，它们小得让人不舒服。

这些"痛苦的卧室"难道是缓刑期间的房间？卧室变成了什么？今天的建筑师和住户对此有何看法？建筑师承认他们处境尴尬。他们不知道该如何设计它，除非在更看重卧室的第二住宅（供暂居、假日居住）。他们时而主张将房间个性化，特别是儿童房；时而主张将它们敞视化、透明化，使其看不出实际功能。设计师视卧室为共用空间或浴室的附属；他们显然更重视浴室，甚至把床放在里面，使之变成一个"带浴室的卧房"。在一家改造成阁楼（loft）的鞋厂里，卧室被安排在阁楼上，就像"加利福尼亚小屋"那样。[22] 与以前用四堵墙封闭、为结构提供支撑和保护的做法相反，一些设计师设计了透明的玻璃小屋。对成年人来说，卧室已不再重要，在迫不得已的情况下可以睡在其他地方。客房曾作为亲密和好客的象征，早已消失很久。客人们白天外出旅行，晚上住在宾馆或客厅的角落；很快，他们就会乘坐固定班次的火车或飞机离开。只有孩子才是卧室重要的受益者，特别是在法国。因为出生率持续走高，儿童房市场一直在扩张，提供的样板也越来越个性化、越来越讲究。"有望于2012年实现的智能屋"特别关注技术领域的新成果，推出了一款类似于"泡泡屋"的"舒适茧房"，在大人的关注下，孩子可以窝在床上，时刻受到监护，安全无忧，还有玩具和电视屏幕陪伴。"氧气源源不断地输入，茧房能保证孩子在一个健康的环境中度过无忧无虑的夜晚。"[23] 祖父的卧室里有一张床，床上装有老人跌倒的警报系统。由高效的机器人协助的预防措施将会大量应用于未来的卧室。

卧室已经减负。[24] 它丢弃了家具和小摆设。衣柜代替了壁橱，里面可以放各种颜色的毛巾、叠好的衬衣，或者是挂衣架上的衣服。可折叠、可变形的家具和嵌入式抽屉出现了。床勉强还在，没有固定的顶盖和笨重的床头，只有四只床脚；床上有一条羽绒被，被子上堆满靠垫，可以直接倒在上面；甚至还有铺在地上的床垫，轻巧，便于移动。照明采用温和的非直射光。随时准备露营的用户可以选择能折叠的露营设备。当被问及此事时，这类人往往对卧室很不满意，但又不知道自己想要什么。[25] 他们正在寻找像阁楼这样无差别、可调节、多功能的空间，以反映他们的生活。"以前，人们购买家具；今天，人们购买隔板。"[26] 日式房屋常使用移动隔墙，没有家具或窗帘，只配地毯和席子。植物制的席子十分光滑，可以穿着宽松的和服放松地直接躺在地上，这一切勾勒了后现代理想的室内生活，它与百货公司商品名录所展现的粗笨僵硬的"卧室"形象，与昔日年轻夫妇梦寐以求、不可或缺的玻璃镜衣柜大相径庭。这类房间暗示着对身体、人和爱情的不同看法。这是东方对西方的反转吗？

那么，如何解释卧室相对的"消失"呢？[27] 首先，这与城市化、住房危机、住房成本高昂等经济问题有关。需要通过室内布局和分割来"扩展空间，而不推倒墙壁"。分隔卧室往往会产生费用，收入微薄者只能缩小其面积。在今天，卧室似乎有待重新定义。

　　但是，还有更深层次的原因。要找到这些原因，我们需要回溯、考察指向卧室的各种路径。家庭和社会、精神和物质的依据都已破灭或崩塌。卧室丧失了人类学维度。新生儿不再在家里出生，而是在产房出生。人们几乎不再"保留"卧室，不再死于家中。疾病和死亡都属于医院，四分之三的法国人如今在医院离世；在有尊严地离开之前，他们迫切需要一个小房间来度过几天或几个小时。人们不必再在家里养老。在养老院无名的房间里，仅有一些少见的物品勉强保留着前住户的痕迹。夫妻与他们的双人床——曾让弗朗索瓦·密特朗想起在母亲身边、在雅尔纳克度过的童年时光——如今不再是构成一座住宅的基础。重组家庭会避开原来的卧室，而用别的卧室安置双方共同的孩子，如果孩子还在共同抚养阶段，周末去哪里往往是非常麻烦的问题。卧室和床不再与做爱紧密相连。伴侣们常常选择临时场所来完成秘密、短暂的身体接触。即兴、匆促而炽热的接触适合宾馆、汽车、帐篷、海滩或树林。"更浪漫"的艳遇未必得在日常的卧室里进行，反而惧怕卧室，因为夫妻生活也存在厌倦的风险。在城堡的塔楼里，森林里的"睡美人"哪怕等上一百年，也等不到她的白马王子。

　　卧室的精神与思想基础同样也在削弱。"哪里有神圣，哪里就有围墙。在封闭——界线、门槛或差异——被抹除的地方，神圣也随之丧失。"谈到公共空间，雷吉斯·德布雷如是说。[28] 在一个以透明、废除限制和边界为最高价值的社会里，窗帘正被撕碎。"毫不夸张地说，一个渴望透明和介入、喜欢偷窥的社会，将不再对贝壳、宝盒、谕旨和圣龛抱有选择性的亲和力。"[29] 或许这句话也适用于卧室。婚姻中的我们会更多地暴露自我，甚至渴望展露自我。国家元首，无论左派还是右派，已经打开了私生活的大门。

　　昔日灯下/床上睡前阅读的习惯衰落了，这动摇了书籍和卧室之间的紧密联系。卧室原来是阅读爱好者，尤其是女性读者的宝地，"女书迷"牌书灯那朦胧的灯光宛如夜间的轻纱。看电视与阅读构成竞争，前者是更适合集体的活动,电视机在客厅的沙发和茶几前占据了一席之地。与之竞争的还有电脑,其私人空间的个体化程度各不相同。此外,教育学家建议不要在儿童房摆放电脑,以便父母监督并防止他们被钓鱼网站欺骗;对青少年也是如此,避免他们因沉迷于 Youtube、脸书、推特等社交网站而减少睡眠。[30]

祷告椅早已消失;独自祷告早已终止。静修不再是最主要的宗教生活方式。住宅区及其引发的问题亟待关注,人道主义替代了宗教的狂热输出。皮埃尔神父、特蕾莎嬷嬷、以马内利修女、约瑟夫·莱辛斯基神父是现代社会的英雄。他们与科吕什或"无国界医生"一样,总是通过各种渠道和途径出现在世界上苦难发生的现场。旅行者的历险、印度壮观的人群、非洲城市的定居点、贫民区的扩张、无家可归者的激增,这一切让房间变得微不足道,也让它被人渴望。

房间还在坚持。

[ 1 ]　安东·契诃夫,《樱桃园》(1904 年),见《全集》,巴黎,Gallimard 出版社,"七星文库",1967 年,第 1 卷。这是关于房屋被拆、房间被埋、生活被毁的寓言故事。

[ 2 ]　维奥莱特·勒杜克,《我厌恶贪睡者》(1948 年),见前引,第 43 页。

[ 3 ]　弗吉尼亚·伍尔夫,《雅各的房间》,见前引,第 197—198 页。

[ 4 ]　丽迪娅·弗莱姆,《我是如何腾空父母的房子的》(Comment j'ai vidé la maison de mes parents),巴黎,Seuil 出版社,2004 年,第 67 页,"床边"。

[ 5 ]　路易·阿拉贡,《房间,静止时光里的诗歌》,见前引,第 99、101 页。

[ 6 ]　让-保罗·考夫曼 (Jean-Paul Kauffmann),《朗伍德的黑色房间:圣赫勒拿之旅》(La Chambre noire de Longwood. Le voyage à Sainte-Hélène),巴黎,La Table ronde 出版社,1997 年。

[ 7 ]　参阅弗雷德里克·马松的《家中的拿破仑:皇帝在杜伊勒里宫的一天》,见前引。

[ 8 ]　信息来自维基百科 (2009 年 1 月 10 日)。

[ 9 ]　关于白宫的一个节目,法德公共电视台 (Arte),2008 年 5 月 17 日。

[10]　阿里亚娜·舍曼 (Ariane Chemin),"老莫尔旺酒店:15 号房间" (Hôtel du Vieux Morvan. Chambre 15),《世界报》,2006 年 1 月 3 日。

[11]　无论是国家还是地区,关于作家故居的书籍都数量可观。尤其可参阅乔治·普瓦松 (Georges Poisson) 的《法国男性和女性名人故居指南:600 个地方,作家、艺术家、

学者、国家领导人》（*Guide des maisons d'hommes et de femmes célèbres en France. 600 lieux: écrivains, artistes, savants, hommes d'état*），第 7 版，巴黎，Horay 出版社，2003 年；阿里埃特·阿梅尔（Aliette Armel）的《玛格丽特·杜拉斯：三个写作之地》（*Marguerite Duras. Les trois lieux de l'écrit*），卢瓦尔河畔圣西尔，Pirot 出版社，"作家故居"丛书，1998 年；艾芙琳·博洛克-达诺的《作家故居》（*Mes maisons d'écrivains*），巴黎，Tallandier 出版社，2005 年。

[12] 这给传记作者克莱尔·玛尔卢造成了很大的困难，《看见永恒的房间》，见前引，第131 页。

[13] 弗朗索瓦·莫里亚克，《匆匆而过的房子》，见前引，第 889 页。

[14] 弗朗索瓦-勒内·德·夏多布里昂，《墓畔回忆录》，七星文库，1946 年，第 82 页："晚上接下来的时光，耳朵只会听到他那有节奏的脚步声、母亲的叹息声、还有风的呜咽声。"

[15] 艾芙琳·博洛克-达诺，《左拉家》，见前引，第 78 页；她在第 54 页引用了埃德蒙·德·龚古尔的描述，龚古尔对梅塘很不满："书房的高度和宽敞度没问题，但是被令人讨厌的各种小摆设毁了。"

[16] 同上，第 113—114 页。

[17] 参阅多米尼克·佩蒂（Dominique Pety）的"19 世纪的作家故居：昨天的居所和今天的博物馆"（Maisons d'écrivains du XIX$^e$ siècle: habitations d'hier et musées d'aujourd'hui），《19 世纪》，第 25 期，1977 年 6 月。

[18] 乔治·普瓦松，《法国男性和女性名人故居指南》，见前引。

[19] 乔治·佩雷克：《空间物种》，见前引，第 46 页。

[20] 同上，第 179 页。

[21] 弗朗索瓦·莫里亚克，《匆匆而过的房子》，见前引，第 888 页。

[22] 《星期日报》（*Journal du dimanche*），2009 年 5 月 3 日。

[23] "参观有望于 2012 年实现的智能屋：布鲁塞尔附近，一个根据未来技术设计的样板建筑"，《世界报》，2008 年 8 月 8 日。

[24] 玛丽-皮埃尔·杜布瓦-佩特洛夫（Marie-Pierre Dubois-Petroff），《卧室：建筑师的秘方》（*La Chambre. Recettes d'architecte*），巴黎，Massin 出版社，2004 年。要将这个被浪费的空间，即"有待开发的空间"，做得有个性，作者建议在床头和床顶盖上下功夫，它们"完全像是来自童话世界"。

[25] SREP，《单间的历史：关于一些住宅实际居住经历的社会人类学研究》（*Histoire de cellules. Étude d'anthropologie sociale sur le vécu de certains logements*），巴黎，1975 年；这是关于巴黎地区六组住宅的详细调查，这项由来已久的调查显示了家庭对房间面积和布局的不满。

[26] 菲利普·德穆佐（Philippe Demougeot），《房子告急：让我们释放空间吧》（*SOS Maison. Libérons l'espace*），巴黎，Hoëbeke 出版社，2007 年；转引自《世界报》，2008 年 3 月 30 日："无须推墙就能扩大空间"。作者参加了第五频道电视台的节目《房子问题》（*Question maison*）；2009 年 2 月 18 日："房子告急：为孩子和成人配一个房间。"

［27］　弗朗索瓦·若朗-克尼博纳（François Jollant-Kneebone），"当代卧室或消失"，见《凹室之梦》，见前引，第154—174页。

［28］　雷吉斯·德布雷，《友爱时刻》，见前引，第41页，"封闭"。

［29］　同上，第50页。

［30］　"长期缺乏睡眠的青少年：电脑屏幕前的过错"，《世界报》，2009年4月7日。

# "离开……"

　　几个世纪以来，西方文化在房间里寻觅并找到了休憩之地。希腊的kamara，罗马的cubiculum，隐修院的隐修室，领主的城堡，农民的柜式床，女才子的会客室，凹室，床龛，寄宿学校或头等车厢的卧铺……它们创造了一种栖身方式，像芭蕾舞池的舞步那样变幻不定。我追随着这些通往身体之围城的种种路径，可惜无法穷尽所有潜在的可能。我没有参观过牧羊人的小屋、师范学校的学生宿舍或（极少前往）大学生的房间，不曾观察过门卫的岗室，更遗憾的是没有探查过侦探文学中的那些犯罪房间。从爱伦·坡、加斯东·勒鲁，到雷蒙·钱德勒或保罗·奥斯特，这些行迹分析的专家都曾带着侦探独有的犀利目光描述了囚室。这种调查模式需要具备一定的专业素养，可我本人尚未具备。比起调查资料来源，历史学家依赖的是他看待这些资料的方式和视角。还有许多扇门有待打开、许多房间有待盘点，每一个都足以成为一本书的主题。本书仅是抛砖引玉之作。

　　房间曾是文明的熔炉之一，它既是社会标准的产生之地，也是创作之源和体验之场。从国王的房间到豪华大酒店，从僧侣的隐修室到监狱的囚房，从集体房间到个体房间，在漫长的历史沿革中，房间满足着人类的身体及其种种需求。对调查者来说，这是一个观察场所；对组织者来说，这是一种监视手段，也是一种管理和惩戒方式。神父、伦理学家、医生、卫生工作者、心理学家都对房间给予关注，他们确立了室内布局、作息时间、空气容积、居住类型和睡眠方式。建筑师和装修设计师确定了房间的位置，美化墙壁、铺设地毯、摆放饰品，还有家具风格。床是睡眠之地、爱之圣坛、繁殖之圣龛，无论是从物质性、实用性，还是从在床上度过的时光来说，它都值得特别重视。房间哪怕很小，也浓缩了社会的担忧甚至是困扰。作为这个世界的基本粒子，房间的秩序揭示了世界的秩序。

因此，房间具有双重的舞台特征。在剧院，房间因其进出的可能性和精确性为无数戏剧提供了场景，尤其在当代，剧院对将床搬上舞台一事不再犹豫（第一次曾引起轰动）。在生活中，房间是一个窝、一个纽结，是见面和交流、权力和诱惑、温柔和暴力上演的场所。父母和孩子、年轻人和老年人、富有者和贫困者、男人和女人在这里相聚、相爱，有时也相互争斗。个体躲到房间里放逐自我。

房间曾是体验之地，提供相似或迥异、普遍或独特的体验。房间因其承担的需求的普遍性而变得永恒，又因其形式和用途而深具历史意义。房间刻有岁月的烙印，因为岁月流过了房间的每一个角落，为里面的物品打上印记，塑造了我们的记忆。房间也被定格在某一段"不会消逝的岁月"，对不同年龄和地位的人来说，房间里日复一日的生活近似于永恒。童年和老年，正是睡眠需求极高、疾病和死亡易发的年龄，因此他们比其他人更多地待在房间里。青少年、女性、作家与房间有着深厚的联系。今天，年轻人、流亡者、移民是最渴望拥有房间的群体。对他们来说，房间不是"痛苦之地"，没有房间才是痛苦。

房间代表着通往城市的道路，是被社会容纳的第一步和最低限度的民主，也代表着保护性的撤退，这是构成自由的基础。"一扇门要么开着，要么关着"[1]，侯爵夫人在谈到她的会客室时这样说，她不希望被别人打扰，也不想让穿堂风吹入。门有接纳和选择的权力，房间因此得到更好的保护。

不敲门就不能进入，擅自入内是对隐私无法容忍的侵犯。窗百叶、窗板、窗帘会隔开外界，在波德莱尔看来，亮着灯的窗比单纯打开的窗更能释放一些信息："阳光下看到的事情，总是没有窗玻璃后发生的事情有趣。"[2]

在日益区块化、纳入全景监控的社会，房间保守着最后的秘密。它或许是一座孤岛，却是拥有无限潜能的岛，因为通信技术将这个世界置于电脑屏幕上。环绕房间的旅行变成了环游宇宙的旅行。就这样，房间得到连接与再生，有着美好的未来和无限的探索。房间是通向欲望、通向他人、通向世界的一扇门，它鼓励着你去发现。走出去吧！

我喜欢这些丰富的、神秘的房间，因为斑驳的墙壁，因为里面的轻声低语，因为它承载的情感和故事，因为生活的密度和曲径通幽的想象。我依赖于这些秘密和"小说中的自白"，惊讶于它们的暗示力量，甚至是我们每个人的忏悔，我有时会觉得自己有些不自量力。但是我也明白自己是在挑战转瞬即逝和不可认知的事物。为了保护秘密、保持沉默，房间的主人层层包裹起他们的居所，阻挡着历史学家的闯入。作为拥有界限的观察对象，房间的不透明性可以挫败研究者和权力的好奇心。

毫无疑问，这也是房间如此吸引我们的原因之一。

---

[1]  阿尔弗雷德·德·缪塞（Alfred de Musset），《一扇门要么开着，要么关着》（*Il faut qu'une porte soit ouverte ou fermée*），"戏剧—谚语"（1845 年），见《戏剧全集》，巴黎，Gallimard 出版社，"七星文库"，1947 年。

[2]  夏尔·波德莱尔，"窗户"，《巴黎的忧郁》（1869 年），XXXV，见《全集》，巴黎，Gallimard 出版社，"七星文库"，1976 年，第 1 卷，第 470 页。

# 致　谢

　　本书的史料来源繁杂至极，无法在此一一列举。除了《私人生活史》各卷，本书还受益于一些辞典、展览手册、论文、人种学和社会学著作，以及大量的文学作品，对此，每一章都会列出具体的参考文献，读者可通过章末注释找到它们。

　　学界众多同仁的睿智和关怀令我受益良多。在此，我要感谢以下人士：阿里埃特·阿梅尔，菲利普·阿蒂埃尔，法比埃娜·伯克，玛丽·谢，雅克·埃斯帕尼翁，丽迪娅·弗莱姆，彼埃雷特·弗勒蒂奥，雅克琳娜·拉卢埃特，让·莱玛丽，安娜·马丁-菲吉耶，斯特凡娜·米修，莫娜·奥祖夫，弗朗索瓦丝·普律尼埃-德雷福斯，马尔蒂娜·雷德，伊丽莎白·卢迪内斯库，克洛德·施科尔尼克，蕾拉·塞巴尔，米歇尔·韦尔内。

　　最后，我要特别感谢莫里斯·厄伦德。

# 译后记

## 《私人生活空间史》
## 一部以才情、激情和温情写就的"生命存在的舞台"史

　　"二战"结束以后，法国史学，尤其是年鉴—新史学在国际史坛声名显赫，在相当大的程度上长期引领战后西方史学发展潮流。其间，法国女性史坛高手当然也常有出现。在足以显示"巾帼不让须眉"的这些人中，出于习史经历和研究旨趣，本人尤为欣赏和推崇的是犹如"双子星座"的莫娜·奥祖夫和米歇尔·佩罗。这两人，前者早年以研究法国第三共和国小学教师蜚声史坛，随即更多以法国大革命史专家闻名遐迩；后者先以对19世纪法国工人的研究崭露头角，继而转向在妇女史等领域大显身手。人们只要知晓她们二人分别携手孚雷、杜比级别的史坛巨擘，主编了《法国大革命批判辞典》《西方妇女史》之类的里程碑式著作，就不难掂量出她们在法国乃至国际史学界该占有的地位。

　　尽管在我心目中两人同等出色，但佩罗较之奥祖夫确实更易让我产生亲近感。这显然与我早年遇到的法国"贵人"有关。此人就是时任巴黎八大教授的克洛德·维拉尔（Claude Willard）。维拉尔与佩罗一样，也是拉布鲁斯，即那位与布罗代尔齐名的战后法国史坛泰斗的高足。20世纪80年代中后期，本人初涉法国人民阵线运动史时，先是有幸受到来杭讲学的维拉尔教授指点，接着在他的邀请和帮助下首次赴法，在巴黎八大进修近现代法国社

会史。进修期间，维拉尔教授既在生活和学习上对我关爱有加，还设法为我提供求教于社会史名家的机会，当中自然有可见到佩罗的学术活动。可以说，正是这些机缘令我不仅早就开始关注佩罗，此后也一直对她青睐有加。2009 年，《私人生活空间史》这本佩罗自己用力甚勤，广大读者期盼已久的著作终于出版了。无疑，这也是 1928 年出生的佩罗晚年最让我意外，同时也更添好感之事。

《私人生活空间史》出版后在法国好评如潮，还获得过重要奖项。因此，本人早就在关注此书，同时还期望值颇高。事实上，早想"一睹为快"的我，在出版社约我翻译并寄来法文版时不仅爽快答应，更是书一到手就打开阅读。在读过之后，我不仅觉得它丝毫没有让我失望，而且再次激起了对作者的敬意。这种敬意的油然而生，固然与佩罗和家父年龄相仿有些关系，也有其他因素在起作用。就此，本人以为，本书能取得如此成功，除视角独特、充满新意、洞见迭出，至关重要的是，佩罗力求将"房间"当作"生命存在的舞台"来书写历史，其间还着力体现了有良知、有担当的优秀史家须有的一大特点，即乐于和善于展示他（或她）本人的（社会）"介入"；同时，她也让自己兼具的才情、激情和温情各得其所，淋漓尽致地在字里行间得到体现。

《私人生活空间史》一书，写作视角之新奇独特，实可一目了然。尽管如此，作者落笔时具有的关照、秉持的理念，仍有必要先予以审视和揭示。就此，本人特别想指出一点，佩罗不仅视"房间"为"生命存在的舞台"，且在着手书写房间史时早就别具慧眼地看到："作为这个世界的基本粒子，房间的秩序揭示了世界的秩序。"她在序言中开宗明义："从临盆到临终，房间是生命存在的舞台，至少是剧场的后台。在这里，面具被摘下，衣装被脱下，躯体完全沉溺于情绪、悲伤、感性。人们会在这里度过人生的近半时间，一段属于肉体、昏昏沉沉、沉浸于黑夜的时光，一段时而失眠、胡思乱想、梦魇缠绕的时光。这是一扇通往无意识，甚至通往彼世的窗户；半明半暗增添了房间的魅力。"

才情激荡，可谓佩罗于此书首先带给我的强烈印象。这位史学家在书写过程中自然流露的深厚文学素养，更是令我折服。对此，人们甚至不妨如是断言，如果说《小说鉴史》是史学名家奥祖夫具有非凡文学造诣的明证，那么佩罗凭借本书，在文学才情上完全可和奥祖夫这位她相识多年、惺惺相惜的闺蜜媲美。关于佩罗的文学才情，篇幅所限，难以更多介绍和探讨，只能暂时满足于先在此特别强调，佩罗在写本书时，非但将有关小说视若"取之不竭的资源"，同时还充满洞见地指出，"在 19 世纪，小说赋予私人空间——上流社会和家庭情景剧——巨大的重要性"。还值得关注的是，佩罗书中的很多描述是如此富有感染力和别具一格，就连作为法国年鉴－新史学派"第四代"领军人物之一的安德烈·比尔吉埃尔也叹为观止，这位享誉国际史坛的历史人类学家在为本书撰写的书评中挥笔写道："本书像自然缀连起的一幕幕话剧，让读者欲罢不能。"随后，他在提及此书"追述了来自时光裹挟下各色人等的记忆，他们当时的情绪以及想法"时，还令人印象深刻之极地夸赞作者具有"普鲁斯特一般的笔触"。

激情充沛，是佩罗在本书中给人留下的又一突出印象。坦率地讲，本人此前对战后法国知识分子史的探讨，让我更容易去体察这些激情何以产生。而佩罗今年岁首出版的《以女历史学家的身份介入》中的"夫子自道"，显然也更利于帮助我去感受与追踪她这代"介入型"史学家的治史旨趣和思想轨迹。实难否认，佩罗和她同时代的不少优秀史家一样，绝非只是"为稻粱谋"走上治史道路，而是一直有社会责任感或家国情怀在驱动。正是有了类似驱动，佩罗从最早反对阿尔及利亚战争开始，后相继投入了 1968 年"五月风暴"以及倡导监狱改革、提升妇女地位等各种重大社会政治运动。难能可贵的是，她始终在以一位优秀女性史学家的特有方式进行"介入"，即以系统扎实、新意迭出的史学成果作为"理解时世的工具和现实介入的手段"。如果说佩罗早年对工人运动史，后来对妇女史的研究均属此列，那么，晚年的她被"房间这个小宇宙"及其具有的政治维度强烈吸引，又何尝不是如此？

温情洋溢，不啻佩罗在《私人生活空间史》字里行间给人带来的强烈感受。历史学归根结底是关于"人"的学问，当坚持以人为中心，并以关心人，特别是芸芸众生过往和当下的命运为要务。在这点上，佩罗的表现一贯出色。更触动我的是，佩罗的家境实际上向来不错，而且据她自己在《以女历史学家的身份介入》中的说法，在家中或工作中，与之相处的大多数男性对她也都相当好，但就是这样一位史学家，却一直对普罗大众，尤其是对作为弱势群体的工人和妇女充满关切、具有温情。为此，她年轻时就投身于研究 19 世纪法国工人状况、第三共和国前期的工人罢工；人到中年后又转向拓展妇女史的研究。于年届八旬时出版的本书中，佩罗也依然"痴心不改"，给予女性包括女工诸多篇幅，同时赋予她们丰富而独特的地位。

2024 年 2 月，佩罗《以女历史学家的身份介入》新书发布会在巴黎举行。在巴黎的学友为我代买此书并帮我获得佩罗的题赠与签名后，第一时间把新书送到我手里。此书确实只是本小册子，篇幅不大却内容颇丰。读完堪称"自我史学"典范之作的此书后，我对这位属于我父母辈、至今仍活力四射的资深学者更是充满敬意。同时，对佩罗撰写"房间史"的良苦用心非但有了更多"同情理解"，还进一步认识到佩罗等人终其一生的"介入"，其实不过属于力求以自身独特方式，让包括"房间"在内的各种"生命存在的舞台"，在可能的情况下尽量呈现出各自该有的，即更符合人性多种需求的样貌。当然，在读过佩罗晚年出版的相关著作后，对当代法国史学名家长期保持活力的原因，本人亦有了更全面深入的体认，在盛极而衰的年鉴—新史学派于 20 世纪 90 年代迎来"批判转向"后，这些史学家坚持让法国"历史知识的生产与传播"日益凸显其反思性、包容性、创新性、现实性、公众性。

凡此种种，本人虽不能至，却心向往之。感慨之余，本人不由得想起了我的法国"贵人"给我的见面礼——一盒磁带。这盒磁带在他人眼里确实毫不起眼，但对正研习法国人民阵线运动史的我来说却弥足珍贵。因为，它是1986 年法国纪念人民阵线运动 50 周年时，维拉尔教授作为社会主义运动和工人运动史权威参与的访谈节目录音。一想到这里，我的耳畔就会响起一个法语单词——Carrefour。诚然，Carrefour 时下更多是以"家乐福"为我们知晓，但在节目录音中作为访谈栏目名称，由浑厚的男中音伴随富有冲击力的背景音乐反复念出的这个单词，其本意却主要还是"十字路口"。我不免还想到，如果说人民阵线运动事关法国在 20 世纪 30 年代中期的道路选择，那么，面临"百年未有之变局"的当下，人类又何尝不是在该往何处去这个问题上面临着重大抉择。

当今之世，让人难以理解的现象和令人担忧的趋势越来越多地出现。因而，年鉴学派两大创始人之一布洛赫的忠告，"对现实的不理解。必然肇始于对过去的无知"，似乎更该被我们铭记在心。同时，要想让每个人以各自方式置身其上的"生命存在的舞台"，也即各种各样的"房间"都具有（抑或可望具有）本应有的更符合人性需求的样貌，人们就确实没有任何理由完全"躺平"。至少就我个人而言，在阅读、翻译本书的过程中，的确日益感觉到，既然有耄耋之年的佩罗及其近著摆在面前，本人虽年届花甲，也仍当继续做些力所能及的小事。适时移译佩罗这样具有良知和担当的优秀史家的佳作亦是如此。

多种原因所致，约稿合同签订后不久，本人就不得不将主要课余时间和精力转用于其他科研项目，本书译事便有劳另一位译者——应远马博士更多承担。让我感动不已，同时心存谢意的是，远马博士作为资深法语译者和杭州市翻译协会常务副会长，尽管自己手头要做的事情很多，仍爽快至极地应承下来，还一直以令人感佩的热情和认真的态度对待此事，尽心尽力承担了绝大多数章节的翻译任务。此外，本书出版还承蒙法国驻华大使馆提供翻译资助，特此说明与致谢。

毋庸讳言，本书内容既深又广，翻译难度可想而知。幸运的是，我们在翻译过程中，不时得到了杭州以及京沪等地一些学友的指点与帮助。同时让我和远马博士深感庆幸的是，本书的责任编辑一直以既敬业又专业的态度对待与本书相关的各项译事，对译稿认真又到位地进行编辑加工，使之增色不少。在此，一并对上述学友和编辑深表感谢。

最后需说明一点，本人作为主译，除承担所分工翻译的章节外，还负责了全书的通校，包括对合译者的译稿予以审订、修改。因而，本书的译责当主要由我承担。由于译者，特别是本人学识有限，且本书的许多内容大大超出了译者较为熟悉的专业领域，尽管我们在翻译过程中一直谨慎行事、如履薄冰，译文中仍会有一些纰漏欠妥之处。在此，敬祈专家与读者不吝赐教。

吕一民
2024 年盛夏于浙江大学公众史学研究中心